DIEDERICHS MÄRCHEN DER WELTLITERATUR

Begründet von Friedrich von der Leyen
Herausgegeben von Hans-Jörg Uther

ALTÄGYPTISCHE MÄRCHEN

Mythen und andere
volkstümliche Erzählungen

Eingeleitet,
übersetzt und erläutert
von Emma Brunner-Traut

rororo

ROWOHLT

Veröffentlicht im Rowohlt Taschenbuch Verlag GmbH,
Reinbek bei Hamburg, Dezember 1991

Umschlaggestaltung Hanke / Lembke / Rothfos
(Illustration: Birgit Schössow)
Satz Bembo (Linotronic 500)
Gesamtherstellung Clausen & Bosse, Leck
Printed in Germany
1480-ISBN 3 499 35001 7

ALTÄGYPTISCHE MÄRCHEN

Einleitung

Statt «Es war einmal...» dürfte man mit gleichem Recht auch sagen: «Es ist doch so...». Denn Märchen sind keine Eintagsgeschichten, echte Märchen erzählen von uralten Wahrheiten, von unvergänglichem Sosein, und lassen sich in ewige Zukunft verlängern.

Märchen schöpfen aus der Tiefenschicht von Welterkenntnis, aber wer sie verstehen will, muß sich bei Faustens Müttern den Dreifuß heraufholen, mit dessen Hilfe er die traumumwobenen Gestalten ans Licht ziehen kann. Gelingt es ihm, sie zum Sprechen zu bringen, so wird er Weisheiten und Weisungen aus menschheitlichen Erfahrungen der Ahnen vernehmen.

Gattungen

Im Reich der *Märchen* wohnen die Götter und die Tiere nahe beieinander, und die Menschen verstehen die Sprache beider. Die Elemente haben Gestalt und Willen, und was lebt, ist der Verwandlung fähig, sofern es sich mit Gestalten des Glaubens berührt – und aus ihrer Welt stammt das «echte» Märchen. Zauber vermag die Geheimnisse des Himmels und der Erden zu enthüllen, vermag Todgeweihtes zu heilen, aber auch, sich zu gefallen in allerlei Schabernack. Ihm gelingt es, einen Teich um seine Mitte umzuklappen, als habe er ein Scharnier, ein Krokodil aus Wachs zu besprechen, damit es einen Ehebrecher strafe, oder auch Pharao über Nacht und unbemerkt nach Äthiopien zu holen und ihm den Rücken zu verbleuen.

Wie kaum irgendwo auf der Welt offenbart uns das Märchen im Alten Ägypten seine Glaubens- und Lebensverknüpfung. Wie es zusammenhängt mit dem Mythos, wo es antwortet auf politische Umstände oder wann es seinen Antrieb erfährt aus sozialer Kritik, das erfahren wir vom Volk der Pharaonen. Unter den Textmärchen ist nicht eines, das nicht ins Reich der Götter ausgriffe oder zumindest den Thron des Königs anrührte, der gotthaltig auf Erden wandelt.

Allein dies äußere Zeichen sei Hinweis darauf, daß den Märchen am Nil ein grundsätzlich anderer Wahrheitsgehalt zukommt, als wir heute unseren «Ammen- und Kindermärchen» zutrauen. Viel Phantasie, gewiß, ist auch am Werk, wo die Wirklichkeit nicht mitkommt – ist doch der Zauber Ausdruck des uralten Menschheitstraumes, sich selber dort zum Macher des Lebens einzusetzen, wo Gott und Natur nicht unseren Wünschen willfahren – bis hin zur heutigen Zivilisation, da die Technik den Zauber verlacht.

Noch heute steht im Orient die Fabulierkunst in hohem Ansehen und drängt sich mitten in Alltag, Wissenschaft, ja Politik. Der Reichtum an Phantasie in diesen Kulturen ist für den braven Bürger von heute und hier – der durch die Tageszeitung genau darüber informiert ist, was man zu denken hat, der über Statistiken sein Weltbild formt und dessen Hirngespinste durch das As der wissenschaftlichen Beweise ausgestochen werden – nachgerade unvorstellbar und meist kaum mehr nachzuvollziehen. Wie sind sie zu verstehen, die Märchen von methusalemischem Alter, wo die Götter noch auf der Erde waren, zusammen mit den Menschen (Nr. 9), wo göttliche Hebammen den Thronanwärtern ans Licht verhalfen (Nr. 11) oder ein (Schlangen-)Gott einem Schiffbrüchigen zu Hilfe kam (Nr. 1)?

Wer sich seine eigene Kindheit in die Tasche gesteckt hat, geht auch heute im Wunderland des Märchens unangefochten spazieren. Ihn wundert es nicht, daß es Wunder gibt, ebensowenig wie die Alten, die, genaugenommen, gar nicht fabulierten, sondern – glaubten. Die alten, echten Märchen haben zumeist einen tiefen Glaubenshintergrund, und darum waren für ihre Hörer die Märchen wahr. Wer sich heute in diese – nicht mehr geglaubte – Wunderwelt zu versetzen vermag, der darf sich glücklich nennen, da er sich den Sinn für eine große, mächtige, in sich schlüssige, beneidenswert stimmige Glaubenswelt erhalten hat und den Hauch einer gottnahen Ära der Menschheitsgeschichte noch zu spüren fähig ist.

Wenn C. G. Jung Märchen bewußt in seine Psychologie aufgenommen hat und seine Jünger sie heute psychotherapeutisch einsetzen – oft den willkürlichen Wechsel von «Symboltieren» in verschiedenen Fassungen desselben Textes nicht beachtend –, so waren sie zu den Zeiten ihrer Blüte, insbesondere im Orient, schon immer volks-psychotherapeutisch am Werk. Kinder brauchen sie, um ein elementares Ordnungsgerüst zu erkennen, sie brauchen sie, um ihre noch diffuse Phantasie an Gestalten zu binden und somit ihre Welt dingfest zu machen. Märchen helfen den Kindern, sich in der Welt zu orientieren. Und wie jede Religion einen ethischen Kern einschließt, so das Märchen eine Moral, sei es auch die Lehre vom Bösen in der Welt.

Wer die «Unmoral» von Märchen kritisiert, möge sich die Mahnung von Jacob Grimm an seinen Freund Achim von Arnim ins Gedächtnis rufen: «Wer (in das Märchen von der Frau Füchsin) anderes als daß es rein und unschuldig ist, hineinlegt, legt eine sündliche Absicht hinein insofern das Wissen und die Erfahrung immer die Unschuld und Unwissenheit der Jugend versehrt. Wahres ist darin wie in dem Teufel selbst.»

Wegen ihrer Volkstümlichkeit von Sprache und Bildern hält man Märchen oft ausschließlich für Kindergeschichten, aber wer sich ernsthaft auf Märchen einläßt, wird erkennen, daß sich in ihnen, ihren Wesen und Handlungen, Menschen jeden Alters wiederfinden, vorausgesetzt, daß man sie nicht verniedlicht, verkürzt, «verbessert» und damit sinnentstellt. Wer Märchen wirklich verstehen will, muß sich die Mühe machen, ihren ursprünglichen Sinn aufzudecken. Er ist keineswegs geheimnisvoll, sondern offenkundig, wenn man sich erst in die Umwelt und die Zeit ihrer Entstehung eingelebt hat. Sich dieser Aufgabe zu unterziehen ist um so nötiger, wenn die Welt des Märchens zeitlich, räumlich und damit unweigerlich auch kulturell von dem Hörer – denn am besten werden Märchen erzählt und gehört und nicht geschrieben und gelesen – entfernt sind.

Das gilt in hohem Maße für die vorliegenden Märchen aus dem Alten Ägypten, die bis zu 5000 Jahre und mehr vor unserer Zeit entstanden sind. Manche unter ihnen stehen – noch oder schon? – dem Mythos nahe, jenen Göttergeschichten, welche die Welt zeichenhaft erfassen und die das Numinose zu Gestalten gerinnen lassen, in Handlung umsetzen, ihm Sprache geben. An Märchen im engeren Sinn sind aus der Pharaonenzeit nur wenige erhalten, denn es gehört wesenhaft zu dieser Erzählgattung, daß sie eben erzählt wurde und nicht aufgeschrieben.

Das trächtigste aller ägyptischen Märchen ist zugleich das reichste der Grimmschen, «Das Brüdermärchen». Verweilen wir einen Augenblick bei dem Stier dieser weitgesponnenen Erzählung. Hier ist das Tier nicht Repräsentant einer launischen Idee, kein Sittenspiegel auf vier Füßen, ist weder Metapher noch kostümierter Schauspieler – es ist heiliges Tier, Erscheinung eines Gottes. Wir konnten die zugrundeliegende Göttersage aufspüren, und wenn sich die wundersame Verwandlungsgeschichte als Märchen ausspricht, so ist sie zur Zeit ihrer schriftlichen Aufzeichnung doch nichts anderes als ein nicht mehr ganz ernst genommener Mythos gewesen, oder vielleicht besser gesagt: ist das Märchen noch fast ernst geglaubt worden (Nr. 5).

Im «Verwunschenen Prinzen» (Nr. 4) sind die Tiere Schicksalsfiguren, die dem Helden bei seiner Geburt bestimmt werden; die Schlange im «Schiffbrüchigen» (Nr. 1) aber offenbart sich wiederum als Gott. Wir verstehen, daß die theriomorphen Götter Ägyptens bei Glaubensschwund zu Tieren werden konnten, doch die von Göttern hergeleiteten Märchentiere sind immer mit sakraler Fracht beladen, sind nicht der Schnurren fähig, aber voll Wunder.

Das Wunder ist nicht nur des Glaubens liebstes Kind, auch der Liebling des Märchens. Wunder und *Zauber* schreiten im Märchen Hand in Hand wie die übermächtigen Kinder von Glauben und Hybris. Die «Wundergeschichten am Hofe des Königs Cheops» (Nr. 3) finden ihre Fortsetzung in dem späteren Sagenkranz um Seton Chaemwêse (Nr. 35, 36). Auch bei «Horus und Seth» (Nr. 13) begegnet man dem Zauber und ebenso in den drei folgenden Isislegenden (Nr. 14, 15, 16), die ihrerseits wieder als mythische Präzedenzfälle aus praktischen Zauberbüchern ausgekernt sind. Zur Höchstleistung der Zauberei brachte es «Der Magier Merirê» (Nr. 34), der sich mit seinem künstlichen Erdmenschen, einem Golem, eine Stellvertreterfigur schuf. Diese erstmals hier aufgenommene Geschichte datiert den Homunkulus etwa zweieinhalb Jahrtausende früher als die bisher aus dem jüdischen Mittelalter bekannten Substituenten. Die Zauberei nimmt im Laufe der ägyptischen Geschichte immer mehr zu, und Salomon (Nr. 40) wie Paulus (Nr. 39) bedienen sich ihrer. Die Zauberliteratur hat sich in der christlich-koptischen Zeit gegen die Hochreligion behauptet, und die Magier haben sich der religiösen Gestalten, zunächst der ägyptischen und später sogar des Namens Jesu und der Dreifaltigkeit, hemmungslos bedient, wie ein umfangreiches Corpus koptischer Zaubertexte lehrt.

Immerhin «schuf» im Alten Ägypten «Gott den Zauber für den Menschen, damit er dem Unheil wehre», aber eben: um dem Unheil zu wehren! – und dieser Zauber ist durch einen eigenen Gott vertreten. Ägypten darf als ein klassisches Land der Zauberkunst bezeichnet werden. Zum Handlungszauber – meist nach einem mythischen Präzedenzfall, wenn es sich um Abwehr- und Heilzauber handelt, aber innerhalb der «Schwarzen Magie» auch über einer Wachsfigur, wie im Papyrus Westcar (Nr. 3), im Seton-Roman (Nr. 35) oder beim «Trug des Nektanebos» (Nr. 31) – gehört entscheidend das zwingende Wort, zu dem für den Zauber nötigen Wissen daher in der Regel der geheime und im allgemeinen unbekannte Name des zu besprechenden Wesens oder Dinges, wie wir besonders klar aus der «List der Isis» (Nr. 16) erfahren.

Vornehmlich Isis ist denn auch, zusammen mit Thoth, unter den Göttern zauberkundig, und beide verfügen zudem über Lebensodem. Thoth bringt ihn für Horus, als «die Sonne stillsteht» (Nr. 15), aus dem Himmel. Ruft dagegen der irdische Magier eine Figur ins Leben, so behält sie in seiner Hand Werkzeugcharakter. Zauber und Wundertat mischen sich schillernd, wenn Chons der Wohltäter «Die besessene Prinzessin» (Nr. 32) heilt.

Einsam geistert «Das Gespenst» (Nr. 33) durch den Wundergarten all der schönen Märchenträume und sucht verzweifelt nach einem frommen Mann, der ihm sein verrottetes Grab wiederherstellt. Wie der Mond nicht leuchtet aus eigener Kraft, so geht dieser Tote um, kalt und schwindsüchtig, wenn er nicht Haus und Spende empfängt. – Die offenen Gräber, von Geheimnis und Schauder umwittert, und die Sorgen um das Leben jenseits dieser Welt haben auch den Stoff hergegeben für die beiden Erzählungen um Seton Chaemwêse (Nr. 35, 36), der an der Hand seines gottgesandten Knaben Si-Osire die sieben Himmel durchwandert wie nachmals Dante unter dem Geleit des Vergil. An unbekanntem Ort des «Schönen Westens» auf dem linken Nilufer, wo in der Regel die Friedhöfe lagen, steigen sie ins Totenreich hinab.

Neben Märchen und märchenähnlichen Erzählungen – bald mehr Poesie, bald mehr reflektiert – stehen in diesem Band Mythen und Göttergeschichten, in Ägypten zwar noch Glaubensgut, zugleich aber Baustoff späterer Märchen, und auch in Ägypten teils schon legendär, fabelartig oder märchenhaft erzählt. Fabeln, Schwänke und Zauberliteratur ziehen die von den Märchen kommenden Linien in verschiedener Richtung, wobei man es mit den Gattungen nicht allzu genau nehmen darf und sich von der Form weniger leiten lasse als vom Inhalt – gab es doch für ägyptisches Bewußtsein diese Literaturgattungen überhaupt nicht. Die Proben aus christlicher Zeit wollen das alte Gut in seinen Ausläufern vorstellen, die am Ende eines trockenen Holzes im 10. Jahrhundert noch einmal grünten. Wie ein alter Stoff heute an anderem Orte weiterlebt, ist außer beim Katz-Mäuse-Krieg (Nr. 8) im «König der Löwen» (Nr. 23) gezeigt und für Ägypten selbst mit dem «Meisterdieb» (S. 325 ff.).

Die bunte Reihe vorliegender Geschichten wird, so wie in unseren alten Hausbüchern, zusammengehalten durch das Band märchenhafter Überwirklichkeit. Nicht aufgenommen sind die Sagen «Der Panzer des Inaros» oder «Die Amazonenschlacht», da sie von Griechenland her inspiriert sind; und ebensowenig Reiseberichte, Weisheitslehren, Biographien oder etwa Hymnen, an welcher Literatur Ägypten reich ist und durch welche das Bild der alten Kultur freilich hätte aufs trefflichste vervollständigt werden können. Aber sie gehören, obgleich ihr Formcharakter sich oft mit dem hier Gebotenen deckt, nicht zum Thema. Anders die Mythen!

Die großen *Mythen*, die von Göttern und ihren Geschichten künden, bilden einen wesentlichen Bestandteil altägyptischer Religion. Der Glaube des Pharaonenvolkes spricht sich nicht aus in Dogmen, sondern in Bildern und Ereignissen, die einen kosmischen Vorgang oder auch eine religiöse Erfahrung deutend umschreiben. Die Erschaffung der Welt und periodischer Naturablauf sind ihr vornehmster Stoff. Dabei scheiden sie mit den einzelnen Mythen jeweils eine partikulare Wahrheit aus dem Sinnganzen allen Waltens aus und zielen nicht etwa ab auf eine alles umgreifende Sinneinheit. So können Mythen sich «ungereimt» überschneiden.

Doch sollten wir wirklich so fern davon sein, diese Glaubenserfahrung und -sprache zu verstehen, nachdem wir uns davon überzeugt haben, daß «Die Vernichtung des Menschengeschlechts» (Nr. 9) der biblischen Sintflutsage entspricht; daß sie den gleichen theologischen Gehalt in einem Mythos aussagt, der sich nur durch das «Lokalkolorit» von ihr unterscheidet? Und in wie vielen Ländern lebt diese «Sage» im Gewand des Märchens! Nicht anders war «Die wunderbare Geburt Pharaos» (Nr. 11) dreitausend Jahre lang Glaubensgut am Nil, ptolemäische Herrscher und römische Cäsaren haben sie kultisch begangen, aber daneben entwikkelt hellenistische Aufklärung skeptisch aus dem Mythos einen Betrug, den des Nektanebos (Nr. 31), indes Lukas mittelbar daraus Formulare zum Ausdruck christlicher Verkündigung benützt. So erfährt man an zwei Beispielen, wie entthronter Mythos zum Märchen absinkt, sobald sein Inhalt nicht mehr von Glauben getragen wird; sieht mit dem letzten Beispiel aber auch, wie Märchenhaftes wieder in eine heilige Schrift gehoben werden kann. Nicht das Bild oder eines seiner Motive bestimmt Literaturgattung wie Gehalt, sondern der geistige Zusammenhang. Gleiche Bilder vermögen Verschiedenes auszusagen, gleiche Aussage stellt sich dar in unterschiedlichen Bildern.

Auch im Alten Ägypten selbst ist «Die wunderbare Geburt der drei Königskinder» (Nr. 3) im Anschluß an eine Reihe von Zaubergeschichten erzählt. Hier ist der hohe Mythos simplifiziert zu einer volkstümlichen Erzählung, um einer breiteren Schicht des Volkes den Dynastiewechsel als Willen Gottes begreiflich zu machen.

Dieser Übergang desselben Stoffes von einer Literaturgattung in die andere entspricht ihrer geistigen Nachbarschaft – sind doch Religion und Märchen die tiefsten Aussagen eines Volkes.

In der mythischen Novelle von der Sonnenkatze Tefnut (Nr. 17) wurde zyklisches Naturgeschehen nicht minder großartig gestaltet. Ihre Form ist so offen, daß einige Tierfabeln eingeschlichen sind, immer wieder den Fortgang der Erzählung unterbrechend. Nach dem Ausweis einer Bildscherbe scheint beides, Mythos und Fabel, mindestens seit dem 14. vorchristlichen Jahrhundert zusammenzugehören, wenn auch die Sentenz dieser Fabeln einer Lehre entspricht, die erst im letzten Jahrtausend v. Chr. didaktisch entwickelt worden ist. Wir dürfen annehmen, daß diese Fabeln aus reinen Tiermärchen hervorgingen und daß erst mit ihrem Einbau in die «Tefnutlegende» die in ihnen verborgenen Lehren fabel-haft ausgearbeitet wurden. In vorliegender Spätfassung – der Text selbst spricht von seiner Redaktion – ist auch der Mythos auf die Ebene volkstümlicher Erzählung hinabgestiegen, von der er später zur reinen Unterhaltungsliteratur abgleitet, als er ins Griechische übersetzt war.

Die *Fabel* kennt das Wunder nicht, sie wendet sich an den Verstand des Hörers, dem sie eine Lebensweisheit mitteilt, nicht durch eine abstrakte Lehre, sondern in der Verkleidung einer Tier-, seltener einer Pflanzengeschichte. Daß die Tiere typologisch festgelegt wären wie in den uns geläufigen Fabeln, läßt sich in Ägypten kaum nachweisen, wenn auch der Affe seiner Natur gemäß den Possenreißer spielt, die Ziege tanzt oder der Löwe sich als Herrscher gebärdet. Aber auch ohne festgelegtes Bedeutungsschema wird dem Menschen die Lehre einsichtig.

Luther sprach der Fabel einen hohen Rang zu, weil nach ihm «nicht allein die Kinder, sondern auch die Fürsten und Herren zur Wahrheit... betriegen» werden könnten. Für Lessing bringt die Fabel eine «Lehre von der anschauenden Erkenntnis», ist sie ein «Exempel der praktischen Sittenlehre», für Goethe sein Reineke Fuchs eine «unheilige Weltbibel».

Alle hier mitgeteilten Fabeln dürften dem Leser in dieser oder jener Kultur schon einmal begegnet sein, und er mag mit Verwunderung hören, daß sie schon im Nilland von Mund zu Mund gingen. Der älteste literarische Beleg einer Fabel ist «Der Streit zwischen Kopf und Leib» (Nr. 18), der die parataktische Apperzeptionsweise der Alten vor Augen führt. Die einzelnen Glieder treten entsprechend selbständig in kultischen Beschreibungshymnen oder in den die Geliebte beschreibenden Liedern auf als für sich bestehende Wesen. Diese Fabel ist wie alle ältesten Fabeln als Rangstreitfabel konzipiert und sollte wie ihre Nachfahren vielleicht über die Stellung der Organe im Staatskörper belehren, d. h. über ihren Rang innerhalb einer hierarchischen Ordnung, aber nicht über ihren allseitig verknüpften Funktionszusammenhang, wie das beispielsweise im 1. Korintherbrief 12,12 deutlich wird.

Daß es in Ägypten auch die *Pflanzenfabel* gegeben hat, bezeugt beispielsweise das «Buch von der Sykomore und dem Moringabaum», dessen Titel auf einem Buchetikett aus königlichem Besitz aufgeschrieben steht. In der Liebes- wie in der Weisheitsdichtung spielt der Rangstreit unter den Bäumen eine nicht unbeträchtliche Rolle. «Die kleine Sykomore bewegt ihren Mund, um zu sprechen», ein anderer Baum hüllt die Geliebten ein und wahrt ihr Geheimnis. Wenn Kallimachos bei seinem Gespräch zwischen Lorbeer und Ölbaum auf den Orient weist als die literarische Quelle der Streitgespräche unter den Bäumen, so ist nicht nur an den babylonischen Wettstreit zwischen der Dattelpalme und der Tamariske zu denken oder an den altaramäischen des Achikar-Romans zwischen Dornstrauch und Granatbaum, sondern insbesondere daran, daß ihre Wiege in Ägypten gestanden haben könnte. In der Fabel des Joas von dem elenden Schicksal des hochmütigen Dornstrauchs auf dem Libanon (2. Kg. 14,9) wird die alttestamentliche Fabel Jothams mit der eitlen Einwilligung des Dornstrauchs in die Königsherrschaft unter den Bäumen (Richter 9,8 ff.) fortgeführt und über weitere Stufen (wie 1. Kg. 5,12 ff.) der Weg zu den Gleichnissen des Neuen Testamentes literarisch bereitet. Während in den griechischen, lateinischen, rabbinischen und in den syrischen Bearbeitungen nur mehr fade Moral übriggeblieben ist, entfaltete sich die Pflanzenfabel in der armenischen Literatur kräftig; mittelpersische, nabatäische und insbesondere babylonische Streitgespräche können sich an Ursprünglichkeit gar mit den ägyptischen messen.

Einen ungleich größeren Umfang nehmen in Ägypten die ihrem Wesen nach ganz anderen, aus Märchen erwachsenen *Tierfabeln* ein, die «kleinen Reden», wie sie in der Tefnutlegende heißen, im Gegensatz zu der «großen Rede» des Mythos selber. Die drei hier von diesen «kleinen Reden» mitgeteilten (Nr. 20, 21, 22) handeln von Recht und Vergeltung, ein Thema, das in Ägypten nie zur Ruhe kam; nicht zufällig ist das Totengesicht eine ägyptische Schöpfung. Ein Vertrag zwischen zwei Tieren, Adler und Schlange, leitet den babylonischen Etanamythos ein, in Griechenland sind es Adler und Fuchs, zwischen denen Archilochos die Geschichte spielen läßt. Bringt es in Ägypten «die Sonne» (Re) an den Tag», so in den anderen genannten Ländern der entsprechende jeweilige Rechtsgott. Jünger als die griechischen Versionen sind die des Pantschatantra, und über das Syrische und Armenische ist diese Fabel (Nr. 20) schließlich bis zu Marie de France gewandert. Nicht nur «Der Seh-Vogel und der Hör-

Vogel» (Nr. 21) haben im Indischen ihre Parallelen, auch «Die Schwalbe, die das Meer austrinkt» (Nr. 19), ein ehemals vielleicht ätiologisches Märchen, das der Schwalbe Hin- und Herfliegen erklärt.

Doch hier wären endlose Entwicklungsreihen und Wanderwege, Übernahmen und Analogiebildungen zu verfolgen, die vergleichsweise wenig interessieren gegenüber Gehalt und Wesen. Wo man auch ansetzt, für die ägyptischen Tierfabeln bleibt bezeichnend, daß sie in religiösen Zusammenhang eingebunden sind. Schicksal und Ahnung in der demotischen Fabel vom «Löwen und der Maus» (Nr. 22) wird bei Äsop zu Handlung und Versprechen. Auch «Der Streit zwischen Kopf und Leib» wird ausgetragen vor dem Hohen Rat der Dreißig Götter. Der Leser buche selber, wie viele unserer Geschichten sich vor dem Gericht und dem Rechtsgott Re austragen, spiegeln sie doch die Beunruhigung über die ungelöste Frage nach Recht und Unrecht und nach der Theodizee in volkstümlicher Färbung.

Wie zu jeder Zeit haben auch im Alten Ägypten die *Tiergeschichten* eine hervorragende Rolle innerhalb der märchenhaften Volkserzählungen gespielt. Auch die Gebrüder Grimm haben mit Eifer nach Tiermärchen gesucht und sie ihren bis 1810 gesammelten Märchentexten als eigene Gruppe den übrigen vorangestellt. Bei ihrer weiteren Suche zogen sie keine scharfen Grenzen zwischen den Gattungen: Ob Fabel, ob Schwank, ob Parabel, ob Moralgeschichte oder Witz, ob ätiologische Sage oder sich aus einem Epos herleitend, einerlei, sie sammelten alle die verschiedenen Genres auf und stellten diese bunte Gattungsmischung von Tiergeschichten als «Tiermärchen» zusammen. Da erst aus demotischer Zeit Texte von Tierfabeln überliefert sind, die früheren Tiererzählungen aber allein durch bildliche Illustrationen, läßt sich deren Inhalt nur bedingt erkennen und das Genus dicendi allenfalls erahnen. Genaueres behaupten hieße spekulieren. Man spreche daher vorsichtiger von Tier-Geschichten.

Daß aus ihnen eine andere Luft weht als aus den vorgenannten literarischen Fabeln, ist wahrscheinlich. Sie stellen eher Tierhumoresken dar und -schwänke, erfreuen durch Witz und Verblüffung. Die Verkehrte Welt in ihrer Wunderseligkeit – und man kennt ihren Anteil an Himmel und Hölle, an Fasching und Neujahrsfest! – beherrscht ihre Vorstellung ebensosehr wie den Geist der Bilderbogen in der Renaissance. Und seltsam, diese Geschichten haben ausschließlich bildliche Tradition, und ausschließlich sie beruhen auf dem Witz eben dieser Bilder. Bei Phaedrus ist zu lesen: Cum victi mures mustelarum exercitu, historia quorum et in tabernis pingitur (wie die Mäuse durch das Heer der Wiesel besiegt wurden, deren Geschichte auch in den Kneipen gemalt wird), und man hat sich diese Wandmalereien in der Art zu denken wie die koptische aus dem Katz-Mäuse-Krieg (Nr. 8). Mittelalterliche Randverzierungen in Handschriften, selbst in Bibeltexten, sind ebensowenig naturwidrig wie die Bildgeschichte des Wiener Hasenhauses; auch sie spiegeln die Hoffnung auf das: Die Letzten werden die Ersten sein.

Die Bildmärchen stellen sich überwiegend in unkonventioneller Form dar, als Volkskunst. Überall wo Analphabeten vorherrschen, sind Bildsequenzen das «Erzählgut» des Volkes. Unter den Geschichten mögen auch «Scherz- und Lügenmärchen» stehen, die sich durch Akzentverschiebung in die Fabel hinüberwandeln, sobald der Geist drängt, das sittliche Wollen mit mehr Bewußtsein zu formulieren. Auch ätiologische Märchen werden darunter sein, d. h. solche, die einen Zustand in der Natur auf Märchenweise ursächlich erklären. Wer vermag zu entscheiden, ob der Katz-Mäuse-Krieg der Form nach nicht auch ein kleines Epos gewesen sein kann, ein Vorläufer zur griechischen Batrachomyomachia, dem Frosch-Mäuse-Krieg, einer auf Märchenmotiven aufgebauten Parodie der Ilias?

Aber wer sich schon nicht wie der Enkel des Kalifen Muqtadir, der spätere Kalif el-Râdi, über «lauter gelehrte und nützliche Bücher» setzen will, braucht es nicht mit dem Harîm zu halten, für den die «Seemären, die Geschichte von Sindbâd sowie Katz und Maus» geschrieben sind; er geselle sich besser zu Aristophanes, dessen Bdelykleon in den «Wespen» statt «von Katz und Maus lieber Menschengeschichten» hört.

Die verschiedenartigen unter den *Schwänken* zusammengefaßten Erzählungen berühren sich nun nicht mehr mit der Religion und stehen auch in keinem Spannungsverhältnis mehr zu ihr, bis auf den «Trug des Nektanebos» (Nr. 31). Aber auch er spiegelt ebenso wie «Die Kläger vom Memphis» (Nr. 24) und «König Amasis und der Schiffer» (Nr. 29) Ironie und Skepsis des Volkes, wie es sie neben heiliger Scheu für den gotthaltigen Pharao empfand. Bei dem hohen Anspruch auf Ehrfurcht, den der König erhob, war er der Beachtung besonders ausgesetzt und damit auch der Beobachtung und Kritik, sobald das Vertrauen auf seine Unantastbarkeit sank. Daß die beiden letztgenannten, leider nur unvollständig erhaltenen Schwänke (Nr. 24, 29) das Reichsoberhaupt moralisch rehabilitiert haben, darf indes vermutet werden. Für die Geschichte des Amasis, von dem auch Herodot drastisch zu berichten weiß, gibt uns Tausendundeine Nacht einen Fortsetzungsvorschlag in die Hand mit der «Geschichte von dem König und der Frau seines Wesirs» aus der 578. Nacht. Der Pharao, der Anch-Scheschonki ins Gefängnis werfen läßt (Nr. 28), wird zwar vom Helden der Geschichte als ungerecht betrachtet, doch in allen Ländern und zu allen Zeiten gilt Hochverrat als anzeigepflichtig, und die Unterlassung einer Anzeige wird bestraft.

An geschichtliche Personen und Verhältnisse schließen sich «Der Streit zwischen Apophis und Sekenenrê» (Nr. 25) und «Die Einnahme von Joppe» (Nr. 26) so eng an, daß sie sich nur durch die listigen Einfälle von der übertriebenen

Lautstärke eines Krokodilgebrülls bzw. des Trojanischen Pferdes (Habersackmotiv) den Eintritt in diese Erzählungsreihe erkaufen konnten. Von ungewöhnlicher Streukraft hat sich «Das Schatzhaus des Rhampsinit» (Nr. 27) erwiesen, dessen Meisterdieb bis heute stehlend durch die Länder streift und für seine Verwegenheit obendrein belohnt wird; denn auch Kaufleute und Diebe haben ihren Gott, wenn nicht Thoth, so doch Hermes.

Wenn die Männer am Nil sich heute im Hausschatten mit Geschichten unterhalten, wenn sie sich bei ihrer Wasserpfeife im Kaffeehaus zur Kurzweil Anekdoten erzählen, Witze machen oder Märchen vortragen, so vernehmen wir gar manche, in denen altägyptische nachleben dürften, deren Text verlorengegangen ist, oder aber, die nie aufgeschrieben waren (Nr. 8). Damit erhebt sich die Frage, wie, wann und wo denn die altägyptischen Märchen überhaupt zur Sprache kamen, was man die Frage nach ihrem «Sitz im Leben» zu nennen pflegt.

Darbietungsweise

Die *Erzählsituation* erschließt sich dem aufmerksamen Leser dieses Buches weitgehend allein aus der hier vorliegenden Sammlung selbst: Pharao wird unterhalten, um ihm einen Katzenjammer zu vertreiben (Nr. 29), ein anderer wird schlicht unterhalten – denn nach Meinung des Volkes leiden Regenten vom Amts wegen an chronischer Langeweile – und erfährt dabei aufregende Nachrichten (Nr. 3); und wie er wird das Volk unterhalten und dabei belehrt; es wird ergötzt durch die fahrenden Sänger, die außer Märchen auch Neuigkeiten vom Tage, die mit der Zeit ihrer Wanderung Jahre alt sein mögen, bekanntgeben. Diese Bänkelsänger sind zugleich Medizinmänner, die einer Schwangeren Ratschläge erteilen für eine glückliche Niederkunft oder Liebeskranken beistehen durch die Kunst ihres Zaubers.

Zwar kam der Sänger nicht vom Himmel hoch, aber er erzählte eine «neue Mär» wie Martin Luther anno 1539. Märchen (Märlein) ist die Diminutivform von Mär, meint Botschaft, Nachricht, nach Gehalt vielleicht groß, der Form nach aber klein, nicht größer, als daß der Erzähler sie noch auswendig sagen konnte. War in jener Zeit eines allgemeinen Analphabetismus auch das Gedächtnis ungleich besser als heutzutage, da die Journale und Reklamehefte in ihrer Unzahl jedes Haus überfluten und die Nachrichten der Massenmedien den Geist verwirren, so konnte sich eine Nachricht doch nicht ausdehnen zu Roman oder Epos.

Der Sänger, ein Weiser, des Schreibens und Lesens kundig, ist ein Jünger des Thoth, wie sich einer in Theben mit all seinen Utensilien und Schriftrollen hat bestatten lassen. – Si-Osire trägt vor Ramses II. die Erlebnisse mit dem äthiopischen Zauberer vor (Nr. 31). Andere Literaturwerke geben bekannt, daß Pharao sich Wahrsager kommen läßt, daß er Freude hat an Eloquenz, an der Form der Rede nicht minder als an deren Inhalt. Auch der Gefolgsmann im «Schiffbrüchigen» (Nr. 1) ist dieser Meinung, und General Thuthmosis ist dessen gewiß, daß sein Herr sich über «Die Einnahme von Joppe» kaum mehr freut als über die List, durch die der Streich gelungen ist (Nr. 26).

Für manche Erzählgattungen, insbesondere für solche sakralen Charakters, erfand die Erzählkunst eine Gedächtnishilfe: die *Vortragsweise* der Gedankenreime (Nr. 1, 9, 15, 16). Zwei (selten mehrere) Verse ergänzen sich syntaktisch oder semantisch zu einem Reimpaar. Sein «Reim» ist ein gedanklicher wie grammatikalischer, d. h. Kadenz und Satz fallen zusammen. Sein Dualverhältnis, das dem Prinzip der Korrespondenz folgt, kann verschieden qualifiziert sein, läßt sich aber auf die vier Kategorien zurückführen, die von da an bis in die Gegenwart auch für die übrige Kunst Grundkategorien geblieben sind: Wiederholung, Kontrast, Variation und Steigerung, m. a. W. direkte, inverse, latente und graduelle Entsprechung. Alle weiteren Kategorien wie Imitation, Identität, Analogie, Symmetrie, Äquivalenz, Augmentation oder Antithese lassen sich unter die vier genannten Grundkategorien subsumieren, während Konsequenz und andere logischen Verhältnisse ebenso wie Zufall und Assoziation auf einer übergeordneten Ebene liegen. Das Gedanken-Verspaar ist der entscheidende Schlüssel zum Verständnis altägyptischer Dichtkunst (Lieder, Hymnen, Spruchdichtung) und für sie nahezu konstitutiv. Diese aus dem Alten Testament, besonders den Psalmen, schon lange bekannte, «parallelismus membrorum» genannte formkonstituierende Sageweise wurde in der altägyptischen Literatur erst jüngst erkannt und ist noch längst nicht an sämtlichen vorliegenden Texten erprobt.

Doch schon stellt sich die Frage: Wurden die altägyptischen Märchen nun erzählt oder doch geschrieben? Sie wurden erzählt. Und dies ist der Grund, weshalb heute nur wenige und diese fast nur durch Zufall auf uns gekommen sind. Seiner gesamten Geisteshaltung nach und durch Anspielungen, Hinweise, Zauberpraktiken, selbst Rezepte erkennbar, bezeugt auch durch die Scherbenbilder mit Szenen aus Tiergeschichten, weiter durch die Überlieferung, nach der Äsop Geschichten am Nil aufgesammelt hat, durch die Tatsache, daß noch in unseren Märchen die exotischen Tiere Affe und Löwe (bedingt auch die Schlange) sowie die übernatürlichen Mischgestalten Drache-Lindwurm und Greif auftreten, und nicht zuletzt durch die literarischen Bindeglieder zwischen Altem Orient und abendländisch-christlichem Mittelalter: Horapollon und Physiologus, ist ausreichend erwiesen, daß Ägypten über einen unausschöpfbaren Born von Märchen verfügt haben muß.

Die Märchen samt den von ihnen abgeleiteten Formen, einerlei, ob von den Göttern herabgestiegen, ob im Munde eines Witzboldes geprägt oder ob poesievolle Fabulei, sie erhoben nicht nur den gekrönten Herrn, wenn Sorgen ihn drückten oder eine schwache Stunde ihn überkam, sondern das Bund der wundersamen Kurzgeschichten diente ebenso zu des Volkes Belustigung und Belehrung; denn der Nebengedanke der Erziehung hat sich mählich mitentwickelt. In die späten, demotischen Erzählungen ist gelegentlich auch die Philosophie der Priester eingezogen.

Wie die großen und kleinen Herren dieser Erde, so auch läßt sich Göttin Tefnut auf ihrer Rückreise aus dem Süden von ihrem Marschall ergötzen und ablenken, und der Schelm mischt dabei ebenfalls Belehrung und Mahnrede ein (Nr. 17). Da sich in dem Papyrus Anweisungen für die Stimme finden, darf man schließen, daß die Geschichten nach genauer Regel vorgetragen, vielleicht sogar schauspielerisch dargestellt worden sind, wie beispielsweise auch «Die wunderbare Geburt des göttlichen Kindes» in den späten Tempeln. Dramatische Gestaltung steht jederzeit ausschließlich im Zusammenhang mit dem Kult. – Die meisten Mythen sind, wie gesagt, psalmodierend in Verbindung mit einer Zauberei rezitiert worden.

Während das Alte Ägypten, formbewußt, wie es sich in seiner gesamten Kultur erweist, auch in seiner Literatur nach und nach *Formen* ausgebildet hat – wie Königsnovelle, Biographie, Brief, verschiedene Typen der Liebeslyrik, den Hymnus, das Ritual und in großer Zahl die Weisheitslehren –, erlaubt das «Märchen» im weiteren Sinn einen freieren Umgang mit der Form. So gibt sich «Der Schiffbrüchige» (Nr. 1) als Schachtelerzählung verschiedener Formgattungen, während der Papyrus Westcar (Nr. 5) eine Reihe von sich steigernden Zauber- und Wundergeschichten vereinigt. In dem fälschlich sog. «Seton-Roman» (Nr. 36) finden Zaubergeschichten und Sage zusammen, indes der «Tefnutmythos» (Nr. 17) eine Reihe von Fabeln umrahmt. Nr. 19, 37, 38 liegen in Briefform vor und haben wohl als Schülerübungen zu gelten; bei Nr. 36b fehlt zum Brief allein die Einleitungsphrase.

Stilistisch ist das ägyptische Märchen – wie seine späteren Nachfahren – gekennzeichnet durch Eindimensionalität der Handlung, durch klar konturierte Zeichnung, assoziative Neuansätze, ein hartes Beieinander von Hell und Dunkel, Vereinzelung der Figuren; durch einen Minimalaufwand der Charakterisierung und Objektivierung von Innerseelischem; die Personen entwickeln sich nicht, ja lassen kaum je eine Gemütsregung erkennen, und wenn doch, so durch Schwarz-weiß-Prädikate. Geschehnisse werden sachlich dargestellt ohne Beteiligung des Sprechers, Orte durch Symbole oder nur durch Namen gekennzeichnet, die Zeit steht still oder springt in Stufenschritten weiter, aber sie läuft nicht kontinuierlich ab. Diese und weitere Charakteristika entsprechen einer frühen mentalen Erkenntnisweise, wie sie heute überall in Kindern weiterlebt, in weiten Kreisen eines jeden Volkes, bei nicht wenigen Ethnien, und wie sie in jedem einzelnen hier und heute beim Erkenntnisakt am Werk ist, aber überdeckt durch einen Neuansatz, den erstmals die Griechen fanden und der sich in der Renaissance und mit neuem Impuls im vorigen Jahrhundert entwickelt hat. Auf breiter Basis hat die Autorin versucht, die «Frühformen des Erkennens» zu untersuchen (Wiss. Buchgesellschaft, Darmstadt 1989).

Die *Sprache* der volkstümlich-märchenhaften Erzählungen ist einfach, aber reich an Information. Reihende Diktion ebenso wie koordinierende Hauptsätze werden bevorzugt, und entsprechend sind Kettenerzählungen beliebt; wörtliche Wiederholungen gehören zur Regel. Formelhafte Wendungen der Märchen sind «Es war einmal» oder «Es begab sich einmal», «sagt man», «Viele Tage danach» oder «Als die Erde wieder hell wurde und der nächste Tag begann».

Der neben der kräftigen Phantasie stehende Realismus findet sein Ausdrucksmittel auch in der häufig gebrauchten direkten Rede, die im Munde von Dienern sogar Vulgarismen nicht scheut (Nr. 3, Ende).

Schließlich gehört zum wesentlichen Bestandteil altägyptischer Formung das auf Gleichklang oder doch Klangverwandtschaft beruhende Wortspiel. Nomen est omen, und also hängt an dem Wortverhältnis auch das Sachverhältnis. Die Ausbildung des Wortspiels bringt daher geradezu eine Reihe von (Götter-)Geschichten hervor. Sie im Deutschen nachzuahmen, haben wir versucht mit dem Vogel «Aufrecht» in der «Höllenfahrt des Paulus», dem «Silberhaus», in dem der «Seh-Vogel» sein Gesicht erlangte, oder mit der «Allmacht» in der «Vernichtung des Menschengeschlechts» (Nr. 9).

Als *Zahlen* sind die Drei und die Sieben bevorzugt, dazu deren Multiplikation (21 und auch 9). – Was das *Geschlecht* der Märchenhelden angeht, so sind die positiven Rollen häufiger von männlichen als von weiblichen Figuren besetzt. Im Mythos figuriert Seth als feindlicher Bruder, der Drache Apophis als Erzfeind des Sonnengottes, wobei der eine das profane, der andere das aus der Urtiefe aufsteigende, weltbedrohende Böse verkörpert. – Im übrigen sei es dem Leser überlassen, solche und weitere Beobachtungen selbst anzustellen.

Im Laufe der dreitausend Jahre altägyptischer Geschichte hat sich nicht allein die Sprache als solche verändert, sondern auch ihr Stil. Während bei den frühen Erzählungen jedes Wort sein Gewicht hat, werden die späteren breiter und flacher. Umständliche Ausdrucksweisen wie «der Ort, wo»; «die Art, wie» haben die Bedeutung einfacher Adverbien, und «eine Sache, welche» die des französischen quelque chose angenommen. Auch Umschreibungen wie «indem er tat» bzw. «war» werden zu einfachen Adverbien.

Es ist nun häufig eine Frage des Fingerspitzengefühls, wann ein Ausdruck bereits abgeblaßt ist und Wortgruppen gerafft werden müssen. Die Übersetzerin des Bandes hat sich auch gewissenhaft gefragt, wann ein Wort aufgefächert werden darf in die Skala von Synonymen, die in deutscher Sprache zur Verfügung stehen, und wann es sinnvollerweise immer gleich wiederholt werden muß. Ägyptizismen wie passiver Infinitiv oder der Gebrauch der Possessiva bei Körperteilen sind ebenso umgedeutscht, wie wir das bei Übertragung lebender Sprachen ins Deutsche selbstverständlich tun. Die Eigenart ägyptischen Denkens dürfte damit nichts an Würze eingebüßt haben. Mit dem Koptischen hat sich die aus dem Altägyptischen über das Mittel- und Neuägyptische entwickelte Sprache insofern gründlich gewandelt, als sie viele Gräzismen aufgenommen hat.

Überlieferung

Die meisten Erzählungen sind älter als ihre schriftliche Fixierung. Die einen stammen aus dem Mittleren Reich, der *Zeit* der klassischen Literatur (Zeittafel S. 373 f.), die anderen aus der Ramessidenzeit (19. / 20. Dyn.), die ein Ohr hatte für sog. Unterhaltungsliteratur, die demotischen sind überliefert aus der Spätzeit, den Rest dieser Sammlung bilden Proben christlichen Geistesgutes in koptischer Sprache. Abweichend von der übrigen Literatur des schreibfreudigen Volkes der Ägypter, wurde die «orale Literatur» der Märchen nur ausnahmsweise einmal aufgeschrieben. Sie sind daher rein zufällig erhalten und in einer einzigen Handschrift. Was Wunder, wenn nur ein winziger Bruchteil des Ursprünglichen überkommen ist!

Der trockene Wüstensand hat glücklicherweise von den Papyri mehr durch die Jahrtausende gerettet, als von vornherein zu erwarten steht, aber viele günstige Umstände müssen zusammenwirken, damit ein Text seine Schicksale überdauert. Aufs grausamste mitgespielt hat ihnen Grabräuberei, Insektenfraß, Grundwasser und Händlereifer. So erklärt sich, daß der nunmehr brüchig gewordene Schreibstoff an seinen Kanten bestoßen, durchlöchert oder aber von den Räubern aus Gewinnsucht mit Fleiß in Stücke zerrissen worden ist. Oft diente er als Brennmaterial in dem Land, wo Holz und Kohle fehlen. Manchmal auch hat das Licht die Rußtinte gebleicht, oder die alten Schreiber verwendeten ein schon beschriebenes Blatt, das sie nur flüchtig abgewaschen hatten. So stehen zwei Texte übereinander (Palimpsest), häufig genug von einem schlechten Orthographen zusätzlich entstellt. Damit seien die Schwierigkeiten angedeutet, die dem Verständnis einer Handschrift entgegenstehen. In Anbetracht all dieser Minderungen bleibt eine erfreuliche Bilanz.

Die Texte auf Papyrus sind hieratisch geschrieben, die auf Stein in Hieroglyphenschrift eingraviert, die jüngeren Texte sind demotisch und die wenigen Proben christlicher Zeit koptisch überliefert. Schließlich sind eine Reihe von Texten alten Gedankengutes nur mehr griechisch erhalten (Nr. 27, 30, 31), und die gesamte illiterale Gattung der Bildmärchen ist nur mündlich weitergegeben worden. Sie zu erheben, bedarf es der Studien in zeitlich wie räumlich berührenden Kulturen. Daß Rekonstruktionen gelegentlich möglich sind, ist mit dem Katz-Mäuse-Krieg zu zeigen versucht. Wieviel jedoch für immer verloren ist, läßt sich nicht ermessen, doch erahnen anhand der Fragmente sowie vieler Anspielungen, sei es in Buchtiteln, Zitaten, Merksprüchen oder aber nach Ausweis antiker Schriftsteller.

Interpunktionen in unserem Sinne fehlen in den alten Texten, ja die Schrift trennt nicht einmal die einzelnen Wörter voneinander. Wo Perikopen – meist zu pädagogischem Zweck – abgesetzt sind, entspricht die Gliederung nur selten unserer Vorstellung, dennoch ist hier diesen Absätzen, wo es immer anging, gefolgt. Bei Ergänzungen oder Erläuterungen sind Klammern sparsamer gesetzt als in einer Ausgabe für Fachkollegen.

Der *Titel* einer Geschichte steht nur ausnahmsweise unter – wie bei Nr. 35 – oder über – wie bei Nr. 38 – dem Text. Bei den übrigen Geschichten sind die Titel Inhaltstitel freier Wahl.

Wirkung und Ausstrahlung

Außer daß das Alte Ägypten eine nicht mehr bestimmbare Zahl an Märchen hervorgebracht hat, war es wirksam als Urheber zahlloser Märchen der *Weltliteratur*, der Märchen als Ganzes wie ihrer einzelnen Motive.

Motive, grundsätzlich austauschbar und additionsfähig, sind Bausteine des Märchens, und unter diesem Gesichtspunkt ihrer Kombinationsfähigkeit gesehen, bedeutet der relativ spärliche Überrest der ägyptischen märchenhaften Erzählungen einen immensen Vorratsschatz. Wer sich mit den ägyptischen «Märchenmotiven» eingehender beschäftigen möchte, vergleiche unter diesem Stichwort den Artikel der Verfasserin im Lexikon der Ägyptologie Band III, Spalte 1124ff.

Die frühen Märchen des Nillandes haben sich nicht nur weit über die Erde verbreitet, sie sind auch in Ägypten selbst lebendig geblieben bis in die Gegenwart. In Ägypten war es, wo Zaubergeschichten, wie sie sich hauptsächlich in der Literatur des Orients noch immer größter Beliebtheit erfreuen, ihren Anfang nahmen. Auch mancher Schwank hat vom Nil seinen Auszug gehalten. Horapollon und der Physiologus legen beredtes Zeugnis davon ab, wie die ägyptische Vorstellungswelt durchsetzt war von märchenhaften Vorgängen und Zuständen.

Wer würde ohne Kenntnis der nun zwei- bis fünftausend

Jahre alten Texte vermuten, daß unser Brüdermärchen, das von Wahrheit und Lüge, die Kristallkugel oder auch die Nürnberger Bilderbogen ihren Impuls im Nilland erhielten? Denken wir an die Macht des Namens und seine daraus folgende Geheimhaltung, an die Deutung des Traumes, die Verkehrte Welt oder das Schlaraffenland, an Meerjungfer und Prahlhans, an den Turm der Rapunzel oder den Meisterdieb. Freilich sei damit nicht behauptet, daß alles, was sich an Vergleichbarem zwischen anderen Kulturen und dem Nilland kundtut, auf Übernahme beruhe – vieles davon kann aus einer Verwandtschaft des Geistes und sogar aus der Gemeinsamkeit eines Urgrundes hervorgegangen sein.

Immerhin läßt das Ergebnis aufhorchen, daß jedesmal, wo es gelungen ist, die Wanderwege unbezweifelbar nachzuzeichnen, die Spuren nach Ägypten führen und daß bei dem übrigen Gut Ägypten zumindest die zeitliche Priorität zufällt. Umgekehrt darf auch behauptet werden, daß wohl kein einziges Märchen ohne Ausstrahlung geblieben ist in seine Nachbarländer und durch die Zeiten hindurch bis heute. So zählebig die Märchen sind, so flüchtig sind sie im Wandern. Die Wege sind seltsam und verästeln sich fein, führen mit den koptischen Mönchen bis Irland, erreichen Polen und Rußland im Osten, umspannen den Gürtel von Polynesien bis Madagaskar und reichen bis tief in den Sudan. Seefahrer waren jederzeit geschickte Vermittler; mit den Kulturen des Mittelmeerbeckens standen die Ägypter von Beginn ihrer Geschichte an, d. i. um 3000 v. Chr., in regem Austausch; seit der Gründung von Naukratis als Freihandelsplatz der Griechen im 6. vorchristlichen Jahrhundert waren die Schleusen nach Hellas breit geöffnet. Die Stadt, die ihrem Gründer Alexander d. Gr. den Namen verdankt, wurde Umschlaghafen ägyptischen Geistesgutes in hellenistisches Kulturland, wie später Byzanz ägyptisches Erbe durch das gesamte oströmische Reich getragen hat. Am Ende der Mittlerkette stehen die Kreuzfahrer.

Diese weltweite Wirkung verbindet sich mit dem Namen Ägypten, und zwar trotz der dem Alter der Texte entsprechenden Lückenhaftigkeit ihrer Überlieferung. Kommt hinzu, daß die Wissenschaft der Ägyptologie jung ist und ihre Märchenforschung noch kaum begonnen hat, so wird verständlich, warum das kapitale Ergebnis: Ägypten als Ursprungsland einer Unmenge unserer Märchen und als ein sowohl Indien wie Griechenland gleichbedeutendes Märchenzentrum entdeckt zu haben, noch nicht in alle Schulbücher eingedrungen ist. Ägypten erweist sich wie auf allen übrigen Gebieten der Kultur – und «alle» ist mit Besonnenheit ausgesprochen – als epochal auch für das Märchen.

Homer wie Hesiod, Platon wie Aristoteles blieben nicht unberührt von altägyptischer Literatur, und die «Tiere» des Aristophanes sind ebensowenig frei von ägyptischem Einfluß wie Aelian oder Plutarch. Außer Eudoxos von Knidos sei als Erbe letztlich Pseudokallisthenes genannt, dessen Alexanderroman teilweise als Umprägung altägyptischen Vorstellungsgutes verstanden werden muß (Nr. 31). Wenn unter dem Namen Äsop sich ein Meister der Fabel vorstellt, der in Ägypten gewesen sein will, so glauben wir ihm gern, nachdem wir festgestellt haben, wie viele seiner Bilder und moralischen Sentenzen in eben diesem Land ihren Ursprung haben. Und wenn Herodot in Ägyptens Kampf gegen Sanherib den Mäusen den Entscheid zuschiebt, weil sie der Feinde Waffen zernagten (II, 141), so ist das märchenhafte Werkzeug in der Hand Gottes für Ägypten wohl ebenso bezeichnend wie «der Engel des Herrn» in der Sicht der Juden, wenn sie über die gleiche Nacht berichten (2. Kg. 19,35).

Mehr Fäden, als hier abgewickelt, führen zum Alten Testament, und auch in den Büchern des Neuen Testaments finden wir Anklänge an pharaonische Vorstellungen und sprachliche Wendungen. Nicht nur die Sprüche Salomonis sind von ägyptischen Einflüssen durchzogen, auch die Gedichte des Hohenliedes verwenden Bilder der altägyptischen

Liebespoesie; im Predigerbuche klingen die Harfnerlieder auf, und die Tefnutlegende (Nr. 17) bringt wörtliche Übereinstimmungen zum Neuen Testament – um neben der Parallele zum Gleichnis vom reichen Mann und armen Lazarus zum Reichen und Armen des Seton-Romans (Nr. 36) nur einige weitere Beispiele zu nennen.

In dem Meinungsstreit über die Herkunft des Achikarromans fällt ein Steinchen nach dem anderen auf Ägyptens Waagschale. Wie könnte es anders sein, als daß auch das islamische Ägypten auf pharaonisches Erzählgut zurückgegriffen hat für die schönste aller Märchensammlungen, für Tausendundeine Nacht. Es kann hier nicht ausgebreitet werden, daß gerade diese Märchensammlung einen Hort altägyptischer Schätze bedeutet.

Vielfach sind auch nur einzelne der mehrtausendjährigen Gestalten in die Literatur eines anderen Landes, und zwar derart verwandelt und umgedeutet eingegangen, daß nur Forscherauge sie wiedererkennt. So hat der Goldene Esel in den Metamorphosen des Apuleius Züge aus dem Alten Ägypten.

In Tausendundeine Nacht sind gleichermaßen nicht nur ganze Märchen eingemündet, sondern auch Einzelfiguren. In der Geschichte «Der Lastenträger und die drei Damen von Bagdad» hat so der affengestaltige Schreibergott Thoth den in einen Affen verwandelten Bettelmönch, der sich durch seine besonders schöne Schrift auszeichnet, aus der Wiege gehoben. Die Entblößungsgeste der griechischen Baubo dürfte in der Tradition von Hathors Ermunterungsgebärde im «Streit zwischen Horus und Seth» (Nr. 13) stehen; die Rätsel, mit denen die Königin von Saba den Scharfsinn König Salomons prüft (Nr. 40, 41), bilden in der Renaissance Motive von Wandteppichen, und noch Goethes «Zauberlehrling» zehrt nachweislich von altägyptischer Phantasie.

Wir haben mehr als üblich auf Nachbarkulturen schauen müssen, um das, was durch die Jahrtausende zerstört wurde oder sich verflüchtigt hat, zu kondensieren und zurückzugewinnen für die ursprünglichen Spender: Ägypten erweist sich als ein blühend Land. Doch lassen sich seine Erzählungen nicht wie bunte Falter mit Netzen fangen, sondern müssen wie schlummernde Edelsteine aus dem Dunkel der bergenden Felsen gebrochen werden. Der Schweiß des Kumpels gerinnt zu Erklärungen, die darum, wenngleich mit Bedacht reduziert, einen im Vergleich zu anderen Bänden dieser Reihe unverhältnismäßig breiten Umfang einnehmen. Sie finden sich auf S. 307 ff. und sind zum Verständnis der Übersetzungen unbedingt erforderlich.

Wer sich aber darüber hinaus mit dem lohnenden Gegenstand beschäftigen möchte, dem seien an einführender und kommentierender Literatur die auf S. 371 f. genannten wissenschaftlichen Arbeiten empfohlen, besonders das geniale Werk von Friedrich von der Leyen: Die Welt der Märchen, Diederichs Verlag 1953, das sich in Band I, S. 121–148, Ägypten zuwendet. Der vorliegende kursorische Überblick über die märchenhaften Erzählungen aus dem Alten Ägypten sei mit seinem Resümee beschlossen:

«Trotz aller schweren Verluste, auch im Märchen, enthüllt sich uns Ägypten als ein gesegnetes Wunderland. Die Märchenwelt, die sich uns hier erschließt, ist überaus reich und vielseitig. Ihre Strahlenkraft erhellt manche Länder, ihre Lebensdauer ist erstaunlich... Das Märchen wuchs auf dem Boden einer großartigen Kultur, wie sie niemals wiederkehrt, und erhielt seine anziehende Kraft bis auf den heutigen Tag.» Möge sich sein Wort vor dem Leser bewahrheiten!

MÄRCHEN

1

Der Schiffbrüchige

Ein königlicher Gefolgsmann spricht einen von gescheitertem Unternehmen heimgekehrten Fürsten, der sich über seine bevorstehende Meldung beim König Sorge macht, Mut zu, indem er ihm sicheres Auftreten empfiehlt. Um seine Ermutigung zu bekräftigen, erzählt er ihm ein entsprechendes eigenes Erlebnis: unser Märchen.

Da sagte der treffliche Gefolgsmann:
«Freu dich, o Fürst,
siehe, wir haben die Heimat erreicht.
Ergriffen ward der Schlegel, eingeschlagen der Landepflock,
das Burgtau ist auf das Land gelegt.
Man zollt Lobpreis, man dankt Gott,
ein jeder umarmt seinen Gefährten.
Denn unsere Mannschaft ist heil zurückgekommen,
es gab keinen Verlust bei unserer Truppe.
Wir haben das Ende von Nubien erreicht,
wir haben die Insel Bigga passiert.
Sieh, wir sind glücklich zurückgekehrt,
unser Land, wir haben es erreicht.

Hör doch auf mich, o Fürst,
ich bin frei von Übertreibung:
Wasche dich, gieß Wasser auf deine Finger,
gib Antwort auf das, was man dich fragt.
Rede zum König mit gefaßtem Herzen,
antworte ohne Gestammel.
Denn der Mund des Menschen, er vermag, ihn zu retten,
seine Rede, sie bringt ihm Nachsicht ein.
Doch handle, wie du magst,
es ermüdet, dir zuzureden.

Ich will dir lieber etwas Ähnliches erzählen,
etwas, das mir selbst zugestoßen ist:
Ich war zu den Minen des Königs ausgezogen
und war in See gestochen in einem Schiff.
Es hatte 120 Ellen Länge (60 m) und 40 Ellen Breite (20 m)
120 Matrosen waren darin von der Elite Ägyptens.
Sie beobachteten den Himmel, sie beobachteten das Land,
und ihr Herz war unerschrockener als das von Löwen.

Da kündeten sie einen Sturm an, noch ehe er aufgekommen war,
und ein Unwetter, ehe es losgebrochen war.
Der Sturm war da, als wir noch auf See waren,
bevor wir Land erreichen konnten.
Als wir noch segelten, verdoppelte sich der Wind
und peitschte eine Woge hoch von acht Ellen.

Es war ein Stück Holz, das sie mir zugespült hat,
das Schiff aber ging unter.
Keiner der Besatzung blieb übrig,
einzig ich ward von einer Meereswelle auf eine Insel geworfen.

Ich verbrachte dort drei Tage allein,
nur mit meinem Herzen als Gefährten.
Ich schlief im Versteck eines Baumes
und suchte (bei Tag) den Schatten auf.
Dann machte ich mich auf meine Beine,
um nach etwas zu fahnden, was ich in meinen Mund stecken könnte.

Ich fand Feigen dort und Weintrauben
und allerlei Arten von Lauch,
Sykomoren, gekerbt und ungekerbt,
und Gurken, als wären sie angepflanzt.
Auch Fische gab's und Vögel,
kurz, es gibt nichts, was es auf ihr nicht gegeben hätte.
Ich aß mich satt
und warf noch weg, weil ich zuviel in meinen Armen hatte.
Dann schnitt ich einen Feuerbohrer, schlug Feuer
und brachte ein Brandopfer für die Götter dar.

Da hörte ich ein Donnergeräusch
und dachte: «Es ist eine Woge des Meeres.»
Bäume krachten,
der Erdboden bebte.
Ich enthüllte mein Gesicht und erkannte es:
es war eine Schlange (ein Schlangengott), die herankam.
Er maß 30 Ellen,
sein Bart, er war mehr als zwei Ellen lang.
Sein Leib war mit Gold überzogen,
seine Augenbrauen aus echtem Lapislazuli...

Er öffnete seinen Mund zu mir hin,
während ich vor ihm auf dem Bauche lag.
Er sagte zu mir:

«Wer hat dich gebracht, wer hat dich gebracht,
Bürschlein, wer hat dich (hierher)gebracht?
Wenn du zögerst, mir den zu nennen,
der dich zu dieser Insel gebracht hat,
werde ich machen, daß du dich als Asche wiederfindest,
geworden zu etwas, das man nicht sehen kann.»
(Ich antwortete:)
«Du sprichst zwar zu mir,
aber ich kann es nicht hören.
Ich bin zwar vor dir,
aber ich kenne mich selbst nicht mehr.»
Da nahm er mich ins Maul,
er schleppte mich zu seinem Wohnplatz.
Er legte mich dort ab, unversehrt,
ich war heil, nichts von mir war abgebissen.

Er öffnete seinen Mund zu mir hin,
während ich vor ihm auf dem Bauche lag.
Dann sprach er zu mir:
«Wer hat dich gebracht, wer hat dich gebracht?
Bürschlein, wer hat dich gebracht,
Zu dieser Insel des Meeres,
die mitten im Wasser liegt?»
Da beantwortete ich es ihm,
meine Arme respektvoll vor ihm gebeugt.
Ich sagte zu ihm:
«Es war so: Ich war ausgezogen zu den Minen im
Auftrag des Königs,
(und war in See gestochen in einem Schiff.)
Es hatte 120 Ellen Länge und 40 Ellen Breite,
120 Matrosen waren darin von der Elite Ägyptens.
Sie beobachteten den Himmel, sie beobachteten das
Land,
und ihr Herz war unerschrockener als das von
Löwen.

Da kündeten sie einen Sturm an, noch ehe er
aufgekommen war,
und ein Unwetter, ehe es losgebrochen war.
Jeder von ihnen war mutiger und stärker als sein
Kamerad.
Es gab keinen Tölpel unter ihnen.
Der Sturm war da, als wir noch auf See waren,
bevor wir Land erreichen konnten.
Als wir noch segelten, verdoppelte sich der Wind
und peitschte eine Woge hoch von acht Ellen.
Es war ein Stück Holz, das sie mir zugespült hat.
Das Schiff aber ging unter.
Keiner von der Besatzung blieb übrig außer mir,
und so bin ich jetzt bei dir.
Ich wurde auf diese Insel gebracht durch eine Welle des
Meeres.»

Dann sagte er zu mir:
«Fürchte dich nicht, fürchte dich nicht, Bürschlein,
dein Gesicht braucht nicht zu erbleichen, denn du bist
ja zu mir gekommen.
Sieh, es war ein Gott, der dich hat leben lassen,
er hat dich gebracht zu diesem Eiland der Paradiesfülle.
Es gibt nichts, was es auf ihm nicht gäbe,
es ist voll von allen guten Dingen.
Nun, du wirst Monat auf Monat verbringen,
bis du vier Monate auf dieser Insel zugebracht hast.
Dann wird ein Schiff aus der Heimat kommen,
Matrosen sind darin, die du kennst.
Du wirst heimwärts fahren mit ihnen,
und darfst sterben in deiner Stadt.»

Wie freut sich einer, der erzählt, was er
durchgemacht hat,
wenn erst die Pein vorüber ist! –

Jetzt will ich dir etwas Entsprechendes erzählen,
was auf dieser Insel geschah:
Ich war auf ihr mit meiner Sippe,
darunter waren Kinder;
Alle zusammen waren wir 75 Schlangen,
meine Kinder und meine Sippe.
Nicht erwähne ich dir eine kleine Tochter,
die mir auf ein Gebet hin geschenkt worden war. –

Da fiel ein Stern (vom Himmel),
und sie alle gingen durch ihn in Flammen auf!
Es traf sich aber, daß ich nicht unter den
Verbrannten war,
denn ich war gerade nicht bei ihnen.
Doch ich war wie gestorben um ihretwillen,
als ich sie als einen einzigen Leichenhaufen fand.
Wenn du tapfer bist und dein Herz bezwingst,
dann wirst du deine Kinder wieder umarmen.
Du wirst deine Frau küssen
und wirst dein Haus wiedersehen.
Es ist schöner als alles andere, wenn du die Heimat
wieder erreichst;
wenn du dort sein wirst inmitten deiner Sippe.

Da streckte ich mich auf meinen Bauch
und berührte den Boden vor ihm.
Ich sagte zu ihm:
«Ich werde deinen Ruhm dem Herrscher künden
und ihm deine Größe kundtun.
Ich werde dir Ladanum bringen lassen,
Hekenu-Öle, Parfum, Balsam,
Weihrauch für die Tempel,
womit man jeden Gott gnädig stimmt.
Ich werde erzählen, was mir widerfahren ist
und was ich von deiner Macht gesehen habe.

Man (der König) wird Gott für dich preisen in der Residenz,
vor der Beamtenschaft des ganzen Landes.

Ich werde Stiere für dich schlachten zu Brandopfer,
ich werde Gänsen den Hals abdrehen für dich.
Ich werde dir Schiffe zuführen lassen, beladen mit allen Schätzen Ägyptens,
wie man es tut für einen die Menschen liebenden Gott
in einem fernen Lande, das die Menschen nicht kennen.»

Da lachte er über mich, (genauer) über das, was ich gesagt hatte
und was für ihn so töricht war.
Und er sagte zu mir:
«Du bist keineswegs reich an Myrrhen und sonstiger Art von Weihrauch.
Sondern ich bin der Herrscher von Punt, und die Myrrhen gehören mir.
Jenes Hekenu-Öl, das du mir zu bringen versprachst,
das ist ja der Reichtum dieser Insel.
Außerdem wirst du, wenn du diesen Ort verlassen hast,
dieses Eiland niemals wiedersehen, denn es wird zu Wasser werden.»

Dann kam jenes Schiff,
wie er es vorhergesagt hatte.
Ich machte mich auf und stieg auf einen hohen Baum,
und ich erkannte die, welche an Bord waren.
Dann wandte ich mich, es ihm zu melden,
fand aber, daß er es schon wußte.
Da sagte er zu mir:
«Komm gesund, komm gesund nach Hause, Bürschlein,
auf daß du deine Kinder wiedersehest.
Mach mir einen guten Namen in deiner Stadt:

Sieh, das ist es, was ich mir wünsche von dir.»

Da warf ich mich vor ihm auf den Bauch,
meine Arme respektvoll vor ihm gebeugt.
Er gab mir eine Ladung voll Myrrhen, Hekenu-Öle,
Parfum und Balsam,
Tischepses-Gewürz, Duftessenz und Augenschminke,
Giraffenschwänze, große Klumpen von Weihrauch und
Elefantenzähne,
Windhunde, Meerkatzen, Paviane und alle Arten
kostbarer Dinge.

Ich lud alles in das Schiff,
und ich warf mich auf den Bauch, um ihm zu danken.
Da sagte er zu mir:
«Sieh, in zwei Monaten wirst du die Heimat erreichen,
du wirst deine Kinder umarmen und dich in deinem
Grabe verjüngen.»
Darauf ging ich zum Ufer hinab in die Nähe des Schiffes
und rief der Mannschaft zu, die auf dem Schiffe war.
Am Ufer stimmte ich den Dankhymnus an für den Herrn
dieser Insel,
und die im Schiffe waren, taten desgleichen.

Nun fuhren wir nordwärts,
zur Residenz des Herrschers.
Wir erreichten die Residenz nach zwei Monaten,
alles genau so, wie er es gesagt hatte.
Dann trat ich ein (in den Palast) vor den Herrscher,
und ich überreichte ihm die Gaben, welche ich von der
Insel mitgebracht hatte.
Da dankte er mir vor der Beamtenschaft des ganzen
Landes;
er machte mich zum Gefolgsmann und belehnte mich
mit 200 Hörigen.

Stell dir mich vor, nachdem ich das Land erreicht hatte,
und dann zurückblickte auf das, was ich durchgemacht hatte.
Höre auf mich!
Hören ist gut für die Menschen.»

Er aber (der Fürst) erwiderte nur:
«Mach dir nicht zuviel Mühe, mein Freund.
Wer gibt einer Gans noch Wasser vor Sonnenaufgang,
wenn sie am Morgen geschlachtet werden soll?»

Erklärungen S. 307f.

2

Die Hirtengeschichte

Seht, als ich hinabstieg zu dem Sumpf, der an diese Weide grenzt, sah ich dort eine Frau, deren Leib nicht von Menschenart war. Mein Haar sträubte sich, als ich ihre Locken sah und weil ihre Haut glatt (epiliert?)[1] war. Niemals werde ich tun, was sie gesagt hat. Ihre Ausstrahlung[2] sitzt in mir.

Ich sage euch: Auf, ihr Kerle[3], wir fahren (morgen) zurück. Die Kälber mögen (schon) übersetzen, das Kleinvieh die Nacht am Rande des Bruchs verbringen unter der Obhut der Hirten, ebenso unser Boot für die Rückfahrt der Stiere samt den Kühen hinter ihm (dem Boot) her. Die Kundigen unter den Hirten sollen den Wasserzauber (gegen Krokodile) rezitieren und folgenden Spruch sagen:
«Mein Sinn jubelt, ihr Hirten, ihr Männer!
Es gibt keinen, der (mich) vertreiben könnte von dieser Flur,
auch nicht in dem Jahr der hohen Überschwemmung,
die die Buckel des Landes soweit beherrscht (überspült),

daß man den Überflutungssee nicht mehr vom Fluß unterscheiden kann.
Du aber (Krokodil?), geh heim in deine Behausung!
Das Vieh bleibt an seinem Platz,
denn die Furcht vor dir ist gewichen,
die Scheu vor dir ist verflogen,
bis die Wut der Mächtigen (Seuchengöttin?) gewichen ist
und die Furcht vor der Herrin der Beiden Länder.»

Als dann die Erde hell wurde am frühen Morgen – man tat so, wie er gesagt hatte –, da begegnete ihm diese Göttin wieder, als er sich dem See zuwandte. Sie zog ihre Kleider aus und verwirrte ihr Haar[4] ... *Der Rest der Geschichte ist wie ihr Beginn verloren.*

Erklärungen S. 309ff.

3

Wundergeschichten am Hofe des Königs Cheops und die wunderbare Geburt der drei Königskinder

Am Hofe des Königs Cheops unterhalten die Prinzen ihren Vater mit schönen Geschichten. Von der Erzählung aus der Zeit des Königs Djoser sind nur noch die letzten Sätze vom Gedächtnisopfer an den Ahnherrn und seinen großen Zauberer erhalten. Danach hebt Prinz Chephren seine Erzählung an. Wir lesen:

Danach erhob sich Prinz Chephren, um zu sprechen, und sagte: Ich lasse Deine Majestät ein Wunder hören, das sich zur Zeit deines Ahnherrn, des Königs Nebka, des Seligen, ereignet hat, als er sich zum Tempel des Ptah, des Herrn von Memphis, begab.

Damals als Seine Majestät nach (Memphis ging und Seine Majestät ein großes Festopfer veranstaltete, hieß er) den Obersten Vorlesepriester Uba-oner mit sich gehen. Die Frau

Uba-oners aber (schickte inzwischen ihre Dienerin zu einem geringen Mann) und ließ ihm durch sie einen Kasten voll Kleider bringen. Er kam mit der Dienerin, und sie feierten einen schönen Tag miteinander.

Es gab aber eine Laube[1] am Gartenteich Uba-oners, und so sprach der Mann zur Frau Uba-oners: «Es gibt doch eine Laube hier im Garten. Wohlan, laß uns ein Schäferstündchen dort verbringen!» Da sagte die Frau Uba-oners dem Gartenaufseher: «Laß die Laube, die am Gartenteich liegt, ausrüsten!» Und sie begab sich zur Laube und verbrachte den ganzen Tag, dort mit dem Mann zu trinken bis zum Sonnenuntergang. (Danach stand der Mann auf und wollte im Gartenteich baden.) Die Dienerin führte ihn hinab, aber der Gartenaufseher (beobachtete es und dachte: «Dies werde ich) Uba-oner (melden).»

Als die Erde wieder hell wurde und der nächste Tag begann, eilte der Gartenaufseher zu Uba-oner und meldete ihm diese Geschichte... Darauf sagte Uba-oner zu ihm: «Hole mir meine (Zauberbücher und -geräte in dem Kasten) aus Ebenholz und Gold. Ich forme einen (Rächer) und schicke ihn als meinen Boten zu ihm.» Dann formte er ein Krokodil aus Wachs von sieben Fingern Länge und las über ihm einen Zauberspruch: «Wenn er kommen wird, um in meinem See zu baden, (dann sollst du ihn mir packen, den Mann!)» Dann gab er es dem Aufseher und sagte zu ihm: «Wenn der Mann in den Teich gestiegen ist, wie er es täglich zu tun pflegt, dann wirf das Krokodil hinter ihm her!» Der Aufseher machte sich eilends auf und nahm das Krokodil aus Wachs mit sich.

Wieder ließ die Frau Uba-oners dem Gartenaufseher sagen: «Laß die Laube, die am Gartenteich liegt, ausrüsten, denn sieh, ich komme, um mich darin zu verweilen.» Die Laube wurde mit allerlei guten Dingen ausgerüstet, und die beiden – die Frau und die Dienerin – machten sich auf und feierten einen schönen Tag mit dem Mann.

Als es Abend geworden war, kam der Mann (zum Teich), wie er es täglich zu tun pflegte. Da warf der Aufseher das Krokodil aus Wachs hinter ihm her ins Wasser. Dieses verwandelte sich in ein Krokodil von sieben Ellen Länge, und es packte den Mann. Indessen blieb Uba-oner sieben Tage lang bei der Majestät des Königs Nebka, während der Mann in der Tiefe des Teiches war, ohne zu atmen.

Als die sieben Tage um waren, schickte sich König Nebka an (in seinen Palast zurückzukehren), und der Oberste Vorlesepriester Uba-oner trat vor. Dann sprach (er zu ihm: «Mit Vergunst, darf ich) etwas sagen? Möge Deine Majestät kommen und sich das Wunder ansehen, das zur Zeit Deiner Majestät geschah.» (Der König ging mit zum Teich) Uba-oners, und dieser rief das Krokodil mit den Worten: «Bring den Mann herauf!» (Das Krokodil kam heraus aus dem Wasser und brachte den Mann herauf.) Darauf sagte der Oberste Vorlesepriester: «Pack ihn wieder!» (Da schleppte) es ihn wieder fort. Dann ließ (Uba-oner den Mann von neuem bringen und) ihn (vor Seine Majestät legen). Da sagte die Majestät des Königs Nebka: «Wahrlich, dies Krokodil ist schauderhaft!» Aber Uba-oner bückte sich, nahm es, und es war in seiner Hand nur wieder ein Krokodil aus Wachs.

Dann erzählte der Oberste Vorlesepriester Uba-oner der Majestät des Königs Nebka, was der Mann mit seiner Frau in seinem Hause getan hatte. Da sagte Seine Majestät zum Krokodil: «Hol dir das Deine!» Das Krokodil tauchte in die Tiefe des Teiches, und man hat niemals erfahren, wohin es mit ihm gegangen ist. Dann ließ König Nebka die Frau Uba-oners zum Schindanger im Norden der Residenz schaffen, ließ Feuer an sie legen (und ihre Asche) in den Fluß werfen.

Sieh, ein solches Wunder hat sich zur Zeit deines Ahnherrn Nebka ereignet, eines von denen, die der Oberste Vorlesepriester Uba-oner vollbracht hat.

Da sprach die Majestät des Königs Cheops: «Man spende tausend Brote, hundert Krug Bier, einen Ochsen und zwei

Kugeln Weihrauch für König Nebka, den Seligen, und man gebe einen Kuchen, einen Krug Bier, ein Stück Fleisch und eine Kugel Weihrauch dem Obersten Vorlesepriester Ubaoner, denn ich habe ein Beispiel seiner Kunst erfahren.»

Und man tat alles, was Seine Majestät befohlen hatte.

Danach erhob sich Prinz Bâufrê, um zu sprechen, und sagte: Ich lasse Deine Majestät ein Wunder hören, das sich zur Zeit deines Vaters Snofru, des Seligen, ereignet hat, eines von denen, die der Oberste Vorlesepriester Djadja-em-anch vollbracht hat, etwas, was über dem Gestern leuchtet und... nicht wieder geschehen ist bis zum heutigen Tag und auch zuvor niemals geschehen war.

König Snofru schritt eines Tages durch alle Gemächer des Palastes, um sich irgendeine Aufheiterung zu verschaffen. Aber er konnte keine finden. So befahl er: «Geht und holt mir den Obersten Vorlesepriester und Buchschreiber Djadja-em-anch!» Er wurde ihm sofort geholt. Da sagte Seine Majestät zu ihm: «Ich schritt durch alle Gemächer des Palastes, um mir irgendeine Aufheiterung zu verschaffen, aber ich konnte keine finden.» Djadja-em-anch sagte zu ihm: «Möge Deine Majestät sich zum See des Palastes begeben! Bemanne dir ein Boot mit allen Schönen deines Palastinnern. Das Herz Deiner Majestät wird sich erquicken, sie auf und ab rudern zu sehen. Und wenn du die schönen Vogelgeniste deines Sees erblickst und die umliegenden Gefilde und lieblichen Gestade, wird dein Herz sich dabei erheitern.»

(Seine Majestät antwortete:) «Also werde ich meine Ruderfahrt unternehmen. Man hole mir zwanzig goldbeschlagene Ruder aus Ebenholz, deren Griffe aus Sandelholz mit Weißgold beschlagen sind. Dann hole man mir zwanzig Frauen mit makellosem Körper und (junger) Brust und mit Zopffrisur und die noch nicht geboren haben. Man hole mir weiter zwanzig (Perlen)netze und gebe diese Netze den Frauen anstelle ihrer Kleider.»

Und man tat alles, was Seine Majestät befohlen hatte.

Sie ruderten auf und ab, und dem Herzen Seiner Majestät tat es wohl, sie rudern zu sehen. Aber eine der Schlagführerinnen flocht an ihrem Zopf, und ein Fischanhänger aus neuem Türkis fiel ins Wasser. Da verstummte[2] sie und hörte auf zu rudern, und ihre Reihe verstummte auch und hörte auf zu rudern. Seine Majestät sagte: «Könnt ihr denn nicht mehr rudern!» Sie antworteten: «Unsere Führerin schweigt, und sie hat aufgehört zu rudern!» Da sagte Seine Majestät zu ihr: «Warum ruderst du nicht mehr?» Sie antwortete: «Darum, weil ein Fischanhänger aus neuem Türkis ins Wasser gefallen ist.» Und Seine Majestät sagte zu ihr: «Willst du, daß ich ihn dir ersetze?» Aber sie antwortete: «Ich will lieber mein eigenes Stück als seinen Ersatz.» Da sprach Seine Majestät: «Geht und holt mir den Obersten Vorlesepriester Djadja-em-anch», und er wurde ihm sofort geholt.

Seine Majestät sprach: «Djadja-em-anch, mein Bruder, ich habe getan, wie du gesagt hast, und das Herz Meiner Majestät hat sich erquickt, sie rudern zu sehen. Aber da fiel ein Fischgehänge aus neuem Türkis einer der Führerinnen ins Wasser; da ist sie verstummt und hat aufgehört zu rudern. So kam es, daß sie ihre Reihe gestört hat. Ich sagte zu ihr: ‹Warum ruderst du nicht mehr?› Sie antwortete mir: ‹Darum, weil ein Fischgehänge aus neuem Türkis ins Wasser gefallen ist.› Ich sagte zu ihr: ‹Rudere nur! Ich selbst werde es dir ersetzen.› Aber sie antwortete mir: ‹Ich will lieber mein eigenes Stück als seinen Ersatz.›»

Da sprach der Oberste Vorlesepriester Djadja-em-anch irgendwelche Zauberworte, dann legte er eine Wasserhälfte des Sees auf die andere, und er fand das Fischgehänge auf einer Scherbe liegen. Er holte es, und so wurde es seiner Besitzerin gegeben. Das Wasser aber, das in seiner Mitte zwölf Ellen tief gewesen war, erreichte nunmehr vierundzwanzig Ellen, nachdem es aufeinandergeklappt war. Dann sprach er wieder irgendwelche Zauberworte und brachte das Wasser des Sees an seinen Platz zurück.

Seine Majestät feierte den ganzen schönen Tag zusammen mit dem gesamten Königshof und ließ dann den Obersten Vorlesepriester Djadja-em-anch mit allerlei schönen Dingen belohnen.

Sieh, das ist das Wunder, das sich zur Zeit deines Vaters Snofru, des Seligen, ereignet hat, eines von denen, die der Oberste Vorlesepriester und Buchschreiber Djadja-em-anch vollbracht hat.

Da sprach die Majestät des Königs Cheops: «Man spende tausend Brote, hundert Krug Bier, einen Ochsen und zwei Kugeln Weihrauch für die Majestät des Königs Snofru, des Seligen, und gebe einen Kuchen, einen Krug Bier und eine Kugel Weihrauch dem Obersten Vorlesepriester und Buchschreiber Djadja-em-anch, denn ich habe ein Beispiel seiner Kunst erfahren.»

Und man tat alles, was Seine Majestät befohlen hatte.

Danach erhob sich Prinz Djedefhor, um zu sprechen, und sagte: («Bis jetzt hast du nur Beispiele) von dem gehört, was die Dahingegangenen konnten, und man kann nicht Wahrheit von Lüge unterscheiden. Aber es gibt unter Deiner Majestät in deiner eigenen Zeit einen, der dir nicht bekannt ist (und der ein großer Zauberer ist.») Seine Majestät sagte: «Worum handelt es sich, Djedefhor, mein Sohn?» Und Prinz Djedefhor antwortete: «Es gibt einen Mann mit Namen Djedi, der in der Stadt der Pyramide des Königs Snofru, des Seligen, wohnt. Er ist ein Mann von hundertundzehn Jahren, der fünfhundert Brote ißt und einen halben Ochsen an Fleisch und der hundert Krug Bier trinkt, bis auf den heutigen Tag[3]. Er kann einen abgeschnittenen Kopf wieder aufsetzen; er kann einen Löwen hinter sich hergehen lassen, während dessen Strick am Boden schleift; und er kennt auch die Zahl der Naoi des Thoth-Heiligtums.»

Nun hatte die Majestät des Königs Cheops schon viel Zeit verbracht, die Naoi des Thoth-Heiligtums zu suchen, um sich das gleiche für seine Pyramide machen zu lassen. So sagte Seine Majestät: «Du selbst, Djedefhor, mein Sohn, sollst ihn (Djedi) mir holen.»

Sogleich wurden Schiffe für den Prinzen Djedefhor ausgerüstet, und er fuhr nilauf zur Stadt der Pyramide des Königs Snofru, des Seligen. Als die Schiffe am Ufer gelandet waren, nahm er den Weg landeinwärts, nachdem er sich in eine Sänfte aus Ebenholz gesetzt hatte, deren Stangen aus Edelholz mit Gold beschlagen waren.

Als er bei Djedi ankam, wurde die Sänfte niedergesetzt. Dann erhob er sich, um ihn zu begrüßen. Er fand ihn im Hofe seines Hauses auf einer Matte liegen. Ein Diener hielt seinen Kopf und rieb ihn, während ihm ein anderer die Füße massierte. Prinz Djedefhor sagte: «Dein Zustand gleicht dem eines Mannes, der das Greisenalter noch vor sich hat – bedeutet doch hohes Alter letztes Stündlein, Einwickeln und Bestatten – eines, der bis zum Morgen durchschläft, frei ist von Leiden und ohne Altershusten.» So begrüßt man einen Verehrungswürdigen[4]. «Ich bin hierhergekommen, um dich zu rufen, im Auftrage meines Vaters Cheops; du sollst auch die köstlichen Dinge essen, die der König gibt, und die Speisen, die denen vorbehalten sind, die in seinem Dienste stehen. Er wird dich nach einer glücklichen Lebensspanne zu deinen Vätern geleiten, die auf dem Gottesacker ruhen.»

Da antwortete dieser Djedi: «In Frieden, in Frieden, Djedefhor, Königssohn, den sein Vater liebt! Möge dich dein Vater Cheops loben! Möge er dich in den Altenrat befördern! Möge dein Geist gegen deine Feinde streiten und deine Seele die Wege kennen, die zum Tor der Stätte führen, die die Müden verhüllt[5].» So begrüßt man einen Prinzen.

Da reichte ihm Prinz Djedefhor die Hände und richtete ihn auf; er ging mit ihm zum Ufer und gab ihm dabei seinen Arm. Djedi sagte: «Laß mir eine eigene Barke geben, damit sie mir meine Schüler und meine Bücher befördere», und man stellte ihm zwei Schiffe mit ihrer Besatzung zur Verfügung. Aber Djedi fuhr nilab mit dem Schiff, in dem Prinz Djedefhor war.

Nachdem er in die Residenz gekommen war, trat Prinz Djedefhor ein, um der Majestät des Königs Cheops Meldung zu machen. Prinz Djedefhor sagte: «König, mein Herr. Ich habe Djedi hergebracht», und Seine Majestät sagte: «Bringe ihn mir eilends her!» Seine Majestät begab sich in die Große Halle des Palastes. Man führte Djedi bei ihm ein, und Seine Majestät sprach: «Wie kommt es, Djedi, daß es mir noch nicht vergönnt war, dich zu sehen?» Djedi antwortete: «Wer gerufen wird, kommt, o König. Man hat nach mir gerufen, und sieh, ich bin gekommen.»

Da fragte Seine Majestät: «Ist es wahr, was erzählt wird, daß du einen abgeschnittenen Kopf wieder aufsetzen könntest?» Djedi antwortete: «Ja, ich kann es, König, mein Herr.» Da sagte Seine Majestät: «Man bringe mir den Gefangenen her, der im Gefängnis ist, auf daß er hingerichtet werde.» Aber Djedi sagte: «Doch nicht an einem Menschen, König, mein Herr. Es ist doch verboten, so etwas an der Heiligen Herde (Gottes)[6] zu tun.»

So brachte man ihm eine Nilgans und schnitt ihr den Kopf ab. Man legte die Gans auf die Westseite der Großen Halle und ihren Kopf auf die Ostseite der Großen Halle. Djedi sprach irgendwelche Zauberworte; die Gans richtete sich auf, watschelte und ebenso ihr Kopf. Als eines zum anderen gekommen war, stand die Gans da und schnatterte. Dann ließ er ihm Vogel Langbein bringen, und man machte mit ihm dasselbe. Dann ließ ihm Seine Majestät noch ein Rind bringen, und auch sein Kopf wurde heruntergeschlagen. Djedi sprach irgendwelche Zauberworte, und das Rind richtete sich auf (und ebenso sein Kopf. Als eines zum anderen gekommen war, stand das Rind da und brüllte.

Darauf fragte Seine Majestät den Djedi: «Ist es wahr, was erzählt wird, daß du einen Löwen hinter dir hergehen lassen könntest, während dessen Strick am Boden schleift?» Djedi antwortete: «Ja, ich kann es, König, mein Herr.» Da brachte man ihm in einem Käfig einen Löwen, der wild an dem Stricke zerrte, mit dem er angebunden war. Djedi sprach irgendwelche Zauberworte, ließ den Löwen heraus, und der ging) hinter ihm her, während dessen Strick zu Boden gefallen war.

König Cheops sagte darauf: «Und dann hat man mir noch gesagt, du kenntest die Anzahl der Naoi des Thoth-Heiligtums.» Djedi antwortete: «Mit Vergunst, ich kenn nicht ihre Anzahl, König, mein Herr, ich weiß nur den Ort, wo es (das Verzeichnis davon) ist.» Seine Majestät sagte: «Wo denn?» Dieser Djedi antwortete: «Es gibt in Heliopolis eine Steinkiste in einer Kammer, die ‹Archiv› heißt. In dieser Kiste ist es (das Verzeichnis).» (Seine Majestät sagte: «Bring es mir eilends her!») Aber Djedi entgegnete: «König, mein Herr, nicht ich bin es, der es dir bringen kann.» Seine Majestät fragte: «Wer wird es mir denn bringen?» Djedi antwortete: «Das älteste der drei Kinder, die im Schoße von Ruddedet sind, das wird es dir bringen.» Da sagte Seine Majestät: «Das soll mir lieb sein! Aber was du da sagst – wer ist denn das, diese Ruddedet?» Djedi sagte: «Das ist die Frau eines Priesters des Re, des Herrn von Sachbu (im südlichen Delta), die mit drei Kindern des Re, des Herrn von Sachbu, schwanger ist. Und Re hat zu ihr gesagt, daß sie (die Kinder) das Hirtenamt (eines Königs) in diesem ganzen Lande ausüben sollen, und daß das älteste von ihnen Hoherpriester von Heliopolis sein wird.»

Darüber ward das Herz Seiner Majestät traurig. Aber Djedi sagte: «Was soll diese Stimmung, mein König? Ist es wegen der drei Kinder? Dazu kann ich sagen: Erst (folgt dir) dein Sohn, dann dessen Sohn, dann erst einer von ihnen.» Da fragte Seine Majestät: «Zu welcher Zeit wird Ruddedet niederkommen?» – «Am 15. Tag des ersten Wintermonats wird sie niederkommen.» Seine Majestät sagte darauf: «Das ist gerade dann, wenn die Sandbänke des Zwei-Fische-Kanals trocken liegen, sonst würde ich sie selbst überqueren und den Tempel des Re von Sachbu besuchen.» Djedi antwortete: «Dann werde ich einfach vier Ellen Wasser auf die Sandbänke des Zwei-Fische-Kanals steigen lassen.»

Seine Majestät begab sich darauf in seinen Wohnpalast, und Seine Majestät sprach: «Man weise Djedi an, in das Haus des Prinzen Djedefhor (einzuziehen); er soll mit ihm zusammen wohnen. Man setze seinen Unterhalt fest auf tausend Brote, hundert Krug Bier, einen Ochsen und hundert Bund Gemüse.»

Und man tat alles, was Seine Majestät befohlen hatte.

An einem dieser Tage begab es sich, daß Ruddedet Wehen spürte, und ihre Niederkunft war schwer. Da sprach die Majestät des Re von Sachbu zu Isis, Nephthys, der (Wiegengöttin) Mesechnet, der (Geburtshelferin) Heket und zu Chnum (dem Schöpfergott): «Bitte, macht euch auf und entbindet Ruddedet von den drei Kindern, die in ihrem Schoße sind und welche dieses Hirtenamt in diesem ganzen Lande ausüben werden. Sie werden eure Tempel erbauen, werden eure Altäre versorgen, eure Speisetische reich halten und werden eure Opfer vermehren.»

Diese Gottheiten machten sich auf den Weg, nachdem sie sich in Tänzerinnen verwandelt hatten. Chnum begleitete sie und trug das Gepäck. So kamen sie zum Hause des Rawoser. Sie fanden ihn, wie er dastand in seinem verdrehten Schurz. Sie machten vor ihm die Gebärde ihrer Menits und Sistren[7].

Er sagte zu ihnen: «Meine Damen, seht, es ist durch die Frau, die in den Wehen liegt und deren Niederkunft schwer ist.» Da sagten sie: «Laß sie uns sehen! Denn wir verstehen uns auf Geburtshilfe.» Er sagte zu ihnen: «Geht!» Und sie traten bei Ruddedet ein, und sie schlossen sich mit ihr in der Kammer ein.

Isis stellte sich vor sie, Nephthys hinter sie, und Heket beschleunigte die Geburt. Isis sprach: «Sei nicht stark in ihrem

Schoße in diesem deinem Namen Userkaf[8].» Da glitt das Kind auf ihre Arme, ein Knabe von einer Elle Länge (53 cm) und mit festen Knochen. Das Namensschild[9] seiner Glieder war aus Gold, sein Kopftuch aus echtem Lapislazuli. Sie wuschen ihn, nachdem seine Nabelschnur abgeschnitten und er auf ein Stoffpolster gelegt worden war. Dann begab sich Mesechnet zu ihm und sprach: «Ein König, der das Herrscheramt in diesem ganzen Lande ausüben wird», und Chnum verlieh ihm einen gesunden Leib.

Wiederum stellte sich Isis vor sie, Nephthys hinter sie, und Heket beschleunigte die Geburt. Isis sprach: «Tritt nicht in ihrem Schoß in diesem deinem Namen Sahurê.» Da glitt das Kind auf ihre Arme, ein Knabe von einer Elle Länge und mit festen Knochen. Das Namensschild seiner Glieder war aus Gold, sein Kopftuch aus echtem Lapislazuli. Sie wuschen ihn, nachdem seine Nabelschnur abgeschnitten und er auf ein Stoffpolster gelegt worden war. Dann begab sich Mesechnet zu ihm und sprach: «Ein König, der das Herrscheramt in diesem ganzen Lande ausüben wird», und Chnum verlieh ihm einen gesunden Leib.

Wiederum stellte sich Isis vor sie, Nephthys hinter sie, und Heket beschleunigte die Geburt. Isis sprach: «Sei nicht unwirsch in ihrem Schoß in diesem deinem Namen Keku.» Da glitt das Kind auf ihre Arme, ein Knabe von einer Elle Länge und mit festen Knochen. Das Namensschild seiner Glieder war aus Gold, sein Kopftuch aus echtem Lapislazuli. Sie wuschen ihn, nachdem seine Nabelschnur abgeschnitten und er auf ein Stoffpolster gelegt worden war. Dann begab sich Mesechnet zu ihm und sprach: «Ein König, der das Herrscheramt in diesem ganzen Lande ausüben wird», und Chnum verlieh ihm einen gesunden Leib[10].

Diese Gottheiten kamen heraus, nachdem sie Ruddedet von den drei Kindern entbunden hatten, und sagten: «Freu dich, Rawoser! Siehe, dir sind drei Kinder geboren.» Er sagte zu ihnen: «Meine Damen, was kann ich für euch tun? Bitte gebt doch diesen Sack Gerste eurem Gepäckträger, und nehmt ihn euch zur Bierbereitung als Bezahlung.»

Da belud sich Chnum mit dem Sack Gerste. Dann brachen sie auf, dorthin, woher sie gekommen waren.

Da sagte Isis zu diesen Göttern: «Was soll das, daß wir zu ihr gegangen sind, ohne ein Wunder für diese Kinder zu tun, das wir ihrem Vater (Re) melden könnten, der uns gehen hieß?» Sie schufen drei Königskronen, steckten sie in den Sack Gerste und ließen am Himmel Sturm und Regen aufziehen. Dann kehrten sie zu dem Hause (des Rawoser) zurück und sagten: «Bitte stellt doch diesen Sack Gerste hier in eine verschließbare Kammer, bis wir vom Tanzen im Norden zurückkommen.» Und sie stellten den Sack in eine verschließbare Kammer.

Ruddedet reinigte sich in einer Reinigung von vierzehn Tagen[11]. Dann sagte sie zu ihrer Dienerin: «Ist das Haus versorgt?» Sie antwortete: «Es ist mit allen guten Dingen versorgt, außer mit Getreidekrügen, denn man hat keine gebracht.» Ruddedet sagte: «Warum hat man denn keine Krüge gebracht?» Die Dienerin fuhr fort: «Es gibt hier nichts Derartiges, was man brauchen könnte, außer dem Sack Gerste für die Tänzerinnen, der in der Kammer unter ihrem Siegel liegt.» Ruddedet sagte: «Geh hinunter und hole davon! Rawoser wird es ihnen schon ersetzen, wenn er zurückkommt.»

Da eilte die Dienerin, öffnete die Kammer und hörte in der Kammer ein Geräusch von Gesang und Musik, von Tanz und Jubel, kurz allem, was man einem König darzubieten pflegt. Sie eilte hinauf und erzählte Ruddedet alles, was sie gehört hatte. Diese ging die Kammer rundherum ab, aber sie konnte die Stelle nicht finden, von der es ausging. Da legte sie ihre Schläfe an den Sack und fand heraus, daß es von seinem Innern ausging. Sie tat ihn in einen Kasten, steckte diesen in einen anderen Behälter und verschnürte ihn mit einem Lederriemen. Dann stellte sie alles dies in die Kammer, die ihre Vorräte enthielt, und schloß sie ab.

Als Rawoser vom Felde heimkam, erzählte ihm Ruddedet

diese Geschichte. Er freute sich über alle Maßen, und sie setzten sich und feierten einen schönen Tag.

Nachdem Tage darüber hingegangen waren, schalt Ruddedet einmal die Dienerin und ließ sie mit Schlägen bestrafen. Die Dienerin sagte zu den Leuten, die im Hause waren: «Kann sie so was tun, so was? Sie hat doch drei Könige geboren. Ich will jetzt hingehen, um es der Majestät des Königs Cheops zu verraten.»

So ging sie weg und traf ihren älteren (Halb-)Bruder mütterlicherseits, wie er auf der Tenne Flachsgarben band. Er sagte zu ihr: «Wohin machst du, kleines Mädchen?» Da erzählte sie ihm diese Geschichte. Aber ihr Bruder sagte zu ihr: «Macht man das vielleicht, was du da machst: zu mir zu kommen, so daß ich in die Anzeige verwickelt werde?» Danach packte er einen Flachsstrang gegen sie und versetzte ihr einen bösen Schlag. Die Dienerin lief fort, um sich ein Schaff Wasser zu holen, und da schnappte sie ein Krokodil.

Nun ging ihr Bruder, um es Ruddedet zu sagen. Er fand Ruddedet dasitzen mit dem Kopf auf den Knien und mit gar traurigem Herzen. Er sagte zu ihr: «Meine Herrin, warum bist du in dieser Stimmung?» Sie antwortete: «Es ist wegen der Kleinen, die in diesem Hause groß geworden ist. Denn sieh, sie ist davongegangen mit den Worten: ‹Ich will jetzt hingehen, um es anzuzeigen.›» Da senkte er seinen Kopf und sagte: «Meine Herrin, richtig, sie ist gekommen, um mir die Geschichte zu erzählen, und stellte sich neben mich. Da versetzte ich ihr einen bösen Schlag. Darauf ging sie, um sich etwas Wasser zu schöpfen, und da schnappte sie ein Krokodil.»

Hier endet die Handschrift, der Schreiber hat den Schluß der Erzählung nicht mehr abgeschrieben. Wie der letzte Teil im einzelnen auch fortgeführt gewesen sein mag, sicher ist, daß alle Nachstellungen der Cheops[12] – und die werden nicht nur eingeleitet durch die Anzeige, sondern sind auch nach dem, was Herodot über diesen unbeliebten Herrscher sagt, wahrscheinlich – erfolglos bleiben und die Kinder an die Regierung kommen. Denn das sagt uns die Geschichte der fünften Dynastie. Das Schicksal der Drillinge erfüllt sich, wie die Götter es bestimmt haben.

Erklärungen S. 310f.

4

Der Verwunschene Prinz

Es war einmal ein König, sagt man, dem kein Sohn geboren war. Da erbat sich Seine Majestät bei den Göttern seines Gebiets einen Jungen, und sie befahlen, daß ihm einer geboren würde. Er schlief mit seiner Frau in derselben Nacht, und siehe, sie wurde schwanger. Als sie ihre Monate der Geburtserwartung vollendet hatte, wurde ihr ein Sohn geboren.

Da kamen die Hathoren (Schicksalsgöttinnen), um ihm sein Schicksal zu bestimmen. Sie sagten: «Er stirbt durch das Krokodil oder durch die Schlange oder durch den Hund.» Das hörten die Leute, die bei dem Kinde waren, und erzählten es Seiner Majestät. Da wurde das Herz Seiner Majestät überaus traurig. Und Seine Majestät ließ ihm in der Wüste ein Haus aus Stein bauen, das mit Leuten und lauter schönen Sachen des Palastes ausgestattet war, so daß das Kind niemals hinausgehen (mußte).

Als der Knabe groß geworden war, stieg er einmal auf des Hauses Dach und erblickte einen Jagdhund, wie er einem erwachsenen Manne folgte, der auf dem Wege vorbeiging. Er sagte zu seinem Diener, der bei ihm stand: «Was ist das, was hinter dem Manne hergeht, der auf dem Wege daherkommt?» Er antwortete ihm: «Das ist ein Jagdhund.» Da sagte der Knabe zu ihm: «Man bringe mir auch einen solchen.» Da ging der Diener und berichtete es Seiner Majestät, und Seine Majestät sprach: «Man bringe ihm einen kleinen Zappler, damit sein Herz nicht rebellisch werde», aber man brachte ihm den Jagdhund.

Und viele Tage danach war der Knabe von Kopf bis Fuß erwachsen und wandte sich folgendermaßen an seinen Vater: «Was soll dabei herauskommen, daß ich so herumsitze? Sieh, ich bin nun einmal den drei Schicksalen befohlen. Drum laß mich frei, damit ich nach meiner Neigung handle, bis der Gott tut, was er im Sinne hat.»

Da schirrte man ihm einen Wagen an, mit jeder Art von Waffen ausgerüstet, und gab ihm einen Diener als Gefolgsmann. Man setzte ihn auf die Ostseite über und sagte zu ihm: «Zieh nun aus nach deinem Belieben!» Sein Hund war bei ihm.

Er zog, seiner Lust folgend, nordwärts durch die Wüste und lebte vom besten allen Wildes der Wüste. So gelangte er zum Fürsten von Naharina (am oberen Euphrat).

Dem Fürsten von Naharina war aber kein Kind geboren außer einer Tochter. Für sie war ein Haus gebaut worden, dessen Fenster siebzig Ellen (über 35 m) überm Boden lag. Er ließ alle Söhne aller Fürsten des Landes Syrien holen und sprach zu ihnen: «Derjenige, welcher das Fenster meiner Tochter erreicht, der bekommt sie zur Frau.»

Als sie nun aber viele Tage danach bei ihrer täglichen Beschäftigung waren, da kam der Jüngling an ihnen vorbei. Sie nahmen den Jüngling in ihr Haus, badeten ihn, fütterten sein Gespann und taten für den Jüngling alles. Sie salbten ihn, sie verbanden seine Füße, und sie gaben seinem Gefolgsmann zu essen, und sie sagten gesprächsweise zu ihm: «Woher kommst du, schöner Jüngling?» Er antwortete ihnen: «Ich bin der Sohn eines Offiziers aus Ägyptenland. Meine Mutter starb, und mein Vater nahm sich eine andere Frau. Diese begann mich zu hassen, und so bin ich vor ihr geflohen.» Da umarmten sie ihn und küßten ihn von Kopf bis Fuß.

Aber viele Tage danach sagte er zu den Jünglingen: «Was

macht ihr eigentlich da, schöne Jünglinge?» Sie antworteten ihm: «Es geht schon drei volle Monate lang, daß wir hier die Zeit verbringen hochzuspringen. Denn derjenige, welcher das Fenster der Tochter des Fürsten von Naharina erreicht, dem wird er sie zur Frau geben.» Da sagte er zu ihnen: «Ach, wären doch meine Füße nicht krank, so würde ich gehen, um mit euch hinaufzuspringen.» Dann gingen sie hochspringen, wie es ihre tägliche Beschäftigung war, indes der Jüngling abseits stand und zusah. Dabei ruhte das Auge der Tochter des Fürsten von Naharina auf ihm.

Und viele Tage danach kam der Jüngling, um auch mit den Söhnen der Fürsten zu springen. Er sprang – und erreichte das Fenster der Tochter des Fürsten von Naharina. Sie küßte ihn und umarmte ihn von Kopf bis Fuß. Man ging, um das Herz ihres Vaters mit der Nachricht zu erfreuen, und sagte zu ihm: «Einer der Leute hat das Fenster deiner Tochter erreicht.» Der Fürst erkundigte sich nach ihm mit den Worten: «Von welchem der Fürsten ist es der Sohn?» Man antwortete ihm: «Der Sohn eines Offiziers, der auf der Flucht vor seiner Stiefmutter aus Ägyptenland gekommen ist.» Da wurde der Fürst von Naharina überaus wütend und sprach: «Soll ich meine Tochter etwa dem Flüchtling aus Ägypten geben? Er soll (schleunigst) heimkehren!» Man kam, um ihm zu sagen: «Du sollst wieder dorthin gehen, wo du hergekommen bist.»

Aber die Tochter hielt ihn fest und schwor bei Gott: «Bei Re-Harachte! Reißt man ihn von mir los, so werde ich nicht mehr essen, werde ich nicht mehr trinken und werde ich augenblicks sterben!» Der Bote ging und meldete ihrem Vater alles, was sie gesagt hatte.

Ihr Vater schickte Leute aus, um ihn (den Jüngling) auf der Stelle zu töten. Aber die Tochter sagte zu ihnen: «Bei Re! Falls man ihn tötet, so bin auch ich tot, ehe die Sonne untergeht. Ich überlebe ihn um keine Stunde.» Man ging, um es ihrem Vater zu sagen.

Ihr Vater ließ den Jüngling und seine Tochter vor sich holen. Der Jüngling trat vor ihn, und seine Ausstrahlung durchdrang den Fürsten. Da umarmte er ihn und küßte ihn von Kopf bis Fuß, dann sprach er zu ihm: «Sage mir, wie es um dich steht. Denn sieh, du bist jetzt für mich ein Sohn.» Er antwortete ihm: «Ich bin der Sohn eines Offiziers aus Ägyptenland. Meine Mutter starb, und mein Vater nahm sich eine andere Frau. Sie begann mich zu hassen, und so bin ich vor ihr geflohen.» Da gab er ihm seine Tochter zur Frau, gab ihm ein Haus und Äcker, wie auch Herden und lauter schöne Sachen.

Und viele Tage danach sagte der Jüngling zu seiner Frau: «Ich bin drei Schicksalen überantwortet, dem Krokodil, der Schlange und dem Hund.» Sie sagte darauf zu ihm: «Dann laß den Hund töten, der dir folgt.» Er aber sagte zu ihr: «Wie töricht! Ich lasse doch meinen Hund nicht töten, den ich selbst aufgezogen habe, als er klein war.» So begann sie, ihren Gatten sorgfältig zu behüten, und ließ ihn niemals allein ausgehen.

An demselben Tag aber, da der Knabe aus Ägyptenland gezogen war, um auf die Wanderschaft zu gehen, war ihm das Krokodil seines Schicksals auf dem Fuße gefolgt und lebte nun ihm gegenüber (im See) in derselben Stadt, in der der junge Mann mit seiner Frau wohnte. In dem See lebte aber auch ein Geist, und dieser Geist ließ das Krokodil nicht heraus, wie umgekehrt das Krokodil den Geist nicht ausgehen ließ. Sobald die Sonne aufging, stellten sie sich gegeneinander, und die beiden Wesen kämpften so täglich miteinander, drei volle Monde hindurch.

Und viele Tage danach feierte der Jüngling einmal einen schönen Tag in seinem Hause. Bei Einbruch der Nacht legte sich der Jüngling auf sein Bett, und der Schlaf bemächtigte sich seiner. Seine Frau füllte eine Schale mit Wein und eine andere Schale mit Bier. Da kam eine Schlange aus ihrem Loch, um den jungen Mann zu beißen. Seine Frau aber saß neben ihm und schlief nicht. Die Schalen lockten die Schlange an, sie trank und wurde berauscht. Dann legte sie sich auf den Rücken, und seine Frau hackte sie mit ihrem Beil in Stücke. Dann weckte sie ihren Gatten, küßte ihn und umarmte ihn und sagte zu ihm: «Sieh, dein Gott hat eines deiner Schicksale in deine Hand gelegt. Ebenso wird er dir auch die beiden anderen anheimgeben.» Da opferte er Re, pries ihn und kündete täglich seine Macht.

Und viele Tage danach ging der junge Mann aus und erging sich lustwandelnd in seinem Anwesen. Seine (Frau) indes ging nicht (mit ihm), aber sein Hund lief hinter ihm her. Da nahm sein Hund Stimme an und sprach: «Ich bin dein Schicksal!» Er lief vor ihm davon, erreichte den See und sprang ins Wasser auf der Flucht vor dem Hund. Da faßte ihn das Krokodil und zog ihn dorthin, wo der Geist wohnte, der gerade ausgegangen war. Das Krokodil sagte zu dem jungen Mann: «Ich bin dein Schicksal, das dir gefolgt ist. Bis jetzt habe ich drei volle Monde hindurch mit dem Geist gekämpft. Sieh, ich werde von dir ablassen. Aber dafür sollst du, wenn mein Feind wiederkommt, um zu kämpfen, mir helfen, den Geist zu töten. Wenn du schon den Hund beachtet hast, beachte erst recht das Krokodil!»

Als die Erde wieder hell wurde und der nächste Tag begann, da kehrte (der Geist zurück) ... *Hier bricht die Handschrift ab.*

Erklärungen S. 312f.

5
Das Brüdermärchen

Es waren einmal zwei Brüder, sagt man, von ein und derselben Mutter und von ein und demselben Vater. Anubis war der Name des älteren, Bata der Name des jüngeren. Anubis, er besaß ein Haus und besaß eine Frau, während sein jüngerer Bruder bei ihm so lebte wie ein Sohn. Er (der jüngere) war es, der für ihn Kleider machte, der hinter seinem Vieh auf die Weide ging, und er war es auch, der pflügte und der für ihn erntete, kurz, er war es, der für ihn alle Feldarbeit verrichtete.

Sein jüngerer Bruder war ein kräftiger Jüngling. Es gab nicht seinesgleichen im ganzen Lande: Die Kraft eines Gottes war in ihm.

Und viele Tage danach hütete sein jüngerer Bruder so wie alle Tage sein Vieh; jeden Abend kehrte er nach Hause zurück, beladen mit allerlei Kraut vom Felde, mit Milch, mit Holz und mit lauter schönen Sachen vom Felde. Er legte sie seinem älteren Bruder vor, der mit seiner Frau dasaß. Dann trank er und aß und ging hinaus, um in seinem Stall inmitten seiner Tiere zu schlafen.

Als die Erde wieder hell wurde und der nächste Tag begann, (bereitete er) gekochte Speisen zu und legte sie seinem älteren Bruder vor. Dieser gab ihm Essen aufs Feld mit, und er (Bata) holte seine Rinder heraus, um sie auf dem Felde fressen zu lassen. Während er so hinter seinen Rindern herging, sagten sie ihm: «An dem und dem Platz ist das Kraut gut.» Er hörte alles, was sie sagten, und führte sie zu der guten Krautstelle, die sie sich wünschten. So gediehen die Rinder, die er hütete, überaus gut und kalbten vielmal so oft.

Zur Zeit des Pflügens sagte ihm einmal sein älterer Bruder: «Laß uns ein Joch Rinder einschirren zum Pflügen. Denn der Acker ist herausgekommen (aus dem Überschwemmungswasser), und er ist recht zum Pflügen. Komm dann aufs Feld mit Saatgut, denn wir wollen morgen früh tüchtig pflügen.» So sagte er ihm.

Sein jüngerer Bruder tat all das, von dem ihm sein älterer Bruder gesagt hatte: «Tue es!»

Und als die Erde wieder hell wurde und der nächste Tag begann, gingen sie mit ihrem Saatgut aufs Feld und machten sich tüchtig ans Pflügen. Sie waren überaus froh bei ihrer Arbeit, der ersten Frühjahrsbestellung [1].

Und viele Tage danach, als sie auf dem Felde waren und Saatgut brauchten, schickte er (der ältere Bruder) seinen jüngeren Bruder und sagte: «Lauf und hol uns Saat aus dem Dorf.»

Sein jüngerer Bruder fand die Frau seines älteren Bruders, wie sie dasaß und frisiert wurde. Er sagte zu ihr: «Steh auf, damit du mir Saat gibst und ich schnell wieder aufs Feld komme, denn mein älterer Bruder wartet auf mich. Säume nicht!» Sie antwortete ihm: «Geh, öffne den Speicher und hol dir, was du willst. Mach nicht, daß mein Haar halb gemacht bleibt.»

Der junge Mann ging darauf zu seinem Stall und holte einen großen Krug heraus, da er viel Saat mitnehmen wollte. Er lud sich Gerste und Emmer auf und ging damit hinaus.

Da sagte sie zu ihm: «Wieviel wiegt das, was du auf deiner Schulter trägst?» Er antwortete ihr: «Drei Zentner Emmer und zwei Zentner Gerste, macht zusammen fünf, was auf meiner Schulter ist.» So sagte er zu ihr.

Da begann sie ein Gespräch mit ihm und sagte: «In dir ist viel Kraft. Ja, ich sehe täglich deine Manneskraft», und sie wünschte ihn als Mann kennenzulernen. Sie stand also auf, griff nach ihm und sagte zu ihm: «Komm, laß uns ein Schäferstündchen halten und beisammen schlafen. Das soll sich dir lohnen. Ich werde dir schöne Kleider dafür machen.»

Der junge Mann wurde wie ein oberägyptischer Panther, wenn er in Wut gerät, wegen des gemeinen Antrags, den sie ihm gemacht hatte, und sie fürchtete sich gar sehr. Dann sprach er zu ihr also: «Sieh, du bist für mich wie eine Mutter. Dein Mann ist für mich wie ein Vater. Er, der älter ist als ich, er hat mich aufgezogen. Was soll diese große Abscheulichkeit, die du zu mir gesagt hast! Sag sie mir nicht noch einmal! Ich will es keinem weitersagen. Ich werde es nicht aus meinem Mund herauslassen zu irgendeinem Menschen.» Er lud seine Last auf und ging aufs Feld. Er langte bei seinem älteren Bruder an, und sie arbeiteten tüchtig an ihrer Arbeit.

Später zur Abendzeit kehrte sein älterer Bruder nach Hause zurück; währenddessen besorgte sein jüngerer Bruder sein Vieh, lud sich allerlei Sachen vom Felde auf und trieb seine Herde vor sich her, um sie in ihrem Stall im Dorf schlafen zu lassen.

Die Frau seines älteren Bruders aber hatte Angst wegen des Antrags, den sie gemacht hatte. Sie holte darum Fett (als Brechmittel) und Verbandszeug und verstellte sich, als ob sie geschlagen worden sei, um ihrem Mann sagen zu können: «Das war dein jüngerer Bruder, der mich geschlagen hat.»

Als ihr Mann am Abend wie alle Tage heimkam, da fand er zu Hause seine Frau, wie sie dalag und sich krank stellte. Sie goß ihm kein Wasser auf die Hände, wie er es gewohnt war. Sie hatte auch kein Licht für ihn angezündet. Sondern sein Haus lag in Finsternis, und sie lag da und erbrach. Ihr Mann sagte zu ihr: «Wer hat dich verführt?» Sie antwortete ihm: «Niemand hat mich verführt außer deinem jüngeren Bruder. Als er kam, um für dich Saat zu holen, und er mich allein sitzend fand, sagte er zu mir: ‹Komm, laß uns ein Schäferstündchen halten und beisammen schlafen. Löse deine Haare!› So sagte er zu mir.

Ich aber hörte nicht auf ihn. ‹Bin ich nicht deine Mutter? Ist dein älterer Bruder zu dir nicht wie ein Vater?› sagte ich zu ihm. Da bekam er Angst, er schlug mich, damit ich es dir nicht melde. Wenn du ihn aber am Leben läßt, werde ich von selbst sterben. Sieh, wenn er kommt, höre ihn erst gar nicht an. Denn wenn ich dann diese schlimme Anklage gegen ihn erhöbe, dann würde er es doch nur zu einer Verleumdung gegen mich verdrehen.»

Da wurde sein älterer Bruder (wütend) wie ein oberägyptischer Panther. Er schärfte seine Lanze und nahm sie in die Hand.

Und sein älterer Bruder stellte sich hinter die Tür seines Stalles, um seinen jüngeren Bruder zu töten, wenn er am Abend heimkommen würde, um sein Vieh in den Stall zu lassen. Als die Sonne unterging, lud sich der jüngere Bruder wie jeden Tag allerlei Kräuter vom Felde auf. Er kam heim, die Leitkuh trat in den Stall und sagte zu ihrem Hirten: «Paß auf, dein älterer Bruder steht dir gegenüber mit seiner Lanze, um dich zu töten. Lauf weg vor ihm!»

Er hörte, was seine Leitkuh sagte. Dann trat die andere ein, und sie sagte dasselbe. Da guckte er unter die Tür seines Stalles, und er erblickte die Füße seines älteren Bruders, der hinter der Tür stand mit seiner Lanze in der Hand. Er warf seine Last auf den Boden und machte sich auf die Flucht. Sein älterer Bruder aber rannte hinter ihm her mit seiner Lanze.

Da rief sein jüngerer Bruder Re-Harachte (Sonnengott) an mit den Worten: «Mein guter Herr. Du bist es doch, der die Sünde vom Recht abtrennt.» Da erhörte Re alle seine Bitten, und Re ließ zwischen ihm und seinem älteren Bruder ein großes Wasser entstehen, voller Krokodile. Der eine von ihnen kam auf die eine Seite zu stehen, der andere auf die andere. Sein älterer Bruder schlug sich zweimal auf die Hand (aus Ärger darüber), daß er ihn nicht getötet hatte.

Sein jüngerer Bruder rief ihm von der anderen Seite her zu: «Bleib dort stehen, bis die Erde wieder hell wird. Sobald der Sonnengott aufgeht, werde ich mit dir vor ihm rechten. Er wird den Schuldigen dem Unschuldigen übergeben. Wahrlich, ich werde niemals mehr bei dir leben, niemals. Ich werde nicht mehr am selben Ort sein, wo du bist, sondern ich werde zum Tal der Schirmpinie gehen[2].»

Und als die Erde wieder hell wurde und der nächste Tag begann, ging Re-Harachte auf, und sie erblickten einander. Der junge Mann wendete sich an seinen älteren Bruder mit den Worten: «Was kommst du hinter mir her, um mich widerrrechtlich zu töten, ohne meinen Mund sprechen zu hören? Ich bin doch dein jüngerer Bruder; du bist für mich wie ein Vater, deine Frau ist für mich wie eine Mutter. Ist es nicht so? Als ich geschickt wurde, für uns Saatgut zu holen, sagte deine Frau zu mir: ‹Komm, laß uns ein Schäferstündchen halten und beisammen schlafen.› Sieh, und nun hat sie dir gegenüber die Sache ins Gegenteil verkehrt.» Und er unterrichtete ihn von allem, was mit ihm und seiner Frau vorgekommen war.

Dann schwur er bei Re-Harachte: «So wahr du kamst mit deiner Lanze, um mich um einer schmutzigen Dirne willen widerrechtlich zu töten, (so wahr tue ich, was ich jetzt tun werde).» Er nahm ein Schilfmesser, und er schnitt sich das Glied ab; er warf es ins Wasser, und der Wels verschluckte es. Er wurde schwach und zusehends elend. Sein älterer Bruder hatte sehr, sehr Mitleid und fing an, laut um ihn zu weinen. Aber er konnte nicht hinüber, wo sein jüngerer Bruder war, wegen der Krokodile.

Da rief ihm sein jüngerer Bruder zu: «Wenn du dich an etwas Böses erinnerst, kannst du dich da nicht auch an etwas Gutes erinnern oder an irgend etwas, was ich für dich getan habe? Gehe jetzt nach Hause, und sorge selbst für dein Vieh, denn ich bleibe nicht am selben Ort, wo du bist, sondern ich werde zum Tal der Schirmpinie gehen. Was du aber für mich tun sollst, ist: zu kommen und für mich zu sorgen, wenn du erfährst, daß mir etwas zugestoßen ist. Ich werde mir nämlich das Herz herausnehmen und es auf die Blüte der Schirmpinie legen[3]. Wenn die Pinie gefällt wird und es (mein Herz) zu Boden fällt und du kommst, es zu suchen, und wenn du sieben Jahre lang suchen mußt, so laß es dein Herz nicht verdrießen. Wenn du es aber gefunden hast und es in eine Schale mit frischem Wasser legst, dann werde ich wieder leben, um dem heimzuzahlen, der sich an mir vergriffen hat. Du erfährst, daß mir etwas zugestoßen ist, wenn man dir deinen Becher Bier reicht und es überschäumt. Warte dann nicht mehr! Es wird dir gewiß so begegnen.»

Dann ging er fort ins Tal der Schirmpinie, während sein älterer Bruder nach Hause ging, mit Staub beschmiert, seine Hände (aus Schmerz) auf den Kopf gelegt. Er kam nach Hause, tötete seine Frau und warf sie den Hunden vor. Dann setzte er sich in Trauer über seinen Bruder.

Und viele Tage danach lebte sein jüngerer Bruder im Tal der Schirmpinie. Niemand war bei ihm; tagsüber jagte er Wild der Wüste, dann kam er zurück, um abends unter der Schirmpinie zu schlafen, auf deren Blüte sein Herz lag.

Und viele Tage danach baute er sich im Tal der Schirmpinie mit eigener Hand ein Schloß, das voll war mit lauter schönen Sachen, in der Absicht, sich einen Hausstand zu gründen. Eines Tages ging er aus seinem Schloß hinaus und traf die Götterneunheit, die herumreiste, um für das ganze Land zu sorgen.

Da sprachen die Götter der Neunheit untereinander und sagten dann zu ihm: «Ach Bata, Stier der Götterneunheit! Bist du hier ganz allein, nachdem du deine Stadt verlassen hast, wegen der Frau des Anubis, deines älteren Bruders? Sieh her, er hat seine Frau getötet, und so hast du ihm alles heimgezahlt, was dir zugefügt wurde.»

Ihr Herz hatte sehr großes Mitleid mit ihm, und Re-Harachte sprach zum (Schöpfergott) Chnum: «Ach, forme ein Weib für Bata, damit er nicht allein wohne!» Und Chnum machte ihm eine Lebensgefährtin, deren Erscheinung schöner war als die aller Frauen im ganzen Lande und in die jeder Gott eingegangen war. Die sieben Hathoren (Schicksalsgöttinnen) kamen, sie anzuschauen, und sie sagten einstimmig: «Sie wird eines gewaltsamen Todes sterben.»

Er (Bata) begehrte sie gar sehr. Sie wohnte in seinem Haus,

während er tagsüber Wild der Wüste jagte und es brachte und ihr vorlegte. Er sagte zu ihr: «Gehe nicht aus, damit dich das Meer nicht ergreift. Ich kann dich nicht vor ihm retten, denn ich bin eine Frau wie du. Mein Herz liegt auf der Blüte der Schirmpinie, und wenn es einer findet, muß ich mit ihm kämpfen.» Und er eröffnete ihr sein Herzensgeheimnis ganz und gar.

Und viele Tage danach ging Bata nach seiner täglichen Gewohnheit aus, um zu jagen. Da trat die junge Frau heraus, um sich unter der Schirmpinie neben ihrem Hause zu ergehen. Da sah sie plötzlich das Meer hinter sich herrollen, und sie machte sich vor ihm auf die Flucht und rannte in ihr Haus. Aber das Meer rief der Schirmpinie zu: «Halt sie mir fest!» Und die Schirmpinie holte eine Locke von ihrer Perücke.[4] Dann brachte das Meer sie (die Locke) nach Ägypten, und es setzte sie ab an den Platz der Wäscher des Pharao.

Der Duft der Haarlocke geriet in die Kleider des Pharao, und man schalt mit den königlichen Wäschern: «Es ist noch Parfümduft in den Kleidern des Pharao.» So schalt man mit ihnen jeden Tag, und sie wußten nicht mehr, was sie tun sollten. Schließlich ging der Oberwäscher des Pharao zum (Waschplatz am) Ufer hinunter, sehr ärgerlich im Herzen, weil er täglich ausgescholten wurde.

Er blieb stehen und stand auf dem Sande gerade gegenüber der Haarlocke, die im Wasser lag. Da schickte er einen hinunter, und man brachte sie ihm. Er fand ihren Duft gar sehr lieblich, und er brachte sie zu Pharao.

Man holte die Schreiber und Gelehrten des Pharao, und sie sagten zu Pharao: «Diese Haarlocke, sie gehört einer Tochter Re-Harachtes, in der der Segen eines jeden Gottes ist. Sie ist ein Gruß für dich aus einem anderen Land. Schick Boten aus in jedes Ausland, um sie zu suchen. Aber mit dem Boten zum Tal der Schirmpinie, mit dem laß viele Leute ziehen, sie herzuholen.» Da sprach Seine Majestät: «Das ist schön, sehr schön, was ihr da sagt!» Und man schickte sie eilends aus.

Und viele Tage danach kamen die Leute, die ins Ausland gezogen waren, zurück, um Seiner Majestät zu berichten. Die aber, die ins Tal der Schirmpinie gegangen waren, kamen nicht zurück, denn Bata hatte sie getötet; er hatte aber einen von ihnen übriggelassen, damit er Seiner Majestät berichte.

Da schickte Seine Majestät wiederum viele Soldaten und Wagenkämpfer aus, um sie zu holen. Unter ihnen war auch eine Frau, der man allerlei Frauenputz mitgegeben hatte.

Diese Frau kam mit ihr (Batas Frau) nach Ägypten, und man jubelte ihr im ganzen Lande zu. Seine Majestät liebte sie gar sehr, und man ernannte sie zur Großen Haremsdame.

Dann sprach Man (der König) mit ihr, um sie dazu zu bringen, daß sie verrate, was es mit ihrem Gemahl auf sich habe, und sie sagte Seiner Majestät: «Laß die Schirmpinie fällen und sie zerhacken!» Man schickte Soldaten mit ihren Geräten aus, um die Schirmpinie zu fällen. Sie kamen zur Schirmpinie, und sie schnitten die Blüte ab, auf der das Herz Batas lag, und der fiel im gleichen Augenblick tot um.

Als die Erde wieder hell wurde und der nächste Tag begann, da die Schirmpinie gefällt war, trat Anubis, der ältere Bruder Batas, in sein Haus und setzte sich nieder, um seine Hände zu waschen. Man reichte ihm einen Becher Bier, und dieser schäumte über. Man gab ihm einen anderen mit Wein, und er wurde schlecht.

Da nahm er seinen Stock und seine Sandalen und auch seine Kleider und seine Waffen, und er machte sich auf, ins Tal der Schirmpinie zu wandern. Er trat in das Schloß seines jüngeren Bruders, und er fand seinen jüngeren Bruder tot auf seinem Bette liegen. Er weinte, als er seinen jüngeren Bruder als einen Toten liegen sah. Dann ging er, um das

Herz seines jüngeren Bruders unter der Schirmpinie zu suchen, unter der sein jüngerer Bruder abends geschlafen hatte.

Er verbrachte drei Jahre damit, es zu suchen, aber er fand es nicht. Als er das vierte Jahr anfing, wünschte sein Herz nach Ägypten heimzugehen, und er sagte: «Morgen gehe ich fort.» So sprach er bei sich.

Als die Erde wieder hell wurde und der nächste Tag begann, machte er sich wieder auf, unter die Schirmpinie zu gehen, und verbrachte den ganzen Tag damit, es zu suchen. Am Abend wollte er gerade heimgehen und suchte es nur noch einmal einen Augenblick – da fand er eine Frucht und nahm sie mit heim. Und dies war das Herz seines jüngeren Bruders. Er holte eine Schale frischen Wassers und legte es hinein. Dann setzte er sich hin, wie er es täglich tat.

Als es Nacht geworden war und das Herz das Wasser geschluckt hatte, zitterte Bata an seinem ganzen Leibe und richtete seinen Blick auf seinen älteren Bruder, während sein Herz noch in der Schale lag. Dann nahm Anubis, sein älterer Bruder, die Schale mit frischem Wasser, in der das Herz seines jüngeren Bruders lag, und ließ es ihn trinken. Und als sein Herz an seinem richtigen Platz angelangt war, wurde er wieder, wie er gewesen war.

Einer umarmte den anderen, und sie redeten miteinander. Dann sagte Bata zu seinem älteren Bruder: «Sieh, ich werde ein großer Stier[5] werden mit allen schönen Farben und von unbekannter Art. Du wirst dich auf meinen Rükken setzen, bis die Sonne aufgeht. Dann sind wir dort, wo meine Frau ist, auf daß ich Vergeltung übe. Dann wirst du mich dorthin bringen, wo Man (der König) ist. Man wird dir alles Gute tun, und Man wird dir mich in Silber und Gold aufwiegen, weil du mich zu Pharao gebracht hast. Denn ich werde ein großes Wunder werden, man wird mir im ganzen Lande zujubeln. Danach wirst du heimgehen in dein Dorf.»

Als die Erde wieder hell wurde und ein neuer Tag begann, verwandelte sich Bata in die Gestalt, die er seinem älteren Bruder genannt hatte. Anubis, sein älterer Bruder, setzte sich auf seinen Rücken bis zum Tagesanbruch, und er gelangte dorthin, wo der König war. Man setzte Seine Majestät davon in Kenntnis.

Er schaute sich ihn an. Er geriet in sehr große Freude über ihn und veranstaltete ihm ein großes Opfer und sagte: «Ein großes Wunder ist geschehen.» Und man jubelte ihm im ganzen Lande zu.

Man wog ihn seinem älteren Bruder mit Silber und Gold auf, und der ließ sich in einem Dorfe nieder. Man gab ihm viele Leute und viele Dinge mit, und Pharao liebte ihn gar sehr, mehr als alle Menschen im ganzen Lande.

Und viele Tage danach trat der Stier ins Küchenhaus; er stellte sich dorthin, wo die Dame war, und begann folgendermaßen mit ihr zu sprechen: «Sieh, ich lebe noch!» Sie sagte zu ihm: «Wer bist du denn?» Er antwortete ihr: «Ich bin Bata. Du weißt doch, als du die Schirmpinie hast zerhacken lassen für Pharao, daß das meinetwegen geschehen ist, um mich nicht mehr leben zu lassen. Sieh, ich lebe aber doch, und zwar als Stier.»

Da bekam die Dame sehr große Angst wegen der Mitteilung, die ihr Gatte ihr gemacht hatte. Er aber ging aus dem Küchenhaus hinaus.

Seine Majestät saß und feierte mit ihr einen schönen Tag. Sie schenkte Seiner Majestät ein, und Man (Pharao) war sehr, sehr gut mit ihr.

Da sagte sie zu Seiner Majestät: «Schwöre mir bei Gott: ‹Was sie (die Dame) sagen wird, werde ich ihr zuliebe erhören›», und er erhörte alles, was sie sagte: «Laß mich von der Leber[6] dieses Stieres essen, denn er taugt zu nichts.» So sprach sie zu ihm.

Der König war über das, was sie gesagt hatte, sehr, sehr betroffen, und das Herz des Pharao war voller Mitleid für ihn.

Als die Erde wieder hell wurde und der nächste Tag begann, rief man ein großes Opferfest aus für das Stieropfer. Man schickte einen der besten königlichen Schlächter Seiner Majestät, um den Stier zu schlachten. Daraufhin wurde er geopfert.

Als er schon auf den Schultern der Leute (Träger) lag, schüttelte er seinen Nacken und ließ aus ihm neben die beiden Türpfosten Seiner Majestät zwei Tropfen Blut fallen; dabei geriet der eine auf die eine Seite des großen Tores Pharaos, der andere auf die andere Seite.

Sie wuchsen zu zwei großen Perseabäumen auf, von denen jeder überragend war. Man ging, Seiner Majestät zu sagen: «Zwei große Perseabäume sind in der Nacht als großes Wunder für Seine Majestät neben dem großen Tor Seiner Majestät gewachsen.» Man jubelte ihnen im ganzen Lande zu, und man brachte ihnen Opfer dar.

Viele Tage danach erschien Seine Majestät im Erker aus Lapislazuli[7], einen Kranz von vielerlei Blumen an seinem Halse. Er stieg auf einen goldenen Wagen und fuhr aus dem Palast, um die Perseabäume anzusehen. Die Dame fuhr im Wagen hinter Pharao her.

Seine Majestät setzte sich unter einen der Perseabäume (und die Dame unter den anderen). Da begann Bata folgendermaßen mit seiner Frau zu sprechen: «O du Verräterin! Ich bin Bata. Ich lebe dir zum Trotz! Du weißt doch, als du die Pinie hast fällen lassen für Pharao, daß das meinetwegen geschehen ist. Ich habe mich dann in einen Stier verwandelt, und du hast mich wieder töten lassen.»

Viele Tage danach schenkte die Dame Seiner Majestät ein, und Man (Pharao) war gut mit ihr. Und sie sagte zu Seiner Majestät: «Schwöre mir bei Gott: ‹Was die Dame mir sagen wird, werde ich ihr zuliebe erhören.› So sollst du sagen.» Und er erhörte alles, was sie sagte. Sie sagte: «Laß die beiden Perseabäume fällen und zu schönen Möbeln machen.» Man erhörte alles, was sie sagte.

Unverzüglich schickte Seine Majestät erfahrene Handwerker, und man fällte die Perseabäume Pharaos. Die königliche Gemahlin, die Dame, schaute zu.

Da flog ein Splitter davon und schnellte in den Mund der Dame. Sie verschluckte (ihn) und wurde augenblicklich schwanger. Aus den Bäumen aber machte man, was sie wünschte.

Viele Tage danach gebar sie einen Knaben. Man ging, Seiner Majestät zu melden: «Dir ist ein Sohn geboren.» Man holte ihn und gab ihm eine Amme und Wärterinnen, und man jubelte im ganzen Lande. Man (der König) ließ sich nieder und verbrachte einen schönen Tag, und Man nahm ihn auf den Schoß[8]. Seine Majestät liebte ihn gar sehr von Stund an, und Man ernannte ihn zum Königssohn von Nubien.

Viele Tage danach machte ihn Seine Majestät zum Erbprinzen des ganzen Landes.

Und wieder viele Tage danach, als er viele Jahre als Erbprinz im ganzen Land (Ägypten) verbracht hatte, flog (die Seele) Seiner Majestät zum Himmel.

Darauf sprach Man (der neue König Bata): «Man führe mir die hohen Beamten Seiner Majestät her, damit ich sie alles wissen lasse, was mir widerfahren ist.»

Man führte ihm auch seine Frau herein; er ging mit ihr ins Gericht, und Man stimmte dessen Urteil zu[9]. Man führte ihm auch seinen älteren Bruder herein, und er machte ihn zum Erbprinzen im ganzen Lande.

Bata war dreißig Jahre König von Ägypten und ging dann ins (ewige) Leben ein. Dann trat sein älterer Bruder an seine Stelle am Tage (seines) Heimgangs.

Nachschrift des Abschreibers: Es ist schön zu Ende gekommen – und in Frieden – unter dem Schreiber des Schatzamtes Kagab vom Schatzamt des Pharao wie unter dem Schreiber Hori und dem Schreiber Mer-em-Ipet. Verfertigt vom Schreiber Ennana, dem Besitzer dieses Papyrus. Wer über dies Buch schlecht redet, dem wird Thoth Feind sein.

Erklärungen S. 314ff.

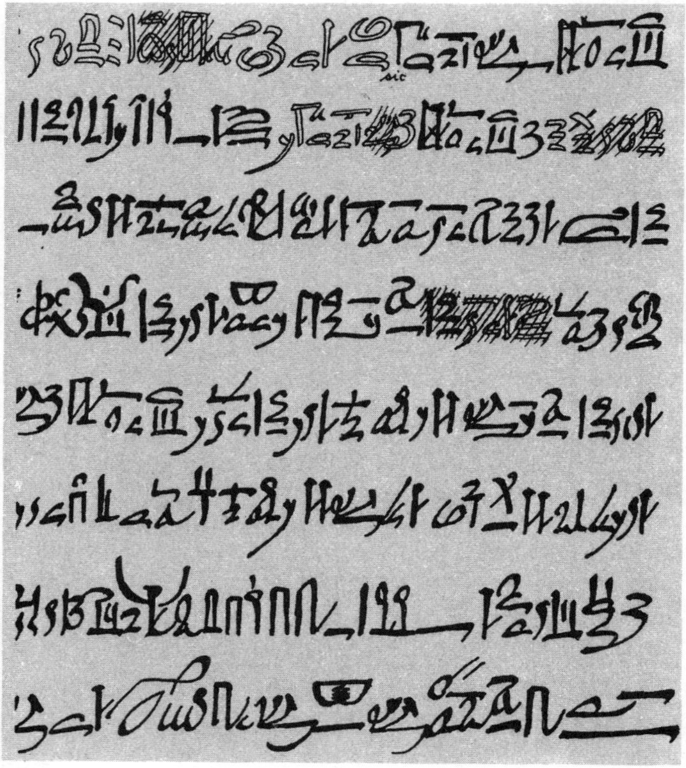

Letztes Blatt des hieratisch beschriebenen Papyrus d'Orbiney mit dem Text des Brüdermärchens (Ausschnitt, links beschnitten)

6

Wahrheit und Lüge

Die beiden Brüder Wahrheit und Lüge stehen vor dem Göttergericht. Lüge klagt auf ein Messer, das er Wahrheit entliehen habe. Von diesem Messer behauptet er, daß es so übergroß sei, daß seine Klinge der Berg von Jal[1] *ist* (sein Schaft die Bäume von Koptos sind), seine Scheide das Gottesgrab ist und sein Riemenwerk die Herden von Kal sind. (Da Wahrheit ein solches Messer nicht erstatten konnte,) sagte Lüge zu der Götterneunheit: «Laßt Wahrheit holen, ihn auf beiden Augen blenden und ihn zum Pförtner meines Hauses machen.» Da tat die Götterneunheit alles, wie er es gesagt hatte.

Und viele Tage danach erhob Lüge seine Augen, zu sehen, und er erblickte die Tugendhaftigkeit von Wahrheit, seinem älteren Bruder. Da sagte Lüge zu zwei Dienern von Wahrheit: «Ergreift euren Herrn und werft ihn einem grimmigen Löwen mit vielen Löwinnen vor, (damit sie ihn zerreißen; dann meldet es mir!» Und die beiden Diener) ergriffen ihn.

Nun aber, als sie ihn fortschleppten, sagte Wahrheit zu seinen Dienern: «Nehmt nicht mich, ... (Laßt mich hier im Dickicht liegen und) treibt ein wenig Brot für mich auf. Dann geht und meldet Lüge: ‹Nachdem wir ihn ausgesetzt hatten, kam ein Löwe aus seiner Höhle und zerriß ihn.›»

Und viele Tage danach ging Dame Begierde hinaus aus ihrem Haus in Begleitung ihrer Dienerinnen. Diese sahen ihn (Wahrheit, wie er im Dickicht lag).

Er war so schön, wie es seinesgleichen im ganzen Lande nicht mehr gab. Sie gingen zu Begierde und sagten: «Komm mit uns und sieh dir den blinden Mann an, der verlassen im Dickicht liegt; man sollte ihn holen und ihn zum Pförtner unseres Hauses machen.»

Da sagte Begierde zu ihr: «Hol ihn schnell her, damit ich ihn sehe.» Sie ging weg und holte ihn. Als er kam und Begierde ihn sah, sehnte sie sich gar sehr nach ihm. Denn sie sah, daß er an seinem ganzen Leibe schön war. In derselben Nacht schlief er mit ihr und erkannte sie, wie ein Mann eine Frau erkennt. So wurde sie in dieser Nacht mit einem Knaben schwanger.

Und viele Tage danach gebar sie einen Knaben, wie es seinesgleichen im ganzen Lande nicht mehr gab. Er war groß wie ein... und glich einem Götterkind. Man schickte ihn in die Schule, und er lernte trefflich schreiben. Er übte sich in allen Kampfspielen und übertraf seine älteren Kameraden, die mit ihm in der Schule waren.

(Eines Tages aber) sagten seine Kameraden zu ihm: «Wessen Sohn bist du eigentlich? Du hast doch keinen Vater.» Sie höhnten ihn, und sie quälten ihn mit den Worten: «He, du hast ja keinen Vater.» Da sagte der Junge zu seiner Mutter: «Wie ist denn der Name meines Vaters, damit ich ihn meinen Kameraden nennen kann; denn wenn sie mit mir reden: ‹Wo ist denn dein Vater?›, so sagen sie dann zu mir, und so quälen sie mich.»

Da sagte seine Mutter zu ihm: «Du siehst den Blinden dort, der neben der Tür sitzt? Das ist dein Vater.» So sprach sie zu ihm.

Da sagte er zu ihr: «Du verdienst, daß man deine Familie zusammenholt und ein Krokodil (als Fresser für dich) rufen läßt.» Der Jüngling holte seinen Vater herein, ließ ihn auf einem Lehnstuhl sitzen, stellte einen Fußschemel unter seine Füße; er setzte ihm Brot vor, und er ließ ihn essen und ließ ihn trinken.

Dann sprach der Junge zu seinem Vater: «Wer hat dich geblendet? Ich will ihn deinetwegen zur Rechenschaft ziehen!» Er antwortete ihm: «Es ist mein jüngerer Bruder, der mich geblendet hat.» Und er erzählte ihm alles, was ihm widerfahren war.

Der Jüngling zog aus, um Rechenschaft zu fordern für seinen Vater. Er nahm zehn Brote mit, einen Stock, ein Paar

Sandalen, einen Wasserschlauch und ein Schwert. Dann holte er sich ein Rind von wunderschöner Farbe, und er ging dorthin, wo der Hirt von Lüge war. Er sagte zu ihm: «Ach, nimm diese zehn Brote und den Stock und den Wasserschlauch und das Schwert und das Paar Sandalen, und bewahre mir das Rind, bis ich von der Stadt wiederkomme.»

Und viele Tage danach hatte sein Rind viele Monate bei dem Hirten von Lüge verbracht. Da ging Lüge auf das Feld, um seine Rinder zu besichtigen. Er erblickte das Rind des Jungen, das solch wunderschöne Farbe hatte.

Er sagte zu seinem Hirten: «Gib mir dies Rind, damit ich es esse.» Doch der Hirt antwortete ihm: «Das gehört nicht mir. Ich kann es dir nicht geben.» Da sagte Lüge zu ihm: «Schau, meine sämtlichen Rinder stelle ich dir zur Verfügung. Gib eines davon seinem Eigentümer (als Ersatz).»

Der Junge hörte, daß Lüge sein Rind weggenommen hatte. Er kam dorthin, wo der Hirt von Lüge war, und sagte zu ihm: «Wo ist mein Rind? Ich entdecke es nicht unter deinen Rindern.» Da antwortete ihm der Hirt: «Diese Rinder da stehen dir sämtlich zur Verfügung. Such dir das aus, nach dem dir dein Herz steht!»

Da sagte der Junge zu ihm: «Gibt es irgendein Rind, das so groß ist wie das meine? Wenn es auf der Insel des Amun[2] steht, liegt die Quaste seines Schwanzes auf dem Papyrussumpf (des Deltas), sein eines Horn liegt auf dem Westgebirge, sein anderes Horn liegt auf dem Ostgebirge auf, der große Strom (Nil) ist seine Ruhestätte. Täglich werden ihm 60 Kälber geboren.»

Da sagte der Hirt zu ihm: «Gibt es irgendein Rind, so groß, wie du es sagst?» Daraufhin packte ihn der Jüngling und brachte ihn zu Lüge, und er brachte Lüge in den Gerichtshof vor die Götterneunheit.

Sie sprachen zu dem Jüngling: «Es ist nicht wahr, was du gesagt hast. Wir haben nie ein Rind gesehen, das so groß ist, wie du gesagt hast.»

Der Junge antwortete den Göttern: «Gibt es denn ein Messer, das so groß ist, wie ihr gesagt habt? Dessen Klinge der Berg von Jal ist, dessen Schaft die Bäume von Koptos sind, dessen Scheide das Gottesgrab ist und dessen Riemenwerk die Herden von Kal sind?» Weiter sagte er zur Götterneunheit: «Richtet zwischen Wahrheit und Lüge! Ich bin sein (der Wahrheit) Sohn, und ich bin gekommen, um Rechenschaft für ihn zu fordern.»

Da schwur Lüge einen Eid beim König mit den Worten: «So wahr Amun dauernd lebe, und so wahr der Herrscher dauernd lebe: Wenn man Wahrheit lebendig findet, soll man mich auf beiden Augen blenden und mich zum Türhüter des Hauses von Wahrheit machen.»

Da brachte der Junge die Götterneunheit zu seinem Vater, und man fand, daß er am Leben war. Man vollzog an Lüge die Strafe: Man schlug ihm fünf offene Wunden; man blendete ihn auf beiden Augen und machte ihn zum Türhüter des Hauses von Wahrheit...

(So verschaffte der Junge seinem Vater Recht, und) so wurde der Streit entschieden zwischen Wahrheit und Lüge...

Nachschrift des Abschreibers: Es ist schön zu Ende gekommen durch den Tempelschreiber, rein an Händen, Amon..., den Schreiber des königlichen Palastes, des Amontempels... mit Namen...

Erklärungen S. 317ff.

7

Tiermärchen

Die meisten Tiermärchen unserer Hausbücher haben eisgraues Haar. Sie gehen teilweise schon 5000 Jahre um. Seit dieser Zeit oder schon früher hat sie sich das Volk am Nil erzählt, aber nur erzählt und nicht aufgeschrieben. Darum fehlen Texte. Erst später wurden Tierfabeln in literarischen Rang erhoben und auf Papyri aufgezeichnet (Nr. 21 ff.). Immerhin hat man Kenntnis auch von den alten Geschichten, einem wahrhaft übermütigen Besitz, und zwar durch eine kaum mehr zu überschauende Zahl von Illustrationen.

Es gibt allein drei große Märchenpapyri – in London, Turin und Kairo –, die ähnlich unseren mittelalterlichen Bilderbogen einzelne markante Szenen aus Tiergeschichten in Bildform überliefert haben. Auch auf Siegeln, ja sogar auf einer vordynastischen königlichen Schminkpalette sind Märchentiere angebracht, andere werden gegenwärtig durch Kinderspielzeuge, doch selbst auf Tempelwänden oder in späten Säulenkapitellen erfreuen sich die Geschichten eines versteckten Daseins. Schließlich sind die fabel-haften Tiere in den Schatz der Hieroglyphen eingegangen.

Besonders häufig sind sie überkommen auf altägyptischen Ostraka; das sind Splitter des Kalkgebirges, wie sie am Fuße der Felsen herumliegen, oder auch Tonscherben zerbrochener Krüge. Die Meister, die die Wände der Gräber bemalt haben, verwendeten die handlichen Bruchstücke, um in Mußestunden allerlei Scherz und Kurzweil darauf zu notieren, und sie haben nicht zuletzt zahlreiche Motive aus Tiermärchen festgehalten. Meist sind diese Bildscherben von Schutthalden aufgelesen, sind also nur ein beliebiger Rest des ursprünglich Vorhandenen, aber sie beweisen, wie beliebt und verbreitet die humorvollen Geschichten gewesen sind.

Wir lesen ihnen eine ausgedehnte Erzählung ab vom

Kampf zwischen Katzen und Mäusen (Nr. 8), sehen, wie ein Mäuseheer eine Katzenburg berennt, treffen auf Einzelgefechte der feindlichen Parteien und erfahren, wie sich bald die Katzen, bald die Mäuse unterwerfen. Die Tiere sind dabei ebenso ausgestattet wie die Menschen, der Heerführer gleicht in Haltung und Gebärde dem Pharao.

Oft steht das Verhältnis der Tiere zueinander kopf. Katzen bedienen die Mäuse, auch Schakale oder Affen warten ihnen auf. Sie versorgen das kleine Nagetier mit Speise und Trank, kämmen ihm das Haar, binden eine Schleife um seinen Hals, bringen ihm Schminke und Spiegel heran, damit es überprüfe, ob seine Toilette wohlgeraten sei. Tierammen warten das Mäusebaby, und ein Krokodil bringt Dame Maus auf der Laute ein Ständchen dar. Füchse entbieten ihre Huldigung mit Blumen, oder sie fächeln ihr kühle Luft zu. Man tat der Maus alles, was man einem großen Herrn zu tun pflegte. Ähnliche Aufwartung nehmen ein andermal der Fuchs entgegen, der Affe und auch der Hund.

Spielt die Maus die Rolle der Dame, die Katze die des Kammerkätzchens, so benimmt der Hund sich ausgesprochen fromm oder doch heuchlerisch. Er begegnet uns auf der Treppe zum Tempel mit einer Last von Abgaben auf den Schultern, oder im Gebet, aber gelegentlich auch bei der Arbeit. Ziege, Katze, Rind oder Esel opfern vor Tiergöttern, und das Volk der Schakale stellt gar eine ganze Prozession auf die Beine (S. 86).

Wahre Meister sind die Märchentiere in der Musik (S. 87). Harfe, Leier, Laute und Oboe, auch Zimbel und Klapperstäbe wissen sie zu fingern und singen oft dazu aus voller Kehle oder machen ein lustiges Tänzchen. Ziegenbock und Affe stechen alle anderen aus an tänzerischer Gewandtheit, die Musikkapelle ist besetzt von Esel, Affe, Fuchs, Ziege, von Löwe und Krokodil. Die Tiere sind in der Regel an ein bis zwei Instrumente gebunden, wenn auch der Affe ein wahrer Teufelskerl zu sein scheint. Nicht immer geht es in seiner

Familie sittengerecht zu; so erkeckt sich ein Junges, auf seinen Pfoten zum Lied der Harfe zu pfeifen, ein anderes macht gar vor der Harfe einen Handstand. Würdig fungiert ein Huftier als Dirigent.

Der Affe weiß sich auch sonst die Zeit ergötzlich zu vertreiben; er spielt gern auf dem Brett. Auch Löwe und Steinbock messen beim Schach ihren Geist (S. 88). Doch nicht nur bei Vergnügen und Tanz, im Tempel und im Krieg, auch bei der täglichen Arbeit stehen unsere Gesellen ihren Mann.

In ihrer Welt gibt es Hirten und Gärtner, Köche und Brauer, Richter, Aufseher und Bauern, wie es das Leben erfordert. Dabei steht das Verhältnis von Hirte und Herde meist auf dem Kopf: Fuchs oder Katze hüten Gänse (S. 90), auch der Affe bewährt sich als Gänsehirt, oder der Fuchs weidet die Ziegen (S. 89). Hirten spielen «auf der Schalmei», sorgen auch durch Futtersack und Wasserkrug für den nötigen Mundvorrat.

Wenn der Affe einen Garten bewässert, so sitzt ihm sein Junges auf den Schultern, und er bedient sich eines Tragjochs. Das tut auch der Schakal, wenn er einer Kuh das Getränk in die Krippe schleppt. Das Nilpferd gefällt sich als Braumeister (S. 193) und stellt als Gehilfin ein Schwein an. Auch Antilope, Schakal und Katze dienen in Küche und Hof, während der Löwe sich stets als Herr behauptet. Grotesk vertauscht sind die Rollen, wenn eine Schwalbe auf einer Leiter den Baum hinaufklettert, während das Nilpferd in den Ästen wippt, um Früchte in seine Tasche zu sammeln (S. 92).

Vom Ernst des Lebens erfahren wir aus den Bildern, die einen Strafvollzug schildern (S. 94) oder zeigen, wie Katze, Hund, Vogel und andere Kameraden schreiend, gefesselt und mit ihrer letzten Habe auf dem Kopf in die Gefangenschaft abgeführt werden. Die Gazelle scheint besonders streng mit ihnen zu verfahren, und wie man weiß, haben die Ägypter auch sonst diesem Tier viel Böses zugetraut, vermutlich, weil es sich nicht zähmen ließ.

Aber nicht immer kommt es zum Letzten. Oft genug auch verhandeln die Tiere über einen strittigen Punkt. Zwischen zwei wütenden Hyänen und zwei Hunden scheint ein kleiner Hund zu schlichten, der eine Pfote an die Schnauze einer Hyäne legt. Ein andermal zankt die Hyäne mit einem Krokodil um einen Fisch.

Vieles wäre noch zu nennen, was sich abspielt unter allem, was da kreucht und fleucht, und am längsten wäre zu berichten vom Affen, dem wahrhaft jedes Kunststück gelingt. Ob er einen Wagen lenkt, ein Boot rudert, ob er sich im Ringen übt, mit einem Ranzen auf dem Rücken oder mit einem Körbchen im Arm unterwegs ist, immer bewährt er sich aufs beste.

Höfisches Zeremoniell am Wochenbett, paradiesischer Frieden unter feindlichen Tieren sind ebenso märchenhaft wie naturwidrig und humorvoll. Lebhafte Volksphantasie war am Werk, um die Geschichten zu spinnen, die schier alle Dimensionen von Erfahrung und Leben ausziehen. Den Umgang mit Tieren aus der Götterwelt gewöhnt, hat der Ägypter sich hier eine Niederwelt geschaffen, in die er alles an Geist flößt, was in der Welt der Wirklichkeit oder des Erhabenen keinen Raum hatte.

Allerdings ist diese Niederwelt ein Kosmos für sich, die Rollen der Tiere scheinen geordnet, wenn auch nicht starr, sondern oft auch austauschbar. Ihre Requisiten entleihen die Helden der Menschenwelt; ob sie gekleidet sind oder nicht, hängt ab von ihrem Rang. Unter dem hohen Adel (Löwe) stehen der niedere und die Plebs. Die Tiere sind sämtlich im geschichtlichen Ägypten beheimatet, umgekehrt treten so gut wie sämtliche Tiere der ägyptischen Fauna auf, bis auf das Schaf und die Schlange, was sich jedoch aus dem Zufall des überkommenen Gutes erklären könnte.

Das Schauspiel der kleinen Bühne ist beendet. Elementare Daseinsformen und die Urberufe sind samt und sonders vor unseren Augen vorübergezogen. Manche Bilder wirken geradezu dramatisch. Indes haben wir vergebens gelauscht, was die Tiere maulen und wie sie sich anschnauzen; ihre Geschichten müssen wir selber wiederherstellen oder versuchen, sie in anderen Zeiten und andernorts nachlebend aufzuspüren (Nr. 8).

Es unterliegt keinem Zweifel, daß die Wunderwelt der Tiere an mehreren literarischen Gattungen teilhatte, an Schwank und Burleske, am echten Märchen so gut wie an Moralia, insbesondere der Fabeldichtung; manche zählen zu ätiologischen Sagen, andere mögen gesellschaftskritische Züge getragen haben. Auch Kinderlieder und Sprichwörter mögen dazu zählen, kostümiert zu «Songs» von Bänkelsängern. In dem einzigen mit dieser Bildgattung geschmückten Tempelrelief meint ein neuerer Interpret sogar eine parodistische Anspielung auf Tempelfeste erkennen zu sollen. Wo Texte fehlen, hat die wissenschaftliche Phantasie viel Spielraum, ist aber um so mehr gehalten, Behauptungen zu meiden. *Weitere Erklärungen S. 320ff.*

Die Tierprozession auf der nächsten Seite ist alleinstehend. Vier Schakalpriester tragen über der Schulter mit Stangen auf einem Statuensockel das Kultbild ihres Gottes, die göttlich verehrte Schakalstatue mit einem langen Stab in der Hand. Hinter ihr steht sein Symbol, ein Tierbalg, vor ihr ein Wiedehopf.

Ein Priester – auf eigener Standlinie – schreitet rückwärts vor dem Zuge her und verliest aus einer Papyrusrolle das Ritual; ein anderer kniet am Wege, räuchert und gießt eine Trankspende aus einem Gefäß auf den Boden. Die Prozession wallt an einem Kanal entlang oder auch am großen Nilstrom selbst. Der Schakalgott feiert sein Fest und wird von Kapelle zu Kapelle getragen oder doch auf einem Stationsweg dem Tiervolk gezeigt, damit er Orakel spreche, Segen austeile und Huldigung empfange.

Schakalpriester tragen ihren Gott in Prozession

Ganz einer Prozession in der Menschenwelt entsprechend wickelt sich diese Kulthandlung ab, und es genügt kaum, sie schlechtweg als Parodie zu verstehen. Es gibt mehr fromme Leute unter den Tieren. Besonders der Hund scheint ein «verpappter» Kerl zu sein, aber auch Rind und Katze opfern einem Esel, ein andermal stehen Katze und Ziege im Gebet vor einer Maus. Immer sind sie dabei würdig bekleidet. Die Vierfüßler handeln auf der Bühne des Märchens nach den Spielregeln der großen Welt.

Die «Bremer Stadtmusikanten» ziehen durchs Land, einer Berglandschaft (?) zu. Esel, Löwe, Krokodil und Affe haben sich zu einer Gruppe von «Bänkelsängern» zusammengefunden, vielleicht auch sie, weil sie ihres tierischen Lebens müde

Tierkapelle

sind. Der Esel spielt die große Standharfe, der Löwe brüllt sein Lied zum Klang der Leier, deren Rahmen zierlich in Tierköpfchen endet. Der Leviathan schlägt mit Ernst die Laute, deren langer Hals sich in einen schnatternden Entenkopf umbiegt, und die Meerkatze bläst auf einer Doppeloboe.

Geschichten von musizierenden Tieren müssen im Alten Ägypten viel in Umlauf gewesen sein, auf Papyri gezeichnet, auf Ostraka gemalt oder als kleine Figuren plastisch gebildet, schon auf einer Schminkpalette zu Beginn der Geschichte am Ende des 4. Jahrtausends, auf Rollsiegeln und Skarabäen (Käfersiegeln), als Kinderspielzeuge oder andererseits auf Tempelwänden und in Reliefs, an Säulenkapitellen bis in griechisch-römische Zeit hinein werden sie abgebildet, die Sänger, Musikanten und Tänzer unter den Tieren.

«Würde das Haus durch laute Stimmen erbaut, so erbaute der Esel zwei Häuser an einem Tage», spricht der weise Achikar in seinen Ermahnungen; Affe und Ziegenbock aber bestehen als die gewandtesten Tänzer. Wenn wir in unseren romanischen Säulenköpfen oder im Chorgestühl verborgen einen solchen Zimbelschläger entdecken, so hat er eine Reise übers Mittelmeer hinter sich.

Löwe und Steinbock machen ein Brettspiel

Löwe und Steinbock spielen miteinander «Schach». Der Löwe auf einem Hocker, sein Partner auf einem Klappstuhl, haben die beiden einen Tisch zwischen sich und darauf das Brett mit den Spielsteinen. Jeder von ihnen zieht gerade eine Figur, der Löwe redet, vielleicht lacht er sogar siegesgewiß. Welches der vier altägyptischen Brettspiele die hohen Herren austragen, ist nicht sicher; sie haben deutlich voneinander verschiedene Püppchen, «schwarze» und «weiße» Steine, vor sich, jeder fünf. Ihre Figuren sind wohl wie bei den Spielen vornehmer Leute aus Elfenbein; das Brett aus Ebenholz mit Goldeinlagen bildet den Deckel eines Kastens, in den sie die Spielsteine nach beendeter Partie wieder einräumen. Wer zuletzt lacht, wird sich zeigen. Wahrscheinlich ist es der königliche Löwe, denn in einer Triumphalgebärde hält er seinen Stein hoch in die Luft. Das friedvolle Beieinander der von Natur aus gegnerischen Tiere ist ein Bild aus der Verkehrten Welt.

Aber das Alte Ägypten kennt auch brüderliche Spielkameraden: so eine Statuette von zwei Affen, die sich am Brett gegenübersitzen. An der Seite des Tisches hockt dazu ein Affenjunges, dem seine Mutter zärtlich die Hand auf den Kopf legt. Auf einem Ostrakon wird ein Affe beim Spiel von einem tückisch herangeschlichenen Skorpion in den Schwanz gestochen. Vielleicht hat er falsch gespielt und sich Strafe zugezogen?

Füchse hüten eine Ziegenherde

Diese Hirtenszene steht neben vielen beliebten Märchenmotiven auf demselben «Bilderbogen» wie die vorige Szene. Zwei Füchse hüten eine Herde Ziegen. Der Anführer mit dem Hirtenstab hat ein Futtertäschel mit einem Stock geschultert, der Schlußfuchs, ebenfalls einen Futtersack mit einem Stocke tragend, bläst sein Liedchen auf einer Doppeloboe. Über den vier Ziegen mit verschiedenem Gehörn zieht ein Zicklein, sorgsam in die Mitte genommen.

Das Bild verkehrt das Verhältnis der Tiere, denn naturgemäß begehren Füchse nicht, eine Ziegenherde zu hüten, vielmehr sich an ihr gütlich zu tun. Die humoristische Spielerei der Phantasie zaubert einen paradiesischen Tierfrieden hervor, ganz so wie er im Schlaraffenland geherrscht hat, bzw. zeigt einen Ausschnitt aus der Verkehrten Welt.

Eine Katze treibt Gänse auf die Weide

Mehrere Papyri und eine große Anzahl von Ostraka bieten das offenbar äußerst beliebte Märchenmotiv: Eine Katze hütet Gänse. Auf dieser thebanischen Bildscherbe schreitet der Hirte Katze pflichteifrig hinter seiner Herde, hat den Hütestab erhoben und schleppt an einem Tragjoch Futtertasche und Wasserkrug mit hinaus auf die Weide. Die ihm anvertrauten Gänse marschieren in zwei Reihen auf übereinanderliegenden Standlinien, das Küken ihm dicht bei Fuß.

In einem parallelen Bilde trägt die Katze das Jungtier zärtlich auf der Hand. Die Verkehrung der Welt geht in einer Variante so weit, daß eine Gans die Katze anfällt und sie zu Boden stößt; eine Katzenfreundin gießt der Gestürzten Wasser auf den Kopf, um ihr aufzuhelfen. Lichte Farben erhöhen den Reiz unseres anmutigen Bildchens.

Eine Hyäne spielt einem Zicklein zum Tanze auf

Die Hyäne (alias Fuchs) spielt im ägyptischen Märchen gern die Rolle des Musikanten, der Ziegenbock gilt als geschickter Tänzer. Papyri und Bildscherben zeigen häufig beide vereint, auch in größeren Gruppen und mit einem Tierdirigenten zusammen. Hier auf der Scherbe aus Theben bläst der Pseudo-Reineke sein Lieblingsinstrument, die Doppeloboe. Über die Schulter hat er einen Futtersack oder einen Tierschlauch als Wasserbehälter geworfen. Das Zicklein vor ihm hüpft in lustigen Sprüngen, und wer weiß, ob es sich nicht als letzte Gunst das Tänzchen erbeten hat, um durch die Dudelei seines Begleiters Kameraden zu Hilfe herbeizulocken, weil das Raubtier ihm den Tod angedroht hat.

Die Geschichte der beiden ist alt, wurde schon Ende des 4. vorchristlichen Jahrtausends in Ägypten erzählt und hat gewiß vielfältige Ausschmückung erfahren. Die Freude an der kopfstehenden Welt hat die Phantasie nicht losgelassen.

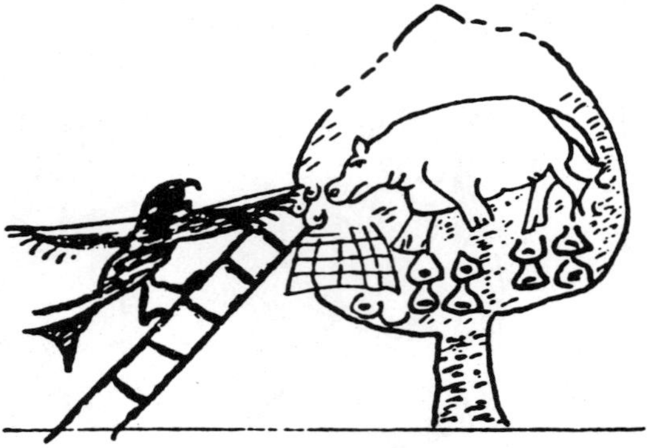

Verkehrte Welt

Die Freude an dem Einfall dieser Zeichnung ist heute noch ebenso groß wie zur Zeit ihrer Entstehung vor dreieinhalb Jahrtausenden. Auf dem Märchen-Papyrus in Turin ist das köstliche Zeugnis altägyptischen Humors bewahrt, das sich auf dem Bilderbogen neben anderen Beispielen der Verkehrten Welt bietet: Eine Schwalbe steigt Sprosse um Sprosse die Leiter hinauf in einen Baum, auf den ein Nilpferd offenbar geflogen ist. Der Schmerbauch hat seine Tasche in die Krone gehängt, um Feigen darein zu sammeln, erfährt indes den Besuch des herauftrabenden Leichtfußes. Wer dächte bei dieser lustigen Vertauschung der Rollen nicht an das mecklenburgische Sprichwort: «Die Kuh, die liegt im Schwalbennest» und möchte sich nicht die umrankende Tiergeschichte mit Wonne ausspinnen?

Bierbrauer

Besser, als Feigen im Baum zu pflücken, steht dem Dickwanst Nilpferd an, die Maische durch ein Sieb in den Bierbottich zu pressen. Eine Schweinemutter hilft ihm dabei; sie hat für den zweiten Krug eine Schüssel mit neuem Gerstenbrei herangebracht. Indes ist sie nicht aufmerksam bei ihrer Arbeit; sie wendet sich nach ihrem Jungen um, das eben von einer Fuchsenamme im Brusttuch hereingetragen wird. Es ist wohl Zeit zum Stillen.

Katze vollzieht Prügelstrafe vor dem Mäuserichter

Nur höchst selten greifen Märchentiere in die Welt der Menschen über. Ein nackter nubischer Junge, durch die Seitenlocke als Kind gekennzeichnet, kniet am Boden und fleht mit erhobenen Armen um Gnade. Denn ein Katzenbüttel schlägt mit einem Prügel fest auf ihn los. Die offizielle Handlung geschieht angesichts des Hohen Gerichts, einer Maus. Sie hat sich für den Akt des Strafvollzugs von ihrem Schemel erhoben und steht, auf einen Würdestab gestützt, auf einer Matte.

Auch diese Scherbenzeichnung ist nicht vereinzelt, ein anderes Ostrakon bietet dazuhin eine Abwandlung des Gegenstandes. Dort erleidet vor dem Mäuserichter eine Katze Stockschläge durch einen Nubier. Sonst aber halten die Tiere Gericht allein unter sich, werden gefesselt, abgeführt oder gezüchtigt; kaum einer geht leer aus.

8

Der Katz-Mäuse-Krieg

Während die Märchenillustrationen so gut wie alle ohne Texte überliefert sind, ist es uns vergönnt, mit hoher Wahrscheinlichkeit ein altägyptisches Tiermärchen an Hand der Bilder zu rekonstruieren: den Katz-Mäuse-Krieg. Bildliche Spuren dieser Geschichte sind vom 14. vorchristlichen bis ins 7./8. Jh. n. Chr. Geburt in solcher Zahl und Beredsamkeit erhalten (S. 19f.), daß sich unschwer erkennen läßt, wie die Geschichte nicht allein noch im heutigen Ägypten weiterlebt, sondern vom Nilland nach Süden sowie nach Asien und Europa ausgegriffen hat.

Den Bildern lassen sich mehrere Phasen der Handlung ablesen: Mäuse greifen eine Katzenburg an, vielmals sind beide Parteien in Einzelkämpfe verwickelt, eine vermutlich trügerische Katze unterwirft sich dem Mäuseheerführer, aber schließlich ergeben sich die Mäuse – wie die Ordnung der Natur es fordert – dem Katzensieger. Aus der Phase der Verkehrten Welt sprechen die Bilder, nach denen die Katzen im Dienst der Mäuse stehen, andere Bilder zeigen die Gefangennahme einer Katze und deren Verbannung zum Küchendienst. Doch war dieser Sieg der Mäuse nur vorübergehend.

Wenn auch islamisch gefärbt, so scheint doch eine dichterische Form besonders geeignet, uns die altägyptische Tiergeschichte aus den Jahrtausenden zurückzurufen: das Tierepos von Obeid Zakani, einem persischen Dichter aus dem 14. Jh. Hören wir ihn auszugsweise!

Einen ‹Drachen von Katze› trieb die Lust und ihr Magen
dahin zur Taverne, dort Mäuse zu jagen.
Ein Weinkrug verdeckt sie, dort harrt sie der Beute
wie ein Räuber der Wüste und ähnliche Leute.
Aus der Spalte der Mauer sprang munter hervor
ein Mäuslein und klettert am Krug flugs empor.
Es schlürft voll Behagen vom köstlichen Wein,
beschwipst, wie ein Löwe begann es zu schrein:
«Wo ist die Katz? Ich schneide ab ihr den Kopf,
ihren Pelz, ihren Balg voll Gras ich dann stopf.
Verschenk, wenn ich Lust hab zum Plunder-Spendieren,
gleich Hunderte Köpfe von Katzentieren.
Ein räudiger Hund wär für mich dieses Tier,
im Falle sie stellte sich mir beim Turnier!»
Die Katze hört lautlos dies an eine Weile,
nur reibt sie an Zähnen und Krallen die Feile.
Ein Sprung und ein Satz, und sie packte die Maus:
«Du Mäuslein», so rief sie, «dein Leben ist aus!»
Die Maus quiekt: «Verzeih mir, ich bin ja dein Knecht,
verzeih meine Sünden, dies alles war schlecht.
Betrunken war ich, wenn das Maul ich gewetzt;
Dreck plappern die Trunkenen immer zuletzt.
Dein Sklave bin ich, im Ohr einen Ring,
um meinen Nacken ein Halsband mir schling.»
Die Katze fauchte: «Nun ist's mir genug,
lüg nicht, ich hör nicht auf Schwindel und Trug!
Ich hörte ja das, was du sagtest zur Stund,
halt deine Schnauze, muslimischer Hund!»
Sprach's und verspeiste sie mit Appetit.
«Allmächtiger, Reue fühl ich zum Glücke,
keine Maus reiß ich mehr mit den Zähnen in Stücke! ...
Als Blutgeld für unrecht verdorbenes Leben
will zwei Zentner Brot ich den Armen jetzt geben!»
So flehte und jammerte sie unverdrossen,
den Pelz netzten Tränen, die schließlich noch flossen ...

Nachdem nun die Mäuse die Nachricht vernommen,
war Frohsinn und Freude zu ihnen gekommen.
Der Mäuse sieben sprangen heran,
ein Hofrat war jede, ein Edelmann.
Aus Liebe zur Katze überboten sie sich,
sie brachten ihr Gaben, die königlich.
Die eine trug eine Flasche mit Wein,
die Gabe der andren sollte Lammbraten sein...
Sie sprach dann: «Geruht, Freunde, einige Schritte
zu treten heran etwas näher zur Mitte!»
Die Mäuse gehorchten ehrlich und bieder,
wie Espenlaub zitterten all ihre Glieder.
Da, plötzlich sprang los unsre Katze voll Gier,
dem Ritter glich sie beim harten Turnier.
Sie packte fünf Mäuse, gewandt, ohne Schonen,
obwohl diese Gaufürst und Standespersonen!
Und vier mit den Tatzen bezwang sie, nicht faul,
dem brüllenden Leu gleich, die fünfte im Maul!...
Und nach einer Woch' war gerüstet ein Heer
von dreißigtausenddreihundert und mehr
mit Speer, Pfeil und Bogen und blitzendem Schwert
bewaffneten Mäusen, mit Umsicht bewehrt...
Es war eine Maus seit je Diplomat,
Die ging zu der Katze für König und Staat.
Zur Katze sprach sie redegewandt:
«Ich bin von der Mäuse König gesandt.
Die Botschaft höre, nimm leicht sie nicht hin,
denn Krieg hat der Mäuse König im Sinn!
Entscheide: Entweder nah dienstbar dem Thron,
oder Krieg überzieht dich als schrecklicher Lohn!»...
Die Katz rief heimlich die Katzen zusammen,
ein mächtiges Heer von Knappen und Mannen...
Nachdem die Kolonnen gestellt ohne Lücken,
erging der Befehl, auf das Schlachtfeld zu rücken...
Es fielen von Katzen und Mäusen zugleich

unzählige Helden für König und Reich...
Dann schlugen die Mäuse die Pauke des Sieges,
ganz trunken von diesem Ergebnis des Krieges...
Der Katze waren gefesselt die Pfoten
mit Stricken und Fäden und Schnüren voll Knoten...
Dem Löwen gleich kauert sie sich auf die Schenkel,
zerriß mit den Zähnen die Stricke und Senkel.
Sie packte die Mäuse und schmiß sie um sich,
dem Staube gleich wurden sie jämmerlich.
Nach rechts floh das Heer mit all seinen Mannen,
nach links macht der Fürst sich eilends von dannen.
Die Dickhaut [1] verschwand mit dem König als Last,
verspielt war die Krone, Schatz, Thron und Palast.

Erklärungen S. 321 f.

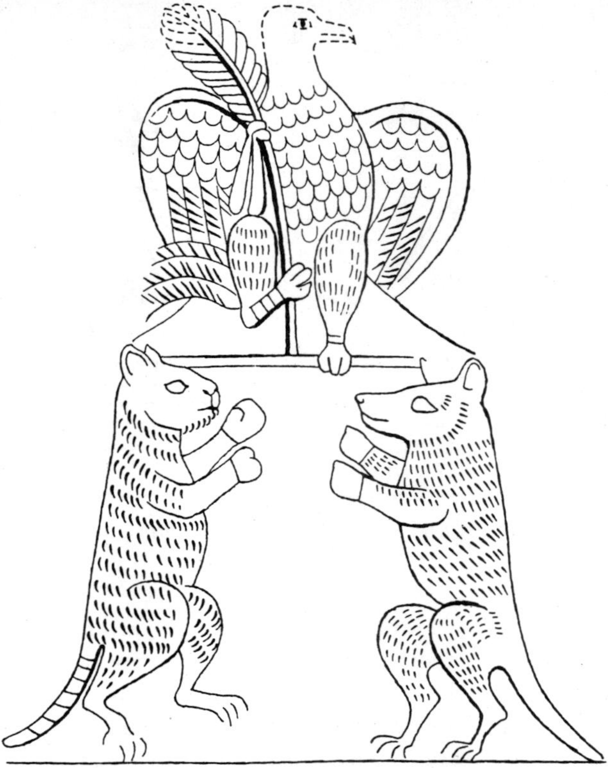

Boxkampf zwischen Katze und Maus mit einem Adler
als Schiedsrichter

Katze und Maus duellieren. Beide tragen Boxhandschuhe und springen einander an. Über ihnen schwebt, die Palme des Sieges in der Kralle, der Adler als Schiedsrichter. So, und auf anderen Bildern ähnlich, bereitet sich die Fehde vor.

Mäusepharao stürmt mit seinem Heer eine Festung der Katzen

Ein Mäuseheer berennt eine Katzenburg. Der Heerführer steht nach der Art altägyptischer Pharaonen auf dem Streitwagen und schickt seine Pfeile gegen die Feinde. Vor den Wagen ist ein Joch Hunde gespannt, am Wagenkorb kreuzen sich Köcher. Bellend sprengt das Gespann ins Heer der Gegner, deren Masse eilends die Flucht ergreift. Zwei Mäusesoldaten stehen im Pfeilgefecht mit einer Katze, Schildträger stürmen die Burg. Ein Mäuserich klettert bereits die Leiter

hoch, ein anderer versucht, die Mauer zu brechen. Auf den Zinnen der Festung erheben die Katzen übergabebereit ihre Pfoten und flehen um Gnade.

Der Krieg ist in vollem Gang, das Heer der Mäuse im Siegen. Bald wendet sich das Geschick,

> «und sie führen zu Feld die Katzen,
> Wider die Hund', Mäus' und die Ratzen.»

Mäuseabordnung bittet den Katzenfürsten um Frieden

Eine Abordnung von drei Mäusehelden naht sich dem Katzensieger. Mit der (weißen) Fahne in der Hand, mit Becher und Beutel, Stab und Brot trippeln die Mäuse, mehr rückwärts als voran, der Gefürchteten zu und erklären ihre Friedensbereitschaft.

Die Katze sprach: «Geruht, Freunde, einige Schritte,
zu treten heran etwas näher zur Mitte!»
Die Mäuse gehorchten ehrlich und bieder,
wie Espenlaub zitterten all ihre Glieder.
Doch plötzlich sprang los unsere Katze voll Gier...

Mäusedame saugt Wein mit einem Knierohr, Kammerkatze bindet ihre Halsschleife

Dame Maus genießt ihre Siegerstellung. Auf einem Feldstuhl thronend, in langem, weißem Plisseeschurz, die Füße auf einem Schemel, in der Hand ein Taschentüchlein und Blüten, schlürft sie mit einem Saugrohr Wein aus einem Krug, den eine Katzendienerin auf einem Ständer kredenzt hat und eben mit einem Becher nachfüllt. Die Dienerin mit eingekniffenem Schwanz ist von einem Kätzchen begleitet. Eine andere Katzenzofe bindet ihrer Herrin das Halsband, ein Entlein spielt die Rolle des Tierlieblings.

«Eins sage ich dir», sprach der Kater zur Maus,
«Wenn du zu mir kommst, werden alle Katzen dir dienen,
sobald du zur Stelle bist.»

Mäusedame läßt sich frisieren, eine Katzenamme bringt ihr Kind

Eine geschmeidige Dienerschaft umschwänzelt katzbukkelnd Dame Maus bei ihrer Toilette. Die hohe Herrin sitzt auf einem Hocker, in ein vornehmes Plisseekleid gewandet. Eine Katzenzofe reicht ihr einen Becher Wein, während eine andere ihre Frisur ordnet; eine Flechte aus der Perücke hat sie sich einstweilen vors Ohr gesteckt. Die Kindswärterin bringt das Junge in einem Tragetuch herein zur Mutter, schließlich sorgt eine Dienerin für frischen Wind, indem sie mit einem Palmfächer die Gebieterin umwedelt.

«Oberdummkopf, da nützt das Maunzen nichts.»

MYTHEN UND MYTHISCHE ERZÄHLUNGEN

9

Die Vernichtung des Menschengeschlechts und die Erschaffung des Himmels

Es geschah also, daß Re erstrahlte,
der Gott, der von selbst entstanden ist,
nachdem er das Königsamt bekleidet hatte,
als Menschen und Götter noch vereint waren.

Da ersannen die Menschen Anschläge auf Re,
denn Seine Majestät war alt geworden.
Seine Knochen waren Silber, seine Glieder Gold,
und sein Haar war echter Lapislazuli.

Da erkannte Seine Majestät die Anschläge,
die die Menschen gegen ihn im Sinne hatten.

Es sprach Seine Majestät zu seinem Gefolge:
«Ruft mir doch mein Auge,
und Schu und Tefnut, Geb und Nut,
samt den Vätern und den Müttern, die bei mir waren,
als ich mich noch im Urelement, dem Nun, befand.
Dazu ruft noch meinen Gott, den Nun,
und er soll seinen Hofstaat mit sich bringen.
Aber hol sie heimlich, damit die Menschen sie nicht erblicken
und daß ihre Herzen nicht fliehen.
Komm mit ihnen zum Palast,
damit sie ihren trefflichen Rat vortragen

und ich wieder in den Nun zurückkehren kann,
dorthin, wo ich entstanden bin.»

Diese Götter wurden sogleich herbeigeholt,
und die Götter reihten sich zu seinen beiden Seiten auf,
die Stirn auf dem Boden vor Seiner Majestät,
damit er seine Sache darlege vor dem Urvater (Nun),
der die Menschen geschaffen hat,
dem König des Volkes.

Sie sagten dies im Angesicht Seiner Majestät:
«Sprich nun zu uns,
auf daß wir es vernehmen!»

Darauf sprach Re zu Nun:
«Du ältester Gott, aus dem ich entstanden bin,
und ihr Götter der Urzeit.
Seht, die Menschen, die aus meinem Auge entstanden sind,
sie haben Anschläge ersonnen gegen mich.

Sagt mir, was ihr dagegen tun würdet,
denn wahrlich, ich suche (Rat).
Ich will sie nicht töten, bis ich gehört habe,
was ihr dazu sagen werdet.»

Da sprach die Majestät des Nun:
«Du mein Sohn Re, du Gott,
größer als sein Erzeuger
und ehrwürdiger als seine Schöpfer,
behalte doch deinen Thron inne,
groß ist doch die Furcht vor dir,
wenn dein Auge sich gegen jene wendet,
die Pläne gegen dich schmieden.»

Darauf sprach die Majestät des Re:
«Seht, sie sind in die Wüste geflohen,
denn ihre Herzen sind bang vor dem, was ich ihnen sagen könnte.»

Da sprachen sie (die Götter) zu Seiner Majestät:
«Laß dein Auge (Göttin) ausziehen, auf daß es sie dir vernichte,
jene, die sich als Böswillige gegen dich verschworen haben.
Es gibt kein Auge, das sie besser für dich vernichten könnte.
Es möge herabfahren als Hathor!» –
Danach kam diese Göttin zurück,
nachdem sie (einen Teil der) Menschen in der Wüste getötet hatte.
Und die Majestät des Gottes (Re) sprach:
«Willkommen in Frieden, Hathor,
die dem Schöpfer geholfen hat, als ich sie angegangen bin.»

Darauf sprach die Göttin:
«So wahr du für mich lebst;
Daß ich mich der Menschen bemächtigt habe,
war für mein Herz ein Labsal.»

Da sprach die Majestät des Re:
«Nun werde ich sie in der Gewalt haben als der König,
welcher ihre Zahl verringert hat.» ...

Darauf sprach Re:
«Ruft mir doch die Boten her,
die Schnellen, die Flitzer,
daß sie dahinhuschen wie der Schatten eines Körpers!»
Und es wurden die Boten sogleich herbeigeholt.

Dann sprach die Majestät des Gottes:
«Lauft nach Elephantine,
und holt mir große Mengen roten Ockers!»
Und der rote Ocker wurde ihm gebracht.

Dann veranlaßte die Majestät des großen Gottes,
daß der Bezopfte (Hohepriester) von Heliopolis den roten Ocker zerrieb.

Inzwischen hatten Dienerinnen Gerste für Bier gemahlen,
und der rote Ocker wurde in die Maische geschüttet.
Nun sah es aus wie Menschenblut –
und so bereitete man 7000 Krug Bier.
Darauf kam die Majestät des Königs von Ober- und Unterägypten Re
zusammen mit den genannten Göttern, um das Bier zu inspizieren.
Inzwischen war der Tag angebrochen, da die Göttin die Menschen (vollends) vernichten sollte,
an den Tagen, da sie nach Süden zieht.

Da sprach die Majestät des Re:
«Wie geglückt ist das Bier!»
Nun werde ich die Menschen vor ihr (der Göttin) erretten!»

Und weiter sprach Re:
«Tragt es zu dem Ort, von dem sie gesagt hat:
‹Dort will ich die Menschen vernichten.›» –
Die Majestät des Königs Re stand früh auf, noch in tiefer Nacht,
um den Schlaftrunk ausgießen zu lassen.
Nun waren die Felder drei Spannen hoch mit der Flüssigkeit bedeckt
durch die Macht der Majestät dieses Gottes.
Als nun am frühen Morgen die Göttin eintraf,
fand sie die (Felder) überflutet.
Ihr Antlitz wurde milde dadurch, und sie trank;
das tat ihrem Herzen wohl.
Trunken kam sie zurück,
ohne die Menschen erkannt zu haben.

Da sprach die Majestät des Re zu der Göttin:
«Willkommen, willkommen, du Holde!» ...

Dann sprach die Majestät des Re:
«So wahr ich lebe,

mein Herz ist allzu müde, mit ihnen (den Menschen) zusammen zu sein.
Hätte ich sie doch bis zum letzten Mann getötet,
dann wäre mein Arm jetzt nicht zu schwach.»

Was die Götter seines Gefolges sagten:
«Ziehe dich nicht zurück in deiner Müdigkeit;
du hast ja Macht allein durch deinen Willen.»

Aber die Majestät dieses Gottes sprach zur Majestät des Nun:
«Mein Leib ist schlaff wie in der Urzeit,
und ich kann nicht mehr aufkommen gegen einen, der mich angreift.

Darauf sprach die Majestät des Nun:
«Du, mein Sohn Schu,
habe ein Auge auf deinen Vater und schütze ihn!
Und du, meine Tochter Nut,
nimm ihn auf deinen Rücken!» ...
Nut verwandelte sich in eine Kuh,
und die Majestät des Re setzte sich auf ihren Rücken...
Die Menschen waren gar (sehr betroffen),
als sie ihn auf dem Rücken der Kuh erblickten.

Und die Menschen versprachen ihm:
«Komm wieder zu uns, wir werden deine Feinde niederwerfen,
welche Anschläge ersonnen haben gegen den, der sie erschaffen hat.»
Aber Seine Majestät begab sich in seinen Palast,
(hoch oben) auf dem Rücken der Kuh.
Er kam nicht wieder zu ihnen,
und die Erde wurde finster (Nacht).

Als aber die Erde wieder hell geworden war am frühen Morgen,
zogen die Menschen aus mit ihren Bogen...
und schossen ihre Pfeile auf die Feinde.

Bild der Himmelskuh im Grabe Sethos' I.

Da aber sprach die Majestät des Gottes:
«Werft das Böse hinter euch, ihr Blutvergießer,
fern sei das Gemetzel von euch!»

Es folgen im Text ätiologische Aussagen über die Entstehung von Göttern, Gefilden und Sitten, die, soweit sie im übersetzten Text bereits vorkommen, ausgelassen sind und durch... markiert wurden. Auf diese ätiologischen Erklärungen folgt eine detaillierte Anweisung zur Herstellung des Bildes der Himmelskuh, deren besterhaltene auf dem äußersten Schrein Tutanchamuns und im Grabe Sethos' I. zu sehen sind. Auch die im Bild zu bemerkenden Sonnenbarken am Bauch der Kuh, der Luftgott und Himmelsträger Schu zwischen dem (gestirnten) Himmel und der Erde sowie die den kuhgestaltigen Sonnengott an den Beinen stützenden acht

Götterfiguren (und schließlich die Beischriften) werden in dem (nicht mehr übersetzten) Text mythologisch erklärt. Zu weiteren Einzelheiten und sinngebender Interpretation s. S. 323 ff.

10

Das unersättliche Meer

Der Verfasser rühmt die Götter des Märchens:
Ich preise Ptah, den Schöpfer der Erde, und seine beiden Stiere. Ich preise dich, (Astarte, die wütende und zornige Göttin). Ich preise das (Meer...). Ich preise den Himmel, (dessen) Platz (erhaben ist über der) Erde. (Ich preise die Erde als Schöpfung des) Ptah.

(Ptah, der Schöpfer, hatte den Himmel der) Erde (als Gemahl versprochen). Die Erde war (sehr) zufrieden, (und es herrschte großer Jubel im Lande). Jedermann umarmte (den anderen in Freude).

Nach sieben Tagen (kam) der Himmel (herunter) und stieg (auf die Erde) hinab.

(Da aber ergrimmte) das Meer. (Es verlangte einen Platz auf der Erde. So schuf) die Erde (vier Stützen zwischen sich und dem Himmel an den) vier Ecken der Erde, (und sie errichtete einen Berg) in ihrer Mitte, so hoch wie (der Himmel) ... als seinen (des Meeres) Herrschersitz.

Das (Meer bestieg diesen Thron und verlangte von der Erde), ihm Tribut zu bringen. (Es ließ sich diese Forderung vor) Gericht (bestätigen). Da brachte ihm die Ernte (an Tribut, was die Erde dem Meere) als Herrscher (schuldig war). Dies sah mit Betroffenheit der Himmel, denn siehe, man brachte ihm Tribut (auf Tribut: Silber, Gold, Lapislazuli und Türkis in vielen Kästen).

(Die Menschen aber sahen dies mit Schrecken und wandten sich darauf an die Götter mit den Worten: «Siehe, die Erde steht unter der Macht des Meeres), und auch (der Himmel lebt) vor ihm in (Schrecken). Es wird auch uns noch gefangen fortführen!» (Die Götter antworteten ihnen: «Wir wollen euch schützen. Hat nicht) Ernte (ihm) seinen Tribut (gebracht): Silber, Gold Lapislazuli und (Türkis in vielen) Kästen?» Da sagten sie zu den Göttern: «(Befreit die Erde vom) Tribut an das Meer. Es soll uns gehorchen. Alles (auf der) Erde soll vor ihm geschützt sein. Ist es denn etwa (der Herrscher über die Erde?») ...

Die Götter wollten den Menschen helfen, aber sie fürchteten sich vor (der Macht des Meeres). Da sagte die Erntegöttin zu den Göttern: «Wenn ihr euch fürchtet vor der Macht des Meeres wegen des Tributs an das Meer, so schickt doch (Astarte, die Tochter des Ptah, mit dem) Tribut des Meeres. (Sie wohnt am Meer und kann uns aus) dieser bösen Geschichte retten.»

Die Erntegöttin ergriff einen (Vogel, um ihn zu) Astarte zu senden. Da sagte der (Vogel zu ihr: «Wo soll ich hin?» Und sie sagte zu ihm): «Vogel, höre, was ich sage. Entferne dich nicht (vom Wege und höre auf keinen) anderen. Mach dich auf und begib dich zu Astarte. (Bleib erst stehen bei) ihrem Hause. Rufe unter (der Kammer, in der sie) schläft. Dann sage ihr: ‹Wenn du (wach bist, höre). Wenn du schläfst, werde ich dich wecken. Das Meer hat (sich) zum Herrscher über die (Erde gemacht, und es lebt in Schrecken vor ihm auch der) Himmel. Ach, komme sofort zu ihnen (und bringe auch deine) Asiaten (mit)!›»

Astarte (kam nun zu den Göttern... Sie begrüßten sie: «Wehe, ... Astarte,) Tochter des Ptah! (Siehe, wir fürchten uns) vor dem Meere. (Deine Schönheit soll uns retten. Gehe du) selbst mit dem Tribut zum Meere» ...

Da weinte Astarte... (Die Götter des Himmels brachen in Klagen aus), und ihr Herrscher verstummte... Aber da sprach Astarte zu ihrem Vater Ptah: «Erhebe dein Angesicht (mein Vater ...,) erhebe dein Angesicht! Du sollst (mit mir zufrieden sein», ... und sie ging) hinaus, sie trug den (Tribut) des (Meeres, ... und sie) sang und lachte über es ...

(Das Meer) sah Astarte am Ufer des Meeres sitzen, und es sagte zu ihr: «Woher kommst du, Tochter des Ptah? Du wütende und zornige Göttin? Hast du die Sandalen deiner Füße durchgelaufen? Hast du deine Kleider zerrissen, die du trugest, als du Himmel und Erde durchquert hast (da du jetzt nackt bist)?»

Astarte sagte zu ihm: («Mein Vater Ptah sendet dir seine Tochter. Die Götter geben dir dies Geschenk, auf daß du verzichtest auf den Tribut durch die Erde.») ...

(Da sagte das Meer zu Astarte: «Sage deinem Vater ...: ‹Ich danke dir, Ptah, und ich lobe) die Götter. Wenn sie mir deine Tochter geben, (werde ich) von ihnen (den Menschen, ablassen). Was könnte ich dann noch gegen sie machen?›»

Astarte hörte, was ihr das Meer sagte. Dann machte sie sich auf, zu den Göttern zu gehen, dorthin, wo sie sich versammelt hatten. Die großen erblickten sie und standen vor ihr auf. Die kleinen erblickten sie und lagen (vor ihr verehrungsvoll) auf dem Boden. Man holte ihr ihren Thron, und sie setzte sich. Man brachte ihr Fleisch, Kuchen, Wein und lauter gute Sachen, damit sie sich labe ...

Dann sprach Astarte, die Tochter des Ptah, zu den Göttern, daß das Meer zufrieden sei, und berichtete schließlich alles, was das Meer zu ihr gesagt hatte. Und sie sagte, was das Meer als Brautgeschenk von den Göttern verlange, sie sollten die Erde mit Silber und Gold aufwiegen.

Da erschraken die Götter sehr, aber sie waren es zufrieden, um den Menschen und der Erde zu helfen.

Sie versuchten, das Silber und Gold im Gewichte der Erde aufzutreiben.

Ptah sandte seinen Boten zu allen Göttern, damit er das Brautgeschenk in die Waage sammle. Aber die Waage war nicht voll, und das Meer war nicht zufrieden.

Da ging der Bote des Ptah weg, um die Worte des Ptah der (Himmelskönigin) Nut zu sagen. Nut löste die Perlen von ihrem Hals und legte sie auf die Waage. Aber die Waage war nicht voll, und das Meer war nicht zufrieden. Und das Meer sagte: «Was sind das für Händel mit den Göttern!» Und es schickte und forderte (den Siegelring des Gottes Geb, sein Herrschaftszeichen) ... (Und man legte) den Siegelring des Geb (auf die Waage. Aber die Waage war nicht voll, und das Meer war nicht zufrieden) ...

Von den folgenden zehn Seiten des Textes sind insgesamt nur ein gutes Dutzend Worte erhalten, auf der letzten allerdings das Schlüsselwort Seth, das uns erlaubt, den Mythos nach Anspielungen und Parallelen in seinem Gesamtverlauf nachzuzeichnen.

Die Götter haben dem Meere immer weiter Tribute geliefert, aber das Meer war nie zufrieden. Das Meer war unersättlich. Sie konnten die Gier des Meeres nicht stillen. Das Meer richtete unverändert seinen Sinn darauf, die Erde und die Berge zu bedecken. *Längst hat das Meer Astarte zurückgeschickt.*

Die Götter sinnen nach neuen Plänen, die Menschen jammern, aber es gelingt nicht, das Meer zu befriedigen. Immer bringt es neue Not über die Erde, immer lauter dringt das Klagen ans Ohr der Götter. Die Ordnung der Welt wird bedroht, weil das Meer kein Maß hält, weil das Meer keine klaren Grenzen duldet. Unberechenbar und unheimlich greift es über in fremdes Recht. Keine Verhandlung hilft, das Recht kann nicht hergestellt werden durch Götterentscheid, nicht durch Gericht, nicht durch das Wort. Gegen das Maßlose, das Zuchtlose, gegen das aus Trieb launig Handelnde – so erkennen endlich die Götter – hilft nur eins: Machtspruch und Gewalt. Der rechte Kämpfer gegen das Meer ist Seth. Ihn rufen die Götter herbei, wo es einen Kampf mit Gewalt auszutragen gibt.

Seth hilft dem Sonnengotte bei seiner Fahrt durch den Himmel; er weiß der Schlange zu wehren, die der Sonnenbarke den Weg verlegt; Seth, der Wettergott, vermag auch, das Meer zu bändigen, mit ihm zu kämpfen. *Er, der Gewittergott, versteht sich auf Wolken und Wogen, auf Wetter und Brandung.*

Seht zog gegen das Meer und schleuderte gegen das Meer seine Waffen, die blitzenden, und Seth brüllte gegen das Meer. Das Meer hörte die Stimme des Seth. Dann setzte Seth sich nieder, *das Meer aber beruhigte sich.*

Erklärungen S. 325f.

11

Die wunderbare Geburt des Gottkönigs

Amun hat die große Götterneunheit im Himmel zu sich berufen und verkündet ihr seinen Entschluß, dem Lande Ägypten einen neuen König zu erzeugen, und er verheißt den Göttern alles Gute durch ihn. Thronfolger wird im hier folgenden Text Hatschepsut, eine der wenigen Frauen, die königliche Würden für sich beansprucht haben. «Sie baut eure Kapellen», spricht Amun zur Götterneunheit, «sie weiht eure Tempel... Sie bringt euch reichlich Opfer dar... Es soll der Tau vom Himmel fallen zu ihrer Zeit, ...und die Nile sollen hoch sein zu ihrer Zeit. Umgebt sie mit eurem Schutz, mit Leben, Glück bis in Ewigkeit.»

Die Götterneunheit antwortet: «Wir sind gekommen, damit wir sie mit unserem Schutz, mit Leben und Glück umgeben...» *Amun beauftragt Thoth, den Weisheitsgott und Boten, nach Königin Iahmes, der Gemahlin des regierenden Königs, zu suchen, die er als zukünftige Mutter der Thronfolgerin auserwählt hat, und Thoth antwortet ihm folgendermaßen:* «Diese junge Frau ist eine Fürstin, sie heißt Iahmes. Sie ist schöner als alle Frauen im ganzen Lande. Sie ist die Gemahlin des Königs, des Königs von Ober- und Unterägypten, Thuthmosis' I., und Seine Majestät ist noch ein Kind[1]. Geh doch zu ihr hin...» *Darauf geleitet Thoth den Amun zur Königin Iahmes.*

Thoth, der ibisköpfige Weisheitsgott und Götterbote, geleitet Amun zur erwählten Königin. Amun ist durch die hohen Federn seiner Krone als Luft- und Geistgott gekennzeichnet. In seiner vorgestreckten Hand hält er einen Heilsstab, an seinem Kinn ist der Götterbart vorgebunden. Beide Götter sind mit einem Schurz bekleidet, tragen Schmuck und – ein Abzeichen vorgeschichtlicher Herkunft – einen Tierschweif. Die Schärpe über der Brust weist Thoth als einen Lesekundigen aus, die freie Hand hat er in Redegebärde erhoben.

Es kam der herrliche Gott, Amun, der Herr der Throne der beiden Länder, nachdem er die Gestalt der Majestät ihres (der Iahmes) Gemahls[2] angenommen hatte, des Königs von Ober- und Unterägypten, Thuthmosis' I. Er fand sie (Iahmes), wie sie im Innersten ihres Palastes ruhte. Da erwachte sie durch den Duft des Gottes, und sie lächelte Seiner Majestät entgegen. Sogleich ging er hin zu ihr und ward voller Verlangen nach ihr. Er ließ sie in sein Herz schauen und gab sich ihr zu erkennen in seiner Gottesgestalt, nachdem er zu ihr herangetreten war. Sie freute sich, seine Schönheit zu schauen, und seine Liebe ging über in ihren Leib. Der Palast flutete von dem Duft des Gottes, und alle seine Wohlgerüche waren Düfte aus Punt[3].

Die königliche Gemahlin und Königsmutter Iahmes sprach zu der Majestät des herrlichen Gottes Amun, des Herrn der Throne der beiden Länder: «Mein Herr, wie groß ist dein Ruhm! Wie herrlich ist es, dein Angesicht zu schauen! Du hast Meine Majestät mit deinem Glanz umfangen. Dein Duft ist in allen meinen Gliedern.» (So sprach sie), nachdem die Majestät dieses Gottes alles, was er wollte, mit ihr getan hatte.

Dann sprach Amun, der Herr der Throne der beiden Länder, zu ihr: «Hatschepsut ist also der Name dieser deiner Tochter, die ich in deinen Leib gelegt habe, entsprechend dem Ausspruch deines Mundes[4]. Sie wird das herrliche Königtum im ganzen Lande ausüben. Mein Ruhm wird ihr gehören. Sie wird die beiden Länder (Ägypten) beherrschen ... Ich werde sie alle Tage mit meinem Schutz umgeben gemeinsam mit dem Gotte des jeweiligen Tages.»

Nachdem Amun der Königin beigewohnt, den Namen des Kindes bestimmt und ihm die Herrschaft über Ägypten verheißen hat, spricht er mit dem Schöpfergott Chnum, der das Kind auf der Töpferscheibe aus Lehm bilden soll. Dabei beauftragt er ihn, dem Kinde einen ebenbildlichen Leib zu schaffen. Und Chnum antwortet ihm:

Amun wohnt Königin Iahmes bei. Auf einem Mattenbett, dessen Pfosten in Löwenvorderteile enden, sitzen die beiden Gatten, an den Füßen unterstützt durch zwei weibliche Kraft spendende Genien mit dem Namen Hemuset. Die Königin trägt als Zeichen ihrer Mutterwürde eine Geierhaube, den Balg des Vogels, mit einem Uräus (Schlange) an der Stirn, ihr Körper ist mit einem langen, engen Gewand bekleidet.
Die Vereinigung der beiden wird zart angedeutet durch die Symbolgebärde des Leben-Spendens: Amun führt der Königin ein Lebenszeichen (Henkelkreuz) an die Nase, den Sitz des Lebensodems); mit der anderen Hand reicht er ihr die Zeichen für Heil und Leben zu, und Iahmes berührt sie sanft. Und so «tat der Gott mit ihr alles, was er wollte».

Amun erteilt dem widderköpfigen Schöpfergotte Chnum den Auftrag, das der Königin verheißene Kind zu bilden.

«Ich bilde diese deine Tochter bereit für Leben, Heil und Gesundheit für Speise, Nahrung, für Achtung, Beliebtheit und alles Gute. Ich zeichne ihre Gestalt aus vor der der Götter (Könige) in ihrer großen Würde eines Königs von Ober- und Unterägypten.»

Chnum schafft gemäß dem göttlichen Auftrag das königliche Kind Hatschepsut und dessen Geistwesen auf der Töpferscheibe, und die Göttin des werdenden Lebens, die froschköpfige Heket, reicht ihnen das Leben dar. Chnum spricht dazu: «Ich bilde dich mit die-

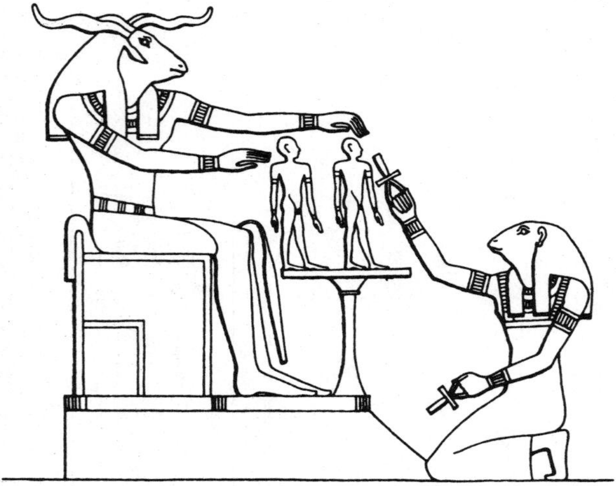

Chnum formt das Kind und sein Geistwesen aus Lehm auf der Töpferscheibe, während seine Gehilfin, die froschköpfige Heket, ihnen das Leben darreicht, ist der Frosch Symbol werdenden Lebens.

sem Gottesleib... Ich bin zu dir gekommen, um dich vollkommener zu formen als alle Götter (Könige), gebe dir alles Leben und Glück, gebe dir Dauer und Freude... und gebe dir alle Gesundheit, übergebe dir alle Flachländer und alle Bergländer sowie sämtliche Untertanen; gebe dir jegliche Speise und Nahrung und mache, daß du auf dem Throne des Horus erscheinst wie (der Sonnengott) Re (selber). Ich mache, daß du an der Spitze aller Lebenden stehst, wenn du erschienen bist als König von Ober- und Unterägypten, so wie es dein Vater Amun-Re, der dich liebt, befohlen hat.» *Chnums göttliche Gefährtin Heket schließt sich mit Segenssprüchen an und begabt das Kind durch ihre Worte mit Leben, Dauer und Glück in alle Ewigkeit.*

Thoth verkündet Königin Iahmes die Titel und Würden, die sie mit der Geburt des Thronfolgers erwirbt. Die drei hieroglyphischen Inschriftzeilen zwischen beiden nennen diese Titel.

Der Botengott Thoth, von Amun entsandt, verkündet der königlichen Mutter Iahmes die Würden und Titel, die der Himmel für sie festgesetzt hat. Er *heißt sie* die Tochter des Erdgottes, Erbin des Osiris, Fürstin von Ägypten und Mutter des (kommenden) Königs von Ägypten. Amun, der Herr der Throne der beiden Länder, ist zufrieden mit deiner großen Würde einer Fürstin, die groß ist an Gunst, an Frohsinn, an Anmut, an Lieblichkeit und Beliebtheit, *und beschließt seine Botschaft an die große Königsgemahlin Iahmes mit dem Wunsche, daß sie lebe, daure, glücklich sei und im Herzen froh ewiglich.*

Chnum und Heket, die dem Kind seine Gestalt schufen, führen die Königin zum Geburtszimmer. Der Zustand der Erwartung ist behutsam angedeutet.

Chnum, der Schöpfergott, und seine göttliche Gefährtin Heket geleiten die schwangere Königin zur Geburt an die Geburtsstätte und sprechen dabei ihre Segnungen aus. Es spricht Chnum zu ihr: «Ich umgebe deine Tochter mit meinem Schutze. Du bist groß, aber die, die deinen Schoß öffnet [5], wird größer sein als alle Könige bisher...» So sprechen Chnum, der Töpfer... und Heket... die Entbinderin.

Die Königin, die sogleich danach schwanger geworden ist und nun die Geburtswehen erleidet, *kommt in Gegenwart des Gottes Amun und der Göttin der Geburtsstätte Mesechnet unter dem Beistand vieler Genien und göttlichen Ammen nieder.*

Nach einer langen Rede des Amun richtet Mesechnet ihre Segensworte an das Kind.

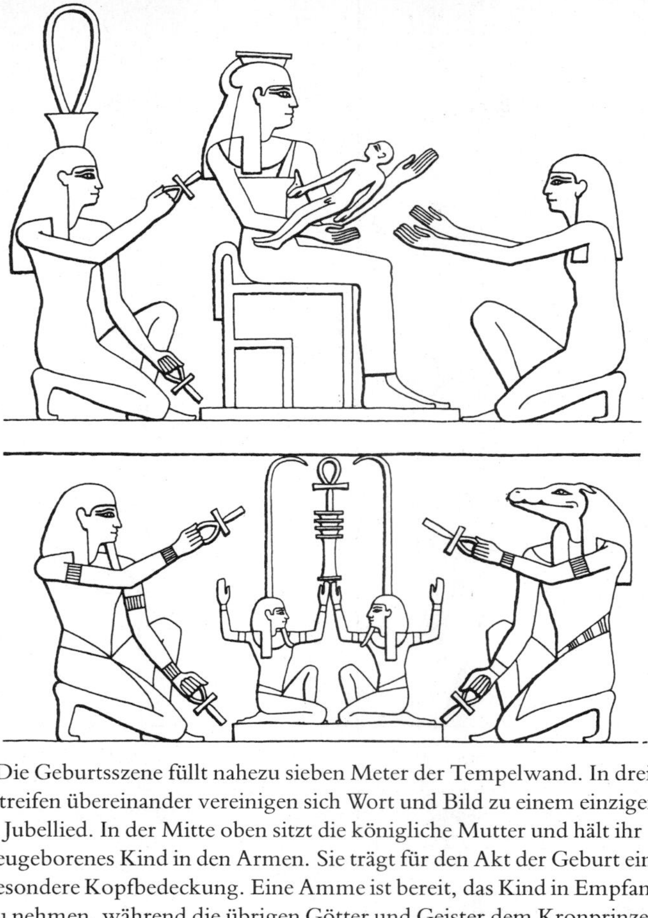

Die Geburtsszene füllt nahezu sieben Meter der Tempelwand. In drei Streifen übereinander vereinigen sich Wort und Bild zu einem einzigen Jubellied. In der Mitte oben sitzt die königliche Mutter und hält ihr neugeborenes Kind in den Armen. Sie trägt für den Akt der Geburt eine besondere Kopfbedeckung. Eine Amme ist bereit, das Kind in Empfang zu nehmen, während die übrigen Götter und Geister dem Kronprinzen Leben zureichen. Die beiden Genien unter ihrem Throne mit den erhobenen Armen symbolisieren ewigliches Leben in Gesundheit und Beständigkeit.

Dieses Mittelbild ist vervollständigt durch weitere 21 Götter, Schutz- und Ahnengeister, die Leben und Freude spenden, sowie durch Heilszeichen. Die ganze Szene spielt auf einem riesigen Bett mit Löwenpfosten, und beiderseits dieser Geburtsstätte sind (links) Amun und (rechts) Mesechnet mit ihrem Segen anwesend.

Hathor, mit der Sonnenscheibe zwischen dem Kuhgehörn auf dem Kopfe, Göttin der Liebe, stellt Amun, dem göttlichen Vater, den «König von Ober- und Unterägypten» vor, und Amun erkennt das Kind an mit den Worten: «Er ist es, den ich gezeugt habe, mein Sohn.»

Das Kind ist glücklich zur Welt gekommen, und Hathor, die Göttin der Liebe und Mutterschaft, stellt es dem göttlichen Vater Amun vor. Der herrliche Gott Amun kommt, um seine geliebte Tochter... zu sehen, nachdem sie geboren ist, und sein Herz ist überaus froh. Hathor streckt ihren Arm der Majestät des Gottes entgegen..., und Amun erkennt das Kleine an.

«Mein Bild ist es», spricht er, «das ich gezeugt habe, meine Tochter... Sei gegrüßt, Tochter meines Leibes, mein herrliches Ebenbild, das aus mir gekommen ist. Du bist ein König, der die beiden Länder Ägyptens in Besitz nimmt, auf dem Throne des Horus wie Re.» Amun küßt sie, umarmt sie, liebkost sie, weil er sie mehr liebt als alles.

Nach wiederholten Segnungen spricht er zu dem Kinde: «Willkommen mir, willkommen in Frieden, Tochter meines Leibes, meine geliebte Hatschepsut. Du bist ein König, der (Ägypten) in Besitz nimmt und der erscheint auf dem Horusthrone der Lebenden ewiglich.» *Hathor spricht dem Kinde wiederum ihre Segenswünsche zu und überantwortet ihm aufs neue den Thron, das Land und unterstellt seine Bewohner seiner Leitung.*

Auf Befehl des Amun wird das Kind von göttlichen Ammen und Wärtern genährt, gepflegt und gehegt, erhält göttliche Milch zur Speise, und seine Lebenszeit wird auf Millionen Jahre bis in alle Ewigkeit festgesetzt.

Später wird das Kind beschnitten und von seinem irdischen Vater feierlich zum Thronfolger ernannt.

Erklärungen S. 325ff.

12

Der Osirismythos

Rhea (Nut), so erzählt man, vereinigte sich heimlich mit Kronos (Geb); das habe Helios (Re) bemerkt und sie verflucht, daß sie in keinem Monat und keinem Jahr gebären solle. Aber auch Hermes (Thoth) liebte die Göttin und wohnte ihr bei. Als er hierauf mit der Mondgöttin Brett spielte und ihr den siebzigsten Teil jedes Tages abgewonnen hatte, faßte er alle diese Teile zu fünf Tagen zusammen und schaltete sie hinter die 360 Tage (des Jahres), die die

Ägypter deshalb noch jetzt «die Darangefügten» (Epagomenen) nennen und als Geburtstage der Götter feiern.

Am ersten Tage wurde Osiris geboren, und zugleich mit seiner Geburt ließ sich eine Stimme hören, daß der Allherr an das Licht trete; einige aber berichten, eine gewisse Pamyle in Theben habe beim Wasserschöpfen aus dem Tempel des Zeus eine Stimme vernommen, die ihr befahl, laut zu verkünden, daß der große König und Wohltäter Osiris geboren worden sei, und deshalb habe sie den Osiris, den ihr Kronos übergeben hatte, aufgezogen. Ihr zu Ehren werde deshalb das Fest der Pamylien gefeiert.

Am zweiten Tage wurde Haroëris geboren, den manche Apollo, manche den älteren Horus nennen, und am dritten Tage Seth-Typhon; doch weder zur rechten Zeit noch am rechten Ort, sondern er sprang heraus, indem er mit einem Schlag die Weiche seiner Mutter aufriß. Am vierten Tage ward Isis im feuchten Element geboren und am fünften Tage Nephthys. Osiris und Haroëris stammen von Helios (Re), Isis von Hermes (Thoth) und Typhon (Seth) und Nephthys von Kronos (Geb)... Dem Typhon hat sich Nephthys vermählt; Isis und Osiris aber liebten einander schon vor ihrer Geburt und wohnten einander im Mutterleibe in der Finsternis bei. Einige behaupten, auf diese Weise sei Haroëris gezeugt worden, und er werde von den Ägyptern der ältere Horus genannt, von den Griechen Apollo.

Osiris brachte, als er König war, die Ägypter sogleich von ihrer ärmlichen und rohen Lebensweise ab, indem er ihnen den Anbau der Feldfrüchte zeigte, Gesetze gab und sie die Götter zu verehren lehrte. Später durchzog er das ganze Land und kultivierte es, wobei er kaum je Waffen nötig hatte; denn er gewann die meisten durch Überredung und Belehrung und zugleich mit jeder Art von Gesang und Musik. Deshalb schien er den Griechen derselbe zu sein wie Dionysos.

Seth-Typhon stiftete während seiner Abwesenheit keinerlei Unruhen, weil Isis gar sehr auf der Hut war und ihn scharf im Auge behielt. Doch als Osiris heimgekehrt war, stellte Seth ihm mit List nach – dabei hatte er 72 Männer zu Mitverschworenen und eine aus Aethiopien (Nubien) anwesende Königin, die die Ägypter Aso nennen, zur Helferin. Typhon maß nämlich des Osiris Leib heimlich aus und ließ nach seiner Größe eine schöne, reichgeschmückte Lade herstellen.

Diese brachte er zum Gelage mit, und als sich nun alle an dem Anblick erfreuten und die Lade bewunderten, versprach Typhon im Scherz, sie dem zum Geschenk zu geben, der sie völlig ausfüllen werde, wenn er darin liege. Als dies alle der Reihe nach versucht hatten und keiner hineinpaßte, stieg auch Osiris hinein und legte sich nieder.

Da liefen die Verschwörer herbei, warfen den Deckel zu, verschlossen die Lade von außen mit Nägeln und gossen heißes Blei darüber; dann trugen sie sie zum Flusse hinaus und schickten sie durch die tanitische Mündung ins Meer, die die Ägypter deshalb noch heute für hassenswert und abscheulich halten. Das geschah, so erzählt man, am 17. Athyr (13. November), an dem die Sonne den Skorpion durchläuft, während Osiris das 28. Jahr regierte...

Weil nun die um Chemmis wohnenden Pane und Satyrn das Unglück zuerst erfuhren und die Nachricht davon verbreiteten, nennt man noch jetzt plötzliche Beunruhigungen und Schrecken der Menge «panische».

Als Isis davon erfuhr, schnitt sie sich dort eine ihrer Locken ab und legte Trauerkleidung an... Überall umherirrend und ratlos, ging sie an niemandem vorbei, ohne ihn anzureden; ja sogar auch Kinder, auf die sie traf, fragte sie nach der Lade; die aber hatten sie zufällig gesehen und nannten ihr die Mündung, durch die die Freunde Typhons den Behälter in das Meer gestoßen hatten...

Als Isis erfuhr, daß Osiris, ohne es zu wissen, ihrer Schwester beigewohnt hatte, als sei sie (Isis) es selbst, und sie als Beweis den Honigkleekranz erblickte, den er bei

Nephthys zurückgelassen hatte, suchte sie das (dieser Vereinigung entsprossene) Kind, denn Nephthys hatte es gleich nach der Geburt aus Furcht vor (Seth-)Typhon ausgesetzt. Nachdem es Isis mit Mühe und Not gefunden hatte, indem Hunde sie hinführten, zog sie es auf. Und es wurde ihr Wächter und Begleiter, Anubis genannt, von dem es heißt, daß er die Götter ebenso bewache wie die Hunde die Menschen.

Hierauf erfuhr Isis von der Lade, daß die Brandung sie sanft an einem Ereike-Baum abgesetzt habe, als sie von den Meereswogen im Gebiete von Byblos an das Land geworfen war. Als die Ereike in kurzer Zeit zum herrlichsten und größten Jungbaum aufgeschossen war, umfing sie die Lade ringsum, wuchs um sie herum und verbarg sie so in sich.

Der König von Byblos bewunderte die Größe des Baumes, schnitt den Stamm ab, der die Lade unsichtbar einschloß, und stellte ihn als Pfeiler unter sein Dach.

Das erfuhr Isis, so erzählt man, durch das dämonisch-göttliche Wehen des Gerüchtes und kam nach Byblos, setzte sich niedergeschlagen und verweint an eine Quelle und sprach mit niemandem. Nur den Dienerinnen der Königin begegnete sie freundlich und liebreich, indem sie ihnen das Haar flocht und ihrer Haut einen wunderbaren Wohlgeruch einhauchte, der von ihr selbst ausströmte.

Als die Königin die Dienerinnen sah, befiel sie ein Verlangen nach der Fremden, deren Haar und Haut Ambrosia aushauchte. Sie ließ sie darum holen, wurde mit ihr vertraut und machte sie zur Amme ihres Knäbleins. Jener König aber hieß Malkathros, seine Gemahlin nach einigen Astarte, nach anderen Saosis oder Nemanûs, was die Griechen etwa Athenais nennen würden.

Isis nährte nun das Knäblein, indem sie ihm statt der Brust den Finger in den Mund steckte. Nachts aber verbrannte sie das Sterbliche an seinem Körper, während sie sich in eine Schwalbe verwandelte und klagend den Pfeiler umflog, bis die Königin sie dabei beobachtete und laut aufschrie, als sie das Kind verbrennen sah; dadurch raubte sie ihm die Unsterblichkeit.

Jetzt erbat sich die Göttin, da sie offenbar geworden war, den Pfeiler des Daches, zog dann den Ereikestamm ganz leicht unter dem Dache heraus und schnitt ihn ringsum weg. Dann umhüllte sie ihn mit Linnen, goß Salbe darauf und übergab ihn dem Königspaar. Und noch heute verehren die Byblier dieses Holz, das im Tempel der Isis liegt.

Dann aber warf sie sich über den Sarg und wehklagte so heftig, daß der jüngere Sohn des Königs starb. Den älteren nahm sie mit sich. Sie legte den Sarg in ein Schiff und segelte davon. Als der Fluß Phaidros gegen Morgen einen rauheren Wind aufkommen ließ, geriet sie in Zorn und ließ seinen Lauf vertrocknen.

Sobald sie in die Einsamkeit gelangt und mit sich allein war, öffnete sie den Sarg, schmiegte ihr Angesicht an das der Leiche, küßte sie und weinte. Da nun das Knäblein lautlos von hinten herantrat und zusah, merkte sie es, wandte sich um und warf ihm im Zorn einen furchtbaren Blick zu; das Kind aber vermochte den Schreck nicht zu ertragen, sondern fiel tot um...

Da Isis zu ihrem Sohne Horus reiste, der in Buto aufgezogen wurde, stellte sie den Sarg beiseite; aber Typhon stieß auf ihn, während er bei Nacht im Mondscheine jagte. Er erkannte den Leichnam, zerriß ihn in vierzehn Stücke und streute sie umher. Als Isis das vernahm, fuhr sie in einem Papyrusboote durch die Sümpfe und suchte die Stücke wieder zusammen... Aus diesem Grunde spricht man auch von vielen Gräbern des Osiris in Ägypten, da Isis für jedes einzelne Glied dort, wo sie es fand, ein Grab errichtete. Andere leugnen das; sie habe vielmehr einige Nachbildungen der Leiche gemacht und sie den einzelnen Städten geschenkt, als ob sie ihnen den wahren Leichnam gebe. Denn er sollte von mehreren Verehrung genießen, und Typhon sollte, falls er die Oberhand über Horus gewänne und das wahre Grab suchte, den Mut verlieren, da viele Gräber genannt und gezeigt würden...

Dann kam Osiris aus der Unterwelt zu Horus, rüstete ihn für die Schlacht und übte ihn ein. Hierauf fragte er ihn, was er für das Edelste halte. Als er nun antwortete: «Vater und Mutter, denen Böses widerfuhr, zu rächen», fragte Osiris ihn zum zweiten, welches Tier er als das nützlichste betrachte für die, die zum Kampfe ausziehen. Als nun Horus antwortete: «Das Pferd», wunderte er sich darüber und fragte, warum er nicht den Löwen, sondern das Pferd genannt habe. Doch Horus sagte, der Löwe sei für den nützlich, der der Hilfe bedürfe, das Pferd dagegen dazu, den fliehenden Feind zu zerstreuen und völlig zu vernichten. Als Osiris dies hörte, freute er sich, weil Horus sich demnach genügend vorbereitet hatte...

Die Schlacht dauerte viele Tage, und Horus blieb Sieger. Als Isis auf den gefesselten Typhon traf, tötete sie ihn nicht, sondern löste ihn und ließ ihn frei. Das nun ertrug Horus nicht mit Gleichmut, sondern legte Hand an seine Mutter und riß ihr die Krone vom Haupt. Doch Hermes (Thoth) setzte ihr dafür einen kuhköpfigen Helm auf.

Als Typhon den Horus (vor Gericht) wegen unehelicher Geburt verklagte, wurde dieser mit Hilfe des Hermes von den Göttern für ehelich erklärt. Typhon aber erlitt in zwei weiteren Schlachten eine vollständige Niederlage. Isis indes brachte von Osiris, der ihr noch nach seinem Tode beigewohnt hatte, den Harpokrates als Frühgeburt und an den unteren Gliedmaßen zu schwach zur Welt.

Das sind so ungefähr die Hauptzüge des Mythos unter Auslassung des Widerwärtigsten, wozu die gliedweise Zerstückelung des Horus (zur Strafe wegen der Köpfung seiner Mutter) und die Köpfung der Isis gehören...

Erklärungen S. 328f.

13

Der Streit zwischen Horus und Seth

Einst wurde Gericht gehalten über Horus und Seth, die geheim sind an Wesen, die Großen, die mächtigsten Fürsten, die jemals entstanden sind. Es saß ein (Gottes)kind (Horus) vor dem Herrn des Alls (Atum) und klagte auf das Amt seines Vaters Osiris, des schönen Gekrönten, des Sohnes des Ptah, der das Totenreich erleuchtet mit seinem Glanze. (Der Gerichtsbote) Thoth brachte das heilige Auge (Krone von Ägypten und hier Streitobjekt) dem Fürsten (und Gerichtsherrn Atum) in Heliopolis.

Schu, der Sohn des Re, sprach vor dem mächtigen Fürsten in Heliopolis: «Recht geht vor Macht. Handle danach, indem du aussprichst: ‹Gib das Amt dem Horus.›» Und Thoth sprach zum (Kollegium) der Neunheit: «Das ist gerecht, millionenfach gerecht.» Da stieß Isis einen lauten Schrei aus und freute sich sehr, trat vor den Herrn des Alls und sprach: «Fahr, Nordwind, zum Westen und beglücke das Herz des Wenenofer (Osiris), L. H. G.[1]» Dann sprach Schu, der Sohn des Re: «Das Auge dem Horus zu geben, hält die Neunheit für gerecht.»

Da aber sprach der Herr des Alls: «Was soll das heißen, daß ihr einen Entscheid allein trefft?!» Da entgegnete Onuris: «Ja, möge er (Thoth) den königlichen Namen dem Horus überreichen, und möge man die Weiße Krone auf sein Haupt setzen.»

Da schwieg der Herr des Alls eine lange Weile und war zornig auf die Neunheit. Darauf sprach Seth, der Sohn der Nut: «Laß ihn zusammen mit mir hinausschicken, damit ich dir zeige, wie meine Hände seine Hände besiegen vor der Neunheit, wenn man schon kein Mittel weiß, ihm das Amt zu verweigern.» Aber Thoth antwortete ihm: «Auf diese Weise werden wir nicht erkennen, wer unrecht hat. Sollte man etwa das Amt des Osiris dem Seth geben, während sein Sohn Horus daneben steht?»

Da geriet Re-Harachte in außerordentliche Wut. Denn es war der Wunsch des Re, das Königsamt dem Seth zu verleihen, der groß ist an Kraft, dem Sohn der Nut. Onuris aber stieß einen lauten Schrei aus angesichts der Neunheit und fragte: «Was sollen wir nur machen?» Da sprach Atum, der große Fürst in Heliopolis: «Man rufe Ba, den Herrn von Mendes, den großen lebendigen Gott, damit er zwischen den beiden Leuten entscheide.»

Man holte Ba, den Herrn von Mendes, den großen Gott, der auf der Insel Setit seinen Sitz hat, und zugleich brachte man Ptah-Tatenen vor Atum, und er (Atum) sprach zu ihnen: «Entscheidet zwischen den beiden jungen Leuten, bringt sie davon ab, sich tagaus, tagein immer weiter zu streiten.» Da beantwortete Ba, der Herr von Mendes, der große lebendige Gott, das, was Atum gesagt hatte: «Laßt uns kein Urteil fällen in Unkenntnis der Sache. Laßt vielmehr erst einen Brief senden an Neith, die Große, die Göttermutter. Was sie sagt, das wollen wir tun.»

Da sagte die Neunheit zu Ba, dem Herrn von Mendes, dem großen lebendigen Gott: «Es ist allerdings schon ein erstes Mal ein Spruch über sie ergangen in der Halle ‹Einzig an Gerechtigkeit›.» Aber dann sprach die Neunheit zu Thoth vor dem Herrn des Alls: «Schreibe doch einen Brief an Neith, die Große, die Göttermutter, im Namen des Allherrn, des Stieres von Heliopolis!» Thoth antwortete: «Sofort, jawohl, sofort.» Er setzte sich, um den Brief zu verfassen, und schrieb:

«Von dem König von Ober- und Unterägypten, Re-Atum, geliebt von Thoth, dem Herrn der beiden Länder, dem Gott von Heliopolis, der Sonnenscheibe, die die beiden Länder mit ihrem Glanze erhellt, von dem Nil, groß im Spenden, von Re-Harachte[2] an Neith, die Große, die Göttermutter, die das erste Gesicht beleuchtet hat und die lebe, gesund und jung sei. Die lebende Seele des Allherrn, des Stiers in Heliopolis, der vollkommene König von Ägypten, sagt: Ich, dein Diener, verbringe die (ganze) Nacht in Sachen Osiris und berate mich täglich (wegen der Vergabe) der beiden Länder, während (dein Sohn) Sobek bis in Ewigkeit dauert! Was nur, was sollen wir mit den beiden Leuten machen, die nun schon 80 Jahre lang vor Gericht stehen, ohne daß man weiß, wie man zwischen ihnen entscheiden soll, den beiden. Schreib uns doch bitte, was wir tun sollen!»

Neith nun, die Große, die Göttermutter, sandte einen Brief an die Neunheit des Inhalts: «Gebt das Amt des Osiris seinem Sohne Horus! Schafft nicht solche schweren Fälle von Unrecht, die nicht in Ordnung sind, oder ich werde zornig, und der Himmel wird auf die Erde fallen! Und man sage dem Herrn des Alls, dem Stier in Heliopolis: ‹Verdopple dem Seth seinen Besitz, gib ihm Anat und Astarte, deine beiden Töchter, und setze Horus auf den Thron seines Vaters Osiris!›»

Der Brief der Neith, der Großen, der Göttermutter, erreichte die Neunheit, als sie in der Halle ‹Horus vor den Hörnern› saß. Man übergab den Brief zu Händen des Thoth, und Thoth verlas ihn vor dem Allherrn und der ganzen Neunheit, und alle sprachen mit einem Munde: «Diese Göttin hat recht.»

Aber der Allherr wurde wütend auf Horus und sprach zu ihm: «Du bist schwach an Gliedern, und dies Amt ist zu schwer für dich, du Bübchen mit schlechtem Mundgeruch.»[3] Darüber ergrimmte Onuris millionenfach und ebenso die ganze Neunheit, der Dreißigerrat (des Gerichts). Und Baba, der Gott, fuhr auf und sagte zu Re-Harachte: «Dein Schrein ist ja leer.»[4]

Da aber fühlte sich Re-Harachte durch die Antwort, die ihm widerfahren war, verletzt, er legte sich auf den Rücken und war tief getroffen.

Darauf ging die Neunheit hinaus, und sie schrien dem Gott Baba laut ins Gesicht: «Hinaus mit dir! Der Frevel, den du angerichtet hast, ist ungeheuer.» Und dann gingen sie zu ihren Lauben.

Der große Gott verbrachte einen vollen Tag auf dem Rükken liegend in seiner Halle, tief getroffen und ganz allein. Nach einer langen Weile kam Hathor, die Herrin der südlichen Sykomore, trat vor ihren Vater, den Allherrn, und entblößte sich vor ihm [5]. Da mußte der große Gott über sie lachen (und war versöhnt). Er richtete sich auf, setzte sich wieder mit der großen Neunheit zusammen und sprach zu Horus und Seth: «Tragt vor, was ihr zu sagen habt!»

Nun sprach Seth, groß an Kraft, der Sohn der Nut: «Was mich anlangt, ich bin Seth, der größte an Kraft im Kreise der Götterneunheit; ich töte den Feind des Re täglich, während ich am Bug der Barke der Millionen [6] stehe, wozu kein anderer Gott imstande ist. Daher sollte ich das Amt des Osiris erhalten.»

Und sie (die Götter) sagten darauf: «Seth, der Sohn der Nut, hat recht.»

Doch Onuris und Thoth erhoben ihre Stimme und riefen: «Wie, soll man das Amt dem Bruder der Mutter [7] geben, während der leibliche Sohn daneben steht?» Aber Ba, der Herr von Mendes, der große lebendige Gott, sagte: «Wie, soll man das Amt dem Bübchen geben, während Seth, sein älterer Bruder, daneben steht [8]?» (Da sprach der Allherr: «Ja, er hat recht, er versteht es besser, den Schiedsspruch zu fällen, als irgendein anderer Gott.») Da erhob die Neunheit ein lautes Geschrei vor dem Allherrn und sagte zu ihm: «Was sind das für Worte, die du da gesprochen hast und die nicht verdienen, gehört zu werden!» Und Horus, der Sohn der Isis sagte: «Es ist wirklich schlimm, wie ich vergewaltigt werde vor den Augen der Neunheit und wie man mir das Amt meines Vaters Osiris raubt.»

Da ergrimmte Isis gegen die (ihr viel zu laue) Neunheit, und sie tat einen Eid bei Gott vor der Neunheit mit den Worten: «So wahr meine Mutter, die Göttin Neith, lebe, so wahr

Ptah-Tatenen lebe, der mit den hohen Federn, der die Hörner der Götter niederbeugt: Man wird diese Worte (des Allherrn) dem Atum, dem mächtigen Fürsten in Heliopolis, vorlegen und auch Chepri in seiner Barke (als der höchsten Instanz).» Darauf sprach die Neunheit zu ihr: «Rege dich nicht auf! Man wird dem Gerechtigkeit widerfahren lassen, der im Recht ist, und man wird alles tun, was du sagst.»

Als sie diese Worte zu Isis, der Großen, der Göttermutter, gesprochen hatte, ergrimmte Seth, der Sohn der Nut, über die Götter der Neunheit.

Seth sprach zu ihnen: «Ich werde mein Szepter von 4500 Barren nehmen und jeden Tag einen von euch töten!» Alsdann schwor Seth einen Eid beim Allherrn mit den Worten: «Ich werde nicht weiter vor Gericht verhandeln, solange Isis dabei ist!»

Da sprach Re-Harachte zu ihnen (den Göttern der Neunheit): «Fahrt zu der ‹Insel in der Mitte›, und entscheidet dort zwischen ihnen, und sagt zu Nemti, dem Fährmann: ‹Setze keine Frau über, die der Isis ähnlich sieht!» Da fuhr die Neunheit zu der ‹Insel in der Mitte› hinüber. Sie setzten sich nieder und aßen ihr Brot.

Nun aber kam Isis, und sie traf Nemti, den Fährmann, wie er nicht weit in seinem Boote saß. Sie hatte ihre Gestalt in die eines alten Weibleins verwandelt, ging ganz gebückt und trug einen kleinen goldenen Siegelring an der Hand. Sie sprach zu ihm: «Ich bin zu dir gekommen, damit du mich übersetzest nach der ‹Insel in der Mitte›. Denn ich bin gekommen mit dem Topf Mehl da für den kleinen Buben; er ist hinter einigem Vieh her[9] auf der ‹Insel in der Mitte›, und zwar seit fünf Tagen, und er hat Hunger.»

Er aber antwortete ihr: «Man hat mir geboten: ‹Fahre keine Frau über!›» Sie sagte zu ihm: «Man hat dir das doch wohl wegen der Isis gesagt, was du da sagst?» Darauf sagte er zu ihr: «Was gibst du mir, wenn man dich zu der ‹Insel in der Mitte› hinüberfährt?» Isis antwortete ihm: «Ich gebe dir dieses Brot.» Er aber sagte zu ihr: «Was soll mir dein Brot! Soll ich dich etwa zu der ‹Insel in der Mitte› übersetzen – indes mir doch geboten ist: ‹Fahre keine Frau hinüber!› – für weiter nichts als dein Brot?»

Da sagte sie zu ihm: «Ich will dir den goldenen Siegelring geben, den ich an der Hand trage.» Nun sagte er zu ihr: «Gib mir den goldenen Siegelring!», und sie gab ihn ihm. Da setzte er sie zu der ‹Insel in der Mitte› über[10].

Während sie nun unter den Bäumen dahinging, hielt sie Ausschau und erblickte die Neunheit, wie sie dasaßen und ihr Brot aßen vor dem Allherrn in seiner Laube[11]. Da sah Seth auf und sah sie von weitem herankommen. Sie aber sprach mit ihrer Zauberkraft einen magischen Spruch und verwandelte sich in ein junges Mädchen von schönem Leibe, wie es deren gleiche im ganzen Lande nicht gab. Da wurde er (Seth) ganz krank vor Liebe zu ihr.

Seth stand auf vom Essen mit der großen Neunheit und ging los, um ihr zu begegnen. Niemand aber hatte sie gesehen außer ihm. Er trat hinter eine Sykomore, rief sie an und sagte zu ihr: «Ich möchte hier mit dir zusammensein, schönes Kind!» Und sie antwortete ihm: «Ja gern, mein hoher Herr. Was mich anlangt, ich war verheiratet mit einem Hirten, und ich habe ihm einen Sohn geboren. Mein Mann starb, und der Bub zog hinter dem Vieh seines Vaters her. Schon kam ein Fremder, setzte sich in meinen Stall und sprach zu meinem Sohne: ‹Ich werde dich prügeln, werde das Vieh deines Vaters wegnehmen und dich hinauswerfen.› So sagte er zu ihm. Ich möchte dich nun bewegen, sein Streiter zu sein.»

Da sprach Seth zu ihr: «Soll man das Vieh dem Fremden geben, während der Sohn des Ehemannes daneben steht?» Darauf verwandelte sich Isis in eine Weihe, flog auf und rief, während sie sich auf den Wipfel eines Baumes niederließ, dem Seth zu: «Schäm dich! Dein eigner Mund hat es gesprochen, dein eigner Verstand hat dich gerichtet. Was willst du mehr?»

Da fühlte er sich beschämt und ging dahin, wo Re-Harachte war, (rot vor) Scham. Re-Harachte fragte ihn: «Was hast du schon wieder?», und Seth antwortete ihm: «Das schlechte Weibsbild hat mir wieder nachgestellt und hat mir wieder einen bösen Streich gespielt. Sie hatte sich vor mir in ein schönes Mädchen verwandelt und hat zu mir gesagt: ‹Was mich anlangt, so war ich verheiratet mit einem Hirten. Er starb, ich gebar ihm einen Sohn, der jetzt hinter einigem Vieh seines Vaters herzieht. Eines Tages drang zusammen mit meinem Sohn ein Fremder in meinen Stall ein, und ich gab ihm zu essen. Viele Tage darauf aber sagte der Eindringling zu meinem Sohn: Ich werde dich prügeln, werde das Vieh deines Vaters wegnehmen, und es soll mir gehören. So sagte er zu meinem Sohn›, sagte sie zu mir.»

Re-Harachte fragte ihn darauf: «Und was hast du ihr geantwortet?» Seth sagte zu ihm: «Ich habe ihr geantwortet: ‹Soll man denn das Vieh dem Fremden geben, während der Sohn des Ehemannes daneben steht?› So sagte ich zu ihr. ‹Man soll das Gesicht des Eindringlings mit einem Stock schlagen und ihn hinauswerfen, und man soll deinen Sohn an die Stelle seines Vaters setzen.› So sagte ich zu ihr.»

Da sprach Re-Harachte zu ihm: «Sieh an, du hast dich selbst gerichtet[12]. Was willst du mehr?» Seth antwortete ihm: «Laß Nemti, den Fährmann, herholen und über ihn eine schwere Strafe verhängen mit der Begründung: ‹Warum hast du sie übersetzen lassen?› So soll man zu ihm sagen.»

Nun wurde Nemti, der Fährmann, vor die Neunheit gebracht, und man riß die vorderen Glieder seiner Beine ab[13]. Da schwor Nemti dem Golde ab – bis auf den heutigen Tag – vor der großen Neunheit mit den Worten: «Gold sei für mich in meiner Stadt fortan verpönt!» Darauf fuhr die Neunheit zum Westufer über, und sie ließen sich im Gebirge nieder.

Als es Abend geworden war, schickten Re-Harachte und

Atum, der Herr der beiden Länder, der (Gott) von Heliopolis, an die Neunheit folgendes Schreiben: «Wozu sitzt ihr eigentlich da? Wollt ihr vielleicht die beiden jungen Leute ihr ganzes Leben vor Gericht zubringen lassen? Sobald mein Brief euch erreicht, sollt ihr die Weiße Krone unverzüglich auf das Haupt des Horus, des Sohnes der Isis, setzen und sollt ihn auf den Thron seines Vaters Osiris erheben.»

Da ergrimmte Seth ungeheuer, aber die Neunheit sprach zu Seth: «Warum tobst du denn so? Muß man etwa nicht handeln nach der Weisung des Atum, des Herrn der beiden Länder, des Gottes von Heliopolis, und des Re-Harachte?» Und man setzte die Weiße Krone auf das Haupt des Horus, des Sohnes der Isis. Darauf brüllte Seth laut ins Angesicht der Neunheit und sprach wütend: «Soll man denn das Amt meinem jüngeren Bruder geben, während ich, sein älterer Bruder, daneben stehe?» Er tat einen Eid und sprach: «Man soll die Weiße Krone vom Haupte des Horus, des Sohnes der Isis, herunterreißen und soll ihn ins Wasser werfen, dann will ich (dort) mit ihm um das Fürstentum kämpfen!» Und Re-Harachte handelte dementsprechend.

Dann sprach Seth zu Horus: «Komm, wir wollen die Gestalt von zwei Nilpferden annehmen und ins Wasser tauchen inmitten der grünen Flut. Wer auftauchen wird vor Ablauf von drei vollen Monaten, dem soll das Amt versagt werden.» Und sie tauchten unter, die beiden Leute.

Nun saß Isis da in Tränen und sprach: «Seth tötet Horus, mein Kind!» Sie holte eine Portion Garn und drehte daraus ein Seil. Weiter holte sie 100 gr Erz und schmolz es zu einer Waffe für das Wasser. Daran knüpfte sie das Seil und warf sie (die Harpune) ins Wasser an der Stelle, wo Horus und Seth untergetaucht waren.

Aber das Erz verbiß sich in den Leib ihres Sohnes Horus. Da schrie Horus laut auf und rief: «Zu Hilfe! Mutter Isis, meine Mutter! Befiehl deinem Erz, sich von mir zu lösen! Ich bin doch Horus, Sohn der Isis.» Da stieß Isis einen lauten

Schrei aus und befahl dem Erz: «Löse dich von ihm! Siehe, das ist mein Sohn Horus, mein Kind.» Da löste sich ihre Harpune von ihm.

Dann warf sie sie wiederum ins Wasser, und sie verbiß sich in den Leib des Seth. Da schrie Seth laut auf und sprach: «Was habe ich dir denn getan, meine Schwester Isis? Befiehl deinem Erz, sich von mir zu lösen. Ich bin doch dein Bruder von der Mutter her, liebe Isis.» Ihr tat nun das Herz sehr, sehr weh um seinetwillen. Da rief Seth ihr zu: «Liebst du denn den Fremden mehr als deinen Bruder von der Mutter her, den Seth?» Daraufhin befahl Isis ihrer Harpune: «Löse dich von ihm! Sieh, es ist von Mutters Seite her mein Bruder, der der Isis, in den du dich verbissen hast.» Und die Harpune löste sich von ihm.

Jetzt aber wurde Horus, der Sohn der Isis, böse gegen seine Mutter Isis. Er kam (aus dem Wasser) heraus mit einem Gesicht, wild wie das eines Leoparden, und mit seinem Messer von eineinhalb kg Gewicht in der Hand. Er schnitt das Haupt seiner Mutter Isis ab, nahm es in seine Arme und stieg ins Gebirge hinauf. Isis aber verwandelte sich in ein Frauenbild aus Feuerstein ohne Kopf[14].

Da sprach Re-Harachte zu Thoth: «Wer ist denn das, die da kommt ohne Kopf?» Und Thoth sagte zu Re-Harachte: «Mein gütiger Herr, das ist Isis, die Große, die Göttermutter. Horus, ihr Kind, hat ihr den Kopf abgeschnitten.» Da stieß Re-Harachte einen lauten Schrei aus und sagte zur Neunheit: «Laß uns ihm schnell eine strenge Strafe erteilen!»

Die Neunheit stieg in die Berge hinauf, um Horus, den Sohn der Isis, zu suchen. Horus schlief jedoch unter einem Schen-uscha-Baum im Oasenlande. Seth indes fand ihn, packte ihn und warf ihn auf den Rücken. Dann riß er ihm beide Augen aus den Höhlen und begrub sie auf dem Berge. Seine beiden Augäpfel aber wurden zu zwei Knollen und erblühten zu Lotosblumen. Seth ging weg und log Re-Harachte an: «Ich habe Horus nicht gefunden».

Nun machte sich Hathor auf, die Herrin der südlichen Sykomore, und sie fand Horus, wie er im Wüstengebirge lag und weinte. Sie griff sich eine Gazelle, molk sie und sprach zu Horus: «Mach deine Augen auf, damit ich diese Milch hineinträufele.» Er öffnete nun seine Augen, und sie träufelte die Milch hinein, träufelte in das rechte, träufelte in das linke Auge und sprach dann wieder zu ihm: «Mach deine Augen auf!» Und er öffnete seine Augen. Sie schaute ihn an und fand ihn heil.

Dann ging sie, um Re-Harachte zu sagen: «Horus ist gefunden! Seth hatte ihn um seine Augen gebracht, aber ich habe ihn wiederhergestellt. Siehe, da kommt er.» Darauf sprach die Neunheit: «Man rufe Horus und Seth her, damit man zwischen ihnen entscheide», und man brachte sie vor die Neunheit.

Nun sprach der Herr des Alls vor der großen Neunheit zu Horus und zu Seth: «Geht nun fort, und hört auf das, was ich euch sage: Eßt, trinkt und laßt uns in Frieden! Laßt ab, jeden Tag so zu streiten!»

Horus und Seth erproben nun ihre Manneskraft aneinander, und durch eine List der Isis trug Horus den Sieg davon. Die Episode schildert zugleich, wie Seth um seinen Kopfschmuck kommt. Die Neunheit entscheidet sich erneut für Horus mit den Worten: «Horus hat recht, Seth hat unrecht.» Da wurde Seth abermals sehr wütend und schrie laut, als sie sagten: «Horus hat recht, Seth hat unrecht.»

Daraufhin tat Seth einen großen Schwur bei Gott mit den Worten: «Man soll ihm das Amt nicht geben, bevor man ihn nicht hinausgeschickt hat mit mir, auf daß wir uns ein Paar Steinschiffe[15] bauen und um die Wette fahren, wir zwei. Der aber, der den anderen besiegen wird, dem soll das Amt des Herrschers gegeben werden.»

Horus zimmerte sich nun ein Schiff aus Pinienholz, überzog es mit Stuck und ließ es ins Wasser zur Zeit des Abends, ohne daß es irgend jemand im ganzen Lande gesehen hätte. Seth erblickte das Boot des Horus und meinte, es sei aus Stein. Er ging auf den Berg hinauf, schnitt eine Felsspitze ab und baute sich ein Schiff aus Stein von 138 Ellen (etwa 70 m). Dann stiegen sie ein in ihre Schiffe vor der Neunheit. Das Schiff des Seth aber versank im Wasser. Seth verwandelte sich in ein Nilpferd[16] und brachte das Schiff des Horus zum Sinken.

Da aber ergriff Horus seine Harpune und stieß sie in den Leib des Seth. Doch die Neunheit sagte zu ihm: «Stoß sie nicht in ihn!»

Darauf holte er die Rudergeräte, brachte sie in sein Schiff und fuhr stromab nach Saïs, um Neith, der Mächtigen, der Göttermutter, zu sagen: «Veranlasse du, daß zwischen mir und Seth endlich entschieden werde. Seit achtzig Jahren sind wir nun vor Gericht, ohne daß man zwischen uns zu entscheiden vermöchte. Er hat niemals recht bekommen gegen mich, aber ich habe tausendmal bis jetzt recht behalten gegen ihn Tag für Tag. Aber er kümmert sich mitnichten um das, was die Neunheit sagt. Ich habe mit ihm gestritten in der Gerichtshalle ‹Weg der Gerechtigkeit›, und mir ist recht gegeben worden gegen ihn. Ich habe mit ihm gestritten in der Gerichtshalle ‹Horus vor den Hörnern›, und mir ist recht gegeben worden gegen ihn. Ich habe mit ihm gestritten in der Gerichtshalle ‹Binsengefielde›, und mir ist recht gegeben worden gegen ihn. Ich habe mit ihm gestritten in der Gerichtshalle ‹Der See des Feldes›, und mir ist recht gegeben worden gegen ihn. Auch hat die Neunheit zu Schu, dem Sohn des Re, gesagt: ‹Recht hat Horus, der Sohn der Isis, in allem, was er gesagt hat.›»

Währenddessen sprach Thoth zu dem Herrn des Alls: «Laß einen Brief an Osiris senden, damit er zwischen den beiden Burschen entscheide», und Schu, der Sohn des Re, sagte: «Millionenfach richtig erscheint der Neunheit, was Thoth gesagt hat.» Darauf sagte der Herr des Alls zu Thoth: «Setz dich hin, und schreib einen Brief an Osiris! Wir wollen hören, was er sagt.»

Thoth setzte sich also, um folgenden Brief an Osiris zu verfassen. «An den Stier[17]: Löwe, der für sich selbst jagt. An die beiden Herrinnen: Der die Götter schützt und die beiden Länder niederbeugt. An den Horus von Gold: Der die Menschen ersonnen hat in der Urzeit. An den König von Ober- und Unterägypten: Der Stier, der in Heliopolis residiert. An den Sohn des Ptah: Wohltäter der beiden Ufer (Ägypten), der erscheint als Vater seiner Neunheit, indem er sich von Gold nährt und allem kostbaren Geschmeide: Leben, Heil und Gesundheit! Schreibe uns, was wir mit Horus und Seth machen sollen! Wir wollen keine Maßnahmen treffen in Unkenntnis.»

Einige Zeit darauf gelangte der Brief zu dem König (Osiris), dem Sohn des Re, der die große Überflutung spendet, an den Herrn der Nahrung. Er aber stieß einen lauten Schrei aus, als der Brief vor ihm verlesen ward, und er schickte seine Antwort auf dem schnellsten Wege dorthin, wo der Herr des Alls sich zusammen mit der Neunheit befand, folgenden Wortlauts: «Warum spielt man meinem Sohne Horus so übel mit? War ich es doch, der euch stark gemacht hat! Denn ich bin es, der Gerste und Weizen geschaffen hat, um die Götter zu ernähren wie auch das Vieh (Gottes = die Menschen) nach den Göttern. Weder ein anderer Gott noch eine andere Göttin kam auf den Einfall.»

Der Brief des Osiris erreichte den Ort, wo Re-Harachte war, der sich inzwischen mit der Neunheit niedergelassen hatte in dem ‹Weißen Felde› in Xois. Man verlas ihn vor ihm und der Neunheit, und Re-Harachte sprach (zu Thoth): «Schreib mir zu dem Brief schnell eine Antwort an Osiris, und sag ihm bezüglich des Briefes: ‹Wärst du auch nie entstanden, wärst du auch nie geboren, so gäbe es Gerste und Weizen genauso.›»

Der Brief des Allherrn gelangte zu Osiris, und er wurde

vor ihm verlesen. Er schrieb nun wiederum an Re-Harachte, und zwar folgendermaßen: «Vortrefflich ist ja alles, was immer du machst, und was die Neunheit zu tun für richtig befunden hat. Nur die Gerechtigkeit, die hat man in die Unterwelt versinken lassen[18]. Vergegenwärtige dir die Lage, in der du bist. Das Land, in dem ich mich aufhalte, ist voll von (Todes)boten mit wilden Gesichtern, die nicht Gott noch Göttin fürchten. Wenn ich sie (aus der Unterwelt) hinauslasse, so werden sie mir das Herz eines jeden bringen, der Unrecht tut, und die (Frevler) werden hier bei mir sein. Was bedeutet es (doch für mich), daß ich hier bin, hier ruhe im Westen, indes ihr allesamt draußen seid!

Wer unter ihnen ist etwa stärker als ich? Und doch sind sie darauf bedacht, unrecht zu tun. Als Ptah, der Große, südlich von seiner Mauer, der Herr des ‹Lebens der beiden Länder› (Memphis), als er den Himmel schuf, hat er da nicht zu den Sternen, die darin sind, gesprochen: ‹Ihr sollt jede Nacht im Westen zur Ruhe gehen, dorthin, wo König Osiris ist? Und nach den Göttern sollen die Vornehmen wie die Geringen ebenso dorthin zur Ruhe gehen, wo du bist›, so hat er zu mir gesprochen.»

Einige Zeit darauf gelangte der Brief des Osiris dahin, wo der Herr des Alls mit der Neunheit war. Thoth nahm den Brief entgegen und verlas ihn vor Re-Harachte und der Neunheit. Sie sprachen: «Sehr recht hat er mit allem, was er gesagt hat, der die große Überflutung spendet, der Herr der Nahrung.»

Aber Seth sagte: «Begebt euch auf die ‹Insel in der Mitte›, damit ich mich mit ihm streiten kann.» Und er ging auf die ‹Insel der Mitte›. Doch man gab Horus (abermals) recht gegen ihn. Atum, der Herr der beiden Länder, der Gott von Heliopolis, sandte an Isis folgende Botschaft: «Bringe Seth her, und zwar gefesselt mit der Handschelle!» Und Isis brachte Seth mit der Schelle gefesselt als Gefangenen.

Da sprach Atum zu ihm: «Warum sträubst du dich dagegen, daß man rechtlich zwischen euch entscheide, und versuchst, das Amt des Horus an dich zu reißen?» Doch Seth antwortete ihm nun: «Keineswegs, mein gütiger Herr! Laß Horus, den Sohn der Isis, rufen. Das Amt seines Vaters Osiris werde ihm verliehen!»

So holte man Horus, den Sohn der Isis, setzte die Weiße Krone auf sein Haupt und hob ihn auf den Thron seines Vaters Osiris. Man sprach zu ihm: «Du bist der vollkommene König von Ägypten! Du bist der vollkommene Herr eines jeden Landes bis zum Ende der Zeiten, bis in alle Ewigkeit!» Dann sprach Isis mit laut erhobener Stimme zu ihrem Sohne Horus: «Du bist der vollkommene König! Mein Herz ist in Freude, da du die Erde erhellst mit deinem Glanze.»

Ptah, der Große, südlich von seiner Mauer (Memphis), der Herr des Lebens der beiden Länder, sprach darauf: «Was aber soll man jetzt mit Seth machen? Denn siehe, Horus ist auf den Thron seines Vaters Osiris gesetzt.» Re-Harachte antwortete: «Man übergebe ihn mir, den Seth, den Sohn der Nut, auf daß er bei mir weile und bei mir sei wie ein Sohn. Er soll im Himmel donnern, und man soll sich vor ihm fürchten.»

Nun kam man, um Re-Harachte zu sagen: «Horus, der Sohn der Isis, ist als Herrscher angetreten!» Da freute sich Re-Harachte, freute sich über die Maßen und sprach zur Neunheit: «Huldiget, huldiget im ganzen Lande dem Horus, dem Sohne der Isis!»

Isis aber sang:

«Horus ist als Herrscher angetreten.
Die Neunheit ist in Festesfreude, und der Himmel jubelt.
Sie bekränzen sich,
Wenn sie Horus sehen, den Sohn der Isis,
Der angetreten ist als großer Herrscher von Ägypten.
Der Neunheit Herz, es ist im Rausch, das ganze Land
frohlockt,
Wenn sie Horus sehen, den Sohn der Isis,

Der erhalten hat das Amt seines Vaters Osiris, des Herrn von Busiris.»

Nachschrift: «Es ist glücklich zu Ende gekommen in Theben, der ‹Stätte der Wahrheit›.»

Erklärungen S. 329ff.

14

Isis sucht Herberge

Ich bin Isis und floh aus dem Spinnhaus, in das mein Bruder Seth mich gesteckt hatte. Aber Thoth, der große Gott, das Oberhaupt der Wahrheit im Himmel und auf Erden, hat mir gesagt: «Komm doch, göttliche Isis! Es ist gut zu hören: Der eine lebt, wenn der andere ihn leitet. Verbirg dich mit deinem kleinen Sohn, damit er zu uns komme, wenn sein Körper stark ist und seine Kraft voll entwickelt, auf daß man ihn auf seines Vaters Thron setze und ihm das Amt des Herrschers der beiden Länder verleihe.»

Und so ging ich aus zur Abendzeit, und sieben Skorpione gingen hinter mir her, und sie dienten mir: Tefun und Befun dicht hinter mir; Mostet und Mostetef unter meiner Sänfte; Pitet, Titet und Matet sicherten mir den Weg. Ich rief ihnen ganz eindringlich zu, und meine Worte drangen in ihre Ohren: «Kennet[1] keinen Schwarzen, begrüßet keinen Roten[2], machet keinen Unterschied zwischen vornehm und gering! Haltet euer Gesicht nach unten auf den Weg! Hütet euch, den zu leiten, der mir nachstellt (Seth), bis wir das ‹Haus des Krokodils› erreichen, die ‹Stadt der beiden Schwestern› vor dem Sumpfgebiet hinter Buto!»

Endlich erreichte ich die Häuser der verheirateten Frauen. Aber sobald mich eine vornehme Dame von weitem sah, schloß sie ihre Türe vor mir. Das verdroß meine Begleiter (die Skorpione).

Sie berieten sich miteinander über sie und legten ihr Gift zusammen auf die Stachelspitze des Tefun. Da öffnete mir ein (armes) Sumpfmädchen seine Tür, und wir traten in ihre armselige Hütte ein. Tefun war schon unter den Flügeln der (ersten) Tür hineingeschlüpft und hatte den Sohn der Reichen gestochen. Da brach im Hause der Reichen Feuer aus, und es war kein Wasser da, um es zu löschen. Doch der Himmel goß seinen Regen ins Haus der Reichen, obwohl nicht die rechte (Jahres-)Zeit dazu war. Weil sie mir nicht geöffnet hatte, war ihr Herz bedrückt, denn sie wußte nicht, ob er (ihr Sohn) am Leben bleiben würde. Sie rannte unter Wehklagen durch ihre Stadt, aber keiner kam auf ihren Ruf herbei. Da ward auch mein Herz betrübt um den Kleinen ihretwegen, weil es (das Herz) den Unschuldigen leben lassen wollte. Ich rief zu ihr: «Komm zu mir, komm zu mir! Siehe, mein Mund hat Lebenssprüche. Ich bin eine Tochter, in ihrer Stadt bekannt, weil sie das giftige Gewürm mit ihrem Spruche austreibt. Mein Vater hat mich die Wissenschaft gelehrt. Denn ich bin seine geliebte, leibliche Tochter.»

Dann legte ich meine Arme auf das Kind, um den Verröchelnden zu beleben (und sagte:) «Gift des Tefun, komm, fließe aus zu Boden! Kreise nicht herum, und dringe nicht ein (in den Körper). Gift des Befun, komm, fließe aus zu Boden! Ich bin Isis, die Göttin, die Herrin des Zaubers, die den Zauber ausübt, glänzend im Beschwören. Jedes beißende Gewürm gehorcht mir. Tropfe herab, Gift der Mostet! Sause nicht herum, Gift des Mostetef! Steige nicht auf, Gift der Pitet und der Titet! Wandre nicht herum, Gift der Matet! Falle also ab, Maul des Beißenden! ...»

(Zu den Skorpionen:) «Seht, meine Befehle sind euch erteilt seit dem Abend, da ich zu euch gesagt habe: ‹Ich bin alleinstehend.› Gefährdet nicht unseren Namen in den Gauen. Kennet keinen Schwarzen, begrüßet keinen Roten.

Gafft nicht nach den feinen Damen in ihren Häusern. Macht keinen Unterschied zwischen vornehm und gering. Haltet euer Gesicht nach unten auf den Weg, bis wir die Verstecke von Chemmis erreicht haben...»

Das Feuer war erloschen und der Himmel wieder still durch den Ausspruch der Isis, der Göttin. Die Reiche kam herbei und brachte mir ihre Habe und füllte auch das Haus des Sumpfmädchens für das Sumpfmädchen, weil es mir seinen hintersten Winkel[3] geöffnet hatte, während die Reiche krank war vor Leid die ganze Nacht hindurch. Sie hatte die Folgen ihrer Worte zu spüren bekommen: Ihr Sohn war gebissen worden. Und jetzt brachte sie mir ihre Habe als Buße dafür, daß sie mir nicht geöffnet hatte.

Erklärungen S. 333ff.

15

Die Sonne stehet still

Ich bin Isis
Die schwanger war mit ihrem Nestling,
gesegnet mit dem göttlichen Horus.
Ich habe Horus geboren, den Sohn des Osiris,
im Neste von Chemmis.
Ich jubelte darüber gar sehr,
denn ich sah in ihm den Rächer seines Vaters.

Jetzt verberge ich ihn und verstecke ihn
aus Furcht vor Jenem (dem Feinde Seth).
Ich ziehe bettelnd nach Jamu,
immer in Furcht vor dem Frevler.
Den lieben langen Tag sehne ich mich nach dem Kinde,
während ich für seinen Unterhalt sorge.

Einmal, als ich zurückkehrte,
um Horus zu umarmen,
Fand ich ihn, den schönen, goldenen Horus,
das unschuldige, vaterlose Kind (, so vor):
Er hatte die Erde benetzt mit den Tränen seines Auges
und mit dem Speichel seiner Lippen.
Sein Körper war schlaff, und sein Herz war schwach,
und die Adern seines Leibes schlugen nicht mehr.

Ich stieß einen Schrei aus: «Hier bin ich, hier bin ich»,
aber das Kind war zu schwach, um zu antworten.
Meine Brust war übervoll.
sein Leib aber leer, sein Mund begierig nach seiner
Speise.
Der Brunnen quoll über,
aber das Kind mußte dürsten.
Mein Mut wollte mich verlassen,
denn das Unglück war groß.
Das unvernünftige Kind wies den (Milch-)Krug
zurück,
denn es war lang allein geblieben.

Meine Furcht war groß,
weil niemand auf meine Stimme hin kam.
Mein Vater war in der Unterwelt,
meine Mutter im Totenreich,
Mein älterer Bruder (Osiris) im Sarg,
und der andere (Seth) ein Feind,
In seinem Haß gegen mich beharrend,
und meine jüngere Schwester (Nephthys) in seinem
Hause.

Wen unter den Menschen soll ich rufen,
damit ihr Herz sich mir zuwende?
Ich werde die Deltabewohner rufen,
damit sie sich schleunigst mir zuwenden.

Da kamen die Fischerleute aus ihren Häusern zu mir,
eilten auf mich zu auf meine Stimme hin.
Sie schrien gemeinsam: «Wie groß ist deine Not!»,
aber keiner konnte ihn (Horus) mit seinem Spruche besprechen.
Ein jeder von ihnen jammerte nur heftig,
aber keiner unter ihnen verstand die Kunst des Belebens.
Dann kam eine Frau zu mir,
weise in ihrer Stadt,
eine Fürstin in ihrem Bezirk.
Sie kam zu mir,
den Mund voller Sprüche des Lebens,
das Herz voll Vertrauen auf ihre Kenntnis:
«Hab keine Angst, hab keine Angst, Sohn Horus!
Verzage nicht, verzage nicht, Mutter Gottes.
Denn das Kind ist geschützt,
geschützt vor seines Bruders (Seth) Bosheit.
Das Gebüsch verbirgt dich,
der Tod kann nicht eindringen.
Der Zauber des Atum hält dich am Leben,
des Vaters der Götter, der im Himmel ist.
Seth kann in diesen Bezirk nicht eindringen,
er kann Chemmis nicht durchstreifen.
Horus ist geschützt vor seines Bruders Bosheit,
auch seine Anhänger können ihm nicht schaden.
Suche die Ursache, weshalb dies geschehen ist,
dann wird Horus für seine Mutter am Leben bleiben.
Vielleicht hat ihn ein Skorpion gestochen,
oder eine feindliche Schlange ihn gebissen.»

Isis legte ihre Nase an seinen Mund,
um zu erkunden, wonach sein Leibesinnere roch.
Sie stellte das Leiden des göttlichen Erben fest,
fand, daß er vergiftet war.

Da schloß sie (ihren Sohn) schnell, schnell in die Arme
und sprang mit ihm auf und ab wie Fische auf der
Bratpfanne:

«Gebissen wurde Horus, o Re!
Gebissen wurde dein Sohn.
Gebissen wurde Horus, der Erbe eines Erben, der
Herr,
der das Königtum des Schu fortsetzen soll.
Gebissen wurde Horus, der Junge aus Chemmis, der
Knabe aus dem Fürstenhaus.
Gebissen wurde (Horus), der schöne, goldene Knabe,
das schuldlose, vaterlose Kind.
Gebissen wurde Horus, der Sohn des Weenofer
(Osiris),
geboren von der klagenden Frau (Isis).
Gebissen wurde Horus, das unschuldige Kind, der
jugendliche Sohn unter den Göttern.
Gebissen wurde Horus, dessen Nöte ich behob, weil
ich daran dachte, daß er seinen Vater rächen werde.
Gebissen wurde Horus, der im Mutterleib sorgsam
behütet wurde, der schon im Leib
seiner Mutter (von Seth) gefürchtet war.
Gebissen wurde Horus, den zu erblicken ich gewartet
habe und um dessentwillen
allein ich am Leben geblieben bin.»

Das unvernünftige Kind wimmerte,
aber die das Kind umstanden, waren hilflos.
Da kam Nephthys daher und weinte,
und ihr Klagegeschrei lief durchs Delta.
Und Selkis sagte:
Was ist los? Was ist los?
Was ist geschehen mit dem Sohn Horus?
O Isis, bete doch zum Himmel,
dann wird die Bootsmannschaft des Re

(Sonnengottes) anhalten
und das Schiff des Re nicht weiterfahren,
solange der Sohn Horus auf der Seite (krank) liegt.»

Da schickte Isis ihre Stimme zum Himmel
und ihren Schrei zur ‹Barke der Millionen›,
Da blieb Aton (die Sonne) über ihr stehen
und bewegte sich nicht mehr von der Stelle.
Und Thoth kam herunter,
ausgestattet mit seinem Zauber und mit dem hohen Rechtsurteil (des Re).

«Was ist los, was ist los, göttliche Isis,
du Geschickte, die du deinen Spruch kennst.
Nichts Böses kann doch dem Sohne Horus widerfahren,
denn sein Schutzzauber ist in der Barke des Re.
Ich bin eben aus dem Gottesschiff gekommen,
während Aton noch steht an seiner Stelle von gestern.
Dunkelheit ist hereingebrochen,
und das Licht ist vertrieben,
Bis Horus gesund wird für seine Mutter Isis,
und ebenso jedermann, der leidet.»

Da sprach die göttliche Isis:
«O Thoth, wie groß ist dein Verstand,
aber wie zögernd dein Entschluß!
Bist du denn nicht gekommen, ausgestattet mit deinem Zauber?
mit dem hohen Rechtsurteil, mit Mitteln, deren Zahl man nicht kennt?
Siehe, Horus ist in Not durch ein Gift.
Das Übel ist eine Tat seines Bruders (Seth).
Tod wäre (seine) endgültige Beseitigung...
Horus, Horus! Bleibe auf Erden! –

Von dem Tage an, da ich ihn (Horus) empfing,
wünschte ich,
Recht zu verschaffen dem Vater des Kindes, das jetzt
an irgend etwas leidet.»

(Thoth spricht:)
Fürchte dich nicht, fürchte dich nicht, göttliche Isis.
Nephthys, laß das Klagen sein!
Ich bin vom Himmel gekommen mit Lebensodem,
um das Kind zu heilen für seine Mutter.
Horus, Horus! Dein Herz sei stark;
Es werde nicht schwach durch das Feuer
(des Giftes)...
Wache auf, Horus – Dein Schutz ist beständig –,
damit du das Herz deiner Mutter Isis beruhigst!
Freut euch, die ihr im Himmel seid,
Horus wird seinem Vater Recht verschaffen!
Weiche zurück, du Gift!
Siehe, du wirst beschworen durch den Mund des Re,
abgewehrt (durch die) Züge des großen Gottes,
Während das Schiff stillsteht und nicht fährt,
während die Sonnenscheibe weilt an ihrem Platze
von gestern,
Bis Horus gesund wird für seine Mutter Isis,
bis das leidende Kind gesund wird für seine Mutter.

Komm heraus, (Gift,) auf die Erde,
dann wird das Schiff sich wieder in Bewegung
setzen,
die Bootsmannschaft des Himmels wieder fahren, ...
Dann werden die Herzen wieder froh sein,
dann wird die Sonne wieder kreisen.

Ich bin Thoth, der Älteste,
der Sohn des Re.
Befohlen hat mir Atum, der Vater der Götter,
den Horus für seine Mutter Isis zu heilen...

Begebt euch nun in eure Häuser,
denn Horus lebt wieder für seine Mutter.»

Darauf sprach die göttliche Isis:
«Befiehl du ihn den Bewohnern von Chemmis an und den Wärterinnen von Buto,
und weise sie auch sehr, sehr an, das Kind für seine Mutter zu behüten...»

Da sprach Thoth zu den Göttern
und sagte zu den Bewohnern von Chemmis:
«O ihr Wärterinnen... wachet über dieses Kind,
und betreut seinen Pfad unter den Menschen.
Lenkt die Wege der Feinde ab von ihm,
bis er den Thron der beiden Länder in Besitz nimmt.
Re im Himmel tritt für ihn ein,
sein Vater wacht über ihn.
Die Zauberkraft seiner Mutter ist sein Schutz,
indem sie seine Beliebtheit verbreitet
und die Furcht vor ihm den Menschen einflößt.
Aber man wartet auf mich,
daß ich das Abendboot absende
und das Morgenboot fahren lasse.
Horus ist nun euch anvertraut,
da er dem Leben zurückgegeben ist.
Ich werde seinem Vater mitteilen, daß er lebt,
und die Besatzung des Abendbootes erfreuen, so daß die Mannschaft wieder fährt.
Denn Horus lebt für seine Mutter,
und das Gift ist wirkungslos.»

(Thoth im Sonnenboot:)
«Freu dich, Re-Harachte,
dein Sohn Horus ist dem Leben zurückgegeben!»

Erklärungen S. 334f.

16

Die List der Isis

Selkis erzählt: . . .

Das Königtum über Menschen und Götter war für eine lange Reihe von Jahren in einer Hand (nämlich des Re). Aber niemand kannte seinen (des Herrschers Re) Namen, denn er nahm viele Gestalten an und wechselte seine Namen täglich als ein vielnamiger Gott. Doch weder der eine noch der andere Name war bekannt.

Jedoch Isis war eine weise Frau,
ihr Herz war listiger als das von Millionen Menschen.
Ihr Spruch war erlesener als der von Millionen Göttern,
sie hatte tiefere Einsicht als Millionen Geister.
Es gab nichts, was sie nicht gewußt hätte im Himmel und auf Erden,
wie Re, der die Erde erhält.
Nun plante die Göttin in ihrem Herzen,
(auch) den (geheimen) Namen des ehrwürdigen Gottes in Erfahrung zu bringen.
Re trat täglich ein (in den Himmel) an der Spitze der Rudermannschaft (der Sonnenbarke)
und ließ sich auf dem Thron am Horizonte nieder.

Ein göttliches Alter ließ ihn seinen Mund erschlaffen,
und er ließ seinen Speichel auf die Erde tropfen.
Sein Speichel fiel zu Boden;
den wischte Isis mit ihrer Hand auf, zusammen mit der Erde, die daran hing.
Sie formte daraus eine Zauberschlange
und machte sie nadelspitz.

Die bewegte sich nicht,
  obwohl sie vor ihr lebendig geworden war.
Isis legte sie auf den Kreuzweg,
  über den der Große Gott zu wandeln pflegte
Nach dem Wunsche seines Herzens
  durch seine beiden Länder (Ägypten).

Der ehrwürdige Gott, er trat heraus,
  und die Götter aus dem Palast folgten ihm.
Er erging sich wie jeden Tag,
  da biß sie zu, die Zauberschlange.
Ein lebendiges Feuer brach in ihm aus,
  und sie (die Schlange) verkroch sich im Gebüsch.
Der göttliche Gott tat seinen Mund auf,
  und die Stimme Seiner Majestät drang bis in den
    Himmel.
Seine Götterneunheit rief: «Was ist das? Was ist das?»
  und die Götter fragten: «Was ist los? Was ist los?»
Er aber fand seine Stimme nicht,
  um darauf zu antworten.
Seine Lippen bebten,
  und es schlotterten alle seine Glieder.
Das Gift hatte seinen Leib ergriffen,
  so wie die Nilüberschwemmung um sich greift.

Als der Große Gott sich ein Herz gefaßt hatte,
  rief er zu seinem Gefolge:
Kommt mir zu Hilfe, die ihr aus meinem Leibe
    entstanden seid,
  ihr Götter, die ihr aus mir hervorgekommen seid.
Ich will euch wissen lassen, was geschehen ist,
  etwas Schmerzhaftes hat mich gestochen.
Mein Herz kennt es nicht,
  meine Augen haben es nicht gesehen.
Ich kenne es nicht,
  nicht unter allem, was ich geschaffen habe.

Ich habe nie einen Schmerz gekostet wie diesen,
und es gibt nichts Schmerzhafteres als dies.

Ich bin ein Fürst, Sohn eines Fürsten,
ich bin Same eines Gottes, der zum Gotte wurde.
ich bin der Älteste, Sohn eines Ältesten,
mein Vater hat meinen Namen erdacht.
Ich habe viele Namen und viele Gestalten,
meine Gestalten sind in jedem Gotte.
Ich werde gerufen Atum und Horus-Hekenu,
aber meinen (geheimen) Namen haben mein Vater
und meine Mutter (nur) mir genannt.
Ich habe ihn in meinem Leibe verborgen vor meinen
Geschöpfen,
um zu verhindern, daß Zauberer oder Zauberin
Macht erhielte (über mich).

Als ich herausgetreten war, um anzusehen, was ich
gewirkt habe,
und mich zu ergehen in Ägypten, das ich geschaffen
habe,
Da hat mich etwas gebissen,
was ich nicht kenne.
Es ist nicht Feuer,
es ist nicht Wasser.
Doch brennt mein Herz, und es schlottert mein Leib,
all meine Glieder haben Gänsehaut.
Lasset Götterkinder zu mir kommen, deren Worte
helfen;
die ihre Zauber verstehen und deren Weisheit bis
zum Himmel reicht.»

Da kamen die Kinder der Götter,
ein jedes von ihnen in Klage.
Aber Isis kam mit ihrer Zauberkraft,
mit ihrer Redekunst voller Lebensodem;

Mit ihrem Schmerz vertreibenden Spruch;
deren Worte den Verröchelnden beleben.

Sie sagte:
«Was ist, was ist,
mein göttlicher Vater?
Hat etwa eine Schlange dir ein Leid zugefügt,
hat eines deiner Geschöpfe gar sein Haupt gegen dich erhoben?
Dann will ich es zu Fall bringen durch wirksamen Zauber,
will dafür sorgen, daß es den Anblicken deiner Strahlen flieht.»

Der heilige Gott tat seinen Mund auf:
«Es war so, daß ich des Weges ging
und wandelte durch Ägypten und im Ausland.
Denn mein Herz wünschte anzusehen,
was ich geschaffen habe.
Da wurde ich von einer Schlange gebissen,
ohne sie gesehen zu haben.
Es ist nicht Feuer,
es ist nicht Wasser.
Aber ich bin kälter als Wasser
und bin heißer als Feuer.
Mein ganzer Leib ist in Schweiß,
indes ich doch zittere.
Mein Blick ist nicht fest, und ich kann nicht sehen,
der Himmel flimmert mir vorm Gesicht wie zur Sommerzeit.»
Da sprach Isis zu Re:
«Sage mir deinen Namen, mein göttlicher Vater,
denn der Mann lebt, mit dessen Namen ein Zauber gesprochen wird.»

(Re:)

«Ich bin es, der die Erde gemacht und die Berge geknüpft hat und der erschuf, was darauf ist.
Ich bin es, der das Wasser gemacht hat,
so daß die Himmelskuh entstand.
Ich bin es, der den Stier gemacht hat für die Kuhherde,
so daß die Liebesfreude in die Welt kam.
Ich bin es, der den Himmel gemacht hat und die Geheimnisse der beiden Horizonte,
damit die Seelen der Götter darin wohnen.
Ich bin es, der die Augen öffnet, so daß es Licht wird;
der seine Augen schließt, so daß es Finsternis wird;
Auf dessen Geheiß die Fluten des Nils dahinströmen,
dessen Namen aber die Götter nicht kennen.

Ich bin es, der die Stunden schafft, so daß die Tage werden.
Ich bin es, der die Jahreseinteilung macht und die Jahreszeiten schafft.
Ich bin es, der das lebendige Feuer macht,
um die Arbeiten ... zu erschaffen.
Ich bin Chepre am Morgen und Re am Mittag,
und am Abend bin ich Atum.»

Das Gift aber wurde nicht gehemmt in seinem Fluß,
und der Große Gott fühlte sich nicht besser.

Da sprach Isis zu Re:

«Dein (geheimer) Name ist nicht unter denen, die du mir genannt hast,
Nenn ihn mir, dann wird das Gift austreten!
Denn ein Mann lebt, dessen Name ausgesprochen wird.»
Doch das Gift brannte weiter mit Brennen,
es war stärker als Flamme und Feuer.

Dann sprach die Majestät des Re:
«Leih mir dein Ohr, meine Tochter Isis,
auf daß mein Name übergehe aus meinem Leib in deinen Leib.
Der Göttlichste unter den Göttern hat ihn verborgen,
damit mein Raum weit sei in der Barke der Millionen.
Wenn er (der Name) zum ersten Mal herauskommt aus meinem Herzen,
dann sage ihn auch meinem Sohne Horus.
Doch binde ihn zuvor durch einen Gotteseid,
den du ihm bei seinen beiden Augen auferlegen sollst.»

Der Große Gott, er offenbarte seinen Namen
der Isis, der Zauberreichen.

(Isis:)
«Fließe heraus, Schlangengift! ...
komme heraus aus dem Gotte! ...
Ich bin es, die dich geschaffen hat.
Ich bin es, die dich wieder austreibt.
Geh zugrunde, mächtiges Gift.
Wahrlich, der Große Gott hat seinen Namen offenbart.
Re bleibt am Leben,
das Gift ist tot.»

So sprach Isis, die Große, die Fürstin der Götter,
die nun Re bei seinem wirklichen Namen kannte.

Erklärungen S. 335 f.

17

Die Sonnenkatze wird heimgeholt

Dem «Mythos vom Sonnenauge», aus dem die Szene der Berliner Kalksteinscherbe (S. 166) stammt, liegt ein Naturmythos zugrunde. In Auszug und Heimholung der Sonnenkatze Tefnut spiegelt sich die kosmische Erfahrung von der Verschiebung der Sonnenbahn im Winter nach Süden und ihrer Rückverschiebung im Frühjahr wider. Tefnut, die Tochter des Sonnengottes Re, wandert aus ihrer Heimat Ägypten nach dem südlichen Obernubien, wird aber auf Befehl ihres Vaters durch den Götterboten Thoth zurückgeholt. Thoth verwandelt sich für seine Mission in einen Affen und bewältigt die schwierige Aufgabe mit ‹der äthiopischen Katze› dank seiner Reden, deren kunstvolles Spiel zwischen unterhaltender und belehrender Sageweise das Kernstück der mythischen Novelle ausmacht; Priester und Volk haben im Laufe der Jahrtausende die ursprüngliche Erzählung immer mehr ausgesponnen, ganz besonders an den eingestreuten Tierfabeln (Nr. 20, 21, 22) mit Phantasie gearbeitet. Sooft Tefnut in Wut gerät, wandelt sie ihre «gute Katzengestalt» in eine grimmige Löwin und ist damit geradezu ein Musterbeispiel für den Furcht-Liebe-Doppelcharakter mancher ägyptischer Götter.

Wir geben den Inhalt des Mythos in freier Nacherzählung wieder:

In der Urzeit hat sich Tefnut einmal mit ihrem Vater Re entzweit. Die Sonnentochter verläßt im Zorn ihre Heimat Ägypten und zieht sich unmutig nach Obernubien zurück. Dort treibt sie ihr Wesen als Wildkatze. Das glutheiße, trokkene Land am oberen Nil ist recht nach dem Herzen eines Katzentieres geschaffen. Aber Vater Re sehnt seine geliebte Tochter zurück. So beauftragte er Thoth, seinen Boten, Tefnut aus dem Süden heimzuholen. Der Sendling wandelt seine Gestalt in einen «Schakalaffen» und rüstet sich mit der

Seele eines Hermes. All seine Pfiffigkeit hat er nötig, um die Widerstrebende zu bekehren. Denn die Katze begegnet ihm mit hitziger Leidenschaft und schmäht seine artig gesetzte Rede. Um die Wutbebende zu besänftigen, bedarf es besonderer Geschicklichkeit, denn Tefnut als Tochter des Richters und Vergelters Re hat Macht über Leben und Tod und kann auch ihn töten.

Thoth versucht, sie umzustimmen durch seine Tanzkünste, durch allerlei Zauberstückchen, besonders aber durch die «kleinen Reden», mit denen er sie ablenkt und zerstreut. Doch obwohl ihm in dem verlorenen Anfang des Textes offensichtlich sein Leben zugesagt war, sieht er sich noch immer bedroht. Um sich erst einmal seine Haut zu sichern, erzählt er ihr die Fabel vom Geier und der Wildkatze (Nr. 20), durch die er der Raubkatze bedeutet, daß sie, wenn sie etwa ihren Eid breche wie jene, sich auch wie jene gefährde; denn dem göttlichen Richter entgehe solche Missetat nicht.

Nachdem sich der Affenbote so den Rücken gedeckt hat, schmeichelt er ihrer Macht mit einem Hymnus auf sie als die Segen spendende Sonne. Dann setzt er ihr ein Lebenskraut vor, das Jugend und Frohmut bewirkt, und wendet somit ihren Grimm mit des Zaubers Hilfe. Schließlich besingt der Vielgewandte ihre Familie in hohen Tönen, ihre Familie in der Heimat und die Heimat selbst, bis die Sonnentochter in Heimweh fällt und in Sehnsucht nach ihren Verwandten.

Seinen Lobpreis auf die Heimat würzt der Redekünstler mit mythologischen Anspielungen und mit Wortspielen, die sich auf die besondere Lage von Tefnut beziehen, und durch philosophische Ausdeutung gelingt es ihm, seine Gelehrsamkeit geschickt zur Schau zu stellen.

Tefnut ist entzückt und wendet sich voll Staunen dem Boten mehr und mehr zu. Im Augenblick höchster Gemütsbewegung «weint sie wie ein Wolkenbruch», bis sie in Kummer verstummt.

Listig versucht der Schakalaffe, sich durch eine neue Tierfabel bei ihr einzustehlen, aber kaum hat er mit der «Geschichte von der Freundschaft zwischen Weih, Geier und Kuckuck» begonnen, so merkt die Katze seine Absicht und wird verstimmt. Schrecklich erhebt sie sich in ihrer Gestalt als Löwin; rot erglüht ihr Rücken, ihr Fell raucht von Feuer, Flammen schlagen aus ihrem Blick, und ihr Antlitz färbt sich wie die Scheibe der Sonne. Den Sand der Wüste wirbelt sie auf mit ihrem Schweif, ihre Nase bläst Rauch aus, und ihre Stimme brüllt. Die Hügel erbeben, die Sonne am Himmel verfinstert sich bei Tage.

Entsetzt durch die Verwandlung des Tieres, bittet der Götterbote erneut um sein Leben, huldigt wiederholt ihrer Schönheit, entwindet sich der Gefahr aber erst, als er ihr zu bedenken gibt, daß auch er sie in der Not einmal werde erretten können.

Als die Löwin bezähmt ist und ihre Katzengestalt wieder angenommen hat, fährt der Rhetor mit seinen Geschichten fort. Nach dem Zwiegespräch zwischen Seh-Vogel und Hör-Vogel (Nr. 21) über das Recht der Vergeltung und die sittliche Weltordnung des Re, auf die der Bote anfangs bereits angespielt hat, mahnt er Tefnut abermals, ihre Macht als Tochter des höchsten Richters nicht zu mißbrauchen. Endlich stimmt er sie milde, endlich bewegt er sie, die Heimreise anzutreten.

Aber nur durch seine Zungenfertigkeit vermag er, sie bei Stimmung zu erhalten. Gewandt weiß er ihr Geschichten vorzutragen, deren Moral sie zu Gerechtigkeit und Gnade verpflichten. So erzählt er ihr von den zwei Schakalen, denen ein Löwe wegen ihrer klugen Antwort das Leben schenkt, denn «der Mächtige zürnt nicht wegen der Wahrheit».

Jetzt nimmt Tefnut die Bemerkung ihres Reisemarschalls wieder auf, wonach er sie einmal aus der Not werde retten können. Um ihren Zweifel zu beantworten, erzählt der Affe eine Folge von Tiergeschichten, in denen gezeigt wird, wie jede Stärke ihren Meister findet. Die Geschichte von dem Löwen, der als der König der Tiere (Nr. 22) auf der Wanderung durch sein Reich erfährt, wie der Mensch die Tiere mißhandelt, zielt auf die Schlußfabel vom Löwen und der Maus (bei Nr. 22).

Inzwischen sind Tefnut und Thoth nordwärts gen Ägypten gezogen, Tefnut nicht ohne häufigen Widerstand, Thoth unter Aufbieten all seiner Schläue und Überredungskraft. Die Bäume der nubischen Landschaft, Dattelpalme und Dumpalme, Johannisbrot- und Maulbeerbaum, sie halten Tefnut fest und verzögern ihren Schritt. Indessen klettert der Affe, ihre Gefühle mißachtend, auf eine Palme hinauf und pflückt sich kaltherzig eine Frucht zum Essen. Drohend erhebt Tefnut ihren Stab, setzt an, ihre Gestalt zu wechseln von der zahmen Katze in die wilde Löwin, und redet auf den Unehrerbietigen los, so wie es auf der Berliner Scherbe dargestellt ist. Über den beiden aber schwebt der brütende Vogel und hält als Mahnung an Res vergeltende Gerechtigkeit das Verhältnis der ungleichen Partner im Lot. Thoths Leben ist gesichert. S. 166.

Auf ägyptischem Boden endlich bekommt der Affe das Übergewicht, da er Gelegenheit hat, die ihm anvertraute Gottestochter zu retten. Er bewahrt sie im Schlafe vor einem Schlangenbiß und bewahrheitet damit zugleich seine Fabel, nach der der Schwache dem Starken zu helfen vermag. Von Kultort zu Kultort zieht die Göttin nordwärts am Nil entlang und wird an den Stätten ihrer Heiligtümer mit Jubel empfangen und mit Festen gefeiert. In Heliopolis, der heiligen Stadt des Sonnengottes Re, versöhnt sie sich mit ihrem Vater in Frieden.

Wetterwendischkeit des Frühlings mit heiterem Morgen, mittäglicher Hitze, mit Wolkenbruch und Sandsturm und mit der Linde des Abends – sie ist verwoben mit den Launen des Götterweibes, das trotzt und weint, neugierig ist, aber empfindlich gegen die Wahrheit, das wütet und tobt, bald

Die drei Tiere: der die Brut in seinem Nest beschirmende Vogel, Wildkatze und Affe, auf einer Berliner Bildscherbe veranschaulichen eine Episode aus dem märchenhaften «Mythos vom Sonnenauge». Die aus Löwe und Katze gemischte Göttin mit hochgeschlagenem Schweif, auf einem Podest sitzend, redet bedrohlich auf den Affen ein, während sie einen Stock vielsagend vor seinen Augen tanzen läßt. Der Affe indes hockt gelassen am Boden, führt dreist eine Dattel zum Maul, die er von dem Büschel in seiner Linken gepflückt hat, und gibt sich die verschmitzte Miene eines überlegenen Stoikers. Die künstlerisch vollendet zusammengeschlossene Gruppe hat durch das funkelnde Goldocker der Katze und das märchenhafte Lazurblau der beiden anderen Tiere einen Hauch von Überwirklichkeit.

Komposition des Bildes wie die Stimmung der Farben machen die sicher gezeichnete Illustration eines Motivs der mythischen Novelle zu einem ebenbürtigen Bild der kunstvoll geschlungenen Dichtung.

aber huldvoll lächelt und zuletzt alle Gefühle erstickt in versöhnender Liebe.

Der Götterbote, Herr männlichen Intellekts, dazu mit Mutterwitz begabt, läutert die brutale Macht des göttlichen Tieres über Vernunft und Gefühl zur religiös-ethischen Einsicht der tiergestaltigen Göttin. Mehrfache Ströme begleiten so den Weg der beiden Wanderer, der geographisch von Süden nach Norden führt, aus der Wüste ins Fruchtland, geistig aus dem Lande der «Barbaren» herauf zu den «Menschen», den Ägyptern, und der sein Ziel findet am Throne des Weltenrichters.

Erklärungen S. 336 f.

FABELN

18

Der Streit zwischen Kopf und Leib

Gerichtliche Entscheidung zwischen dem Leib und dem Kopf, um vor dem Dreißigerrat festzustellen, was sie (die beiden) leisten, und um ihr Wesen zu beschreiben und wer ihr (der Körperteile) Oberhaupt sei, und damit man das Unrecht aufdecke, über das seine (des Kopfes) Augen weinten, und um die Wahrheit festzustellen für den Gott, der unrechtes Verhalten verabscheut.

Der Leib sprach: «Er ist doch mein Bruder [1] (also gleichgestellt), der Kopf.»

Aber da schrie (der Kopf mit) sein(em) Mund laut auf: «Ich, ich bin die (eigentliche) Stütze des ganzen Hauses (Körpers), der die (anderen) Stützen (Körperteile) leitet und die (anderen) Stützen anschirrt; jedes Glied, das auf mich baut (?), ist froh: Das Herz ist froh, das Herz ist klug [2], der Nacken sitzt fest unter dem Kopf, mein Auge schaut in die Ferne, die Nase atmet und zieht Luft ein, das Ohr ist offen und hört, der Mund ist sprechfähig und weiß zu antworten, seine (des Körpers) Arme sind geschickt und arbeiten.

Jetzt kommt da jemand (der Leib), der anmaßend (?) ist – hochmütigen Herzens –, der Vornehme als Geringe betrachtet. Aber ich bin vollkommen im Recht... Jedes Glied erfüllt seine Aufgaben. Ich bin deren Herr, ich bin der Kopf [3], den seine Geschwister ins Unrecht setzen wollen.»

Das ist es, was der Kopf (mit seinem) Mund zu ihm (wem?) sagte: «Ist das nicht unrecht? Man muß mich das Oberhaupt nennen, denn ich bin es doch, der... am Leben erhält...»

Erklärungen S. 337f.

19

Die Schwalbe und das Meer

Uski, der Fürst des Landes Arabien, sprach vor Pharao: Höre zu! Re sei gnädig! Ich kehre jetzt nach dem Lande Arabien zurück. Möge doch Pharao, mein großer Herr, (zuvor noch) die Geschichte von der Schwalbe hören (und beherzigen).

Als sie einmal am Strande des Meeres Junge ausgebrütet hatte und als sie dann ein und aus flog, um Futter für ihre Jungen zu suchen, da sagte sie zu dem Meere: «Hüte meine Jungen, bis ich wieder zurückkomme.» Das war so täglich ihre Art.

Eines Tages, da die Schwalbe ausfliegen wollte, um Futter für ihre Jungen zu suchen, sagte sie zu dem Meere: «Hüte meine Kinder, bis ich wieder zurückkomme, wie ich es täglich tue.» Da geschah es, daß das Meer aufstieg mit großem Tosen und die Jungen der Schwalbe mit sich fortriß.

Dann kam die Schwalbe zurück mit vollem Schnabel, leuchtendem Auge und sehr frohen Herzens. Aber da fand sie ihre Jungen dort nicht mehr vor.

Sie sagte zu dem Meere: «Gib (mir) meine Jungen wieder, die ich dir anvertraut habe! Wenn du mir meine Jungen, die ich dir anvertraut habe, nicht wiedergibst, dann werde ich dich noch heute ausschöpfen und werde dich forttragen. Ich werde dich mit dem Schnabel schöpfen, und ich werde dich auf den Sand gießen. Merk es wohl! So wird es geschehen!»

Und wie die Schwalbe es täglich getan hatte, so trieb sie es weiter (immer hin- und herzufliegen): Die Schwalbe ging und füllte ihren Schnabel mit Sand und schüttete ihn ins Meer; dann füllte sie ihren Schnabel mit dem Wasser des Meeres, und sie schüttete es auf den Sand.

So tat die Schwalbe täglich vor Pharao, meinem großen Herrn. Als die Schwalbe das Meer ausgeschöpft hatte, da kehrte sie frohen Herzens nach dem Lande Arabien zurück.

Erklärungen S. 339f.

20

Geiermutter und Katzenmutter

Höre, meine Herrin, die Geschichte, die ich dir jetzt erzählen will.

Es war einmal ein Geierweibchen, das im Wipfel eines Wüstenbaumes gebrütet hatte. Und es war eine Katze, die (in der Nähe) an einem Berg geboren hatte. Nun hatte das Geierweibchen Angst wegzufliegen, um Futter für seine Jungen zu holen, weil es fürchtete, die Katze könne über seine Jungen herfallen. Aber auch die Katze hatte Angst auszugehen, um Futter für ihre Jungen zu holen, weil sie fürchtete, das Geierweibchen könne über ihre Jungen herfallen.

Da wandte sich das Geierweibchen an die Katze und sprach: «Könnten wir nicht so miteinander leben, daß wir vor Re, dem großen Rechtsgott, einen Eid schwören des Inhalts: Wer hinausgehen will, um Futter für seine Jungen zu holen, über dessen Jungen wird der andere von uns nicht herfallen?» Sie schwuren den Eid vor Re: «Wir werden danach handeln.»

Eines Tages begab es sich, daß die Katze ein Stück von ihrem eigenen Futter im Schnabel eines jungen Geiers sah; da wollte sie es ihm wegnehmen. In dem Augenblick aber, da sie es ihm aus den Krallen reißen wollte, wandte er sich, um zu seinem Nestbruder zurückzukehren. Dabei hackte ihn die Katze mit ihren Krallen..., so daß er nicht mehr ins Nest fliegen konnte.

Er sagte: «Bei Re, gibt es kein anderes Futter, in das du deine Krallen bohren kannst?» Da antwortete die Katze: «Das Futter habe ich nicht für dich geholt! Jeder soll das Futter selber finden, das er braucht.» Dann sagte er zu ihr: «Ich bin vorhin doch nur aus dem Nest heruntergefallen. Was liegt dir vor Re daran, daß die Vergeltung mich träfe! Das wäre wie ein Meineid, den er (Re) ahnden würde.»

Dann wollte der junge Geier wegfliegen, aber seine Flügel trugen ihn nicht mehr fort. Als er nahe daran war, sein Leben zu enden, sagte er zu ihr: «Möge die Vergeltung zu dir kommen und ihr Antlitz wenden noch auf den Sohn deines Sohnes!»

Das Geierweibchen überlegte bei sich: «Wenn die Vergeltung einhergeht bis in die fernen Gegenden des Landes Syrien, so wird sie ein andermal auch hierher zurückkommen. Denn ich bedarf ihrer. Wenn die Katze ausgeht, um Futter für ihre Jungen zu holen, werde ich über ihre Jungen herfallen, damit sie mir und meinen Jungen als Futter dienen. Ich will versuchen, zu (dem Nest der Katze) zu gelangen, um dem Leben der Katze ein Ende zu machen. Denn wahrhaft böse ist das, was mir vorhin mit ihr begegnet ist.» Und das Geierweibchen hielt sich die Sache vor Augen.

Eines Tages begab es sich, daß die Katze ausging, um für ihre Jungen Futter zu suchen. Da fiel der Geier über ihre Jungen her. Als die Katze heimkam, fand sie ihre Jungen nicht mehr vor. Da erhob sie ihr Angesicht zum Himmel und betete vor Re: «Du kennst mein Recht und das Unrecht des Geierweibchens, das über meine Jungen hergefallen ist, nachdem es die heiligen Eide verletzt hat, die ich mit ihm geleistet habe!»

Ihre Stimme wurde von Re gehört, und eine Gottesmacht wurde hinabgesandt, damit die Vergeltung das Geierweibchen träfe, das über die Kinder der Katze hergefallen war. Sie (die Gottesmacht) fand die Vergeltung unter dem Baume, auf dem das Geierweibchen saß. Sie (die Gottesmacht) befahl ihr (der Vergeltung), nun an dem Geier Vergeltung zu üben für die Untat an den Jungen der Katze, wie es ihr von Re befohlen worden war.

Es begab sich nun, daß das Geierweibchen einen Syrer sah, wie er etwas Wüstenwild briet, um sich eine Speise zu bereiten. Der Geier holte sich mit seinem Schnabel ein Stück Fleisch und brachte es in sein Nest. An dem Fleisch hingen aber glühende Kohlen, ohne daß er es gemerkt hatte. Da fing das Nest des Geiers Feuer und verbrannte. Seine Jungen fielen zur Erde, und sie lagen wie gebraten zu Füßen des Baumes. Da kam die Katze zu (den toten Geierjungen heran, ohne sie anzurühren, und sagte zu) dem Geier: «So wahr Re lebt, du bist über meine Jungen hergefallen, (und du hast ihnen) von Anfang an nachgestellt! Wahrhaftig, du bist über meine Jungen hergefallen (und hast sie aufgefressen! Ich aber, ich verspeise) deine Jungen nicht einmal, da sie gebraten sind.»

So sprach der kleine Affe zu der äthiopischen Katze und verwies sie auf die Gerechtigkeit des Re, der den Frevel des Geiers, den er an der Katze verübt, vergolten hat.

Erklärungen S. 340.

21

Der Seh-Vogel und der Hör-Vogel

Der Affe-Botengott sprach zu Tefnut, der mächtigen Löwengöttin: Du hast doch von dem Seh-Vogel und dem Hör-Vogel gehört; sonst erzähle ich dir die Geschichte. Und Thoth, der kleine Affe, begann also:

Der Geier hauste auf den Hörnern des Gebirges, und er hieß Seh-Vogel mit seinem wirklichen Namen. Eines Tages begab es sich, daß der Seh-Vogel zu dem Hör-Vogel sagte: «Mein Auge ist schärfer als dein Auge, und meine Blicke sind vollkommener als die deinen. Das, was mir zuteil geworden ist, das ist keinem anderen Flugvogel zuteil geworden außer mir.»

Da sagte der Hör-Vogel zu ihm: «Was heißt das?» Und der Seh-Vogel antwortete: «Ich kann bis ans Ende der Finsternis sehen, und ich kann durch das Meer hindurchblicken bis zum Urwasser Nun.»

Da sagte der Hör-Vogel zu ihm: «Wieso ist dir das zuteil geworden?» Und er antwortete ihm: «Es ist mir zuteil geworden, weil ich im Silberhause[1] lebe und (regelmäßig) meine Nahrung zu mir nehme und viel schlafe... so daß ich mich rekreiere im Silberhaus – und ich esse nichts mehr nach Sonnenuntergang.»

Da sagte der Hör-Vogel zu ihm: «Gut, dein Auge ist schärfer als mein Auge, und deine Blicke sind vollkommener als die meinen. Aber das, was mir zuteil geworden ist, das ist keinem anderen Flugvogel zuteil geworden außer mir. Denn siehe, ich kann den Himmel bezaubern, so daß ich höre, was darin vorgeht. Ich höre, was Re, der Sonnengott, der Vergelter unter den Göttern, täglich im Glanzort des Himmels für die Erde bestimmt.»

Da sagte der Seh-Vogel zu ihm: «Wieso ist dir dies zuteil geworden?» Und er antwortete ihm: «Es ist mir zuteil geworden, weil ich in der Mittagszeit nicht schlief und weil ich nach Sonnenuntergang nichts mehr gegessen habe, so daß meine Kehle trocken war, wenn ich mich am Abend schlafen legte.» Der Seh-Vogel bewegte die Worte in seinem Herzen.

Da begab es sich einmal, daß der Hör-Vogel lachte. Und der Seh-Vogel fragte: «Warum lachst du?» Der Hör-Vogel antwortete ihm: «Das ist wahr! Ein Hör-Vogel des Re war es, der es mir erzählt hat, als er sich schon weit von dem Erdboden in den Himmel entfernt hatte und mir verkündete:

Die Hundsfliege, die man fast nicht mehr wahrnehmen kann (wegen ihrer Kleinheit)[2], die wird von der Eidechse verschluckt. Der Waran[3] frißt die Eidechse, und die Schlange frißt den Waran. Der Adler aber zieht die Schlange ins Meer.» Weiter sagte der Hör-Vogel zu dem Seh-Vogel: «Wenn du ins Meer blickst und erkennen kannst, was im Wasser ist, (dann sag mir doch,) was ist mit der Schlange und dem Adler geschehen?»

Da antwortete der Seh-Vogel: «Es ist wahr. Alles, was du gesagt oder von dem du erzählt hast, glaube ich dir. Ich halte das alles für wahr. Siehe, die Schlange und der Adler, die ins Meer gefallen sind, die hat eine Meeräsche mit ihrem Maul verschlungen. Siehe, der Wels, er wiederum fraß die Meeräsche und schwamm ans Ufer. Und siehe, da kam ein Löwe ans Meer, und er zog den Wels an Land. Aber da hatte sie bereits der Greif gewittert; er schlug seine Krallen in die beiden hinein, und er trug sie in den Glanz der Sonnenkreise des Himmels. Dann legte er sie nieder, zerriß sie auf dem Berge und verzehrte sie.

Wenn du nun meinen solltest, ich hätte eine Lüge gesagt, so komm mit mir zu dem Wüstenberg! Und ich will sie dich sehen lassen, wie sie zerrissen und zerfetzt vor ihm liegen und wie er sie verzehrt.» Da flogen die beiden Geier zu dem Berge und fanden, daß alles, was sie einander erzählt hatten, vollkommen wahr sei.

Darauf sagte der Seh-Vogel (zu dem Hör-Vogel): «Gib zu: Es geschieht nichts auf Erden als das, was der Gott im Him-

mel bestimmt. Wer nur Gutes tut, zu dem kommt Gutes zurück, und bei Schlechtem ist es entsprechend.»
Ferner sagte der Seh-Vogel zu dem Hör-Vogel: «Was geschieht aber mit dem gewaltsamen Tod an dem Löwen, den der Greif begangen hat? Wie wird das vergolten?»

Da sagte der Hör-Vogel zu dem Seh-Vogel: «Wahrlich, weißt du nicht, daß der Greif die Verkörperung des Todes ist, der Wächter über alles, was auf Erden lebt, der Vergelter, gegen den kein anderer mehr Vergeltung üben kann? Sein Schnabel ist der eines Adlers, sein Auge das eines Menschen, sein Leib der eines Löwen, seine Ohren wie die Schuppen von Barben, sein Schwanz der einer Schlange... Dies ist die Gestalt, die er annimmt. Er hat Macht über alles auf Erden gleich wie der Tod, er, der Vergelter, der, wie gesagt, der Wächter ist über alles, was auf Erden lebt.

Wahrlich, wer tötet, wird wieder getötet. Wer gewaltsamen Tod befiehlt, dessen Untergang wird wieder befohlen.»

Ich (Thoth) habe diese besondere Geschichte (von dem Seh-Vogel und dem Hör-Vogel) erzählt, (sprach der Affe,) um es dir klarzumachen, daß es gar nichts gibt, das dem Gotte verborgen bleiben kann, dem Re, der Sonne, dem Vergelter unter den Göttern. Er übt Vergeltung an allem, was auf Erden lebt, von der Hundsfliege an, dem kleinsten Wesen von allen, die es gibt, sobald die Kunde von ihrem Tod zur Kenntnis des Greifen gelangte, dem höchsten von allen Wesen auf Erden. Denn das Gute und das Böse, was man auf Erden tut, das vergilt Re. Denn wenn es auch heißt, ich sei kleiner an Gestalt als du, so blickt doch Re ebenso auf mich wie auf dich. Sein Geruch (= sein Gesicht?) und sein Gehör nehmen alles wahr, was auf Erden geschieht.

Er sieht sogar, was im Ei ist, und wer ein Ei zerbricht, dessen (Kains-)Mal wird in Ewigkeit nicht von ihm abgewaschen werden, sowenig wie von einem, der tötet...

Erklärungen S. 340f.

22

Der Löwe und die Maus

Es war einmal ein Löwe in der Wüste, der stark war an Kraft und gern jagte. Das Wild der Berge kannte die Furcht und den Schrecken vor ihm.

Eines Tages begegnete er einem Panther, dessen Haut geschunden und dessen Fell zerrissen war; halb tot, halb lebendig, trug er viele Wunden. Da sagte der Löwe: «Wie kommst du in diesen Zustand, in dem du bist? Wer hat deine Haut zerrissen, dein Fell geschunden?» Da antwortete ihm der Panther: «Der Mensch ist es gewesen.» Da sagte der Löwe zu ihm: «Der Mensch? Wer ist das?» Und der Panther antwortete ihm: «Es gibt nichts Listigeres als ihn, den Menschen. Mögest du niemals in die Hand des Menschen fallen!» Da wurde der Löwe zornig auf den Menschen und ging von dem Panther weg, um den Menschen zu suchen.

Da begegnete der Löwe einem (Haustier-)Gespann, an dessen Zaumzeug (eine Trense) war; ein Gebiß war im Maul des Pferdes und eine Kandare im Maul des Esels. Der Löwe sprach zu ihnen: «Wer hat euch dies angetan?» Da sagten sie: «Unser Herr, der Mensch, ist es gewesen.» Da sagte er: «Ist der Mensch denn stärker als ihr?», und sie antworteten: «Unser Herr, es gibt nichts Listigeres als ihn, den Menschen. Mögest du niemals in die Hand des Menschen fallen!» Da wurde der Löwe zornig auf den Menschen und ging von ihnen fort.

Es begegnete ihm nun folgendes mit einem Stier und einer Kuh, deren Hörnerspitzen abgestumpft, deren Nasen durchbohrt und an deren Köpfen Stricke waren. Er fragte sie, und sie nannten ihm wieder den gleichen Grund.

Dann begegnete ihm folgendes mit einem Bären, dessen Krallen ausgerissen und dessen Zähne abgestumpft waren. Er fragte: «Ist der Mensch auch stärker als du?» Er sagte: «So ist es. Mir diente ein Diener, und er bereitete mein Futter zu. Da sagte er einmal zu mir: ‹Wahrlich, deine Krallen hängen aus deinem Fleisch heraus. Du kannst mit ihnen kein Futter mehr fassen. Deine Zähne, sie sind lose, und sie lassen das Futter deinem Maule nicht mehr schmecken. Laß sie mich herausziehen! Ich hole dir das Doppelte an Futter.› Da ließ ich sie ihn herausziehen, und er nahm meine Krallen und meine Zähne an sich; ich hatte aber keine andere Kraft außer ihnen. Er streute mir Sand in die Augen und lief von mir fort.» Da wurde der Löwe zornig auf den Menschen und ging von dem Bären weg, um den Menschen zu suchen.

Da traf er einen (andern) Löwen, der zwischen einem Wüstenbaum (so eingeklemmt war), daß das Holz sich über seiner Tatze schloß, so daß er sehr traurig war, weil er nicht weglaufen konnte. Da sagte der Löwe zu ihm: «Wie kommst du in diese schlimme Lage, in der du bist? Wer hat dir das angetan?» Da sagte ihm der andere Löwe: «Der Mensch ist es gewesen. Hüte dich! Trau ihm nicht! Der Mensch, er ist schlecht. Begib dich nicht in die Hand des Menschen! Ich hatte zu ihm (dem Menschen) gesagt: ‹Was für ein Gewerbe betreibst du?› Da sagte er: ‹Mein Gewerbe ist es, einen alt werden zu lassen. Ich könnte dir einen Talisman machen, daß du nie stirbst. Wohlan, ich will dir ein Stück Holz abschneiden und es dir als Talisman auf deinen Leib legen, auf daß du in Ewigkeit nicht sterben wirst.› Da ging ich mit ihm bis zu diesem Wüstenbaum. Er sägte ihn ab und sagte zu mir: ‹Gib deine Tatze her!› Da legte ich meine Tatze zwischen das Holz, und er schloß seinen Spalt darüber zu. Als er nun von mir wußte, daß meine Tatze gefesselt war, so daß ich nicht hinter ihm herlaufen konnte, da streute er mir Sand in die Augen und lief fort.»

Da lachte der Löwe und sagte: «O Mensch, wenn du in meine Hand fällst, dann zahle ich dir das Leid heim, das du meinen Gefährten in der Wüste angetan hast!»

Als nun der Löwe auf der Suche nach dem Menschen hinausging, da begab es sich, daß sich eine kleine Maus unter seine Tatze verlief, zierlich von Aussehen und winzig an Gestalt. Als er im Begriff war, sie totzutreten, sagte die Maus zu ihm: «(Zertritt) mich nicht, mein Herr Löwe! Wenn du mich frißt, wirst du davon nicht satt. Wenn du mich losläßt, so wirst du nach mir nicht weiter Hunger haben. Wenn du mir aber mein Leben als Geschenk gibst, so werde ich auch dir dein Leben als Geschenk geben. Wenn du mich vor dem Verderben bewahrst, so werde ich dafür sorgen, daß (auch) du deinem Unglück entgehst.»

Da lachte der Löwe über die Maus und sagte: «Was willst du schon tun? Gibt es denn einen auf Erden, der es mit mir aufnehmen könnte?»

Da schwur sie ihm noch einen Eid mit den Worten: «Ich werde dafür sorgen, daß du deinem Unglück entgehst an deinem bösen Tage.» Der Löwe hielt zwar das, was die Maus zu ihm gesagt hatte, für Scherz, aber er überlegte bei sich: Wenn ich sie fresse, werde ich wahrhaftig nicht satt – und er ließ sie frei.

Es war nun ein Jägersmann mit einem Netz, der Fallen stellte und eine Fallgrube vor dem Löwen aushub. Nun fiel der Löwe in die Fallgrube und geriet so in die Hand des Menschen. Man steckte ihn in das Netz, fesselte ihn mit trockenen Riemen und band ihn mit frischen Riemen.

Als er nun traurig in der Wüste lag – es war die Nachtstunde des Herzerfreuens –, da wollte der Schicksalsgott ihren (der Maus) Scherz wahr machen wegen der prahlerischen Worte, die der Löwe gesprochen hatte, und er ließ die kleine Maus vor den Löwen treten. Sie sagte zu ihm: «Erkennst du mich wieder? Ich bin die kleine Maus, der du ihr Leben als Geschenk gegeben hast. Ich bin gekommen, um es dir heute zu vergelten, und will dich aus deinem Unglück erretten, nachdem du (in die Hand des Menschen) gefallen bist. Schön ist es, dem eine Wohltat zu erweisen, der sie selbst getan hat.»

Da legte die Maus ihren Mund an die Fesseln des Löwen.

Sie zernagte die trockenen Riemen und durchbiß alle frischen Riemen, mit denen er gebunden war, und löste den Löwen von seinen Fesseln. Dann aber versteckte sich die Maus in seiner Mähne, und er machte sich an jenem Tage mit ihr auf in die Wüste.

Möge der Hörer lernen aus dem wunderbaren Ereignis, das hier erzählt ist von der kleinen Maus, dem schwächsten Tier in der Wüste, und dem Löwen, dem stärksten Tier in der Wüste. Möge er an den glücklichen Vorfall denken, den der Schicksalsgott hat geschehen lassen, damit sein Heil sich erfülle.

Erklärungen S. 341 f.

23

Der König der Löwen

(Ein Märchen aus Kordofan)

Ein Mann schlug jeden Tag im Busch eine Last Holz und trug sie in die Stadt auf den Markt. Von dem, was er damit verdiente, konnte er leben.

In dem Busche, in dem der Holzhändler immer sein Holz schlug, lebten eine Maus und ein Löwe. Die Maus liebte es aber, mit dem Löwen zu streiten. Da sagte der Löwe eines Tages: «Meine Maus, du bist anmaßend! Wie kannst du immer mit mir streiten, der ich doch das stärkste von allen Tieren bin!» Die Maus sagte: «Was du da sagst, mein Löwe, ist unrichtig. Die größte Stärke liegt in der Klugheit. Ich bin zwar die kleine Maus, aber ich bin klüger und deshalb stärker als du. Aber stärker als alle anderen Tiere ist der Sohn Adams (der Mensch). Der Mensch übertrifft alle, alle Tiere weit an Klugheit.» Der Löwe sagte: «Ich bin das stärkste Tier, alles andere glaube ich nicht.» Die Maus sagte: «Dadurch, daß du es nicht glaubst, änderst du nichts an der Tatsache, daß der

Sohn Adams unendlich viel klüger und stärker ist als alle Tiere.» Der Löwe sagte: «Das ist nicht wahr.»

Da ging der Holzhändler gerade durch den Wald. Die Maus sah ihn von ferne und sagte zum Löwen: «Sieh, da ist der Mensch! Geh hin und zeige, daß du klüger und stärker bist als der Mensch.» Der Löwe sagte: «Das also ist der Mensch! Ich werde hingehen und mit dem Sohne Adams kämpfen.» Der Löwe lief auf den Holzhändler zu und schrie: «Sohn Adams, bleib stehen, ich will mit dir kämpfen!» Der Holzhändler sagte: «Es ist mir recht! Wir wollen miteinander kämpfen. Ich habe aber meine Kraft jetzt nicht bei mir. Warte also bis morgen. Dann will ich kommen und mit dir kämpfen.» Der Löwe aber sagte: «Nein, ich will nicht warten, ich will heute mit dir kämpfen. Gerade heute will ich mit dir kämpfen.» Der Holzhändler sagte: «So komm schnell mit mir in die Stadt und kämpfe an meinem Platze mit mir. Wir müssen in die Stadt gehen, denn ich kann doch nicht ohne Kraft kämpfen.» Der Löwe sagte: «Es ist gut; ich werde dann hier am Baume auf dich warten, bis du aus der Stadt mit deiner Kraft zurückkommst.» Der Holzhändler sagte: «Es ist mir recht, wenn du hier warten willst. Ich muß dich aber hier am Baume festbinden, denn sonst läufst du mir sicher in der Zwischenzeit fort. Wenn du damit einverstanden bist, will ich in die Stadt gehen und meine Kraft holen.» Der Löwe sagte: «Ich laufe nicht weg!» Der Holzhändler sagte: «Dann laß dich festbinden.» Der Löwe sagte: «Es ist mir recht! So binde mich fest.»

Der Holzhändler setzte seine Last ab und ging zu dem nächsten Baum, zog Rindenstreifen ab und drehte Schnüre. Mit den Schnüren band er den Löwen am Baume fest. Der Löwe sagte dann: «Nun gehe schnell in die Stadt, und hole deine große Kraft, damit wir miteinander kämpfen können.» Der Holzhändler sagte: «Ich gehe sogleich, ich will dir nur die kleine Kraft zeigen, die ich hier im Busch habe.» Darauf drehte der Holzhändler noch eine Schnur aus Baumrinden und schlug mit aller Kraft auf den festgebundenen Löwen ein, so daß dem die Haut in Striemen abriß. Der Löwe brüllte. Der Holzhändler sagte: «So, das ist nur meine kleine Kraft. Nun werde ich in die Stadt gehen und meine große Kraft holen.» Danach lud er seine Holzlast wieder auf und ging in die Stadt auf den Markt.

Als der Holzhändler gegangen war, kam die Maus aus dem Busch zu dem festgebundenen Löwen und sagte: «Mein Löwe, was hältst du nun von deiner Stärke und der Stärke des Sohnes Adams?» Der Löwe sagte: «Kleine Maus, binde mich los!» Die Maus sagte: «Ich will es tun. Du mußt mir aber schwören, daß du immer Freundschaft mit mir halten willst.» Der Löwe sagte: «Das will ich dir schwören!» Darauf begann die Maus die Rindenstricke, mit denen der Löwe festgebunden war, durchzunagen. Als die Maus damit fertig war, sprang der Löwe sogleich fort.

Der Löwe lief in die Stadt, in der der Holzhändler wohnte und wo er sein Holz auf dem Markte verkaufte. Der Löwe kam in das Haus, in dem der Holzhändler wohnte. Er trat in das Haus ein und sah den Holzhändler. Er sagte zu dem Holzhändler: «Hier bin ich; nun wollen wir miteinander kämpfen.» Der Holzhändler sagte: «Es freut mich, daß du doch in die Stadt gekommen bist. Ich wollte mich eben wieder auf den Weg machen, um dich im Busche aufzusuchen. Nun können wir hier kämpfen. Setze dich also, nimm ein wenig Essen zu dir, das ich gleich bringen werde, und dann wollen wir beginnen.» Der Löwe sagte: «Wir wollen nicht erst essen, wir wollen gleich kämpfen.» Der Holzhändler sagte: «Du bist in der Stadt und unter den Menschen. Du mußt dich nun danach richten, was bei den Menschen Sitte ist. Erst mußt du essen!» Der Löwe sagte: «Es ist mir recht.»

Der Mann ging hinaus und schloß die Tür des Hauses, in dem der Löwe war, hinter sich zu. Er ging zum Kochplatz und kochte einen großen, großen Topf mit heißem Wasser.

Als das Wasser kochend war, stieg er auf das Dach des Hauses, in dem der Löwe war, und zog das Stroh auseinander. Durch die Lücke goß er dann das kochende Wasser auf den Löwen herab. Der Löwe schrie vor Schmerz auf. Das Fell riß unter dem Guß des heißen Wassers in Fetzen auf. Der Löwe schrie. Er sprang gegen die Tür, er schlug die Tür ein, sprang hinaus ins Freie und rannte, so schnell er konnte, in den Busch.

Im Busch traf der Löwe die Maus. Die Maus sagte: «Mein Löwe, wie siehst du aus! Mein Löwe, du stärkstes der Tiere! Wer hat dich so zugerichtet?» Der Löwe wurde noch wütender. Der Löwe sagte: «Was, willst du mich noch auslachen? Hast du mich nicht mit dem Sohne Adams aneinandergebracht? Hast du mir nicht das Haus des Sohnes Adams gezeigt? Ist das nicht alles deine Schlechtigkeit?» Und der Löwe sprang auf die Maus. Der Löwe packte die Maus, und der Löwe wollte die Maus verschlingen. Die Maus aber schrie: «Da kommt der Sohn Adams!» Als der Löwe das hörte, erschrak er. Er ließ die Maus frei und rannte, so schnell er konnte, von dannen.

Der Löwe lief in ein anderes Land. Denn der Löwe sagte sich: «Ich bin hier vor dem Sohne Adams nicht sicher.» Der Löwe kam in ein Land, in dem viele Löwen waren. Die anderen Löwen fragten: «Was ist mit dir? Dein Fell hängt in Fetzen herab, und überall hast du Striemen? Was ist das?» Der Löwe sagte: «Laßt das! Laßt mich nur unter euch leben.» So blieb der Löwe bei den anderen im anderen Lande.

Der Holzhändler sagte bei sich: «In den Busch, in dem ich bisher mein Holz geschlagen habe, kann ich jetzt nicht mehr gehen. Wenn der Löwe mich noch einmal im Busch trifft, wird er mich sicherlich töten. Ich werde also in eine andere Stadt gehen und in einer anderen Stadt meinen Holzhandel beginnen.» Der Mann packte also seine Sachen zusammen und ging in ein anderes Land. Er kam in eine andere Stadt, in deren Nähe ein großer Busch war, und machte sich sogleich auf, um in dem Busch sein Holz zu schlagen. Der Mann ging in den Busch und schlug sein Holz; er lud es auf und ging von dannen.

Am Rande des Busches war ein großer Baum neben einer tiefen, tiefen Grube. Da setzte er seine Last auf den untersten Zweigen des Baumes ab, um sich auszuruhen, ehe er das letzte Stück bis zur Stadt zurücklegte. Als er eine Weile an dem Rande der Grube gelegen hatte, bemerkte ihn aber einer der vielen Löwen, die in diesem Lande waren; der lief schnell von dannen und rief die anderen Löwen herbei. Alle Löwen kamen angesprungen, und unter den Löwen war auch der, dem der Holzhändler das Fell zerschunden hatte; denn der Holzhändler und der Löwe waren in das gleiche Land geflohen, ohne daß einer es bis dahin vom andern gewußt hätte.

Als der Holzhändler nun die Löwen und unter ihnen den geschundenen kommen sah, der vordem mit ihm kämpfen wollte, befiel ihn große Angst, und er stieg, so schnell er konnte, in die Krone des Baumes neben der Grube, auf deren untersten Zweigen er seine Last abgesetzt hatte. Die Löwen umringten den Baum. Der König der Löwen sagte: «Weshalb wollen wir zu so vielen den einen armen Holzsammler töten? Kommt, wir wollen weggehen, es gibt Schafe und Kühe in Menge bei den Menschen.»

Der geschundene Löwe erkannte aber den Holzhändler und sagte zu dem Anführer der Löwen: «Entschuldige, wenn ich dir widerspreche, obwohl ich ein Fremder bin. Aber dieser Mann ist keiner der üblichen harmlosen Holzhändler, die sich nur vor uns fürchten und uns nie etwas tun. Dieser ist ein Sohn Adams, der genau aus dem gleichen Land stammt, aus dem ich komme, und er ist derselbe Mann, der mich mit dem Rindenstrick und dem heißen Wasser so übel zugerichtet hat, wie ihr mich hier seht.»

Die anderen Löwen sahen den Geschundenen an und sagten: «Du siehst in der Tat so schlimm aus, daß es wohl besser ist, wenn wir den Mann töten und so uns frei machen von der Gefahr, ebenso behandelt zu werden. Wie wollen wir ihn nur erreichen, da wir nicht klettern können?» Der Anführer des Löwenrudels sagte: «Wenn dieser Mann allerdings mit Rindenstricken und heißem Wasser so schlechte Sachen macht, dann ist es wohl besser, wir vernichten ihn. Darum wollen wir uns einer über den andern stellen und so hinaufsteigen.»

Die Löwen stellten sich also einer über den andern und bildeten so am Stamme des Baumes eine Leiter, auf der der Anführer der Löwen zuletzt hinaufstieg, um als oberster den Holzhändler zu packen und vom Baume herunterzureißen. Der Löwe war schon ganz oben und wollte mit seiner Tatze schon nach dem Manne schlagen, da richtete der sich auf dem Zweige, auf dem er gesessen hatte, auf und schrie: «So, nun werde ich mein heißes Wasser über euch alle gießen und euch dann mit den Rindenstricken geißeln, wie noch keinen Löwen vorher!»

Als die Löwen das hörten, erschraken sie alle miteinander. Am meisten erschrak aber der Löwe, der zuunterst war und auf dessen Rücken alle anderen Löwen standen. Dieser Löwe war nämlich der geschundene, der die Rindenstricke und das heiße Wasser am eigenen Leib gespürt hatte. In seiner großen Angst sprang der Geschundene zur Seite. Als er aber weglaufen wollte, fiel er in die tiefe Grube, die neben dem Baume war und die er in seiner Angst völlig vergessen hatte. Mit ihm stürzten aber alle anderen Löwen, die auf seinem Rücken gestanden hatten, in der gleichen Richtung, also auch in die Grube hinab.

Als der Holzhändler sah, daß alle Löwen unten in der Grube lagen, stieg er vom Baume herab und rief in die Grube hinunter: «Ich denke, ihr wollt mich umbringen und vernichten? Ich warte darauf. Wenn ihr mich aber allzulange warten laßt, so werde ich euch vernichten. Denn da ihr dort unten nicht fortkönnt, so ist mir das ein leichtes.»

Die Löwen sprachen untereinander: «Es ist wahr. Auch wenn dieser Mann uns gar nichts weiter tut, werden wir hier unten sehr bald hungern und dann beginnen, uns selbst zu töten.»

Der Anführer der Löwen sagte: «Es war töricht, daß wir dem Rat des Geschundenen, der zudem ein Fremder ist, gefolgt haben. Da wir nun aber einmal in dieser Lage sind, so kann uns überhaupt niemand anders helfen als eben der Holzhändler selbst, der uns durch seine Klugheit in diese Falle geworfen hat.»

Die Löwen sagten. «Du hast recht!»

Der Anführer der Löwen sagte: «Ich will mit dem Manne sprechen.»

Die anderen Löwen sagten: «Tu es!»

Der Löwenkönig rief hierauf zu dem Holzhändler hinauf: «Sohn Adams, höre mich!»

Der Holzhändler rief hinunter: «Ich höre!»

Der Löwe rief: «Wir bitten dich allesamt, uns wieder hinaufzuziehen und uns das Leben zu schenken. Wir schwören, daß wir dir dann zeitlebens als Sklaven dienstbar sein wollen und daß wir, die wir die Könige aller Tiere sind, dir stets mit allen Geschöpfen, die außer den Menschen auf Erden sind, beistehen werden.»

Der Holzhändler sagte: «Wollt ihr schwören, daß mir überall, wo ich auch gehe und stehe, stets vier von euch folgen werden, und daß ihr jedesmal, wenn ich eurer oder der anderen Tiere bedarf, zu mir kommen und für mich kämpfen werdet?»

Die Löwen beschworen das einer nach dem anderen. Darauf zog der Holzfäller einen nach dem andern an Rindenstrikken heraus.

Von nun an war der frühere Holzhändler der König der Löwen. Wo er auch hinging – überallhin folgten ihm vier Löwen.

Er machte sich alsbald auf und ging in seine Hauptstadt, in

die Stadt des Königs ... Die vier Löwen folgten ihm stets. Als er mit den Löwen in die Straßen kam, flohen die Leute entsetzt in die Häuser. Als er mit den Löwen auf den Markt kam, flohen die Leute entsetzt zum König der Stadt und riefen: «Der König der Löwen kommt! Hilf uns! Hilf uns!» Darauf rief der König der Stadt seine angesehenen Männer zusammen und ging mit ihnen dem König der Löwen entgegen ...

Erklärungen S. 342f.

SCHWÄNKE

24

Der Kläger von Memphis

Es begab sich, daß die Majestät des Königs von Ober- und Unterägypten Neferkarê, Sohn des Re, Pepi II., der Selige, König war in diesem ganzen Lande. Es war aber da der Fürst (und Graf)... Seine Majestät mit Namen Iti, (der von der) Liebe (des Königs zu) General Sisene (wußte), in dessen (Haus) keine Frau war.

Eines Tages ging der General Sisene aus, um spazierenzugehen und sich zu zerstreuen (in der Totenstadt von Memphis. Da erschien ihm) König Teti als Seliger...

... der General Sisene. Da erkundigte er sich... die Majestät des Königs von Ober- und Unterägypten Neferkarê. Der General Sisene ging... zu (?) dem großen... des Königs, dem Vorsteher... dem großen Hausvorsteher, Vorsteher des Kabinetts... königlichen Schreiber, königlichen Urkundenschreiber, Vorsteher der Felder... die Höflinge der Residenz und der Rat von Memphis. Nicht... Memphis.

Der Kläger von Memphis war gekommen zu... (Man empfing ihn mit) dem Singen der Sänger, mit der Musik der Musiker, mit dem Klatschen der Klatscher und mit dem Blasen der Bläser, bis der Kläger von Memphis hinausging. Sie... Schließlich (verspotteten sie ihn). Jedesmal wenn der Kläger von Memphis kam, um bei dem Vorsteher der Audienzhalle (Klage zu führen), ließ dieser die Sänger singen, die Musiker musizieren, die Klatscher klatschen und die Bläser blasen, bis der Kläger von Memphis hinausging, ohne daß sie ihn angehört hätten. Schließlich verspotteten sie ihn. Der Kläger von Memphis ging hinaus unter sehr heftigem Weinen. Seine Haare waren (wirr...) ...

(Nachdem der Kläger von Memphis sich zum wiederholten Male vor Gericht kein Gehör verschaffen konnte, wandte er sich an seinen Freund Teti, Sohn des Hent, von dem er wußte, daß dieser der Sauberkeit des Großen Hauses mißtraute. Teti ging auf die Sorge des Klägers ein und machte es sich zur Aufgabe, den Gerüchten, die ihm zugetragen waren, auf die Spur zu kommen: Er bespitzelte den König als Detektiv.)

(Da bemerkte Teti) die Majestät des Königs von Ober- und Unterägypten Neferkarê, wie sie ausging in der Nacht auf einsame Promenade, ohne daß irgend jemand bei ihm war. Er (Teti) hielt sich von ihm (dem König) entfernt, um zu vermeiden, daß er ihn sah. Teti, Sohn des Hent, wartete und dachte dabei nach und sagte sich: «Da es so ist, so ist es die Wahrheit, was man sich erzählt: Er geht aus bei Nacht!»

Teti, Sohn des Hent, folgte diesem Gott (Neferkarê), ohne daß er sich daraus ein Gewissen machte, um alles zu beobachten, was er tun würde. Er (der König) kam zum Haus des Generals Sisene. Er warf einen Ziegelstein, und er pochte mit dem Fuß, worauf man ihm eine Leiter hinunterließ. Er stieg hinauf, indes Teti, Sohn des Hent, wartete, bis Seine Majestät wieder fortging. Nachdem Seine Majestät getan hatte, was Sie wünschte bei ihm (dem General), wandte er sich nach seinem Palast, und Teti folgte ihm. Als Seine Majestät in das Große Haus (Palast) zurückgekehrt war, ging auch Teti wieder nach Hause.

Da Seine Majestät sich in das Haus des Generals Sisene begeben hatte, waren vier Stunden von der Nacht abgelaufen. Die nächsten vier Stunden hatte er in dem Haus des Generals Sisene verbracht, und als er das Große Haus wieder betrat, blieben noch vier Stunden bis zur Dämmerung.

Teti, Sohn des Hent, ging jede Nacht aus, um dem König nachzugehen, ohne daß er sich daraus ein Gewissen machte. Und wenn Seine Majestät (das Große Haus) wieder betreten hatte, (hatte auch Teti sein Haus erreicht)...

Mit diesem sicheren Beweis für die Unmoral der hohen Herren gelingt es den Untergebenen, d. h. schließlich dem Kläger von Memphis, sein Recht durchzusetzen und wieder zu Ehren zu gelangen.

Erklärungen S. 343f.

25

Der Streit zwischen Apophis und Sekenenrê

Es war einmal, daß Ägyptenland im Unheil lag. Damals gab es keinen Herrn als König. Es begab sich nämlich, daß König Sekenenrê (nur) in der südlichen Stadt Herrscher war. Unheil herrschte in der Stadt der Asiaten, als Fürst Apophis (dort) in Auaris saß und das ganze Land ihm mit seinen Abgaben zinste: der Süden mit seinen Erzeugnissen und der Norden ebenso mit allen schönen Waren des Deltas.

König Apophis setzte sich Sutech (Seth) zum Herrn, und er diente keinem anderen Gotte im ganzen Lande außer Sutech. Er baute (ihm) einen Tempel in schöner und dauerhafter Arbeit neben dem Palast des Apophis, und er erschien bei Tagesanbruch, um Sutech täglich Opfer darzubringen. Die Großen Seiner Majestät trugen Blumengewinde, genauso wie es in dem gegenüberliegenden Tempel des Re-Harachte zu geschehen pflegte.

Da wünschte König Apophis, an König Sekenenrê, den Fürsten der südlichen Hauptstadt, eine herausfordernde Nachricht senden.

Viele Tage danach ließ also der König Apophis die Großen

seines Palastes rufen... und sagte zu ihnen, daß er einen Boten zu dem Fürsten der südlichen Hauptstadt senden wollte mit einer Anklage (gegen König Sekenenrê) den Fluß betreffend, (daß er aber nicht wisse, wie er es abfassen solle. Da ließ er seine) Schreiber und Gelehrten (rufen, und er fragte sie um Rat.

Sie antworteten ihm nun folgendes:) «Herrscher (unser Herr! Verlange, daß man sich vom) Kanal der Nilpferde zurückziehe, (der im Osten der südlichen Hauptstadt liegt. Denn) sie (die Nilpferde) lassen den Schlaf bei Tag und bei Nacht nicht zu uns kommen, und der Lärm, den sie machen, erfüllt unsre Ohren.» Und sie sprachen weiter: «Siehe, mit dir ist Sutech, aber der Fürst der südlichen Hauptstadt verehrt den Sutech nicht. Er verehrt Sutech nicht, und so ist kein großer Gott bei ihm als Helfer. Er verläßt sich auf keinen anderen Gott im ganzen Lande als nur auf Amon-Re, den König der Götter.»

Viele Tage danach schickte König Apophis an den Fürsten der südlichen Hauptstadt die Botschaft mit der Anklage, die ihm seine Schreiber und Gelehrten eingesagt hatten. Als der Bote des Königs Apophis beim Fürsten der südlichen Hauptstadt eintraf, führte man ihn vor den Fürsten der südlichen Hauptstadt. Da sagte Man (Sekenenrê) zu dem Boten des Königs Apophis: «Warum bist du nach der südlichen Hauptstadt geschickt worden? Warum bist du hierher gereist?»

Der Bote antwortete ihm: «Es ist König Apophis, der dir folgende Botschaft sendet: ‹Sorge dafür, daß man den Kanal der Nilpferde stillege, der im Osten der Hauptstadt liegt! Denn sie lassen den Schlaf bei Tag und bei Nacht nicht zu mir kommen.› Denn der Lärm, den sie machen, erfüllt Seine Ohren.»

Der Fürst der südlichen Hauptstadt war lange Zeit baß erstaunt, und er geriet in eine Verfassung, daß er dem Boten des Königs Apophis nicht antworten konnte. Schließlich sagte der Fürst der südlichen Hauptstadt zu ihm: «Sollte denn dein Herr etwas von dem Kanal der Nilperde gehört haben, der im Osten der südlichen Haupstadt liegt?»

Darauf sagt der Bote zu ihm: «Regle die Angelegenheit, derentwegen er mich zu dir geschickt hat.»

Der Fürst der südlichen Hauptstadt ließ den (Boten des Königs Apophis) versehen mit allen guten Dingen, Fleisch, Kuchen und... sagte dann zu ihm: «Kehre zurück zu König Apophis, deinem Herrn, und melde ihm: ‹Alles was du mir gesagt, tue ich!› So sollst du ihm sagen...» (Der Bote des Königs) Apophis machte sich auf, zu dem Ort zu reisen, wo sein Herr war.

Dann ließ der Fürst der südlichen Hauptstadt seine Beamten rufen und ebenso alle Offiziere und Hauptleute. Er wiederholte ihnen die ganze Angelegenheit, derentwegen der König Apophis zu ihm geschickt hatte. Da schwiegen sie einmütig eine Zeitlang und konnten ihm durchaus nichts antworten, weder etwas Gutes noch etwas Schlechtes.

Aber König Apophis schickte an den (Fürsten der südlichen Hauptstadt eine nochmalige Botschaft, in der er auf Antwort drängte)... *Hier hat der Schreiber aufgehört.*

Erklärungen S. 344ff.

26

Die Einnahme von Joppe

Der Anfang der Handschrift fehlt, läßt sich aber dem Sinne nach gut ergänzen.

Djehuti, ein General König Thuthmosis' III., liegt vor Joppe, dem heutigen Jaffa, in Palästina und sinnt auf eine List, die mächtige Festungsstadt möglichst kampflos zu nehmen. Sein Plan ist gemacht: Er schickt einen Boten zu dem Fürsten von Joppe, dem

Verdammten», mit der Meldung, er wolle sich ergeben, und lockt den Fürsten zu Unterhandlungen in sein Lager.

Der Fürst von Joppe erscheint mit einem Gefolge von 120 Rittern. Die Soldaten des Pharao nehmen die feindlichen Untertanen mit zu sich, indes der Fürst selbst das Zelt des ägyptischen Generals betritt und bald mit ihm aufs fröhlichste zecht.

Hier setzt die Handschrift ein, wenn zunächst auch noch recht lückenhaft, mit dem Text:

Nach einer Stunde, als sie trunken waren, sagte Djehuti zu dem Fürsten von Joppe: «Ich werde mich mit Frau und Kindern in deiner Stadt dir persönlich ausliefern. Laß die Pferdeburschen ihre Gespanne (ins Lager) hereinführen, damit man ihnen Futter gebe, sonst läuft am Ende ein Spitzbube herbei und spielt den Wagenlenker.» Darauf nahm man die Pferde in Obhut und gab ihnen Futter.

Da wurde gerade die große Keule des Königs Thuthmosis überbracht, und man kam und meldete es dem Djehuti. Nun sagte der Fürst von Joppe zu Djehuti: «Mein Herz brennt darauf, die große Keule des Königs Thuthmosis zu sehen. Hier gibt es eine Frau namens Tiutnofret. Beim Ka (der Seele) des Königs Thuthmosis, sie soll noch heute dir gehören, wenn du so freundlich bist, sie (die Keule) mir zu bringen.»

Er (Djehuti) tat also, holte die Keule des Königs Thuthmosis, packte den Fürsten von Joppe bei seinem Gewande, richtete sich vor ihm auf und sprach: «Sieh mich an, du Verdammter von Joppe! Hier ist König Thuthmosis, der grimmige Löwe, der Sohn der Kriegsgöttin Sechmet, dem sein Vater Amun den Sieg verliehen hat!» Und damit erhob er die Hand und schlug gegen die Schläfe des Fürsten von Joppe. Der sank besinnungslos vor ihn hin. Er band ihn mit einer Handschelle und umwickelte ihn mit ledernen Riemen. Dann sagte er: «Bringt mir ein Kupfergewicht . . .», und man befestigte dieses Kupfergewicht von vier Barren an seine Füße.

Danach ließ er zweihundert Körbe bringen, die er hatte machen lassen, und hieß zweihundert Soldaten hineinsteigen. Man packte ihre Arme voll mit Stricken und Handschellen und verschloß sie (die Körbe) mit einem Siegel. Man hatte ihnen auch ihre Sandalen und ihre Knüppel mitgegeben. Dann gab man sie lauter jungen Soldaten zu tragen, im ganzen fünfhundert Mann. Zu diesen aber sagte man: «Wenn ihr in die Stadt kommt, laßt eure Kameraden heraus, nehmt alle Leute fest, die in der Stadt sind, und legt ihnen unverzüglich Fesseln an!»

Dann ging man hinaus und sagte zu dem Wagenlenker des Fürsten von Joppe: «Dein Herr läßt dir sagen: Geh und melde deiner Gebieterin: ‹Freu dich, denn Gott Sutech hat uns Djehuti samt seiner Frau und seinen Kindern übergeben! Siehe, hier ist die erste Lieferung ihres Tributes!›» So sollte er ihr sagen in bezug auf die zweihundert Körbe, die mit den Leuten und den Handschellen und den Stricken gefüllt waren. Er (der Wagenlenker) ging ihnen voraus, um das Herz seiner Herrin zu erfreuen mit den Worten: «Wir haben den Djehuti gefangen.»

Da wurden die Befestigungen der Stadt vor den Soldaten geöffnet, und sie drangen in die Stadt ein. Sie ließen ihre Kameraden heraus. Dann nahmen sie die Leute der Stadt fest, jung und alt, und legten ihnen unverzüglich Stricke und Schellen an. – So hatte der starke Arm des Pharao die Stadt eingenommen.

In der Nacht schickte Djehuti nach Ägypten zu König Thuthmosis, seinem Herrn, mit den Worten: «Freu dich! Amun, dein vollkommener Vater, hat dir den Fürst von Joppe mit allen seinen Leuten übergeben und ebenso seine Stadt. Laß Leute kommen, um sie als Gefangene (nach Ägypten) fortzuführen, damit du das Haus deines Vaters Amun-Re, des Königs der Götter, füllest mit Sklaven und Sklavinnen, die unter deine Füße gefallen sind für immer und ewig.»

Nachschrift des Abschreibers: Es ist schön zu Ende gekommen durch den Ka des Schreibers, geschickt mit seinen Fingern, des Heeresschreibers...

Erklärungen S. 245f.

27

Das Schatzhaus des Rhampsinit

König Rhampsinit hatte einen großen Reichtum an Geld erworben, den keiner der nachfolgenden Könige übertreffen noch auch nur erreichen konnte. Da er nun seine Schätze an einem sicheren Orte horten wollte, ließ er sich eine Kammer aus Stein bauen; deren eine Wand bildete zugleich eine Außenseite des Palastes. Der Baumeister aber überlistete ihn, indem er einen der Steine so fügte, daß er von zwei Männern, ja sogar von einem, leicht aus der Wand herausgelöst werden konnte. Als die Kammer fertig war, hortete der König seine Schätze darin.

Nach einiger Zeit war der Baumeister seinem Lebensende nahe, und er rief seine Söhne zu sich – er hatte deren zwei – und erzählte ihnen, wie er für sie gesorgt habe und daß sie ein bequemes Leben würden führen können, da er beim Bau der königlichen Schatzkammer jene List angewandt habe. Er erklärte ihnen genau, wie der Stein herauszulösen sei, und bezeichnete ihnen seine Lage. Wenn sie das Geheimnis gut bewahrten, so sagte er, würden sie des Königs Schatzmeister sein.

Darauf hauchte er sein Leben aus. Seine Söhne aber zauderten nicht lange und machten sich bei Nacht zum Königspalast auf, fanden den Stein in der Wand der Kammer, handhabten ihn leicht und entwendeten viel Gold.

Als nun der König einmal die Kammer öffnete, verwunderte er sich, als er sah, daß in den Krügen Gold fehlte; und doch wußte er nicht, wen er verdächtigen sollte, denn die Siegel waren unversehrt und der Raum verschlossen. Als es ihm aber bei zwei- und dreimaligem Besuch in der Kammer so schien, als ob die Schätze immer mehr abnähmen – denn die Diebe hörten mit ihren Einbrüchen nicht auf –, tat er folgendes: Er ließ Fußschlingen machen und sie rings um die Krüge legen, in denen die Schätze waren.

Wie nun die Diebe zur gewohnten Zeit kamen und der eine von ihnen in die Kammer hineinstieg und schnurstracks auf die Gefäße losging, fing er sich sogleich in der Schlinge. Als er erkannte, wie übel er dran war, rief er seinen Bruder gleich herbei; erklärte ihm, was los war, und hieß ihn eilends hereinsteigen und ihm den Kopf abschneiden, damit er jenen nicht mitverderbe, wenn man ihn sähe und erkenne. Das schien dem andern wohlgesprochen, er gab nach und handelte entsprechend; setzte den Stein zurück an seinen Platz und ging mit dem Kopf seines Bruders heim.

Als es Tag wurde, ging der König (wieder) in die Kammer und entsetzte sich, da er des Diebes Leib ohne Kopf in der Schlinge gewahr wurde, jedoch bemerkte er, daß die Kammer unversehrt war und keine Öffnung hatte, weder Eingang noch Ausgang. In seiner Verlegenheit tat er folgendes: Er ließ den Leichnam des Diebes an die Stadtmauer hängen, stellte Wächter bei ihm auf und befahl ihnen, wenn sie etwa einen um den Toten weinen oder klagen sähen, ihn zu ergreifen und ihm vorzuführen.

Wie nun der Leichnam des Diebes dahing, ging es der Mutter sehr zu Herzen; sie sprach mit ihrem überlebenden Sohne und gebot ihm, den Leib seines Bruders abzunehmen und herzubringen, wie er es auch immer anstellen wolle. Wenn er es nicht tue – so drohte sie ihm –, würde sie zum König gehen und ihn anzeigen, daß er die Schätze habe.

Da nun die Mutter dem überlebenden Sohne so sehr zusetzte und nicht nachgeben wollte, soviel er ihr auch zuredete, ersann er folgende List: Er machte seine Esel zurecht und füllte Schläuche mit Wein, lud sie den Eseln auf und trieb sie davon. Als er bei den Wächtern vor dem aufgehängten Leichnam vorbeikam, zog er zwei oder drei herabhängende Zipfel (Pfoten) der (Tier-)Schläuche auf. Da der Wein herausfloß, schlug er sich unter großem Geschrei an den Kopf, als wüßte er nicht, welchem Esel er sich zuerst zuwenden solle. Als die Wächter so viel Wein herauslaufen sahen, kamen sie mit Krügen an den Weg herangelaufen, fingen den ausfließenden Wein auf und machten ihre Schnittchen. Da schmähte er sie allesamt und stellte sich wütend. Die Wächter aber suchten ihn zu besänftigen, und nach einer Weile tat er, als sei seine Wut verraucht. Schließlich führte er die Esel vom Weg herunter und richtete alles wieder her.

Da sie noch länger so miteinander sprachen und einer ihn durch Späße sogar zum Lachen brachte, gab er ihnen noch einen Schlauch zum besten. Sie legten sich, wie sie da waren, sogleich zum Trinken nieder, nahmen ihn mit dazu und forderten ihn auf, dazubleiben und mitzutrinken. Er ließ sich bewegen und blieb da. Als sie sich nun beim Trinken äußerst freundschaftlich gegen ihn erwiesen, gab er ihnen noch einen weiteren Schlauch zum besten. Sie sprachen dem Weine wacker zu, wurden trunken und blieben vom Schlaf überwältigt dort liegen, wo sie getrunken hatten. Dann aber, tief in der Nacht, nahm er des Bruders Leichnam herunter und schor obendrein allen Wächtern, um ihnen einen Schimpf anzutun, die rechte Wange kahl. Dann lud er den Leichnam auf seine Esel und trieb sie nach Hause. Damit hatte er dem Verlangen seiner Mutter willfahren.

Als nun dem König gemeldet wurde, daß der Leichnam gestohlen sei, ergrimmte er sehr, und weil er um jeden Preis den verwegenen Burschen ausfindig machen wollte, so soll er – was ich selbst aber nicht glauben kann – folgendes getan haben: Er gab seine Tochter öffentlich preis und gebot ihr, sich jedem ohne Unterschied hinzugeben. Doch bevor sie sich mit ihm einlasse, solle sie von jedem verlangen, daß er ihr die schlauste und verruchteste Tat erzähle, die er in seinem Leben begangen hatte. Wenn ihr dann einer den Streich mit dem Diebe erzähle, dann solle sie ihn festhalten und nicht wieder hinauslassen.

Die Tochter tat, wie ihr der Vater geboten hatte; als der Dieb spitzhatte, weshalb der König diesen Befehl gegeben hatte, wollte er den König an List übertreffen und tat folgendes: Er schnitt dem frischen Leichnam den Arm an der Schulter ab und nahm ihn unterm Mantel mit fort. Wie er zu der Königstochter kam und sie dieselbe Frage an ihn richtete wie an die anderen, da erzählte er, er habe die verruchteste Tat begangen, als er seinem Bruder den Kopf abgeschnitten habe, während der in der Schatzkammer des Königs in der Schlinge gefangen gewesen sei; seine schlauste, als er die Wächter trunken gemacht und die an der Stadtmauer aufgehängte Leiche seines Bruders abgenommen habe. Als sie das hörte, griff sie nach ihm; aber der Dieb hielt ihr im Dunkeln den Arm des Toten hin. Sie erfaßte diesen in der Meinung, seinen (eigenen) Arm zu halten. Der Dieb ließ den Arm fahren und entwich durch die Türe.

Als auch dies dem König gemeldet wurde, kam er nicht mehr aus dem Staunen über die Verschlagenheit und Kühnheit dieses Mannes heraus. Schließlich schickte er Boten in alle Städte und ließ verkünden, daß er dem Dieb Straffreiheit zusichere, und versprach ihm sogar eine hohe Belohnung, wenn er vor sein Angesicht träte. Der Dieb verließ sich darauf und ging zu ihm, und Rhampsinit staunte sehr, und er gab ihm, als dem klügsten Mann auf Erden, seine Tochter zur Frau. Denn – so meinte er – die Ägypter seien allen anderen Menschen überlegen, er aber noch den Ägyptern.

Siehe dazu auch das Märchen «Der Meisterdieb» in den Erklärungen S. 346ff.

28

Pharao wirft Anch-Scheschonki ins Gefängnis

Zwei einander befreundete Priester des Re namens Tjanufi und Ramose hatten jeder einen Sohn. Diese hießen Anch-Scheschonki und Harsiëse. Auch die beiden Söhne waren eng befreundet. Während Harsiëse Arzt wurde, ging Anch-Scheschonki als Priester an den Tempel des Re in Heliopolis. Von Harsiëse, dem Arzt, heißt es dann:

Er hatte gute Heilmittel, so daß man ihn dem Leibarzt des Pharao vorstellte. Der Leibarzt stellte ihm viele Fragen, und er beantwortete sie alle. Der Leibarzt erkannte, daß er ein weiser Mann war und führte ihn Pharao vor. Pharao stellte ihm ebenfalls viele Fragen, und er konnte (auch) sie alle beantworten, und Pharao war sehr zufrieden.

So geschah es, daß er (Harsiëse) in das Haus des Leibarztes gebracht wurde, und der (bisherige) Leibarzt tat nichts mehr, ohne daß ihn Harsiëse, Sohn des Ramose[1], beraten hätte. Wenige Tage danach ging der Leibarzt zu seinen Vätern (d. h. er starb), und man ernannte Harsiëse, Sohn des Ramose, zum Leibarzt. Man stattete ihn ganz und gar mit allem aus, was zu einem Leibarzt gehörte. Seine Brüder machte man zudem zu Priestern mit Steuerbefreiung. Schließlich kam es soweit, daß Pharao nichts mehr unternahm, ohne daß ihn Harsiëse, Sohn des Ramose, beraten hätte.

Eines Tages begab es sich, daß Anch-Scheschonki, Sohn des Tjanufi, in große Betrübnis geriet... Er überlegte sich: «Was meinem Herzen am besten täte, wäre, nach Memphis zu gehen und Harsiëse, den Sohn des Ramose, aufzusuchen. Ich habe erfahren, daß er zum Leibarzt ernannt worden ist und (daß er mit allem ganz und gar ausgestattet worden ist), was zu einem Leibarzt gehört, und daß man seine Brüder zu Priestern mit Steuerbefreiung gemacht hat.

Vielleicht gibt Gott ihm ein, mich zu behandeln, wie es richtig ist.»

Damit verließ er Heliopolis, ohne daß er irgend jemandem in der Welt etwas von seiner Reise gesagt hätte, fand ein Schiff, das nach (Süden) segelte, (und er besprach sich mit Harsiëse... Dann sprach Harsiëse, Sohn des Ramose, zu ihm): «Anch-Scheschonki, Sohn des Tjanufi,... bleibe hier bei mir in Memphis. Du kannst dreimal im Monat zu deinen Leuten nach Heliopolis gehen.» – So geschah es, daß Anch-Scheschonki, Sohn des Tjanufi, bei Harsiëse, dem Sohn des Ramose, in Memphis blieb..., und er ging dreimal im Monat zu seinen Leuten nach Heliopolis.

Eines anderen Tages aber begab es sich, daß Leute vom Königshof sich über ein übles Komplott berieten: Salz (Gift) ins (Essen) Pharaos zu streuen. Sie zogen dazu Harsiëse, den Sohn des Ramose, und Harsiëse, Sohn des Ramose, zog Anch-Scheschonki, Sohn des Tjanufi, zu Rate. Da sagte Anch-Scheschonki zu ihm: «Gib acht, denk an die Sicherheit deines Lebens, Pharao ist doch das Abbild des Re (allwissend)!... Wie solltest du einem üblen Schicksal des Pharao zustimmen können! Pharao hat dir viele Wohltaten erwiesen (mehr als alle Hofleute) Pharaos zusammen. Man hat dich an den Hof geholt, als du nichts in der Welt besessen hast. Du wurdest zum Leibarzt ernannt, er ließ dich ganz und gar mit allem ausstatten, was zu einem Leibarzt gehört, und er ließ deine Brüder zu Priestern mit Steuerbefreiung machen. Willst du ihn nun dafür ermorden lassen?» Er (Harsiëse) sagte darauf: «Laß mich in Ruhe, Anch-Scheschonki. Die Worte, die du da sprichst, taugen nichts. Die Wachen, die Offiziere und die Höflinge des Palastes – sie alle stimmen zu, es zu tun (so daß mir nichts passieren kann).»

Nun war es aber so, daß jedes Wort, das Harsiëse, Sohn des Ramose, zu Anch-Scheschonki, dem Sohn des Tjanufi, sagte, und (jedes), das Anch-Scheschonki ihm erwiderte, von einem Hausangestellten, der dicht am Orte war, (daß er) die Stimme der beiden Männer hörte. Er hießt Wah-ib-Re-mechi, Sohn des Ptah-irdis. Eben dieser Mann war diese Nacht an der Reihe, im Vorraum von Pharaos Kabinett zu schlafen. Als nun die Nacht kam, legte er sich im Vorraum von Pharaos Kabinett nieder.

In der achten Stunde der Nacht erwachte Pharao, enthüllte sein Gesicht und rief: «Wer ist draußen?» Wah-ib-Re-mechi, Sohn des Ptah-irdis, antwortete ihm. Pharao sprach zu ihm: «Wehe (mir), wehe aus der Hand des Re und der Götter, die um ihn sind... (Gibt es einen Menschen auf Erden, der mich erretten kann?)» Er (Wah-ib-Re-mechi) antwortete dem Pharao: «Mein hoher Herr, Pharao muß zu Füßen seines Gottes darum bitten.» In dem Augenblick, da er dies sagte, ... mit folgenden Worten: «Werde ich gerettet werden, werde ich gerettet werden, Wah-ib-Re-mechi, werde ich gerettet werden?» Der antwortete: «Du wirst gerettet werden durch Re und die Götter, die um ihn sind. Neith, die Große, die Mutter, die große Göttin, sie wird alle Völker der ganzen Erde unter die Füße Pharaos legen.» Und dann berichtete er Pharao jedes Wort, das er von Harsiëses Gespräch mit Anch-Scheschonki abgehört hatte, und auch das, was Anch-Scheschonki ihm erwidert hatte, ohne irgendein Wort davon zu ändern. Danach konnte Pharao bis zum Morgen nicht mehr schlafen.

Als der Morgen des nächsten Tages gekommen war, nahm Pharao in der Halle des Königspalastes zu Memphis (auf seinem Throne) Platz. Die Wachen standen auf ihrem Posten und die Offiziere nach ihrem Rang. Pharao blickte zum Standort des Harsiëse, des Sohnes des Ramose, und sprach zu ihm: «Harsiëse, Sohn des Ramose, man hat dich zum Palast Pharaos gebracht, als du gar nichts in der Welt besessen hast. Ich ließ dich zum Leibarzt ernennen und stattete dich ganz und gar mit allem aus, was zu einem Leibarzt gehört, ich ließ auch deine Brüder zu Priestern mit Steuerbefreiung machen. Was soll das, daß du dich jetzt gegen mich verschworen hast, mich umbringen zu lassen?» Er (Harsiëse) sprach vor Pharao: «Mein hoher Herr, an dem Tag, da Re anordnete, mir Gutes zu erweisen, da legte er mir das Glück Pharaos ans Herz; an dem Tage aber, da Re anordnete, mir Bitternis anzutun, da legte er mir das Unglück Pharaos ans Herz.» Pharao sprach daraufhin: «Jene Worte, die zu dir gesprochen wurden – hast du die irgend jemandem gesagt?» Er (Harsiëse) antwortete: «Ich habe sie Anch-Scheschonki, dem Sohn des Tjanufi, gesagt, einem Priester des Re, der hier in Memphis bei mir lebt.» Pharao fragte ihn darauf: «Anch-Scheschonki – in welchem Verhältnis steht er zu dir?» Er (Harsiëse) sagte: «Mein Vater war mit seinem Vater befreundet, sein Herz war ihm sehr verbunden.» Darauf Pharao: «Man hole Anch-Scheschonki, den Sohn des Tjanufi, her», und man lief los zu Anch-Scheschonki, man lief und kam zurück und führte ihn augenblicklich Pharao vor.

Nun sprach Pharao zu ihm: «Anch-Scheschonki, Sohn des Tjanufi, hast du (nicht) mein Brot gegessen und (jetzt) von einem bösen Anschlag auf mich gehört und bist dennoch nicht zu mir gekommen, um mich folgendermaßen zu benachrichtigen: ‹Man konspiriert gegen dich, um dich umzubringen›?» ... *Im folgenden berichtet Anch-Scheschonki von seinem Gespräch mit Harsiëse, das mit den Worten endet:* «‹Willst du ihn nun dafür ermorden lassen?› Bei deinem Angesicht, mein hoher Herr, ich tat mein Möglichstes im Gespräch mit ihm, aber er gab mir keine Antwort. Ich war mir immer bewußt, daß das eine Sache war, die vor Pharao nicht verborgen bleiben konnte.»

Kaum hatte er dies gesagt, da ließ Pharao am Eingang seines Palastes einen Altar aus Lehm errichten und (darauf) Harsiëse ins Feuer werfen mit allen seinen Angehörigen und auch mit allen, die dem Komplott gegen Pharao zugestimmt hatten. Anch-Scheschonki ließ er in die Festung von Daphne[2] bringen. Man teilte diesem einen Diener und einen Stockträger (Polizisten mit Knüppel) zu, außerdem einen Aufwärter

aus dem Haushalt des Pharao. Sein Essen wurde (ihm) täglich aus dem Palast gebracht.
Dann kam der (Jubiläums-)Tag der Thronbesteigung Pharaos, und Pharao amnestierte alle Leute in den Gefängnissen von Daphne außer Anch-Scheschonki, den Sohn des Tjanufi. Dessen Herz verzagte darüber, und er sagte zu dem Stockträger, der ihm zugeteilt war: «Mögest du mir doch eine Gunst erweisen: Laß mir eine Schreibpalette und einen Papyrus bringen, denn ich habe einen kleinen Jungen und bin noch nicht dazu gekommen, ihn zu unterweisen. Deshalb möchte ich eine Unterweisung schreiben und sie ihm nach Heliopolis zustellen, damit er auf diese Weise (für sein Leben) belehrt werde.» Der Stockträger antwortete: «Das muß ich zuerst Pharao melden», und der Stockträger machte entsprechend zuerst Pharao Meldung, und Pharao befahl: «Man soll ihm eine Schreibpalette bringen, aber keinen Papyrus», und man brachte ihm eine Schreibpalette, aber keinen Papyrus. So schrieb er (Anch-Scheschonki) die Maximen, durch die er seinen Sohn schriftlich unterweisen konnte, auf Topfscherben.

Dies ist die Unterweisung, die der Gottesvater[3] Anch-Scheschonki, Sohn des Tjanufi, dessen Mutter Sit-Nekau heißt, für seinen Sohn aufgeschrieben hat auf die Scherben der Töpfe, die hereingebracht wurden mit gemischtem Wein, während er in der Festung Daphne gefangensaß:

Mißhandlung und Unglück, mein hoher Herr, Re, Gefangenschaft und Mißhandlung sind es, die man mir angetan hat, weil ich einen Menschen nicht habe in den Tod gehen lassen wollen[4]. Das ist ein Greuel für dich, mein hoher Herr, Re. Ist nicht, was nun folgt, die Art, wie Re einem Lande zürnt? Ihr Menschen, die ihr diese Topfscherben finden werdet, vernehmt von mir, in welcher Weise Re einem Lande zürnt!

Wenn Re einem Lande zürnt, dann läßt er . . .
Wenn Re einem Lande zürnt, dann mißachtet sein
Herrscher das Recht.

Wenn Re einem Lande zürnt, dann läßt er darin das Recht aufhören.
Wenn Re einem Lande zürnt, dann läßt er darin die (kultische) Reinheit aufhören.
Wenn Re einem Lande zürnt, dann läßt er darin die Gerechtigkeit aufhören.
Wenn Re einem Lande zürnt, dann läßt er darin die Preise verfallen.
Wenn Re einem Lande zürnt, dann verhindert er darin darin das Vertrauen...
Wenn Re einem Lande zürnt, dann macht er seine Geringen groß und seine Großen gering.
Wenn Re einem Lande zürnt, dann setzt er die Einfältigen über die Gebildeten.
Wenn Re einem Lande zürnt, dann weist er seinen Herrscher an, seine Leute zu mißhandeln.
Wenn Re einem Lande zürnt, dann macht er seinen Schreiber zu seinem Befehlshaber.
Wenn Re einem Lande zürnt, dann macht er den Wäscher zu seinem Polizeichef.

Hierauf folgen die Worte, die Anch-Scheschonki, der Sohn des Tjanufi, auf die Scherben der Töpfe schrieb, in denen man ihm gemischten Wein hinein (ins Gefängnis) brachte, um sie (die Worte) seinem Sohn als Unterweisung zu geben; indes wurden sie täglich Pharao und seinen Großen vorgetragen. Anch-Scheschonki hatte erkannt, daß sich seine Gefangenschaft hinausschieben werde, da er (bei der Amnestie) nicht entlassen worden war. So schrieb er auf die Topfscherben die Lehren, durch die er seinen Sohn schriftlich unterweisen konnte.

Vermutlich dient die ganze Geschichte nur als Einkleidung der folgenden langen Lehre des Anch-Scheschonki[5]*, denn daß der Weise zu den Menschen aus dem Gefängnis spricht, ist ein literarisches*

Topos. Man vgl. in diesem Buch «Hi-Hor der Zauberer» (Nr. 38). Nach Ende der Lehre wird allerdings der Rahmen nicht geschlossen, obwohl zu erwarten wäre, daß der Gefangene freigelassen wird. Irgendeinem der Tradenten ist der Atem ausgegangen.

Erklärungen S. 349

29

König Amasis und der Schiffer

Es war einmal zur Zeit des Pharao Amasis, da sprach Pharao zu seinen Großen: «Ich will eine Kanne ägyptischen Kolobi-Wein [1] trinken.» Sie erwiderten: «Unser hoher Herr, ägyptischer Kolobi-Wein ist schwer zu trinken!»

Aber er sagte zu ihnen: «Widersetzt euch nicht dem, was ich sage!» Und sie sagten: «Unser großer Herr, was Pharao beliebt, möge er tun!»

Dann sprach Pharao: «Man (der Hofstaat) begebe sich eilends (zum Lusthaus) auf dem See!» Und man tat, wie Pharao befohlen hatte. Pharao speiste (dort) mit seinen Frauen, und dabei stand kein anderer Wein der Welt vor ihnen als ägyptischer Kolobi-Wein. Bald war das Antlitz Pharaos heiter bei seinen Frauen. Er trank eine große Menge Wein, weil Pharao große Lust auf ägyptischen Kolobi-Wein hatte. Da schlummerte Pharao in der nämlichen Nacht auf dem See ein, und er schlief unter einem Weinstock an der Nordseite (des Lusthauses, damit ihm die Winde den Kopf kühlten).

Am Morgen aber konnte sich Pharao wegen des großen Katzenjammers, den er hatte, nicht erheben. Als die Zeit (des Aufstehens) kam, konnte er sich also nicht erheben. Da wehklagte der Hof: «Ist so etwas möglich! Pharao hat, ja er hat einen großen Katzenjammer. Kein Mensch auf Erden kann zu Pharao gehen, um ihn zu sprechen.»

Da ging der Hof zu Pharao und sagte: «Unser hoher Herr, was hat Pharao betroffen?» Da sagte Pharao: «Ich habe bloß einen großen Katzenjammer, und ich vermag kein Geschäft der Welt zu verrichten. Aber seht euch um, ob einer unter euch ist, der vor mir eine Geschichte erzählen kann, damit ich mich durch sie zerstreue.»

Es war nun ein Priester der (Göttin) Neith unter den Hofleuten mit Namen Pet-sotem, ein sehr kluger Mann. Der trat vor Pharao hin und sagte: «Mein hoher Herr, vielleicht möchte Pharao die Geschichte hören, die einem jungen Schiffer begegnet ist, der Horus hieß, Sohn des Si-Osiris, des Sohnes des Woser. Der lebte zur Zeit des Pharao..., und er hatte eine Frau mit Namen Schep-meret, die man aber Anchet nannte. Und der andere Name des Schiffers war Pete-Isis. Sie liebte ihn, und er liebte sie wieder.

Eines Tages nun begab es sich, daß Pharao ihn nach der Stadt Daphne schickte. Am nächsten Morgen stand er auf mit einem finsteren Gesicht, weil Pharao ihm folgendes befohlen hatte: ‹Es handelt sich um eine eilige Fahrt. Du mußt noch heute nach Daphne fahren und morgen zurückkehren!›

Er war tief betroffen, weil er sich ja dem Befehl nicht entziehen durfte, den Pharao ihm erteilt hatte. Er fragte sich aber, warum ihn Pharao wohl ausgeschickt habe.

Dann ging er nach Hause und aß mit seiner Frau. Aber er vermochte nicht, wie üblich zu trinken. Als die Zeit des gemeinsamen Schlafes kam, vermochte er auch nicht, sie zu berühren, um ihr beizuwohnen, weil er so sehr betroffen war. Da sagte sie zu ihm: ‹Möge er bewahrt bleiben vor den Gefahren des Stromes...›»

Damit bricht unser Schwank ab; zur Fortsetzung siehe Anm. S. 349ff. Er spielt am Hofe König Amasis', von dem Herodot zu erzählen weiß, daß er seiner unköniglichen Herkunft wegen von den Ägyptern verachtet wurde, bis er das Volk durch einen komischen Einfall belehrte. Das ging so zu:

Da ward Amasis König ... Zu Anfang verachteten die Ägypter den Amasis und machten sich nicht viel aus ihm, weil er zuvor ein gewöhnlicher Bürger und aus keinem erlauchten Hause war. Später aber gewann Amasis ihre Freundschaft auf eine kluge und durchaus nicht ungeschickte Weise.

Er hatte nämlich unter vielen tausend anderen Gütern auch ein goldenes Fußbecken, in dem sich Amasis selber und alle seine Gäste die Füße wuschen. Dieses zerschlug er und machte daraus ein Götzenbild und stellte es in der verkehrsreichsten Gegend der Stadt auf. Und die Ägypter gingen zu dem Bilde und erwiesen ihm große Verehrung.

Als Amasis erfuhr, was die Leute der Stadt taten, rief er die Ägypter zusammen, enthüllte es ihnen und sagte, das Bild sei aus dem Fußbecken gemacht, in das zuvor die Ägypter gespien ... und in dem sie sich die Füße gewaschen hätten, nun aber bezeigten sie ihm große Verehrung. Und er fuhr fort: Wie mit dem Fußbecken, so sei es auch mit ihm gegangen. Denn wenn er auch zuvor ein gemeiner Mann gewesen, so sei er doch nun ihr König, und sie seien ihm Ehre und Achtung schuldig. Auf diese Art gewann er der Ägypter Freundschaft, so daß sie ihm willig dienten.

Aber die Fama weiß auch zu berichten, daß Amasis dessenungeachtet ein derber Bursche blieb, der sich nicht in die Stellung seiner Gottessohnschaft zu schicken wußte und der besonders durch seine Trinklust aus dem ägyptischen Fürstenspiegel fiel.

Am Morgen wickelte er, bis zur Zeit, da der Markt voll wird, seine Geschäfte ab mit allem Eifer, danach aber trank er und zog seine Gäste auf und trieb unanständigen Scherz und Witz. Das bekümmerte seine Freunde, und sie mahnten ihn ... Er aber antwortete ihnen: «Wenn einer immer arbeiten und sich niemals ein bißchen dem Scherz überlassen wollte, so würde er, ohne daß er es merkte, an Leib oder Seele Schaden leiden. Und weil ich dies einsehe, gebe ich jedem seinen Anteil.»

Erklärungen S. 349ff.

30

Der Schuh der Rhodopis

Der griechische Geograph, der um die Zeitenwende Ägypten besuchte, teilt uns angesichts der Pyramide des Mykerinos bei Gisa den Inhalt eines ägyptischen Märchens mit, das uns sonst nicht überliefert, aber trotz seines griechischen Gewandes zweifellos altägyptischer Herkunft ist. Es sei beachtet, darin das Aschenbrödelmotiv vorgeprägt zu finden. In Veränderung der indirekten Mitteilung in direkter Form lautet der Text folgendermaßen:

Entfernt man sich vierzig Stadien von der Stadt (Memphis), so gelangt man zu einer Anhöhe, auf welcher viele Pyramiden stehen; das sind Königsgräber. Drei davon sind besonders erwähnenswert, und zwei davon werden sogar zu den sieben Weltwundern gezählt... Diese Pyramiden stehen nahe beieinander...

Entfernter aber auf einer höheren Erhebung der Wüstenfläche ist die dritte erbaut, viel kleiner als jene beiden, jedoch mit viel größeren Kosten... Man sagt, sie stelle das Grabmal einer Hetäre dar, das ihre Liebhaber ihr errichtet hätten, ... der Rhodopis, und erzählt dazu die Fabel:

Als Rhodopis einmal badete, nahm ein Adler einen ihrer Schuhe der Dienerin weg. Er trug ihn nach Memphis, wo der König gerade im Freien saß und Recht sprach. Er blieb über seinem Haupte schwebend stehen und ließ ihm den Schuh in den Schoß fallen. Dieser (Pharao) aber, sowohl über das Ebenmaß des Schuhes wie über den wunderbaren Vorfall erregt, schickte im ganzen Lande umher, damit man nach der Trägerin des Schuhes suche. Als man sie in der Stadt Naukratis gefunden und vor Pharao gebracht hatte, wurde sie die Gemahlin des Königs. Nach ihrem Tode aber erhielt sie das genannte Grabmal (der Kleinen Pyramide von Gisa).

Erklärungen S. 351f.

31

Der Trug des Nektanebos

Die weisen Ägypter, Abkömmlinge der Götter, welche die Erde maßen und die Gestirne berechneten, überlieferten der ganzen Welt die Kraft der Zaubersprüche. Nektanebos, der letzte König Ägyptens, soll durch Zauberkunst allen überlegen gewesen sein. Griffen ihn Feinde an, so brauchte er keine Soldaten, Waffen und Kriegsmaschinen, sondern er ging allein in seinen Palast, nahm eine Schüssel, füllte sie mit Quellwasser, bildete aus Wachs kleine Schiffchen und Menschen und setzte sie in die Schüssel. Alsbald wurden die Menschen lebendig. Dann rief er, einen Stab aus Ebenholz in der Hand haltend, unter Zaubersprüchen die Götter der Unterwelt und Ammon, den Gott Libyens an, tauchte die Schiffe unter, und gleichzeitig gingen auf dem Meer die Schiffe der Feinde zugrunde. So regierte er durch seine Zauberkunst lange Zeit hindurch in Frieden über Ägypten.

Nach geraumer Zeit erschien einmal einer der Späher von den Grenzwächtern beim König und sprach: «Solange du noch Frieden hast, suche dich zu retten! Eine Wolke von Feinden rückt gegen dich an. Die zahllosen Völker des Ostens sind mit großen Heeren gegen Ägypten gekommen... ‹Es durchschlafe nicht die Nacht, wer Rat pflegt über dem Volke, dem Heere befiehlt und mit vielerlei Sorge beschwert ist.›» Nektanebos aber lachte und sprach: «Du hältst auf deinem Posten brave Wache, aber du hast nicht geredet wie ein Krieger. Denn die Macht beruht nicht auf der Menge, sondern auf dem Mut. Ein Löwe jagt viele Hirsche und ein Wolf viele Schafe. Geh du auf deinen Posten zurück. Ich aber werde mit einem Wort die Unzahl der Barbaren ins Meer versenken.» Und damit entließ er ihn.

Er selbst kehrte in den Palast zurück, entfernte die Anwesenden, nahm eine Schüssel und verfuhr wie gewöhnlich. Da

Da sah er, daß die ägyptischen Götter die Schiffe der Barbaren (und nicht die seinen) lenkten. So erkannte er, daß die Königsherrschaft der Ägypter von den Göttern preisgegeben war, schor sich Haupthaar und Bart, verwandelte seine Gestalt, steckte sich reichlich Gold ein, und er entfloh auf dem Wege über Pelusion aus Ägypten. Nach vielen Irrfahrten kam er nach Pella in Makedonien und ließ sich hier als Weissager nieder, in Linnen gekleidet, wie ein ägyptischer Prophet.

Als Nektanebos in Ägpyten verschwunden war, befragten die Ägypter ihre Götter, was aus ihrem König geworden sei. Der Gott im Heiligtum des Serapeums verkündete. «Euer entflohener König wird als Jüngling nach Ägypten zurückkommen und eure Feinde, die Perser, unterwerfen.» Sie verstanden zwar das Orakel nicht, ließen es aber auf den Fuß der Statue des Nektanebos eingraben.

Nektanebos war inzwischen in Makedonien durch seine Kunst so berühmt, daß auch die Königin Olympias wünschte, sich von ihm wahrsagen zu lassen, und ihn zu sich berief, während ihr Gatte Philipp fort war im Krieg. Als er (Nektanebos) in den Palast kam und sah, wie schön sie war, schöner als der Mond, entbrannte er in Liebe zu ihr, er, der den Frauen gegenüber unschuldig war. Er begrüßte sie, aber nicht als Herrin, da er sich noch als König fühlte. Olympias ließ ihn Platz nehmen und fragte ihn, ob er der wahrsagende Ägypter sei und durch welcherlei Kunst er die Wahrheit zu verkünden wisse. Nektanebos zählte ihr die vielen Arten der Seherkunst auf, nannte sich Wahrsager, Magier und Sternenzähler und schaute sie dabei forschend an. Da sie fragte, was der Blick bedeute, antwortete er: «Weil ich schon früher etwas von dir gehört habe und mich jetzt dessen erinnere. Ich dachte an ein Orakel, das ich einst von meinen Göttern erhielt, daß ich einer Königin weissagen werde, und daß das, was ich ihr sagen würde, eintreffen solle.»

Darauf holte er eine kostbare Tafel hervor, die keines Menschen Mund zu beschreiben vermag. Drei Kreise waren darin eingegraben: auf dem ersten die 36 Dekane, auf dem zweiten die 12 Zeichen des Tierkreises, auf dem mittelsten Sonne und Mond. Dann entnahm er einem elfenbeinernen Kästchen die sieben Gestirne und das Horoskop, aus acht verschiedenen Edelsteinen gefertigt. Olympias hieß nun die Anwesenden hinausgehen und sprach: «Untersuche meine und Philipps Geburtszeichen, denn er soll die Absicht haben, mich zu verstoßen, wenn er aus dem Krieg zurückkommt, und eine andere Frau zu nehmen.» Nektanebos ließ sich von beiden die Zeit der Geburt angeben, verglich seine eigene Nativität mit der ihrigen, ob die Zeichen für sein Vorhaben günstig ständen, und sprach dann: «Das Gerücht ist nicht falsch, aber als ägyptischer Prophet kann ich dir helfen. Nach deinen Geburtszeichen ist dir beschieden, daß ein Gott, der auf Erden wandelt, dir beiwohnt und du einen Sohn von ihm empfängst, der dich rächen soll für das, was Philipp an dir fehlt.» Auf Olympias' Fragen, was das für ein Gott sei, sagte ihr Nektanebos, es sei der libysche Ammon, der Reichtumspender, von mittlerem Alter, mit goldenem Haar und Widderhörnern; er werde sie schon in der nächsten Nacht im Traum umarmen. Olympias sprach: «Wenn ich diesen Traum wirklich sehe, so werde ich dich nicht nur wie einen Wahrsager, sondern wie einen Gott verehren.»

Darauf verließ Nektanebos den Palast, begab sich eilends in die Wüste, sammelte an einem einsamen Ort die zum Traumzauber nötigen Kräuter und preßte ihren Saft aus. Dann machte er aus Wachs einen weiblichen Körper, schrieb den Namen Olympias darauf, legte ihn auf ein kleines Bett, zündete Lichter daneben an, goß den Saft darüber und sagte die Zaubersprüche, durch die Olympias im Traum erblickte, was er zum Wachsbild sprach. So träumte sie, daß ihr Ammon beiwohne und danach zu ihr sprach: «Weib, siehe, du hast einen Sohn empfangen, der dich rächen wird.»

Als Olympias aus ihrem Schlaf erwachte, erfaßte sie große Verwunderung über diesen Traum... Sie ließ Nektanebos rufen, erzählte ihm den Traum und verlangte, nun auch in Wirklichkeit mit dem Gotte zu verkehren. Nektanebos antwortete: «Ich muß darüber nachdenken. Denn bloßer Traum ist freilich etwas anderes als Wirklichkeit. Aber ich habe mir dies überlegt: Gib mir ein Plätzchen neben deinem Schlafzimmer, damit ich dir helfen kann und du nicht erschrickst, wenn der Gott zu dir kommt.» Als Olympias dies hörte, sprach sie zu ihm: «Schön hast du gesprochen, Wahrsager! Bleib jetzt in einem dieser inneren Zimmer des Palastes, wo ich schlafe. Und wenn ich in wachem Zustand solches sehe und erfahre, daß ich vom Geschlecht der Götter schwanger bin, so will ich dich ehren und dich annehmen als den Vater des Knaben.» Nektanebos aber antwortete und sprach zu ihr: «Wenn eine Schlange als Vorläufer des Gottes erscheint, so entferne alle Anwesenden, laß aber die Lichter brennen, setze dich auf dein Lager, verhülle dich und schaue den Gott, den du im Traum erblickt hast.»

Am anderen Tag gab ihm Olympias ein Zimmer neben dem ihrigen. Er (Nektanebos) verschaffte sich ein Widderfell mit Hörnern, einen Stab und ein weißes Gewand und ließ vor sich her eine Schlange in Olympias' Schlafzimmer kriechen. Olympias tat, wie er sie geheißen hatte, und Nektanebos bestieg ihr Lager. Als er sie verließ, berührte er ihren Leib und sprach: «Ein unbesiegbarer und unüberwindlicher Sproß. Der Sohn, den du empfangen hast, soll dich rächen und Herr des Erdkreises werden.» Kaum war es Tag geworden, so eilte Olympias zu Nektanebos und erzählte ihm alles...

Als aber ihr Leib zu wachsen begann, fragte sie Nektanebos: «Was soll ich machen, wenn mein Gemahl aus dem Kriege heimkommt und mich schwanger findet?» Er sprach: «Fürchte dich nicht, denn Ammon wird dir helfen; er wird Philipp einen Traum senden, so daß du ohne Schuld bleibst.» So wurde Olympias getäuscht.

Nektanebos aber nahm einen Falken, verzauberte ihn und sagte ihm den Traum, den er Philipp bringen sollte. Der

Falke flog zwei Tage und zwei Nächte über Land und Meer zu Philipp und gab ihm nachts den Traum ein. Der König erwachte erschreckt, ließ einen Traumdeuter rufen und erzählte: «Ich sah im Traum, wie ein goldhaariger Gott mit Widderhörnern meinem Weib Olympias beiwohnte und dann zu ihr sprach: ‹Du hast einen Sohn empfangen, der dich schützen und den Tod seines Vaters rächen soll.› Dann sah ich ihren Leib mit Byblosfaden vernäht, und ich sah den Mutterleib der Olympias versiegelt durch einen goldenen Ring mit einem Siegel, auf dem der Kopf eines Löwen eingraviert war, und wie dieser mit seinen Klauen oder mit seinen Schwingen die Sonne hielt, und eine Geißel war neben ihm; und einen Falken, wie er ihn mit seinen Flügeln überschattet. Darauf schien mich ein Falke durch seinen Flügelschlag zu wecken.»

Der Traumdeuter sprach: «König Philippus! Wie du im Traume gesehen hast, so wird es geschehen. Siehe, Olympias ist schwanger, aber von einem Gott ist sie schwanger. Niemand versiegelt ein leeres Gefäß, sondern ein volles. Die Frucht aber ist ägyptischen Ursprungs, denn nur in Ägypten wächst Byblos. Und sie ist von hoher Herkunft, weil der Ring aus Gold war. Die Zeichen auf dem Ring bedeuten, daß der Erzeuger bis zum Aufgang der Sonne vordringen wird, kühn wie ein Löwe; und mit der Geißel unterwirft er sich alle Länder. Und der Gott mit den Hörnern auf seinem Haupte ist der libysche Ammon, dessen Sproß er ist.» Philipp aber war traurig, daß Olympias überhaupt schwanger war, sei es auch von einem Gotte.

Als Philipp aus dem Krieg zurückkam, trat ihm Olympias ängstlich entgegen. Er aber sprach: «Du bist ohne Schuld. Denn ein Gott hat dich dazu gezwungen, und seinen Sohn sollst du Sohn des Philipps nennen. Ich habe alles im Traum gesehen, und dich trifft kein Vorwurf. Denn selbst wir Könige vermögen nichts gegen die Götter.» So wurde sie wieder guten Mutes.

Eines Tages aber hörte Nektanebos, der sich heimlich im Palast aufhielt, wie Philipp Olympias vorwarf, sie habe ihn hintergangen und nicht mit einem Gott, sondern mit einem Menschen verkehrt.

Als darauf ein Festmahl stattfand, verwandelte sich Nektanebos in eine große Schlange und bewegte sich mit furchtbarem Zischen mitten durch den Speisesaal, so daß alle Gäste erschraken und zitterten. Olympias aber streckte ihre Hand nach ihm aus, und die Schlange schmiegte sich an sie und küßte sie mit der zwiegespaltenen Zunge. Während Philipp zwischen Furcht und Verwunderung zuschaute, verwandelte sich Nektanebos in einen Adler und flog davon. Philipp aber sprach: «Weib, ich habe nun gesehen, wie dir der Gott in der Gefahr geholfen hat.» Und seitdem pries er sich glücklich, daß er Vater eines Gottessohnes heißen sollte.

Nach einigen Tagen, als Philipp auf einem Platz neben einem Teich im Park seines Palastes saß, flog eine Henne auf seinen Schoß und legte darein ein Ei; es kollerte aber zur Erde und zerbrach. Da schlüpfte aus der Schale eine kleine Schlange heraus, umkreiste das Ei und wollte dann wieder hineinkriechen; aber ehe sie den Kopf hineingesteckt hatte, starb sie. Bestürzt ließ Philipp den berühmten Zeichendeuter Antiphon rufen und erzählte ihm, was geschehen war. Dieser sprach: «König Philipp, du wirst einen Sohn haben, und er wird König werden und wird die ganze Welt umkreisen und alle Menschen bezwingen,; wenn er sich aber heimwärts wendet, wird er draußen einen frühen Tod sterben. Denn die Schlange ist das Zeichen des Königtums und das Ei die ganze Welt.»

Als nun die Zeit der Geburt gekommen war, setzte sich Olympias auf das Bett für Gebärende, und die Wehen quälten sie. Nektanebos stand bei ihr und beobachtete die Gestirne... Als er sah, daß Zeus und der Widder Ammon in Kulmination standen und ein Glanz am Himmel war von der Mittagssonne, sprach er: «Jetzt wirst du einen Weltenherrscher gebären.» Olympias gebar mit lautem Schrei einen männlichen Knaben, und als er zu Boden fiel, entstand ein mächtiges Erdbeben, Donner und Blitz, so daß der ganze Erdkreis erbebte.

Und als Philipp solches gesehen hatte, sprach er: «Ich habe mir überlegt, daß du, o Frau, ihn nicht aufziehen sollst, weil er nicht mein Kind ist. Vielmehr ist er, da die Elemente derartige Wunderzeichen über ihn gaben, ein Sproß der Götter. So sollen ihn die Götter aufziehen. Sein Name aber soll Alexander heißen.»

Erklärungen S. 352ff.

ZAUBER- UND WUNDERGESCHICHTEN

32

Die besessene Prinzessin

Es war zur Zeit des Königs Ramses II., der die Namen führt: Horus: Starker Stier, mit schönen Kronen, beständig an Königtum wie Atum. Goldhorus: mit machtvollem Arm, Bezwinger der Neun-Bogen, König von Ober- und Unterägypten, Herr der beiden Länder, «Weser-Maat-Re Setep-en-Re», «leiblicher Sohn des Re», «Ramses Meri-Amun», geliebt von Amun-Re, dem Herrn der Throne der beiden Länder und der ganzen Götterneunheit von Theben.

Der vollkommene Gott, Sohn des Amun, Nachkomme des Re-Harachte, glänzender Sproß des Allherrn, den Kamutef erzeugt hat. König von Ägypten, Herrscher der Wüsten, Fürst, der die Neun-Bogen erobert hat; dem man, schon als er aus dem Schoß hervorging, Siege verheißen hat; dem man schon Heldentum zusagte, als er noch im Ei war; mutiger Stier, wenn er den Kampfplatz betritt; Gott-König, der heraustritt am Tag des Sieges wie Month, groß an Kraft, wie der Sohn der Nut. Als Seine Majestät in Naharina (Mitanni) war, wie er es alljährlich zu tun pflegte, kamen von den äußersten Grenzen des Nordens die Fürsten jeden Fremdlandes, sich in Frieden vor dem Glanz Seiner Majestät verneigend. Ihre Gaben: Gold, Silber, Lapislazuli, Türkis, alle (Edel-)Hölzer des Gotteslandes lagen auf ihrem Rücken, und jeder übertraf den andern.

Auch der Fürst von Bachtan ließ seine Gaben bringen, und er stellte seine älteste Tochter an die Spitze des Zuges, als sie Seiner Majestät huldigten und ihn um Lebensodem baten. Im Herzen Seiner Majestät war die Frau über alle Maßen schön, mehr als irgend etwas sonst. So wurde ihre Titulatur festgesetzt als: «Große königliche Gemahlin, Nofru-Re.» Und als Seine Majestät wieder nach Ägypten zurückkam, tat man ihr alles, was man einer könglichen Gemahlin zu tun pflegt.

Es begab sich im Jahre 15[1], am 22. Tage des zweiten Sommermonats, als Seine Majestät in Theben war, dem siegreichen, der Herrin der Städte, um den Kult zu versehen für seinen Vater Amun-Re, den Herrn der Throne der beiden Länder (Theben), an seinem schönen Feste des südlichen Opet (Luksor), seiner Lieblingsstätte seit dem Anfang der Zeiten – (es begab sich damals), daß man kam, um Seiner Majestät folgendes zu sagen:

«Ein Bote des Prinzen von Bachtan ist gekommen mit vielen Gaben für die königliche Gemahlin.» Dann wurde er mit seinen Gaben vor Seine Majestät geführt, und unter Huldigungen vor Seiner Majestät sprach er: «Preis dir, Sonne der Neun-Bogen-Völker! Wahrlich, wir leben durch dich!»

Dann sprach er, indem er die Erde vor Seiner Majestät küßte, wiederum vor Seiner Majestät: «Ich bin zu dir gekommen, Fürst, mein Herr, wegen der Bentresch, der jüngeren Schwester der königlichen Gemahlin Nofru-Re, denn eine Krankheit hat ihren Leib erfaßt. Möchte doch Deine Majestät einen weisen Arzt senden, damit er sie ansehe!»

Da sprach Seine Majestät: «Man hole mir die Gelehrtenschaft des Lebenshauses und die Beamten der Residenz!» Sogleich wurden sie zu ihm geführt, und Seine Majestät sprach: «Seht, man hat euch rufen lassen, damit ihr folgendes vernehmt: Bringt mir doch jemand aus eurem Kreise, der ein kundiges Herz hat und schreibgewandte Finger!»

Darauf kam der königliche Schreiber Thoth-em-heb vor Seine Majestät, und Seine Majestät befahl, daß er mit diesem Boten nach Bachtan gehe.

Als der Gelehrte nach Bachtan kam, fand er heraus, daß Bentresch von einem Geiste besessen war, und fand andererseits heraus, daß dieser ein Feind war, mit dem man kämpfen konnte.

Da sandte der Prinz von Bachtan erneut zu Seiner Majestät mit den Worten: «Fürst, mein Herr, möchte doch Seine Majestät einen Gott herschicken, damit er gegen den Geist kämpfe!» Diese Botschaft erreichte Seine Majestät im Jahre 26, im ersten Sommermonat, während des Amonfestes, als Seine Majestät in Theben war.

Da wendete sich Seine Majestät an Chons-in-Theben-Neferhotep mit den Worten: «Mein gütiger Herr, ich wende mich an dich wegen der Tochter des Fürsten von Bachtan.» Dann wurde Chons-in-Theben-Neferhotep zu Chons-dem-Wohltäter, dem großen Gott, gebracht, der Dämonen austreibt, und Seine Majestät sprach vor Chons-in-Theben-Neferhotep: «Mein gütiger Herr, wenn du dein Antlitz Chons-dem-Wohltäter zuwendest, dem großen Gott, der Dämonen austreibt, dann wird man ihn nach Bachtan gehen lassen.» Da stimmte er zweimal heftig zu.

Daraufhin sprach Seine Majestät: «Versieh ihn mit deinem Schutz, dann will ich ihn persönlich nach Bachtan ziehen lassen, um die Tochter des Prinzen von Bachtan zu retten.» Da stimmte Chons-in-Theben-Neferhotep zweimal heftig zu. Dann machte er viermal den Schutz für Chons-den-Wohltäter-in-Theben.

Seine Majestät befahl nun, daß man Chons-den-Wohltäter-in-Theben zu einer großen Barke führe mit fünf Booten sowie mit einem Wagen und zahlreichen Pferden des Westens und des Ostens (für die Landwege).

Nach Ablauf von einem Jahr und fünf Monaten gelangte dieser Gott nach Bachtan. Der Prinz von Bachtan erschien mit seinen Soldaten und seinen Großen vor Chons-dem-Wohltäter und warf sich nieder mit den Worten: «Du bist zu uns gekommen und erweisest dich uns gnädig auf Weisung des Königs von Ober- und Unterägypten Weser-Maat-Re Setep-en-Re.»

Daraufhin begab sich der Gott zu Bentresch. Er machte einen Schutz für die Tochter des Fürsten von Bachtan, und sie war augenblicklich geheilt.

Dann sprach der Geist, der in ihr gewesen war, vor Chons-dem-Wohltäter-in-Theben: «Willkommen in Frieden, großer Gott, der Dämonen austreibt! Bachtan ist fortan deine Stadt, seine Bewohner sind deine Untertanen, und auch ich selbst bin dein Untertan. Ich werde dorthin zurückkehren, woher ich gekommen bin, um dein Herz darüber zu beruhigen, weswegen du gekommen bist. Möge deine göttliche Majestät befehlen, mit mir und dem Fürsten von Bachtan ein Fest zu feiern.» Da gab der Gott seinem Priester ein Zeichen des Einverständnisses und sprach: «Der Fürst von Bachtan möge vor diesem Geist ein großes Opfer veranstalten.»

Während sich selbiges ereignete, zwischen Chons-dem-Wohltäter-in-Theben und dem Geist, stand der Fürst von Bachtan mit seinen Soldaten dabei und fürchtete sich sehr. Aber dann veranstaltete er ein großes Opfer vor Chons-dem-Wohltäter-in-Theben und vor dem Geist, und der Fürst von Bachtan beging ein Fest zu der beiden Ehre. Danach ging der Geist in Frieden dahin, wohin er wollte, nach dem Geheiß des Chons-des-Wohltäters-in-Theben. Der Fürst von Bachtan aber freute sich gar sehr, ebenso wie jedermann in Bachtan.

Darauf beschlich ihn folgender Gedanke: «Ich werde diesen Gott hier in Bachtan behalten und nicht wieder nach Ägypten zurückkehren lassen.» Und so weilte dieser Gott drei Jahre und neun Monate in Bachtan. Dann aber sah einmal der Prinz von Bachtan, als er in seinem Bette schlief, diesen Gott (im Traum), wie er aus seinem Schrein herauskam als goldener Falke und zum Himmel aufflog nach Ägypten. Er erwachte in Schrecken und sprach zu dem Propheten von Chons-dem-Wohltäter-in-Theben: «Der Gott ist immer noch bei uns. Er soll nach Ägypten zurückkehren, drum laß seinen Wagen (ihn) nach Ägypten zurückkehren!» So entließ der Prinz von Bachtan den Gott nach Ägypten; er gab ihm zahlreiche Geschenke von allen guten Sachen mit, sehr viele Soldaten und eine große Menge Pferde. Und sie gelangten in Frieden nach Theben.

Dann begab sich Chons-der-Wohltäter-in-Theben zu dem Tempel des Chons-in-Theben-Neferhotep, legte die Gaben all der guten Sachen, die der Prinz von Bachtan ihm mitgegeben hatte, vor Chons-in-Theben-Neferhotep nieder, ohne irgend etwas für seinen eigenen Tempel zurückzubehalten. Chons-der-Wohltäter-in-Theben erreichte in Frieden seinen Tempel im Jahre 33, am 19. Tage des zweiten Wintermonats des Königs von Ober- und Unterägypten Weser-Maat-Re Setep-en-Re, der mit Leben begabt sei wie Re ewiglich.

Erklärungen S. 354f.

33

Das Gespenst

Der Geist eines Toten erscheint vor Chonsemheb, einem Hohenpriester des Amun, und fordert ihn auf, sein verfallenes Grab wiederherzustellen. Schon mehrmals ist er enttäuscht worden, doch ist mit dem Anfang des Textes auch die Vorgeschichte unserer Erzählung verlorengegangen. Die längst vergessene Ruhestätte wird aber schließlich wieder in Ordnung gebracht und der Geist befriedigt, wenn uns auch der Verlust des Schlusses um das letzte Ende der Erzählung bringt.

... Er (Chonsemheb, der von der thebanischen Nekropole im Westen nach einem Geistererlebnis zurückkehrte,) setzte über (den Nil auf das Ostufer, wo die Stadt der Lebenden lag,) und kam nach Hause. Er ließ... machen... (und er sprach: «Ich werde alle diese) guten Dinge (mitnehmen, wenn) ich wieder nach Westen gehen werde.»

Dann stieg er auf das Dach des Hauses... (und rief) die Götter des Himmels an, die Götter der Erde, die des Südens, des Nordens, des Westens und des Ostens und auch die Götter (der Unterwelt), indem er zu ihnen sprach: «Möge der Geist zu mir kommen!»

Und er erschien und sprach zu ihm: «Ich bin dein (Bittsteller..., der immer noch darauf angewiesen ist,) in der Nacht neben seinem Grab (zu schlafen).»

Da sprach der Hohepriester des Amun Chonsemheb zu ihm: «(Sag mir deinen Namen, den Namen deines) Vaters und den Namen deiner Mutter, damit ich ihnen opfern kann und damit ich für sie alles tue, was getan werden muß (für Leute ihres Ranges)!»

Da antwortete ihm der Geist: «Nut-bu-semech ist mein Name, Anch-men der Name meines Vaters, Ta-em-schaset der Name meiner Mutter.»

Darauf sprach der Hohepriester des Amun-Re, des Götterkönigs, Chonsemheb, zu ihm: «Sag mir nun, was dein Herz begehrt, ich will es dir erfüllen und dein Grab wiederherstellen..., und ich werde dir einen Sarg machen lassen aus Gold und Zizyphus-Holz, und du (wirst wieder in deinem Grabe schlafen können)... Ich werde dafür sorgen, daß alles für dich geschieht, wie es einem Manne deines Ranges gebührt...» (Der Geist) erwiderte ihm: «Nicht will ich länger Hitze leiden (bei Sommerglut) noch frieren im Winterwind, noch hungern... Nicht steht mein Herz danach, überzufluten (aus dem Bett zu müssen) wie der Nil. Nicht möchte... So kann ich nicht mehr unter die Erde (in mein Grab) kommen. (Hast du nicht [!]) gesagt...»

Darauf setzte sich der Hohepriester des Amun-Re, des Götterkönigs, Chonsemheb, nieder neben ihn, weinte und sagte zu ihm: «(Mein Herz ist betrübt über all das, was du mir gesagt hast, ich will hier bleiben,) ohne zu essen, ohne zu trinken, ohne (zu altern und ohne mich) zu verjüngen [1]; ohne die Strahlen der Sonne zu sehen und den Nordwind zu atmen; vielmehr sei täglich Finsternis in meinem Gesicht, ich will mich morgens nicht mehr erheben, um auszugehen.» (Alles Zeichen der Trauer.)

Da sprach der Geist weiter zu ihm: «Als ich noch auf Erden lebte, war ich Vorsteher des Schatzhauses des Königs Rahotep und war zugleich Versorgungsleiter des Heeres. Ich stand an der Spitze der Menschen, gleich hinter den Göttern. In den Sommermonaten des Jahres 14 unter König Mentuhotep ging ich zur (ewigen) Ruhe ein. Er hat mir meine vier Eingeweidekrüge gegeben und meinen Sarg aus Alabaster. Er ließ mir alles angedeihen, was einem Manne meines Ranges angemessen ist. Er ließ mich in meinem Grabe ruhen (mit tiefem Schacht). Aber schau, der Grund darunter ist nach außen weggerutscht. Der Wind pfeift herein und ergreift die Zunge (Stimme?). Was aber das angeht, was du mir gesagt hast: ‹Ich werde dir das Grab neu herrichten lassen›, so ist mir das nun schon viermal versprochen worden, aber (was) hat man von solchen Versprechen? Was kann ich anfangen mit den Versprechen, die du mir deinerseits nun machst? Werde ich durch solche Worte je an mein Ziel kommen?»

Da sagte der Hohepriester des Amun-Re, des Götterkönigs, Chonsemheb, zu ihm: «Ach, gib mir doch einen klaren Auftrag, der für dich ausgeführt werden kann, damit ich ihn für dich ausführen lasse, oder aber ich werde dir fünf Diener und fünf Dienerinnen abstellen – zusammen zehn –, um dir Wasser zu spenden; und ich werde dir täglich einen Sack Spelt stiften, um ihn dir zu opfern. Und der Opfervorsteher soll dir eine Wasserspende machen.»

Darauf entgegnete ihm der Geist Nut-bu-semech: «Was

soll mir das nützen, was du da tun willst?! Wenn man einen Baum nicht ans Licht läßt, treibt er kein Laub und kommt nicht voran...»

(Nun wird etwas über die Lage des Grabes bei der Pyramide des Königs Menthuhotep in Der el-bahri ausgesagt, und der Text fährt fort: So schickte der Hohepriester des) Amun-Re, des Götterkönigs, (Chonsemheb,) drei Leute (zu dem Grab, das sich neben der Grabkapelle des) Königs Menthuhotep (befand)...

Sie (die drei Leute) setzten über (den Nil), stiegen (in die Wüste hinauf nach Der el-bahri, wo das Grab) neben der prächtigen Grabkapelle des Königs Menthuhotep (lag). Sie (gingen hinein und brachten alles wieder in Ordnung) darin. Dann sprachen sie noch 25 Schutz(gebete?) auf dem königlichen Aufweg bis (hinunter zum Wüstenrand). Dann stiegen sie wieder hinab zum Ufer, und sie gelangten zurück zu dem Hohenpriester des Amun, des Götterkönigs, Chonsemheb. Sie trafen ihn an, wie er im Tempel des Amun-Re, des Götterkönigs, den Kult versah.

Er sprach zu ihnen: «So seid ihr zurückgekommen! Habt ihr die treffliche Stätte (das Grab) gefunden, um den Namen des Geistes – den man Nut-bu-semech nennt – bis in Ewigkeit zu erhalten?» Da antworteten die drei Leute einstimmig: «Ja, wir haben die treffliche Stätte gefunden, um den Namen des Geistes zu erhalten.»

Dann setzten sie sich vor ihm hin, und sie begingen einen frohen Tag (miteinander). Sein (des Chonsemheb) Herz wurde erfreut, als sie ihm berichteten, (was sie getan hatten, und sie feierten, bis) die Sonne aus dem Horizonte heraufstieg.

Dann rief er (Chonsemheb) den Verwalter des Amun-Tempels Menkau, (beauftragte ihn mit seiner Vertretung und übergab ihm) seinen Dienst. Und er ging am Abend zum Schlafen in die Stadt, indem er (zufrieden war, das Grab des Geistes wiederhergestellt zu haben)...

Erklärungen S. 355 ff.

34
Der Magier Merirê und sein Golem

Zur Zeit des Königs von Ober- und Unterägypten Si-Sobek, des Seligen[1], lebte ein Schreiber mit Namen «der Magier Merirê». Er war noch jung, aber ein ausgezeichneter Schreiber[2]. Doch die königlichen Magier verheimlichten seine Tüchtigkeit als Schreiber, weil sonst Pharao die Magier aus (ihrer Stellung bei Hofe zu seinen Gunsten) entlassen hätte.

Nun verzichtete Pharao nie darauf, nachts noch eine Mahlzeit einzunehmen, da er dann ein ganz großes Auge (Hunger) hatte.

Eines Nachts geschah es, daß Pharao seine gewohnte Mahlzeit stehenließ, denn die Speisen schmeckten nach Lehm, und das Bier hatte in seinem Munde den Geschmack von Wasser. Das Auge Pharaos wurde starr, er konnte nicht schlafen, und seine Kleider klebten an seinem Leib (vor Schweiß). Er war wie einer, der aus dem Fluß gezogen war[3].

Da ließ er alle seine Magier rufen, und Pharao beschrieb ihnen den Zustand, in dem er sich befand. Seine Magier schrien laut auf und sagten zu ihm: «Mein hoher Herr, was sich mit dir begeben hat, ist auch dem König Mykerinos[4] widerfahren.» Seine Magier schlugen ihre Papyrusrollen[5] auf, und sie fanden, daß nach sieben Tagen dessen Leben beendet war. Den Namen seines Magiers, der es vermocht hätte, sein Weiterleben zu erbitten, den kannte man indes nicht.

Da wurde Pharao sehr niedergeschlagen, und er sprach zu seinen Magiern: «Habe ich denn etwa einem von euch etwas Böses angetan, so daß man mich vor euren Augen sterben läßt[6], ohne daß ihr für mich ein Weiterleben erbittet?» Da weinten seine Magier gar sehr und sagten: «Mein hoher Herr – so wahr dein Antlitz lebt! –, es gibt keinen unter uns, der ein Weiterleben für Pharao erbitten könnte. Allein Merirê könnte ein Weiterleben für Pharao erbitten.»

Da wurde Pharao sehr zornig über sie und sprach: «Ist es denn möglich, daß es hier diesen tüchtigen Mann gibt, ohne daß ihr mir seine Tüchtigkeit als Schreiber gemeldet habt noch zu einer Zeit, da ich ihm hätte meine Gunst erweisen können. – Seht, jetzt, da ich sterben muß, jetzt erst gebt ihr mir Kenntnis von seiner Tüchtigkeit.»

Pharao ließ Merirê rufen, und der kam (aus dem Delta) herauf vor Pharao. Pharao sprach zu Merirê: «Möge dir Re einen guten Empfang bereiten! Möge er leben! Erbitte doch du für mich eine Lebensverlängerung!» – Da weinte Merirê gar sehr und sagte zu Pharao: «Mein hoher Herr, wohl vermag ich, eine Lebensverlängerung für Pharao zu erbitten, aber dann muß ich sterben.»[7]

Pharao sprach darauf zu Merirê: «Möge er leben! Ich werde dir dafür viel Gunst erweisen. Ich werde deinen kleinen Sohn großziehen, werde ihn zu deinem Ansehen bringen, werde dir Lobgesang in allen Tempeln verschaffen, werde dein Andenken in Heliopolis[8] ewig währen lassen und werde dafür Sorge tragen, daß das ganze Land an deiner Trauerprozession teilnimmt; daß dir deine Blumenopfer dargebracht werden und daß dein Name in alle Ewigkeit bekannt bleibt. Ich werde nicht dulden, daß dein Name in den Tempeln untergeht.»[9]

Da beriet sich Merirê mit seinem Herzen. Dabei flossen seine Tränen wie Wasser, und er war ganz niedergeschlagen. – Dann sagte er: «Mein hoher Herr, meine Lage ist die eines Balsamierers[10], den man nur zu einem bestimmten Tage ruft. – Sieh, mich läßt man erst sieben Tage vor meinem Tode holen, ohne daß ich zuvor die Güte Pharaos hätte erfahren dürfen... bis zum Tode, obwohl ich doch noch so sehr jung bin.»

Darauf sprach Pharao zu Merirê: «Möge er leben! Ich möchte dir zusagen, daß du leben wirst und nicht sterben...

auch wenn du erreichst, daß ich am Leben bleibe. Mußt denn du der sein, der nicht am Leben bleiben darf?» – Merirê antwortete: «Mein hoher Herr, es ist noch nie vorgekommen, daß ein Mann, der eine Lebensverlängerung für einen anderen erbeten hat, am Leben geblieben wäre.» – Und er fuhr fort: «Mein hoher Herr, es ist doch so, daß du es bist, der meinen Tod verursacht. Möge Pharao daher für mich tun, was ich ihm sagen werde.» Pharao antwortete darauf: «Möge er leben! Sage mir, was du wünschst, und ich werde es dir erfüllen.»

Merirê sagte zu ihm: «Schwöre mir bei Ptah[11] mit folgenden Worten: ‹Ich werde nicht dulden, daß Henut-nofret, deine Frau, dein Haus verlassen muß. Sollte ein Vornehmer ein Auge auf sie werfen, dann werde ich mich für sie verkämpfen ..., wie ich es für meine königliche Gemahlin tun würde. Ich werde ebensowenig dulden, daß ihr in meiner Regierungszeit Gewalt angetan wird, und ebensowenig, daß irgend ein Vornehmer dein Haus betritt (sie heiratet). Auch ich selbst werde nicht meine Augen auf sie werfen.› (Re verhindere), daß Pharao etwa ihre Schönheit sähe und ihretwegen den Eid bräche.» Pharao erhörte diese Worte, die Merirê zu ihm gesagt hatte (, und schwor diesen Eid).

Dann sprach er zu ihm: «Hast du sonst noch einen Wunsch? Dann sag ihn mir, und ich werde ihn dir erfüllen.» Merirê antwortete: «Die Magier, die gegen mich intrigiert haben, so daß ich in den Tod gehen muß, deren leibliche Kinder sollen mit mir gehen. Wahrhaftig, mein hoher Herr – so wahr dein Antlitz lebt! –, es fehlt doch von ihnen kein einziger. Man hat keinen (von ihnen) in den Tod geschickt, den sie aber herausgefordert haben infolge jenes üblen Anschlags gegen mich, indem sie Pharao gehindert haben, von meiner Tüchtigkeit als dem besten Schreiber meiner Zeit zu erfahren, so daß er etwas Gutes für mich hätte tun können. – Sieh, jetzt, da ich sterben soll, haben sie mich ihm bekannt gemacht.»

Da sprach Pharao zu Merirê: «[Du hast recht], diese (Kinder) sollen der Ersatz für dich sein, und so wahr Re [12] lebt, du sollst wieder bei mir sein.»

Danach ging der Magier Merirê nach Hause, ließ sich rasieren und in feinstes Leinen kleiden [13]. Er richtete sich so her, wie es sich für die Berichterstattung, die er vor Re zu machen hatte, geziemt.

Dann ging er zum Palast des Pharao und ließ sich von ihm empfangen. Er sagte zu Pharao: «Mein hoher Herr, möge sich Pharao nach Heliopolis begeben, damit ich erfahre, welcher Weg in die Unterwelt führt, den ich zu gehen habe.»

Pharao ließ für ihn ein Opfer darbringen von Memphis bis zum Moeris-See [14]... Blumen wurden unter seine Füße (?) gestreut, Pharao ließ ihn nicht (?) den Erdboden betreten [15]. Pharao vollzog auch die Riten vor ihm, wie sie dem entsprachen, was er (Merirê) vor dem Großen lebendigen Gott [16] vorzutragen hatte. Dann blickte Pharao auf seine Magier und geriet gegen sie in Zorn. «... die guten Menschen gegen die bösen Menschen.»

Pharao kam nach Heliopolis, zum Anfang des Re-Tempels, und brachte ein Brandopfer dar... *Dann scheint Pharao dem Verlangen des Merirê, die Eide vor dem Gotte zu wiederholen, nicht nachgekommen zu sein, ihn aber zum General befördert zu haben [17]. Dann wandte er sich an Merirê und beteuerte:* «Ich werde nicht dulden, daß dein Name jemals untergeht in diesem Lande», und fragte ihn nochmals: «Hast du sonst noch irgendeinen Wunsch? Sag ihn, und ich werde ihn dir erfüllen...»

Merirê antwortete (Pharao: «Möge man mir Statuen der Göttin Hathor vom) Roten (See [18]) und von den Herren der Unterwelt und... von dem Hundskopfaffen mitgeben. – Und nun möge Pharao... fortgehen... mit allen seinen Großen... Seine Leute sollen mit mir in den Tod gehen.» Da ließ Pharao die Frauen der Leute holen und sprach: ...

Darauf sagte der General Merirê zu Pharao: «(Es wäre schließlich mein Wunsch), das Mittel zu erfahren, durch das ich nicht sterben muß.» Da sprach Pharao zu ihm: «Sag du mir doch bitte, was kann denn ich tun, damit ich wieder mit dir zusammensein kann.»

Darauf sagte der General Merirê: «Was kann Pharao wohl tun, um wieder mit mir zusammensein zu können? Bedenke, es ist doch der Tod, wohin ich gehen muß.»

Pharao versicherte ihm nochmals: «So wahr Re-Harachte lebt, du wirst wieder mit mir zusammensein.» Und die Magier sagten ebenso: «Du wirst wieder mit uns zusammensein.» Aber der General Merirê sagte: «Wie sollte ich denn wieder mit euch zusammensein können. Seht, es ist doch der Tod, wohin ich gehen muß.»

Schließlich sagte der General Merirê vor Pharao: «Hathor, die Herrin des Westens [19], ist es, die die Menschen in den Westen geleitet und die ihr Fatum vor dem Großen lebendigen Gott regelt. So möge mir Pharao (wie gesagt) die Statue der Hathor vom Roten See geben lassen, damit ich sie mit mir in die Unterwelt nehme. Wenn ich sterbe, lasse ich sie dort, wenn ich am Leben bleibe, werde ich sie wieder mit auf die Erde bringen.» Pharao sprach zu ihm: «Was du auch immer tun willst, das tu.»

Darauf sagte der General Merirê zu Pharao: «Ich werde jetzt gehen und deine Bitte dem Großen lebendigen Gott vortragen. Halte dich nun fern von mir, und sieh mir nicht nach, ich will jetzt aufbrechen. Möge Re deine Stimme erhören! Möge Re-Harachte gewähren, daß ich wieder mit dir zusammensein kann!»

General Merirê begab sich nun in die Unterwelt. Dort traf er Hathor, die Herrin des Westens. Sie begrüßte ihn: «Sei willkommen, General Merirê. Was ist mit dir, General Merirê?» (Merirê): «Ich bin gekommen, um ein Weiterleben für Pharao zu erbitten, beschaffe du eine Lebensverlängerung für Pharao.» Da sprach Hathor zu General Merirê: «Ich werde dich dem Großen lebendigen Gott vorstellen.» Da antwortete er ihr: «Ich würde gern vor dem Großen lebendigen Gott stehen.»

Der Große lebendige Gott sprach: «Merirê, welches Anliegen hast du...» Merirê sagte: «...Ich stehe stellvertretend für Pharao hier.» Der Große lebendige Gott sprach: «Sage mir doch zunächst, in welchem Zustand sich die Tempel (droben) befinden.» Merirê antwortete: «Den Tempeln geht es ausgezeichnet. Die Opfer werden reichlich an die Tempel dargebracht. Jeden Morgen werden die Gottesbilder mit Gold und Kleidern versehen.»

Dann sprach der Große lebendige Gott zu Merirê: «Sage mir auch, wie es den Witwen[20] ergeht.» Da antwortete General Merirê dem Großen lebendigen Gott: «...die Witwen werden unterdrückt... Der Bedürftige... schreit wegen der Brutalität, einer unterdrückt den andern... die Leute jammern... Kinder werden mit Gewalt entführt.» Da weinte (?) der Große lebendige Gott gar sehr.

Dann aber – so darf man vielleicht den hier sehr zerstören Text inhaltlich rekonstruieren – gewährt er dem offensichtlich 25 Jahre alten Pharao eine Verlängerung seiner Lebenszeit bis zu seinem 100. Lebensjahr.

Daraufhin sagte Merirê zu dem Großen lebendigen Gott: «Mein hoher Herr, möge ich (jetzt wieder) auf die Erde zurückgebracht werden!» *Aber der Gott gewährte ihm die Bitte zunächst nicht, zumindest soll er anscheinend noch die sieben Tage, die Pharao ohne Gottes Hilfe noch zu leben gehabt hätte, in der Unterwelt bleiben. Unterdessen wendet er, Merirê, sich an die Göttin Hathor.*

General Merirê sprach zu Hathor: «Möge sie leben! Sei doch bitte gnädig an jenem Tage, an dem du hinaufgehen wirst auf die Erde. Sieh, du pflegst doch regelmäßig hinaufzugehen auf die Erde, um die Opferbrote am Senut-Fest[21] in Empfang zu nehmen.» Hathor sprach zu ihm: «Ich werde dir den Zeitpunkt und den Tag bekanntgeben, wenn ich zum Senut-Fest hinaufgehe. Ich werde es dich wissen lassen.»

Dann kam der Zeitpunkt und der Tag, an dem sie auf die Erde ging, wie sie es an jedem Senut-Fest zu tun pflegte. Und Hathor sprach zu General Merirê: «Also, ich werde jetzt hinaufgehen.» Er sagte darauf zu ihr: «Möge sie leben! Erkunde doch für mich, wie es um mein Haus und meine Familie steht. Und befrage dich auch nach dem Zustand Pharaos.» Hathor sprach: «Was du gesagt hast, werde ich dir erfüllen.» Er sagte darauf zu ihr: «Kann ich denn nicht mit dir nach oben gehen?» Sie antwortete ihm: «Da muß ich zuerst mit dem Großen lebendigen Gott sprechen.»

Sie ging, bei dem Großen lebendigen Gott für ihn einzutreten und ihm (Merirê) Leben zu verschaffen, *aber der Große lebendige Gott – soviel läßt sich aus dem Fortgang entnehmen – schlägt Hathors Bitte ab, wenn es der Text auch nicht erkennen läßt.*

Hathor begab sich nach oben und verweilte bei den Erdbewohnern. Dann ging sie wieder hinunter und trat vor den Großen lebendigen Gott. Danach trat sie vor den General Merirê und sprach: «General Merirê, die Bewohner der Unterwelt bereiten dir einen guten Empfang. Ich teile dir dies *(d. h., daß er sich auf sein Verbleiben in der Unterwelt einrichten solle, hierdurch)* mit.»

(Merirê): «Berichte mir doch bitte wenigstens, wie es meinem Hause ergeht.» (Hathor): «Pharao hat sich deine Frau geholt und sie zur Großen königlichen Gemahlin gemacht. Er hat auch dein Haus weggenommen und es dem ersten . . . gegeben. Außerdem hat er deinen Sohn getötet.» Da weinte General Merirê gar sehr.

Er sagte zu Hathor: «Nenne mir bitte diejenigen, die ihn (Pharao) dazu angestiftet haben, mein Haus und meine Frau wegzunehmen und meinen Sohn zu töten.» Hathor antwortete: «Es waren die Magier, die ihn dazu angestiftet haben . . .»

Da nahm General Merirê einen Klumpen Tonerde, formte daraus einen Menschen und vollzog an ihm die Mundöffnung[22] ... Dann – *so sei dem Sinne nach der hier weitgehend zerstörte Text ergänzt – weihte Merirê den Erdmann in die Geschehnisse ein, berichtete von Pharaos Eidbruch und schickte ihn auf die Erde, dort Rache zu üben und außerdem für den Großen lebendigen Gott einen Blumenstrauß mitzubringen. Er schloß mit den Worten:* «Du wirst tun, was ich dir auftragen werde.» *Weitere Aufträge folgen allerdings nicht, auch keine Auseinandersetzung mit Pharao, dem er (der Erdmann) die Forderungen Merirês mitgeteilt haben dürfte. Pharao, wohl von Angst geschüttelt, antwortet darauf:* «Führe alles aus, was er (Merirê) dir gesagt hat.» Dann sagte der Erdmann zu Pharao: «Wirf deine Magier in den Feuerofen, in den, welcher vor der Göttin Mut, die ihren Bruder trägt[23], in Heliopolis aufgestellt ist.» Da geriet Pharao (ganz aus der Fassung. Er sah niemanden an und verharrte regungslos. Nach einer Weile erholte er) sich und ließ alle seine Magier rufen, *die er offensichtlich inzwischen hatte ins Gefängnis werfen lassen* ... Pharao sprach kein Wort zum Erdmann ...

Der Erdmann wiederholte die Worte, die er zuvor an ihn gerichtet hatte, und Pharao geriet nochmals aus der Fassung, sah niemanden an und verharrte regungslos. Endlich erhob er sich ...

Er (Pharao) ließ alle seine Magier aus dem Gefängnis holen und nach Heliopolis bringen. Pharao ging selbst mit ihnen nach Heliopolis. Dort ließ er sie töten und in den Feuerofen werfen[24], der vor Mut, die ihren Bruder trägt, in Heliopolis aufgestellt ist. Pharao ließ ..., und danach ging Pharao in seinen Palast zurück, während die Magier ... Re, und der Erdmann an ihrer Spitze stand, ohne daß jemand ...

Dann ging der Erdmann zu General Merirê und berichtete vor General Merirê, was sich ereignet hatte. Dazu übergab er ihm den Blumenstrauß, und General Merirê freute sich so sehr, wie wenn er auf die Erde in sein Haus zurückgekommen wäre... General Merirê brachte diesen Blumenstrauß, den der Erdmann mitgebracht hatte, dem Großen lebendigen Gott als Opfer dar. Der Große lebendige Gott sprach zu General Merirê: «Bist du etwa doch auf die Erde gegangen?» Merirê aber antwortete ihm: «Mein hoher Herr, es war der Erdmann, der auf die Erde geschickt worden ist, der brachte diesen Blumenstrauß mit für den Großen lebendigen Gott.» Dieser stieß einen lauten Schrei aus, und Merirê warf sich zu Boden, weil er Angst bekam. Merirê beriet sich mit seinem Herzen... Danach sagte er zu dem Großen lebendigen Gott: ...

Von hier an sind nur noch einzelne Wörter des Textes erhalten, so daß keine auch nur annähernde Übersetzung mehr möglich ist. Doch der Inhalt läßt sich, wenn auch mit Vorbehalt, einigermaßen andeuten.

Der laute Schrei des Gottes war deutlich kein Freudenschrei, sondern ein Schrei des Entsetzens darüber, daß ein Erdmann in dem unterweltlichen Reich sein Wesen trieb. Der Erdmann war Willensträger des Merirê und daher eine von Osiris nicht regierbare Figur. Wo immer seine (jüdischen) Nachfahren auftraten, floh man die Erdmenschen schreckensbleich oder erstarrte in Krampf.

In der zweiten, inhaltsreichen Hälfte des Papyrus taucht ein neuer Pharao auf, Menptah[25]*, vielleicht als Nachfolger des Königs Si-Sobek; allerdings ist am Ende der Erzählung noch einmal von dem eidbrüchigen Pharao die Rede, dem Merirê seine Verfehlungen erneut vorhält. Auf jeden Fall kommt Merirê wieder (vielleicht mit Hilfe von Hathor) auf die Erde, wie überhaupt der zweite Teil der Geschichte vornehmlich auf der Erde spielt, ohne daß die Unterwelt aus der Szenerie verschwunden wäre.*

Eine Textstelle besagt, daß nach einer Beratung Pharaos mit seinen Beamten jemand in den Fluß geworfen wird. Die Übersetzerin vermutet, daß es der Erdmann war, den man auf diese Weise beseitigt hat. Denn für ihn war dies der angemessene Tod, er wird wieder zu der Erde, aus der er geformt war[26]*. Merirê wird wieder mit seiner Frau vereint und darf mit ihr zusammen in sein Haus zurück. Die Waage der Gerechtigkeit kommt ins Lot, die Attentäter sind bestraft, Merirê steht der Weg an den Hof offen*[27]*.*

Erklärungen S. 357ff.

35

Die Erzählung von Seton Chaemwêse[1] und von Ni-noferka-Ptah und Ahwêre, seiner Frau, und Merib, ihrem Sohn

Im Anfang des Märchenromans ist über ein Drittel des Textes verloren, aber er läßt sich auf Grund von Fragmenten eines anderen Papyrus dem Sinne nach ergänzen. Im folgenden ist versucht, den Gedankengang an Hand der wenigen Reste frei nachzuzeichnen, ehe die Erzählung im Wortlaut einsetzt.

Seton Chaemwêse lebte in Memphis und war dort Hoherpriester am Tempel des Gottes Ptah. Er war ein vortrefflicher Schreiber und ein überaus gelehrter Mann. Er vermochte die alten Schriften des Lebenshauses zu lesen, und er verstand sich auf den Zauber. Er las die Inschriften in den Gräbern und auch die Rollen im Archiv. Dabei (?) erfuhr er, daß vor einer sehr langen Zeit ein vollkommener Schreiber und überaus gelehrter Mann gelebt hatte, der Sohn des Pharao Merneb-Ptah, mit Namen Ni-noferka-Ptah. Dieser überaus gelehrte Mann besaß ein Zauberbuch aus dem goldenen Kasten des Schreibergottes Thoth selber. In diesem Buche standen zwei Sprüche. Wenn man den ersten Spruch las, wurde der Himmel bezaubert, die Erde, die Unterwelt, die Berge und die Gewässer. Auch konnte man alles verstehen, was die Vögel des Himmels sprachen und die Tiere, die auf der Erde kriechen, und auch die Fische in der Tiefe des Wassers. Wenn man den zweiten Spruch las, und zwar während man im Totenreich war, so konnte man wieder seine irdische Gestalt annehmen. Man konnte den Sonnengott Re mit seinem Götterkreise am Himmel erscheinen sehen und den Mond aufgehen in seiner Gestalt. Dieses Zauberbuch befand sich bei Ni-noferka-Ptah in seinem Grabe bei Memphis, wo er seine Ruhestätte gefunden hatte.

Es kam nun eine Zeit, wo Seton Chaemwêse nichts anderes auf Erden tat, als in der Wüstennekropole bei Memphis einhergehen, um nach diesem Grab des Ni-noferka-Ptah zu suchen und das Zauberbuch zu finden.

Er verbrachte viele Tage und Nächte mit Suchen in allen Gräbern, und er wendete dabei die Grabsteine der Schreiber um und las ihre Inschriften. Aber er konnte das Grab des Ni-noferka-Ptah nicht finden.

Da traf er eines Tages in der Wüste von Memphis auf das Grab eines sehr vornehmen Mannes, der auch in der Zeit des Königs Merneb-Ptah gelebt hatte (?). Er sprach einen Zauberspruch und brachte den Toten zum Sprechen. Dieser Mann erklärte ihm, wie er das Grab des Ni-noferka-Ptah finden könne. Der vornehme Mann, ein würdiger Fürst, sagte zu ihm:

«Wenn du an den Ort gelangen willst, wo Ni-noferka-Ptah zur Ruhe gebettet ist, so mußt du in der Wüstennekropole von Memphis den Geiern und Raben folgen, ohne daß du sie aus den Augen verlierst. Sie werden dich zu dem Grab des Ni-noferka-Ptah führen. Geh dorthin, ohne zu kämpfen! Mir aber bringe ein Brandopfer dar und eine Trankspende, und richte an meinem Grab alles ordentlich her!»

Seton sagte: «Ich will alles tun, was du gesagt hast, und ich will das Grab des Ni-noferka-Ptah suchen.» Er brachte dem vornehmen Toten ein Brandopfer dar und eine Trankspende, und er ließ auch das Grab des vornehmen Mannes vom Sandstaub befreien durch seinen Diener Psenasuche, der bei ihm war, und er sagte zu dem Toten: «Ich bringe dir ein Rind dar, Geflügel und Wein, und ich bringe dir Kleider dar, und ich lasse dir die Opferzeremonien vollziehen.» Denn Seton erkannte, daß alles, was der vornehme Mann ihm gesagt hatte, richtig war.

Seton ließ ein Rind bringen, Geflügel, Wein und Kleider und ließ ihn die Opferzeremonien vollziehen, und er feierte mit seiner schönen Frau ein Fest.

Am nächsten Morgen ging Seton hinaus zu der Wüste von Memphis, und er ging in der Nekropole auf und ab. Da geschah es, daß plötzlich Geier und Raben vor ihm standen mit viel Gekrächze. Dann flogen sie vor ihm her; und er ging ihnen nach. Seton wendete keinen Augenblick sein Gesicht ab, bis er die Geier und Raben nicht mehr sah. Da war er zu dem Grab des Ni-noferka-Ptah gelangt. Seton ließ den Stein vor dem Eingang des Grabes wegnehmen und stieg hinab zu der Stelle, wo Ni-noferka-Ptah ruhte.

Seton suchte das Zauberbuch zunächst auf der rechten Seite, wo die Säule stand, und er fand die Säule auf der rechten Seite aus Ibi-Stein und mit Gold überzogen ..., während ein Gespenst über ihm war. Da sprach das Gespenst mit Seton, und Seton sagte: «Mögest du die Lebenszeit des Re verbringen!» Da trank und aß das Gespenst und setzte sich nieder zu einem schönen Fest. Dann schlief er auch mit ihm und nahm sich ihn zum Partner. Dann kam ein Stundenpriester herzu und traf Seton, wie er die Statuen in dem Grabe auf ihren Rücken legte, um nach dem Zauberbuch zu suchen. Er zog eine Statue des Nilgottes Hapi aus ihrer Nische, dann suchte er unter anderen Götterstatuen, aber er fand das Buch nicht.

Danach stieg Seton in das Grab zusammen mit Inaros, seinem Milchbruder, und er rückte die Statue der Göttin Sechmet zur Seite, aber er fand das Buch nicht. Viele Leute halfen ihm, aber er fand das Buch nicht.

Seton verließ das Grab, ohne das Buch gefunden zu haben, und er trat vor Pharao, seinen Vater Ramses II. – Weser-Maat-Re, und er berichtete ihm alles, was er getan hatte. Pharao aber sagte zu ihm: «Hole das Buch nicht weg von Ni-noferka-Ptah. Man wird dich töten, wenn du dieses Buch nicht an seinem Orte läßt.» Aber Seton hörte nicht auf ihn.

Seton betete zu Re und Ptah, und er stieg ohne Zögern wiederum hinab in das Grab des Ni-noferka-Ptah, dorthin, wo sich sein Milchbruder Inaros befand, aber er fand das Buch nicht. Da stiegen

Seton und sein Milchbruder Inaros aus dem Grabe herauf, und sie kamen zu einem Teich in der Nekropole mit Lotos und schönen Bäumen. Dort trafen sie den Oberwäscher mit Namen..., der ein Opfer brachte vor Osiris, und Seton sagte zu ihm: ... Danach gelangten sie zu einer Frau, und die Frau...

Und es kam wieder ein Tag, da holte Seton seine Lehrbücher hervor, und er fand darin den rechten Spruch. Zusammen mit seinem Milchbruder Inaros ging er wieder in das Grab hinab, wandte einen starken Zauber an, und er brachte das Buch zum Leuchten, so daß er erkennen konnte, wo es war. Er erblickte es am Leibe des Ni-noferka-Ptah festgebunden.

Da sah sich Ni-noferka-Ptah in Gefahr, sein Buch einzubüßen, und er rief die Seelen seiner Gattin Ahwerê und ihres gemeinsamen Sohnes Merib herbei, die zusammen in einem Grabe in Koptos ruhten. Ahwêre und ihr Sohn Merib erschienen unverzüglich im Grabe des Ni-noferka-Ptah. Als nun Seton auf Ni-noferka-Ptah zugehen wollte, stellte sich Ahwêre mit ihrem Sohn Merib vor Ni-noferka-Ptah, so daß Seton nicht an ihn herankommen konnte. Das dauerte eine lange Zeit, und Seton konnte nicht gegen den Willen des Ni-noferka-Ptah und der beiden ihm zu Hilfe geeilten Seelen an. Da sagte Seton: «Man lasse mir das Buch.» Aber sie hörten nicht auf ihn. Danach wollte Seton das Buch durch Gewalt an sich bringen, und er schickte sich dazu an.

Da aber sagte Ahwêre zu ihm: «Laß ab von diesem Buch, es wird dir nur Unheil bringen. Denn siehe, auch uns ist nur Unglück widerfahren durch dieses Buch, wie du aus meiner Lebensgeschichte erfahren sollst», und Ahwêre erzählte folgendermaßen: «Als ich noch ein Mädchen war, die Tochter des Pharao Mer-neb-Ptah, da liebte ich meinen Bruder Ni-noferka-Ptah mehr als irgendeinen anderen Mann[2]*. Ich wollte mich mit Ni-noferka-Ptah vermählen, und Ni-noferka-Ptah wollte sich mit mir vermählen, denn er liebte mich mehr als irgendeine andere Frau. Aber Pharao wollte Ni-noferka-Ptah mit der Tochter eines Hauptmanns vermählen und mich mit dem Sohn eines anderen Hauptmannes. Deshalb veranstaltete Pharao ein großes Fest und ließ die Söhne und Töchter der Hauptleute* *seines Heeres dazu einladen. Ich aber schickte einen Palastvorsteher zu Pharao, meinem Vater, und ließ ihm sagen: ‹Du bist ungerecht gegen mich. Handle nach dem Willen deiner Kinder, und laß es zu, daß Ni-noferka-Ptah und ich uns vermählen.›»*

Pharao aber sandte den Palastvorsteher zurück zu Ahwêre mit den Worten:

(Hier beginnt die Übersetzung im Wortlaut nach dem erhaltenen Text.)

«Du bist es, die ungerecht handelt gegen mich. Wenn ich schon nach den beiden Kindern kein weiteres Kind mehr bekommen habe, muß ich dann auch noch das eine dem anderen vermählen? Ich werde Ni-noferka-Ptah vermählen mit der Tochter eines Hauptmanns und Ahwêre mit dem Sohn eines anderen Hauptmanns. Möge es unserer Familie zur Mehrung gereichen!»

Die Stunde kam, und man feierte das Fest vor dem Pharao. Man kam zu mir und führte mich zu dem Fest. Ich aber war tief betrübt und hatte nicht das glückliche Aussehen von gestern. Da sagte Pharao zu mir: «Ahwêre, hast du zu mir geschickt mit dem närrischen Gerede: ‹Verheirate mich mit Ni-noferka-Ptah, meinem älteren Bruder?›» Ich antwortete ihm: «Laß mich den Sohn eines Hauptmanns heiraten, und laß ihn ebenso die Tochter eines anderen Hauptmanns heiraten. Möge es unserer Familie zur Mehrung gereichen!» Und ich lachte, und der König lachte auch.

Als nun der Palastvorsteher wiederkam, sagte Pharao zu ihm: «Höre, Palastvorsteher, laß Ahwêre in dieser Nacht in das Haus des Ni-noferka-Ptah bringen und alle schönen Dinge mit ihr dorthin schaffen.» So wurde ich als Gattin in das Haus des Ni-noferka-Ptah gebracht. Der König sandte mir ein Geschenk von Silber und Gold. Der ganze Hofstaat des Pharao überbrachte es mir. Ni-noferka-Ptah verbrachte einen schönen Tag mit mir, und er bewirtete den ganzen Hofstaat des Pharao.

In derselben Nacht schlief er mit mir zusammen, und er

fand mich als Jungfrau, und schlief mit mir wieder und wieder, und wir liebten einander sehr. Als die Zeit meiner Reinigung kam, blieb die Reinigung aus. Man teilte es Pharao mit, und sein Herz freute sich über alle Maßen. Sogleich ließ Pharao viele Kostbarkeiten aus dem Schatzhaus holen und ließ sie mir als Geschenk bringen: Silber, Gold und Königsleinen, alles überaus schön.

Als die Stunde der Geburt für mich kam, gebar ich diesen Knaben, der vor dir steht und der Merib genannt wurde. Er wurde in die Listen des Lebenshauses eingetragen.

Eines Tages nun hatte mein Bruder Ni-noferka-Ptah nichts anderes auf Erden zu tun, als sich in der Nekropole von Memphis zu ergehen und die Texte zu lesen, die in den Gräbern der Pharaonen standen, sowie die Tafeln der Schreiber des Lebenshauses und schließlich die Inschriften in ihren Gräbern. Mit diesen Schriften beschäftigte er sich eifrig.

Danach fand einmal eine Prozession zu Ehren des Gottes Ptah statt, und Ni-noferka-Ptah ging in den Tempel, um zu beten. Dann ging er hinter der Prozession her und las dabei die Inschriften, die auf den Schreinen der Götter standen. Da bemerkte ihn ein Priester, der älter war als er, und lachte über ihn. Ni-noferka-Ptah aber sagte zu ihm: «Weshalb lachst du über mich?», und er antwortete: «Ich lache nicht über dich, ich lache nur, weil du Inschriften liest, die keinen Wert haben! Wenn du wirksame Schriften lesen willst, dann komm zu mir, und ich will dich an den Ort bringen, an dem sich jenes Buch befindet, das Thoth mit seiner eigenen Hand geschrieben hat, als er seinerzeit hinter den anderen Göttern vom Himmel herabgestiegen kam. Zwei Sprüche sind darin aufgezeichnet: Wenn du den ersten Spruch aussprichst, bezauberst du den Himmel, die Erde, die Unterwelt, die Berge und die Gewässer. Auch verstehst du alles, was die Vögel des Himmels sprechen, und die Tiere, die auf der Erde kriechen, und du siehst die Fische der Tiefe, während eine Gotteskraft im Wasser über ihnen schwebt. Wenn du aber den zweiten

Spruch aussprichst, und zwar während du im Totenreich bist, so wirst du wieder deine irdische Gestalt annehmen und auf der Erde sein. Du wirst den Sonnengott Re am Himmel erscheinen sehen mit seinem Götterkreise und den Mond aufgehen in seiner jeweiligen Gestalt.»

Da sagte Ni-noferka-Ptah zu ihm: «So wahr der König lebt, wenn du mir etwas Schönes nennst, das du dir wünschst, so will ich es dir geben, damit du mich an den Ort führest, an dem sich jenes Buch befindet.»

Darauf antwortete der Priester dem Ni-noferka-Ptah: «Wenn du an den Ort geführt werden willst, an dem sich dieses Buch befindet, dann mußt du mir hundert Lot Silber für mein Begräbnis geben und mußt mir kostenlos zwei Priestersärge machen lassen.»

Ni-noferka-Ptah rief einen Diener und ließ dem Priester die hundert Lot Silber geben, und er veranlaßte die Vorsteher des Schatzhauses, die beiden Priestersärge kostenlos für ihn anzufertigen.

Darauf sagte der Priester zu Ni-noferka-Ptah: «Das genannte Buch liegt mitten im Wasser von Koptos in einem Kasten von Eisen[3]. In dem Kasten von Eisen ist ein Kasten von Bronze. In dem Kasten von Bronze ist ein Kasten von Sandelholz. In dem Kasten von Sandelholz ist ein Kasten von Elfenbein und Ebenholz. In dem Kasten von Elfenbein und Ebenholz ist ein Kasten von Silber. In dem Kasten von Silber ist ein Kasten von Gold. Und in diesem liegt das Buch. Eine Meile im Umkreis um den Kasten, in dem das Buch liegt, hausen Schlangen, Skorpione und allerlei Gewürm, und um den genannten Kasten selbst ringelt sich eine ewige Schlange[4].» In dem Augenblick, da der Priester ihm dieses mitteilte, wußte Ni-noferka-Ptah nicht mehr, an welchem Ort der Erde er sich befand (,weil ihm schier die Sinne schwanden).

Als er aus dem Tempel gekommen war, (wo ihm der Priester das Geheimnis enthüllt hatte,) erzählte er mir alles, was ihm widerfahren war, und er sagte zu mir: «Ich werde nach Koptos gehen und dieses Buch holen und dann sogleich (hierher) nach dem Norden zurückkehren.» Ich aber, ich erzürnte über den Priester und sprach: «Möge Amun dich (Priester) bestrafen dafür, daß du ihm diese unheilvollen Dinge enthüllt hast. Du hast mich dem Kampf ausgesetzt und hast mir Unglück gebracht. Die Thebaïs (in der Koptos liegt) finde ich nun grauenvoll.» Ich liebkoste Ni-noferka-Ptah mit meiner Hand, um ihn davon abzuhalten, nach Koptos zu gehen. Aber er hörte nicht auf mich, ging vielmehr vor Pharao und erzählte Pharao alles, was ihm der Priester mitgeteilt hatte. Pharao fragte ihn darauf: «Was brauchst du?» Er antwortete ihm: «Gib mir das Reiseschiff des Pharao mitsamt seiner Einrichtung, denn ich will Ahwêre und Merib, ihr Kind, mit mir nach Süden nehmen. Ich will dieses Buch unverzüglich holen.»

Das Reiseschiff des Pharao wurde ihm mitsamt seiner Einrichtung gegeben. Wir gingen an Bord, wir segelten ab, und wir gelangten nach Koptos. Als dies den Priestern der Isis von Koptos und dem Hohenpriester der Isis gemeldet wurde, kamen sie herab, uns entgegen. Sie kamen sogleich Ni-noferka-Ptah entgegen, und ihre Frauen kamen mir selbst entgegen. Wir gingen vom Ufer hinauf, und wir besuchten den Tempel der Isis und des Harpokrates [5]. Ni-noferka-Ptah ließ ein Rind bringen, Geflügel und Wein, und er brachte vor Isis von Koptos und vor Harpokrates ein Brandopfer dar sowie eine Trankspende. Dann brachten sie uns in ein überaus schönes Haus, das mit allen guten Dingen ausgestattet war. Ni-noferka-Ptah verweilte vier Tage und feierte mit den Priestern der Isis von Koptos; die Frauen der Priester der Isis feierten mit mir selbst.

Als der Morgen unseres nächsten Tages kam, ließ sich Ni-noferka-Ptah einen großen Klumpen reines Wachs bringen und formte daraus ein Schiff, das mit Ruderern und Matrosen bemannt war. Dann sprach er einen Spruch über sie aus und machte sie lebendig; er verlieh ihnen Atem und warf sie in das Wasser. Danach füllte er das Reiseschiff des Pharao mit Sand. Er nahm Abschied von mir und ging an Bord. Ich aber saß oberhalb des Wassers von Koptos und sagte: «Ich will wissen, was ihm widerfährt.»

Er sagte: «Ihr Ruderer, rudert und bringt mich zu dem Ort, an dem sich das Buch befindet!» Sie ruderten ihn bei Nacht und bei Tag immer weiter. In drei Tagen gelangte er zu dem Ort; er warf Sand vor sich in die Tiefe, und da entstand eine Sandbank im Strome. Er fand eine Meile im Umkreis um den Platz, an dem sich jenes Buch befand, alle Arten von Schlangen, Skorpionen und Drachen. Er fand auch die ewige Schlange, um den genannten Kasten geringelt. Er sprach einen Spruch gegen die (Bann-)Meile mit allen Arten von Schlangen, Skorpionen und Drachen, die um den Kasten herum hausten, und hinderte sie daran, hochzukommen.

Dann ging er an den Ort, an dem die ewige Schlange war. Er kämpfte mit ihr und tötete sie. Aber sie lebte weiter und nahm von neuem ihre Gestalt an. Er kämpfte mit ihr wiederum, ein zweites Mal, und tötete sie. Aber sie lebte weiter. Er kämpfte mit ihr wiederum, ein drittes Mal. Er zerschnitt sie in zwei Stücke und warf Sand zwischen das eine Stück und das Gegenstück. Da starb sie, und sie nahm ihre Gestalt nie wieder an[6].

Ni-noferka-Ptah ging nun an den Ort, an dem der Kasten stand, und erkannte, daß es ein Kasten aus Eisen war. Er öffnete ihn und fand einen Kasten aus Bronze. Er öffnete ihn und fand einen Kasten aus Sandelholz. Er öffnete ihn und fand einen Kasten aus Elfenbein und Ebenholz. Er öffnete ihn und fand einen Kasten aus Silber. Er öffnete ihn und fand einen Kasten aus Gold. Er öffnete ihn – und er fand das Buch darin. Und er nahm das Buch aus dem goldenen Kasten heraus.

Er sprach einen dort aufgeschriebenen Spruch aus und bezauberte den Himmel, die Erde, die Unterwelt, die Berge und die Gewässer. Auch verstand er alles, was die Vögel des Himmels sprach, die Fische der Tiefe und das Wild der Wüste. Er sprach einen anderen dort aufgeschriebenen Spruch aus, und er sah den Sonnengott Re mit seinem Götterkreis am Himmel erscheinen und den Mond aufgehen und die Sterne in ihrer Gestalt. Er sah die Fische der Tiefe, während 21 Gottesellen Wasser über ihnen waren.

Er sprach einen Spruch über dem Wasser und ließ es seine frühere Gestalt zurückgewinnen. Dann stieg er an Bord und sagte zu den Ruderern: «Rudert mich nach dem Orte, von dem wir abgefahren sind!» Sie ruderten ihn bei Nacht und bei Tag, und er gelangte zu dem Ort, an dem ich mich aufhielt. Er fand mich oberhalb des Wassers von Koptos sitzen, ohne daß ich getrunken oder gegessen hatte und ohne daß ich irgend etwas auf Erden getan hatte; und ich war wie jemand, der das ‹Gute Haus› (Balsamierungshaus) erreicht hat. Ich sagte zu Ni-noferka-Ptah: «Ich bitte dich, laß mich dieses Buch sehen, um dessentwillen wir diese Mühsal auf uns genommen haben.» Und er legte mir das Buch in die Hand. Nun sprach ich einen Spruch daraus, und ich bezauberte den Himmel, die Erde, die Unterwelt, die Berge und die Gewässer. Auch verstand ich alles, was die Vögel des Himmels sagten, die Fische des Meeres und das Wild. Ich sprach einen anderen Spruch daraus, und ich sah den Sonnengott Re mit seinem Götterkreis am Himmel erscheinen und den Mond aufgehen, und alle Sterne des Himmels und ihr Wesen. Ich sah die Fische der Tiefe, während 21 Gottesellen Wasser über ihnen waren.

Da ich das Schreiben nicht verstand – jedenfalls nicht im Vergleich zu Ni-noferka-Ptah, meinem älteren Bruder, der ein vollkommener Schreiber und ein überaus gelehrter Mann war –, ließ er sich ein Blatt neuen Papyrus bringen. Er schrieb jedes Wort ab, das in der Rolle stand, ließ es sich vollsaugen mit Bier und löste es in Wasser auf. Als er sah, daß es aufgelöst war, trank er es, damit er alles wisse, was es enthielt.

Am nämlichen Tage kehrten wir in die Stadt Koptos zurück, und wir feierten einen schönen Tag vor Isis von Koptos und Harpokrates. Wir gingen an Bord, reisten nordwärts und langten eine Meile nördlich von Koptos an.

Thoth (der Schreibergott) hatte indes alles erfahren, was sich mit Ni-noferka-Ptah wegen des Buches zugetragen hatte. Thoth zögerte nicht, sondern meldete es dem Re mit den Worten: «Vernimm mein Recht und meinen Streit mit Ni-noferka-Ptah, dem Sohn des Pharao Merneb-Ptah[7]. Er ging in meinen Bezirk, plünderte ihn und nahm meinen Kasten mit meinen Schriften weg. Er erschlug meinen Wächter, der sie behütete.» Man sagte zu ihm: «Er und alle Menschen, die ihm angehören, seien dir überantwortet», und eine Gotteskraft wurde vom Himmel herabgesandt mit dem Gebot: «Laß Ni-noferka-Ptah nicht heil nach Memphis gelangen, nicht ihn noch irgendeinen Menschen, der ihm angehört!»

Im selben Augenblick trat das Kind Merib unter dem Sonnensegel des Reiseschiffes des Pharao hervor. Es fiel in den Strom und erfüllte den Willen des Re. Alle Leute, die an Bord waren, schrien laut auf. Ni-noferka-Ptah trat aus seiner Kajüte heraus, sprach einen Spruch über ihm und ließ es wieder auftauchen, während 21 Gottesellen Wasser über ihm waren. Dann sprach er einen weiteren Spruch über ihm und ließ sich von ihm alles berichten, was mit ihm vorgegangen war, alles, auch die Art der Anklage, die Thoth vor Re erhoben hatte.

Wir kehrten mit ihm nach Koptos zurück und ließen ihn in das ‹Gute Haus› (Balsamierungshaus) bringen. Wir stellten eine Totenwache für ihn auf und ließen ihn einbalsamieren, wie man es Fürsten und Reichen angedeihen läßt. Wir betteten ihn in seinem Sarge zur Ruhe im Wüstenberge von Koptos.

Da nun sprach Ni-noferka-Ptah, mein Bruder: «Laß uns nordwärts reisen, laß uns nicht länger zögern, damit Pharao nicht im voraus erfahre, was uns zugestoßen ist, und sein

Herz darüber trauere.» Wir stiegen an Bord, reisten stromab und gelangten eine Meile nördlich von Koptos unverzüglich zu dem Orte, an dem das Kind Merib in den Strom gefallen war.

Ich trat unter dem Sonnensegel des Reiseschiffes des Pharao heraus, fiel in den Strom und erfüllte den Willen des Re. Alle Leute, die an Bord waren, schrien laut auf. Sie sagten es dem Ni-noferka-Ptah. Er trat unter dem Sonnensegel des Reiseschiffes des Pharao heraus, sagte einen Spruch über mir und ließ mich wieder auftauchen, während 21 Gottesellen Wasser über mir waren. Er ließ mich hinaufholen, sagte einen Spruch über mir und ließ sich von mir alles berichten, was mit mir vorgegangen war, alles, auch die Art der Anklage, die Thoth vor Re erhoben hatte.

Er kehrte mit mir nach Koptos zurück und ließ mich in das ‹Gute Haus› bringen. Er stellte eine Totenwache für mich auf und ließ mich einbalsamieren, wie man es Fürsten und sehr Reichen angedeihen läßt. Er bettete mich zur Ruhe in demselben Grabe, in dem das Kind Merib ruhte.

Er stieg an Bord, fuhr stromab und gelangte eine Meile nördlich von Koptos unverzüglich zu dem Orte, an dem wir in den Strom gefallen waren. Er sprach mit seinem Herzen folgendermaßen: «Sollte ich nicht nach Koptos zurückfahren und mich dort niederlassen? Denn wenn ich jetzt nach Memphis zurückkomme und Pharao mich fragt nach seinen Kindern, was soll ich ihm dann antworten? Kann ich ihm dann sagen: Ich habe deine Kinder in die Gegend von Theben gebracht und habe sie getötet, während ich selbst am Leben geblieben bin und nun lebend nach Memphis zurückkehre?» – Er ließ sich einen Streifen Königsleinen bringen und machte eine Binde daraus, band das Buch zusammen, legte es auf seinen Körper und band es sich fest.

Ni-noferka-Ptah trat unter dem Sonnensegel des Reiseschiffes des Pharao heraus, fiel in den Strom und erfüllte den Willen des Re. Alle Leute, die an Bord waren, schrien laut auf und sagten: «Großes Leid, schweres Leid! Ist der vollkommene Schreiber dahingegangen, der gelehrte Mann, der nicht seinesgleichen hatte?» Das Reiseschiff des Pharao fuhr nordwärts, ohne daß irgendein Mensch auf Erden den Ort erfahren hätte, wo Ni-noferka-Ptah war.

Sie gelangten nach Memphis und erstatteten vor Pharao Bericht. Da ging Pharao in Trauerkleidern zu dem Reiseschiff des Pharao hinunter. Auch das ganze Volk von Memphis trug Trauerkleider und ebenso die Priesterschaft des Ptah und der Hohepriester des Ptah und ebenso die Beamtenschaft und der ganze Hofstaat des Pharao.

Da erblickten sie Ni-noferka-Ptah, der die Steuerruder des Reiseschiffes des Pharao ergriffen hatte dank seiner (Zauber-)Fähigkeit eines vollkommenen Schreibers. Sie holten ihn (aus dem Wasser) herauf und sahen das Buch an seinem Leibe. Pharao sprach: «Dieses Buch, das an seinem Leibe ist, soll verborgen bleiben.»

Die Beamtenschaft des Pharao sprach zusammen mit den Priestern des Ptah und dem Hohenpriester des Ptah vor Pharao: «Unser großer Herr und König, er möge so lange leben wie Re! Ni-noferka-Ptah war ein vollkommener Schreiber und ein außerordentlich gelehrter Mann.» Pharao ließ ihn in das ‹Gute Haus› bringen nach sechzehn Tagen, ließ ihn (mit Mumienbinden) einwickeln nach 35 Tagen und bestatten nach 70 Tagen. Man ließ ihn in seinem Sarge zur Ruhe betten an seiner Ruhestätte. –

Somit habe ich diese schlimmen Erlebnisse erzählt, die uns wegen des Buches widerfahren sind, von dem du gesagt hast: «Man lasse es mir!» Habe nichts mit ihm zu schaffen, denn um seinetwillen ist uns das Leben auf Erden genommen worden.

Daraufhin sagte Seton dennoch: «Ahwêre, laß mich das Buch haben, das ich zwischen dir und Ni-noferka-Ptah sehe, sonst werde ich es mit Gewalt nehmen.»

Da richtete sich Ni-noferka-Ptah von der Bahre auf und

sagte: «Bist du Seton, vor dem diese Frau diese verhängnisvolle Geschichte erzählt hat, die du nicht beherzigt hast? Bist du imstande, das genannte Buch durch die Kraft eines vollkommenen Schreibers wegzunehmen, oder willst du mich im Brettspiel überwinden? Dann laß uns auf dem Brett das Zweiundfünfziger-Spiel machen.» Seton antwortete: «Ich bin bereit.»

Sie stellten das Spielbrett mit seinen Steinen vor sich auf, und sie spielten das Zweiundfünfziger-Spiel. Ni-noferka-Ptah gewann ein Spiel gegen Seton. Er sprach einen Spruch über ihn und schlug ihn dazu mit dem Spielkasten, der vor ihm stand, und ließ ihn in den Boden versinken bis zu seinen Beinen. Er machte es ebenso beim zweiten Spiel, gewann es gegen Seton und ließ ihn in den Boden versinken bis zu seinen Hüften. Er machte es ebenso beim dritten Spiel und ließ ihn in den Boden versinken bis zu seinen Ohren. Darauf erlitt Seton noch einen starken Schlag durch die Hand des Ninoferka-Ptah.

Da rief Seton seinen Bruder Inaros und sprach: «Steige sofort hinauf auf die Erde und berichte alles, was mir widerfahren ist, vor Pharao, bringe die Amulette meines Vaters Ptah und meine Lehrbücher herunter!»

Der stieg sofort hinauf auf die Erde und berichtete vor Pharao alles, was Seton widerfahren war. Da sprach Pharao: «Nimm für ihn die Amulette seines Vaters Ptah und seine Lehrbücher!» Inaros stieg sofort wieder hinab in das Grab und legte die Amulette auf den Körper des Seton. Da stieg dieser im nämlichen Augenblick wieder aus der Erde auf.

Nun legte Seton seine Hand hinter das Buch und nahm es weg.

Als Seton aus dem Grabe herauskam, ging das Licht vor ihm her, und die Finsternis ging hinter ihm. Ahwêre weinte ihm nach und sagte: «Sei gegrüßt, du König Finsternis, leb wohl, du König Licht. Alle Kraft, die in dem Grabe weilte, ist ganz dahingegangen.» Ni-noferka-Ptah sagte zu Ahwêre:

«Sei nicht traurig im Herzen! Ich will ihn zwingen, daß er dieses Buch hierher zurückbringt, (als Büßer) mit einem gegabelten Stock in der Hand und mit einem Feuerbecken auf dem Kopfe[8].»

Seton stieg aus dem Grabe herauf und verschloß es hinter sich in der gleichen Art, wie es gewesen war. Seton trat vor Pharao und berichtete vor ihm über die Geschichte, die ihm mit dem Buche widerfahren war. Pharao sagte zu Seton: «Bring dies Buch in das Grab des Ni-n'oferka-Ptah zurück nach Art eines ergebenen Mannes, sonst wird er dich zwingen, es zu bringen, (und zwar als Büßer) mit einem gegabelten Stock in der Hand und mit einem Feuerbecken auf dem Kopf.» Seton aber hörte nicht auf ihn.

Es kam vielmehr so, daß sich Seton mit nichts anderem auf Erden beschäftigte, als das Buch aufzurollen und daraus vor allen Leuten zu lesen. –

Danach einmal an einem Tage ging Seton auf und ab vor dem Tempel des Ptah, und da erblickte er eine Frau von solch wunderbarer Schönheit, wie es ihresgleichen keine Frau mehr gab. Sie war schön und trug viele Schmuckstücke aus Gold an sich, einige junge Mädchen gingen hinter ihr, und zweiundfünfzig Leute ihres Hauses umgaben sie als ihre Begleiter.

In dem Augenblick, da Seton sie erblickte, wußte er nicht mehr, an welchem Ort der Erde er sich befand (,weil ihm schier die Sinne schwanden).

Seton rief seinen Diener und sagte: «Geh sogleich an den Ort, wo diese Frau ist, und erkundige dich nach ihrem Rang.»

Der Diener ging sogleich an den Ort, wo die Frau war. Er rief die junge Sklavin, die hinter ihr ging, und fragte sie: «Was für eine Frau ist das?» Sie sagte zu ihm: «Das ist Tabubu[9], die Tochter des Propheten der Bastet[10], der Herrin von Anch-Taúi (Stadtteil von Memphis). Sie ist hierhergekommen, um vor Ptah, dem großen Gott, zu beten.» Der

Junge kehrte zu Seton zurück und berichtete ihm alles genau, was sie ihm gesagt hatte.

Da sagte Seton zu dem Jungen: «Geh und sage zu dem Mädchen: ‹Seton Chaemwêse, der Sohn des Pharao Weser-Maat-Re (Ramses II.) ist es, der mich schickt und sagen läßt: Ich werde dir zehn Goldstücke geben, wenn du eine Stunde mit mir verbringst. Fürchtest du etwa, deswegen bestraft zu werden, so will ich das für dich in Ordnung bringen. Ich will dich an einen verborgenen Ort bringen lassen, wo dich kein Mensch auf Erden finden kann.›»

Der Junge begab sich an den Ort zurück, an dem Tabubu war, rief ihre junge Sklavin und sprach mit ihr. Da machte sie ein Gezeter, als ob das, was er gesagt hatte, eine Beleidigung gewesen wäre. Tabubu sagte zu dem Jungen: «Höre auf, mit dieser närrischen Dienerin da zu verhandeln; komm zu mir und rede mit mir!» Der Junge eilte zu Tabubu hin und sagte zu ihr: «Ich werde dir zehn Goldstücke geben, wenn du eine Stunde mit Seton Chaemwêse verbringst, dem Sohn des Pharao Weser-Maat-Re. Solltest du aber Bedenken haben, so will er das schon regeln. Er will dich an einen verborgenen Ort bringen lassen (entführen), wo dich kein Mensch auf Erden finden kann.»

Da sagte Tabubu: «Geh und sage Seton folgendes: ‹Ich bin geweiht, ich bin keine gemeine Frau. Wenn du wirklich danach begehrst, mit mir zu tun, was du willst, so mußt du nach Per-Bastet[10] in mein Haus kommen. Es ist in jeder Weise gut ausgestattet, und du kannst mit mir tun, was du willst, ohne daß irgendein Mensch auf Erden mich finden kann und ohne daß ich wie eine niedrige Frau von der Straße handle.›» Der Junge kehrte zu Seton zurück und berichtete ihm alles genau, was sie ihm gesagt hatte. Er sagte: «Es ist recht so.» Aber alle Leute in der Umgebung des Seton waren empört.

Seton ließ ein Schiff zu sich kommen, bestieg es und begab sich sogleich nach Per-Bastet. Als er in den Westen von Kemi kam, fand er ein Haus, das außerordentlich hoch war, von einer Mauer umgeben und mit einem Garten auf seiner Nordseite und mit einer Empfangshalle davor.

Seton fragte: «Wem gehört dieses Haus?» Man antwortete ihm: «Das ist das Haus der Tabubu.» Seton trat durch die Gartenmauer ein. Als er das Gartenhaus zu Gesicht bekommen hatte, meldete man dies Tabubu. Sie kam herab, ergriff die Hand des Seton und sagte zu ihm: «So wahr das Haus, zu dem du gelangt bist, das Haus des Propheten der Bastet, Herrin von Anch-Taúi, gedeihe, es wird mir sehr vergnüglich sein! Komm nun hinauf mit mir!»

Seton stieg die Treppe des Hauses mit Tabubu hinauf. Er fand das obere Stockwerk des Hauses frisch gereinigt und geschmückt, geschmückt mit echtem Lapislazuli und mit echtem Türkis. Eine Menge Ruhebetten waren darin, alle bezogen mit Königsleinen. Goldene Becher in großer Zahl standen auf der Anrichte. Ein goldener Becher war mit Wein gefüllt. Er wurde Seton überreicht. Dann sagte sie zu ihm: «Nun erlaube, daß man das Mahl bereite nach deinem Geschmack.» Er aber sagte zu ihr: «Das ist mir jetzt unmöglich!» Man legte stark duftendes Harz auf den Räucherständer, und man brachte Wohlgerüche vor ihn, wie sie für Pharao verwendet werden.

Seton verbrachte einen schönen Tag mit Tabubu, ohne daß er eine Erscheinung wie die ihre jemals sonst gesehen hätte. Seton sagte zu Tabubu: «Laß uns das ausführen, wozu wir hierhergekommen sind!» Sie sagte zu ihm: «Du sollst dein Haus erreichen, jenes, in dem du bereits bist. Ich bin geweiht, ich bin keine gemeine Frau. Wenn du wirklich danach begehrst, mit mir zu tun, was du willst, dann mußt du mir eine Urkunde ausstellen auf Unterhalt und Geldvergütung in Höhe von allen Dingen und allem Besitz, der dir gehört, ganz und gar.» Er sagte zu ihr: «Laß den Schreiber der Schule kommen!», und er wurde sogleich herbeigebracht. Da ließ er für sie eine Urkunde ausstellen auf Unterhalt und

Geldvergütung in Höhe von allen Dingen und allem Besitz, der ihm gehörte, ganz und gar.

Bald danach meldete man Seton: «Deine Kinder sind unten.» Er sagte: «Sie sollen heraufkommen.» Da erhob sich Tabubu und zog ein Gewand von dünnstem Königsleinen an, so daß Seton alle ihre Glieder hindurch sah und sein Verlangen noch größer wurde, als es vorher schon war. Seton sagte: «Tabubu, laß mich das ausführen, wozu ich hierhergekommen bin.» Sie sagte zu ihm: «Du sollst dein Haus erreichen, jenes, in dem du bereits bist. Ich bin geweiht, ich bin keine gemeine Frau. Wenn du wirklich danach begehrst, mit mir zu tun, was du willst, dann mußt du deine Kinder meine Urkunde unterschreiben lassen. Laß nicht zu, daß sie mit meinen Kindern Streit anfangen wegen deines Besitzes.»

Er ließ seine Kinder kommen und ließ sie die Urkunde unterschreiben. Dann sagte Seton zu Tabubu: «Laß mich das ausführen, wozu ich hierhergekommen bin.» Sie sagte zu ihm: «Du sollst dein Haus erreichen, jenes, in dem du bereits bist. Ich bin geweiht, ich bin keine gemeine Frau. Wenn du wirklich danach begehrst, mit mir zu tun, was du willst, dann mußt du deine Kinder töten lassen. Laß nicht zu, daß sie mit meinen Kindern Streit anfangen wegen deines Besitzes.» Seton sagte: «Laß an ihnen das Entsetzliche geschehen, das in dein Herz gekommen ist.»

Sie ließ seine Kinder vor ihm töten und ließ sie aus dem Fenster hinunterwerfen vor die Hunde und Katzen. Sie fraßen ihr Fleisch, während er es mit anhörte und mit Tabubu trank.

Dann sagte Seton: «Tabubu, laß uns das ausführen, wozu wir hierhergekommen sind. Alles, was du zu mir gesagt hast, habe ich dir genau erfüllt.» Jetzt sagte sie zu ihm: «Steige nun von hier in jenes Gemach hinauf!» Und Seton ging in jenes Gemach. Er legte sich nieder auf einem Ruhebett von Elfenbein und Ebenholz, damit sein Verlangen Erfüllung fände. Tabubu legte sich Seton zur Seite, und er streckte seine Hand aus, um sie zu berühren. Da öffnete sie ihren Mund zu einem großen Schrei gegen den Boden hin.

Als Seton wieder zu sich kam, war er wie im Fieber, seine Begierde stillte sich, und er war ganz entkleidet.

Bald darauf sah Seton einen vornehmen Herrn in einer Sänfte, viele Leute fielen ihm zu Füßen, und er sah aus wie Pharao. Seton wollte sich gern erheben, konnte sich aber nicht erheben vor Scham, da er ja ganz entkleidet war. Pharao sprach: «Seton, wie kommst du in diesen Zustand, in dem du da bist?» Er antwortete: «Ni-noferka-Ptah ist es, der mir dies alles angetan hat.» Pharao sagte: «Gehe nach Memphis, denn deine Kinder suchen nach dir, sie stehen nach ihrer Gewohnheit vor Pharao.» Seton sagte vor Pharao: «Mein großer Herr, mein König, möge er lang leben wie Re! Wie soll ich nach Memphis gehen, wenn ich ganz entkleidet bin?» Da rief Pharao nach einem Sklaven, der dabeistand, und ließ ihn Seton ein Gewand bringen. Dann sagte Pharao: «Seton, gehe nach Memphis, deine Kinder, sie leben, und sie stehen nach ihrer Gewohnheit vor Pharao.»

Seton ging nun nach Memphis. Er umarmte seine Kinder, und er fand sie lebend. Pharao sagte: «War es ein Rausch, in dem du dich vorhin befunden hast?» Seton berichtete alles genau, was ihm mit Tabubu und Ni-noferka-Ptah widerfahren war. Da sagte Pharao: «Seton, damals habe ich alles, was ich nur konnte, für dich getan, wenn ich dir sagte: ‹Man wird dich töten, wenn du dieses Buch nicht an den Ort zurückbringst, von dem du es geholt hast.› Aber du hast bis zur Stunde nicht auf mich gehört. Nun bringe dieses Buch zu Ni-noferka-Ptah mit einem gegabelten Stock in der Hand und einem Feuerbecken auf dem Kopfe.»

Seton kam von der Audienz bei Pharao heraus, und zwar mit einem gegabelten Stock in der Hand und einem Feuerbecken auf dem Kopfe. Er stieg hinab in das Grab, in dem Ni-noferka-Ptah war. Ahwêre sagte zu ihm: «Seton, der große Gott Ptah ist es, der dich heil hierherbringt.» Aber

Ni-noferka-Ptah lachte und sagte: «Das habe ich dir ja vorher gesagt.» Seton machte ein Segenszeichen über Ni-noferka-Ptah, und er gewahrte, daß, wie man so sagt, Re (Sonnenlicht) das ganze Grab (wieder) erfüllte. Dann machten Ahwêre und Ni-noferka-Ptah viele Segenszeichen über Seton.

Seton sprach: «Ni-noferka-Ptah, ist dir irgend etwas nicht nach Wunsch?» Ni-noferka-Ptah antwortete: «Seton, du weißt ja, daß Ahwêre und ihr Sohn Merib in Koptos sind; in diesem Grabe weilen sie ja nur durch die Kunst eines vollkommenen Schreibers. Laß es dir angelegen sein, daß du dich der Mühe unterziehst, nach Koptos zu gehen und sie hierherzuholen.»

Danach stieg Seton aus dem Grabe hinauf. Er ging vor Pharao und berichtete vor Pharao alles genau, was Ni-noferka-Ptah ihm gesagt hatte. Pharao sagte: «Seton, gehe nach Koptos, und hole Ahwêre mit ihrem Sohn Merib.» Er sagte vor Pharao: «Gib mir das Reiseschiff des Pharao mitsamt seiner Einrichtung.» Das Reiseschiff des Pharao wurde ihm mitsamt seiner Einrichtung gegeben, er ging an Bord, er segelte ab, und er gelangte unverzüglich nach Koptos.

Als man es meldete vor den Priestern der Isis von Koptos und dem Hohenpriester der Isis, kamen sie hinab ihm entgegen und reichten ihm die Hand zum Aussteigen ans Ufer. Er stieg hinauf mit ihnen, ging in den Tempel der Isis von Koptos und des Harpokrates und ließ ein Rind, Geflügel und Wein herbeibringen und brachte ein Brandopfer dar und eine Trankspende vor Isis von Koptos und vor Harpokrates. Dann ging er mit den Priestern der Isis und dem Hohenpriester der Isis in das Nekropolengebirge von Koptos.

Sie verbrachten drei Tage und drei Nächte mit Suchen in allen Gräbern, die im Wüstengebirge von Koptos lagen, wendeten dabei die Grabsteine der Schreiber des Lebenshauses um und lasen die Inschriften, die darauf standen. Doch die Ruhestätte, in der Ahwêre und ihr Sohn lagen, fanden sie nicht.

Ni-noferka-Ptah aber merkte, daß sie die Ruhestätte von Ahwêre und ihrem Sohn Merib nicht fanden. So erhob er sich in der Gestalt eines Greises, eines Priesters von hohem Alter, und trat vor Seton hin. Seton sah ihn, und Seton sagte zu dem Greise: «Du hast das Aussehen eines Mannes von hohem Alter. Kennst du die Ruhestätten, in denen Ahwêre und ihr Sohn Merib liegen?» Der Greis sagte zu Seton: «Der Vater des Vaters meines Vaters hat vor dem Vater meines Vaters folgendes gesagt: ‹Die Ruhestätten von Ahwêre und ihrem Sohn Merib liegen unter der südlichen Ecke des Baues des Hemsches, des Priesters...›» Da sagte Seton zu dem Greise: «Hat dir der Hemsches etwa ein Unrecht getan, so daß du jetzt vorhast, sein (Grab-)Gebäude deswegen dem Erdboden gleichmachen zu lassen?» Der Greis aber sagte zu Seton: «Laß mich bewachen und den Bau des Hemsches abtragen. Und wenn es sich herausstellen sollte, daß man Ahwêre und ihren Sohn Merib nicht unter der südlichen Ecke seines Baues findet, so magst du mich verderben.»

Man bewachte den Greis, aber die Ruhestätte von Ahwêre und ihrem Sohn Merib wurde unter der südlichen Ecke des Grabhauses des Hemsches gefunden.

Seton ließ die hohen Personen an Bord des Reiseschiffes des Pharao bringen, und er ließ den Bau des Priesters Hemsches genau so wiederherstellen, wie er vorher war. Da offenbarte Ni-noferka-Ptah dem Seton, daß er es selbst war, der nach Koptos gekommen war, um sie die Ruhestätte finden zu lassen, in der Ahwêre mit ihrem Sohn Merib lag.

Seton stieg an Bord des Reiseschiffes des Pharao und fuhr nordwärts und kam unverzüglich nach Memphis mit allen Leuten, die mit ihm waren. Man meldete es vor Pharao, und er stieg hinab zu dem Reiseschiff des Pharao. Er ließ die hohen Personen in dem Grab beisetzen, in dem Ni-noferka-Ptah lag, und ließ ihr Grab durch eine gemeinsame Deckplatte verschließen.

Nachschrift des Abschreibers: Dies ist der vollständige Text. Eine Erzählung von Seton Chaemwêse und von Ni-noferka-Ptah und Ahwêre, seiner Frau, und von Merib, ihrem Sohn. Diese Abschrift wurde gefertigt (von...) im 1. Wintermonat des Jahres 15.

Erklärungen S. 360 ff.

36

Si-Osire führt seinen Vater Setom Chaemwêse in die Unterwelt und besiegt die äthiopischen Zauberer

Eines Nachts träumte sie im Traum, daß man zu ihr sagte: «Bist du nicht Meh-usechet, die Gemahlin des Setom, die (im Tempel) liegt, um eine Segnung zu empfangen (aus den Händen des Gottes? Wenn der Morgen des morgigen Tages) kommt, gehe ins Gemach des Setom, deines Gemahls. Dort wirst du eine Melonenrebe gewachsen finden. (Brich einen Zweig davon ab) mitsamt seinen Kürbissen und zerreibe sie; mach daraus ein Heilmittel, gib es ins Wasser und trinke es. Dann wirst du von ihm in der gleichen Nacht ein Kind empfangen.»

Meh-usechet erwachte aus dem Traum, als sie dies gesehen hatte, und sie tat alles, wie es ihr im Traum geheißen war. Sie legte sich nieder an die Seite des Setom, ihres Gemahls, und sie empfing von ihm ein Kind.

Als die Zeit ihrer Reinigung gekommen war, hatte sie das Anzeichen einer Frau, die empfangen hat. Setom teilte es sogleich Pharao mit, weil sein Herz darüber sehr, sehr froh war. Er hing ihr ein Amulett um und las einen Spruch über sie.

Eines Nachts legte sich Setom nieder und träumte in einem Traum, daß man mit ihm sprach und ihm sagte: «Meh-usechet, deine Gemahlin, hat von dir ein Kind empfangen in jener Nacht. Das Kind, das geboren wird, des Name soll Si-Osire (Sohn des Osiris) heißen. Zahlreich werden die Wunder sein, die es für Ägypten tun wird.»

Setom erwachte aus seinem Traum, als er dies gesehen hatte, und sein Herz war sehr, sehr froh.

Während der Monate ihrer Schwangerschaft fühlte sie die Anzeichen einer wunderbaren Natur des Kindes. Und als die Zeit der Niederkunft kam, gebar sie einen männlichen Knaben. Man ließ es Setom wissen, und er nannte ihn Si-Osire, wie ihm im Traum geheißen war. Dann nahm er ihn in die Arme, man wiegte ihn, und man stillte ihn.

Als der Knabe Si-Osire ein Jahr alt war, sagten die Leute von ihm: «Er ist zwei Jahre alt.» Und als er zwei Jahre alt war, sagten sie: «Er ist drei Jahre alt.» Setom ließ keine Stunde verstreichen, ohne nach dem Knaben Si-Osire zu sehen, denn seine Liebe zu ihm war über alle Maßen groß.

Der Knabe wuchs heran, und als er kräftig genug war, wurde er in die Schule geschickt. Nach kurzer Zeit wußte er alles besser als der Lehrer, dem er zum Unterricht anvertraut war. Der Knabe Si-Osire begann die heiligen Texte zu sprechen, zusammen mit den Schreibern des Lebenshauses im Tempel des Ptah. Und alle, die ihn hörten, betrachteten ihn als ein Wunder des Landes.

Es war Setoms ganzer Wunsch, ihn beim Fest Pharao vorzustellen, damit er dabei allen Weisen des Landes gegenübergestellt würde.

Eines Tages nun, da Setom gereinigt wurde für das Fest entsprechend der Sitte in seinem Hause, da wurde der Knabe Si-Osire herbeigeholt, um mit ihm das Fest zu besuchen.

Eines andern Tages begab es sich, daß Setom laute Totenklage hörte. Er sah vom Erker seines Hauses herunter und erblickte einen Reichen, den man unter lautem Klagegeschrei in die Wüstennekropole hinaustrug, mit großen Ehren und mit reichen Grabbeigaben.

Als er ein andermal hinabsah, erblickte er einen Armen, den man aus Memphis in die Wüste hinaustrug, nur eingeschlagen in eine Matte und ganz und gar ohne Geleit.

Da sagte Setom: «Bei (Ptah, dem großen Gott, wieviel besser sind die Reichen dran,) die man unter lauten Klagerufen und mit reichen Grabbeigaben bestattet, als die Armen, die man (ohne Gefolge und ohne alles) in die Wüste hinausträgt!» Der Knabe Si-Osire aber sagte zu seinem Vater: «Möge es dir im Totenreich ebenso ergehen, wie es diesem Armen im Totenreich ergehen wird! Möge es dir aber nicht ergehen, wie es diesem Reichen im Totenreich ergehen wird, wenn du dereinst ins Totenreich eingegangen sein wirst.»

Als Setom diese Worte des Knaben Si-Osire hörte, wurde sein Herz sehr betrübt, und er sagte: «Soll das, was ich höre, die Stimme meines Sohnes sein?» Der Knabe Si-Osire antwortete ihm: «Wenn du es wünschst, werde ich dir den Armen zeigen, den man ohne Grabbeigaben und ohne Geleit in die Wüste getragen hat, und den Reichen, den man unter lautem Klagegeschrei und mit großen Ehren bestattet hat.» Setom fragte ihn: «Wie könntest du das tun?»

Darauf nahm Si-Osire seinen Vater an der Hand und führte ihn an einen Ort (in der westlichen Wüste von Memphis), den dieser nicht kannte.

Dort fanden sie ein Gebäude mit sieben großen Hallen voll von Menschen. Sie traten in die erste Halle ein und fanden ... Sie traten in die zweite Halle ein und sahen ... Sie traten in die dritte Halle ein und sahen ...

Sie traten in die vierte Halle ein, und da sah Setom Leute Seile drehen, während Esel diese hinter ihnen wegfraßen. Dann gab es andere, deren Nahrung, Wasser und Brot, über ihnen aufgehängt war. Jedesmal wenn sie danach sprangen, um sie herunterzuziehen, schaufelten andere Leute Gruben unter ihren Füßen aus, um sie am Zugriff zu hindern.

Sie traten in die fünfte Halle ein, und da sah Setom die erhabenen Verklärten der Reihe nach stehen. Die aber, die wegen irgendwelcher Freveltaten angeklagt waren, standen an der Tür und flehten. Bei einem Manne, der flehte und lautes Wehgeschrei ausstieß, war der Angelzapfen des Tores der fünften Halle in das rechte Auge eingelassen.

Sie traten in die sechste Halle ein, und da sah Setom die Götter des Gerichts für die Bewohner des Totenreiches, die dort der Reihe nach standen, und sah die Diener des Totenreiches dastehen und die Anklagen vortragen.

Sie traten in die siebente Halle ein, und da sah Setom die Gestalt des Osiris, des großen Gottes, wie er auf seinem Thron aus lauterem Golde saß, geschmückt mit der Atef-Krone; Anubis, der große Gott, zu seiner Linken, der große Gott Thoth zu seiner Rechten. Die Götter des Gerichtes für die Bewohner des Totenreiches standen ihm links und rechts zur Seite. Die Waage war in der Mitte von ihnen aufgestellt, und man wog die bösen Taten gegen die guten ab. Thoth, der große Gott, führte Buch, und Anubis machte seinem Genossen Angaben.

Wenn bei einem die bösen Taten zahlreicher befunden werden als seine guten, so wird er der «Fresserin» des Herrn des Totenreiches überantwortet. Seine Seele wird samt seinem Körper vernichtet, und er darf niemals wieder atmen.

Wenn aber bei einem die guten Taten zahlreicher befunden werden als seine bösen, so wird er unter die Richtergötter des Herrn des Totenreiches versetzt, und seine Seele geht zusammen mit den erhabenen Verklärten zum Himmel.

Wenn bei einem die guten Taten den bösen das Gleichgewicht halten, so wird er unter die seligen Geister versetzt, die dem Gotte Sokaris-Osiris dienen.

Da sah Setom einen Vornehmen, der in ein Gewand von Königsleinen gekleidet war, nahe dem Orte, wo Osiris war. Der Rang, den er einnahm, war sehr hoch. Setom verwunderte sich sehr über das, was er im Totenreich sah.

Si-Osire ging nun vor ihm hinaus und sagte zu ihm: «Mein Vater Setom, hast du nicht diesen Vornehmen gesehen, der, in ein Gewand von Königsleinen gekleidet, sich nahe dem Orte aufhält, wo Osiris ist? Dies ist der Arme, den du gesehen, als man ihn ohne Geleit und nur in eine Matte eingeschlagen aus Memphis hinaustrug. Er wurde in die Unterwelt gebracht. Dann wurden seine bösen Taten abgewogen gegen seine guten, die er auf der Erde begangen hatte, und man fand seine guten Taten zahlreicher als seine bösen im Verhältnis zu seiner Lebenszeit, die Thoth ihm schriftlich zugewiesen hatte bei seiner Geburt, und im Verhältnis zu seinem Glück auf Erden. So wurde vor Osiris der Befehl erteilt, daß die Grabausstattung jenes Reichen, den du gesehen hast, als er aus Memphis unter viel Totenklage herausgetragen wurde, eben diesem Armen gegeben werden solle, und daß er unter die erhabenen Verklärten versetzt werde als ein Mann Gottes, der dem Sokaris-Osiris dient, nahe dem Ort des Osiris.

Jener Reiche aber, den du gesehen hast, wurde auch in die Unterwelt gebracht, und seine bösen Taten wurden gegen seine guten abgewogen. Man fand seine bösen Taten zahlreicher als seine guten, die er auf Erden begangen hatte. So wurde befohlen, ihn fortzuschaffen, um ihn im Totenreich zu bestrafen. Er ist derselbe, von dem du gesehen hast, daß der Angelzapfen vom Tore des Totenreiches in sein rechtes Auge eingelassen war und sich auf seinem Auge auf- und zudrehte, während sein Mund in lautem Wehgeschrei offenstand. Bei Osiris, dem großen Gott, dem Herrn des Totenreichs, wenn ich dir auf Erden gesagt habe: «Möge es dir im Totenreich ebenso ergehen wie diesem Armen›, und ‹Möge es dir nicht ergehen wie jenem Reichen›, so wußte ich, was ihnen widerfahren würde.»

Da sprach Setom: «Mein Sohn Si-Osire, zahlreich sind die Wunder, die ich im Totenreich gesehen habe. Nun aber laß mich erfahren, was es mit diesen Leuten auf sich hat, die Seile drehen, während Esel diese hinter ihnen wegfressen. Und mit den anderen, deren Nahrung, Wasser und Brot, über ihnen aufgehängt ist, und denen jedesmal, wenn sie danach springen, sie herunterzuziehen, andere Leute Gruben unter ihren Füßen ausschaufeln, um sie am Zugriff zu hindern.»

Da sagte Si-Osire: «Wahrhaftig, mein Vater Setom, diese Menschen, die du Seile drehen sahst, während die Esel sie hinter ihnen wegfraßen, entsprechen jenen Menschen auf Erden, die unter dem Fluche Gottes stehen. Sie mühen sich bei Nacht und Tag für ihren Lebensunterhalt, aber da ihre Frauen hinter ihrem Rücken alles wegtragen, finden sie kein Brot zu essen. Sie sind auch ins Totenreich gekommen; ihre bösen Taten wurden zahlreicher befunden als ihre guten, und man fand, daß das, was ihnen auf Erden zuteil geworden war, ihnen auch im Totenreich zustehe – ihnen und ebenso jenen anderen Menschen, die du gesehen hast, deren Nahrung, Wasser und Brot, über ihnen aufgehängt ist, und denen jedesmal, wenn sie danach springen, sie herunterzuziehen, andere Leute Gruben unter ihren Füßen ausschaufeln, um sie am Zugriff zu hindern. Sie entsprechen den Menschen, die auf Erden ihren Lebensunterhalt vor sich haben, denen aber Gott eine Grube unter ihren Füßen ausschaufelt, um sie am Gewinn zu hindern. Sie sind auch ins Totenreich gekommen, und das, was ihnen auf Erden zuteil geworden war, ist ihnen auch im Totenreich zuteil geworden. Ihre Seelen aber wurden in die Unterwelt aufgenommen.

Wisse es in deinem Herzen, mein Vater Setom: Wer auf Erden gut ist, zu dem ist man auch im Totenreich gut, aber wer auf Erden böse ist, zu dem ist man auch dort böse. So ist es bestimmt, und so wird es ewiglich sein. Das, was du in der Unterwelt in Memphis gesehen hast, das geschieht gleichermaßen in den zweiundvierzig Gauen, in denen die Götter des Osiris, des großen Gottes, zu Gericht sitzen...»

Damit endete Si-Osire diese Worte, die er vor Setom, seinem Vater, gesprochen hatte. Er stieg die Wüste von Memphis wieder hinab, sein Vater Setom umarmte ihn, und sie gingen Hand in Hand. Setom fragte ihn: «Mein Sohn Si-Osire, gehen wir einen anderen Weg hinab, als wir hinaufgestiegen sind?» Aber Si-Osire antwortete Setom mit keinem Wort der Welt.

Setom war voller Staunen über das, was er erfahren hatte, und dachte: «Er wird befähigt sein, einer von den erhabenen Verklärten zu werden und ein Mann Gottes, und ich werde mit ihm gehen und sagen: ‹Er ist mein Sohn!› Setom sprach eine Formel aus dem Buche der Geisterbeschwörung, während er noch ganz verloren war in Verwunderung über das, was er im Totenreich gesehen hatte. Und diese Dinge lasteten schwer auf seinem Herzen, denn keinem Menschen auf Erden konnte er sie enthüllen.

Als der Knabe Si-Osire zwölf Jahre alt war, verhielt es sich so, daß es keinen Schreiber oder Gelehrten in Memphis gab, der sich im Lesen und Schreiben von Zaubersprüchen mit ihm hätte vergleichen können.

Danach begab es sich eines Tages, daß Pharao Weser-Maat-Re (Ramses II.) zum Hofe des Palastes in Memphis ging und der Rat der Fürsten, der Generale und der Großen Ägyptens nach ihrem Range im Hofe standen. Man kam und meldete Seiner Majestät: «Da ist eine Mitteilung, die ein Fürst von Äthiopien macht durch einen versiegelten Brief auf seinem Leib.» Darüber wurde vor Pharao Meldung gemacht.

Er (der Fürst) wurde in den Hof geführt, er brachte ihm eine Huldigung dar und sagte: «Ist irgend jemand da, der vor Pharao dieses Schreiben lesen kann, das ich nach Ägypten gebracht habe, ohne seine Siegel aufzubrechen, das heißt, der die Schrift in ihm liest, ohne es zu öffnen? Wenn sich zeigen sollte, daß es keinen guten Schreiber oder gelehrten Mann in Ägypten gibt, der imstande ist, es zu lesen, ohne es zu öffnen, dann werde ich die Schmach Ägyptens ins Land der Neger, meine Heimat, austragen.»

Sobald Pharao und seine Fürsten diese Worte hörten, wußten sie vor Verblüffung nicht, an welchem Ort der Erde sie sich befanden, und sagten: «Bei Ptah, dem großen Gott, ist denn die Hand des besten Schreibers und gelehrtesten Mannes mächtig, Schriften zu lesen, von denen er nur die Außenseite sieht? Oder wer könnte meinen Brief lesen, ohne ihn zu öffnen?»

Da sagte Pharao: «Laßt Setom Chaemwêse, meinen Sohn, zu mir rufen!» Man rief ihn und brachte ihn sofort herbei. Er verbeugte sich bis auf den Boden, er grüßte Pharao, erhob sich und stellte sich wieder auf die Füße, während er die Verehrungsformel für Pharao aussprach.

Dann sagte Pharao zu ihm: «Mein Sohn Setom, hast du die Worte gehört, die dieser Fürst von Äthiopien vor mir gesprochen hat: ‹Gibt es einen guten Schreiber und gelehrten Mann in Ägypten, der diesen Brief lesen kann, der in meiner Hand ist, ohne sein Siegel aufzubrechen, und der erkennen kann, was in ihm geschrieben steht, ohne ihn zu öffnen?»

Sobald Setom diese Worte hörte, wußte er nicht, an welchem Ort der Erde er sich befand, und sagte: «Mein großer Herr, wer wäre der, der eine Schrift lesen könnte, ohne sie zu öffnen? Indessen möge man mir zehn Tage Frist gewähren, damit ich sehe, was ich vermag, um zu verhindern, daß die Schmach Ägyptens ins Land der Neger, in die Heimat der Gummi-Fresser, ausgetragen werde.» Pharao sagte: «Sie seien meinem Sohn Setom gewährt!»

Für den Äthiopier wurden Aufenthaltsräume bereitgestellt, und man bereitete für ihn den Fraß nach äthiopischer Art. Pharao erhob sich vom Hofe mit überaus bekümmertem Herzen. Er legte sich nieder, ohne zu trinken oder zu essen.

Setom ging in seine Gemächer, ohne zu wissen, an welchem Ort der Erde er ging. Er hüllte sich von Kopf bis Fuß in seine Kleider und legte sich nieder, ohne zu wissen, an welchem Ort der Erde er sich befand.

Man unterrichtete Meh-usechet, seine Gattin, davon, und sie kam zu Setom. Sie steckte ihre Hand in seine Kleider und fühlte keine Wärme. Er lag regungslos in seinen Kleidern. Sie sagte zu ihm: «Mein Bruder Setom, es ist keine Wärme in deiner Brust, und es ist kein Leben in deinem Fleisch, nur Leid und Betrübnis im Herzen.» Er aber sagte zu ihr: «Laß mich, meine Schwester Meh-usechet; das, weshalb mein Herz bekümmert ist, ist nichts, was ich einer Frau zu enthüllen das Recht hätte.»

Dann kam das Kind Si-Osire herein, stellte sich vor Setom, seinen Vater, und sagte zu ihm: «Mein Vater Setom, warum liegst du mit solchem Herzeleid da? Erzähle mir, was du in deinem Herzen verbirgst, damit ich es dir vertreibe.» Er aber antwortete: «Laß mich, mein Sohn Si-Osire! Für das, was in meinem Herzen ist, bist du noch zu jung und bist du noch nicht groß genug. Gib nur auf dich selber acht!» Aber Si-Osire sagte: «Sprich es vor mir aus, damit ich dein Herz davon erleichtere.»

Da sagte Setom: «Mein Sohn Si-Osire, ein Fürst von Äthiopien ist nach Ägypten herabgekommen mit einem versiegelten Brief auf seinem Leibe, und er sagt: ‹Ist irgend jemand da, der ihn lesen kann, ohne ihn zu öffnen? Wenn sich zeigen sollte, daß es keinen guten Schreiber oder gelehrten Mann in Ägypten gibt, der imstande ist, ihn zu lesen (ohne ihn zu öffnen), dann werde ich die Schmach Ägyptens ins Land der Neger, meine Heimat, austragen.› Siehe, darum habe ich mich mit überaus bekümmertem Herzen niedergelegt, mein Sohn Si-Osire.»

Als Si-Osire diese Worte hörte, lachte er eine Zeitlang. Dann sagte Setom zu ihm: «Weshalb lachst du?», und er antwortete: «Ich lache, weil du dich mit betrübtem Herzen niederlegst nur wegen solcher Kleinigkeit. Erhebe dich, mein Vater Setom, ich bin imstande, den Brief zu lesen, der nach

Ägypten gebracht wurde, ohne ihn zu öffnen, und auch zu erkennen, was in ihm geschrieben steht, ohne sein Siegel aufzubrechen.»

Da Setom diese Worte hörte, erhob er sich augenblicklich und sagte: «Was soll das bedeuten, was du gesagt hast, mein Sohn Si-Osire?» Da sagte er zu ihm: «Mein Vater Setom, gehe in das Kellergemach deines Hauses. Von jedem Buch, das du aus dem Kasten herausnehmen wirst, werde ich dir sagen, was für ein Buch es ist, und ich werde es lesen, ohne es zu sehen, vielmehr vor dir stehen in deinen Kellerräumen.»

Da erhob sich Setom, stellte sich auf die Füße und tat alles genau, was Si-Osire ihm gesagt hatte. Si-Osire las jedes Buch, das Setom, sein Vater, vor ihm herausnahm, ohne daß er es öffnete. Setom stieg aus den Räumen des Kellergeschosses hinauf zu seinen Zimmern in eitel Glück und Freude. Er säumte nicht, sich zu Pharao zu begeben, und er berichtete vor ihm alles, was das Kind Si-Osire ihm gesagt hatte. Sein Herz war darüber gar glücklich.

Zu selbiger Zeit reinigte sich Pharao für ein Fest zusammen mit Setom, und er ließ zu dem Fest auch Si-Osire vor sich holen. Sie tranken und feierten einen schönen Tag.

Als der Morgen des folgenden Tages gekommen war, erschien Pharao im Hofe zwischen seinen Großen. Pharao ließ den Fürsten von Äthiopien holen, und man brachte ihn in den Hof mit dem versiegelten Brief auf seinem Körper. So stand er in der Mitte des Hofes. Dann trat der Knabe Si-Osire in die Mitte, er stellte sich neben den Fürsten von Äthiopien und redete ihn an: «Wehe, du Elender von Äthiopien, den sein Gott Amun zerschmettern möge! Der du herabgekommen bist nach Ägypten, dem schönen Garten des Osiris, dem Schemel des Re-Harachte, dem schönen Ruheort des Guten Geschicks, mit der Absicht: ‹Ich will seine Schmach ins Land der Neger austragen!› Der Zorn des Amun, deines Gottes, treffe dich! Die Worte, die ich nun aussprechen werde, sind jene, die in dem Briefe geschrieben stehen. Sag nichts Falsches über sie vor Pharao, deinem Oberhaupt!»

Als der Fürst von Äthiopien den Knaben Si-Osire in dem Hofe stehen sah, senkte er seinen Kopf zu Boden und sagte: «Über kein Wort, das du aussprechen wirst, will ich etwas Falsches sagen!»

Hier beginnen die Geschichten des Si-Osire, die er vor Pharao und seinen Fürsten erzählte, während das Volk von Ägypten seiner Stimme lauschte. Er sprach: «Was geschrieben steht in dem Briefe des Fürsten von Äthiopien, der hier in der Mitte steht, ist folgendes:

Es begab sich einmal zur Zeit des Pharao Mench-pa-Re, Sohnes des Amun, der ein wohltätiger König des ganzen Landes war, daß Ägypten Überfluß hatte an allen guten Dingen zu seiner Zeit. Er war freigebig im Geben von Geschenken und unternehmend bei den Arbeiten in den großen Tempeln von Ägypten.

Eines Tages nun begab es sich, daß der Häuptling des Landes der Neger in einer Laube in den Feldern des Landes des Amun ruhte.

Da hörte er die Stimme dreier Fürsten Äthiopiens aus einem Hinterhaus heraus. Der eine von ihnen sagte mit lauter Stimme unter anderem: ‹Wenn ich nicht fürchten müßte, daß Amun etwas Böses gegen mich erfindet noch daß der Häuptling von Ägypten mir etwas Schreckliches antun läßt, dann würde ich meinen Zauber hinab nach Ägypten werfen und damit bewirken, daß das Volk von Ägypten drei Tage und drei Nächte verbringen würde, ohne ein anderes Licht zu sehen als das von Öllampen.›

Ein anderer von ihnen sagte unter anderem: ‹Wenn ich nicht fürchten müßte, daß Amun ein Unglück gegen mich erfindet noch daß der Häuptling von Ägypten mir etwas Schreckliches antun läßt, dann würde ich meinen Zauber hinab nach Ägypten werfen und damit bewirken, daß Pharao von Ägypten ins Land der Neger gebracht würde, und ich ließe ihm fünfhundert Peitschenhiebe geben, ganz öffentlich angesichts des Häuptlings, und ich ließe ihn in genau sechs Stunden wieder dorthin nach Ägypten zurückbringen.›

Der dritte von ihnen sagte unter anderem: ‹Wenn ich nicht fürchten müßte, daß Amun etwas Böses gegen mich erfindet noch daß der Häuptling von Ägypten mir etwas Schreckliches antun läßt, dann würde ich meinen Zauber hinab nach Ägypten werfen und damit bewirken, daß das Land drei Jahre lang nicht fruchtbar würde.›

Als der Häuptling die Reden der Stimmen der drei Fürsten Äthiopiens hörte, ließ er sie vor sich holen, und er sagte zu ihnen: ‹Wer von euch ist es, der gesagt hat: ‚Ich will meinen Zauber hinab nach Ägypten werfen, und ich will sie drei Tage und Nächte lang kein Licht sehen lassen?'› Sie antworteten: ‹Es ist Horus, der Sohn der Sau.›

Dann fragte er: ‹Wer ist es, der gesagt hat: ‚Ich will meinen Zauber hinab nach Ägypten werfen, und ich will Pharao ins Land der Neger bringen, und ich will ihm fünfhundert Peitschenhiebe geben lassen, ganz öffentlich, angesichts des Häuptlings, und ich will ihn in genau sechs Stunden wieder dorthin nach Ägypten zurückbringen lassen?'› Sie antworteten: ‹Es ist Horus, der Sohn der Negerin.›

Dann fragte er: ‹Wer ist es, der gesagt hat: ‚Ich will meinen Zauber hinab nach Ägypten werfen, und ich will das Land drei Jahre lang nicht fruchtbar werden lassen?'› Sie antworteten: ‹Es ist Horus, der Sohn der Fürstin.›

Da sagte der Häuptling zu Horus, dem Sohn der Negerin: ‹Wende sie an, deine Zauberformel: Bei dem Leben des Amun, dem Stier von Meroë, meinem Gott, wenn das Werk deiner Hand gelingt, so will ich dir eine Fülle von guten Dingen tun.›

Horus, der Sohn der Negerin, machte eine Trage aus Wachs mit vier Trägern. Er sprach einen Spruch über sie, er hauchte ihnen Odem ein und machte sie lebendig. Dann befahl er ihnen folgendes: ‹Geht hinab nach Ägypten, bringt Pharao von Ägypten herauf, dorthin, wo der Häuptling ist. Er soll fünfhundert Peitschenhiebe bekommen, ganz öffentlich, angesichts des Häuptlings, und dann bringt ihn nach Ägypten zurück in sechs Stunden!› Sie sagten: ‹Hei, großartig, wir werden nichts auslassen.›

Die Zaubergeschöpfe des Äthiopiers eilten hinab nach Ägypten bei Nacht, sie bemächtigten sich des Pharao Mench-pa-Re, Sohnes des Amun, sie brachten ihn ins Land der Neger, dorthin, wo der Häuptling war. Er erhielt fünfhundert Peitschenhiebe, ganz öffentlich, angesichts des Häuptlings, und er wurde in genau sechs Stunden dorthin zurück nach Ägypten hinabgebracht.»

Nachdem Si-Osire diese Geschichte öffentlich vor Pharao und seinen Fürsten erzählt und das Volk von Ägypten seiner Stimme gelauscht hatte, sagte er: «Der Zorn des Amun, deines Gottes, treffe dich! Die Worte, die ich gesprochen habe, sind es nicht dieselben, wie sie in dem Briefe geschrieben stehen, der in deiner Hand ist?» Der Fürst von Äthiopien sagte darauf: «Lies weiter, wie du gelesen hast. Jedes Wort, das du gesprochen hast, stimmt.»

Da sagte Si-Osire vor Pharao:

«Als dies geschehen war, brachten sie Pharao, den Sohn des Amun, zurück nach Ägypten herab, mit einem Rücken, der mit großen Striemen tüchtig zerschlagen war. Er legte sich mit seinem tüchtig zerschlagenen Rücken im Alkoven des Palastes nieder.

Als der Morgen des folgenden Tages gekommen war, sagte Pharao zu den Hofleuten: ‹Was ist über Ägypten gekommen, seit ich fern von ihm war?› In Scham über die wahren Gedanken ihres Herzens, ‚Vielleicht ist Pharao von Sinnen', sagten sie: ‹Gesundheit, Gesundheit, o Pharao, unser großer Herr. Isis, die große Göttin, wird deine Leiden vertreiben. Was ist der Sinn der Worte, die du zu uns gesprochen hast, o Pharao, unser großer Herr? Du liegst doch im Alkoven des Palastes, und die Götter beschützen dich.›

Da erhob sich Pharao und ließ die Hofleute seinen Rücken sehen, der mit großen Striemen tüchtig zerschlagen war, und er sagte: ‹Bei Ptah, dem Großen Gott, jemand hat mich in der Nacht ins Land der Neger gebracht; jemand hat mir fünfhundert Peitschenhiebe verabreicht, ganz öffentlich, angesichts des Häuptlings, und dann brachte man mich herab nach Ägypten zurück, genau innerhalb von sechs Stunden.›

Als sie den Rücken Pharaos sahen, der mit großen Striemen tüchtig zerschlagen war, öffneten sie ihren Mund zu lauten Klagerufen.

Mench-pa-Re, Sohn des Amun, hatte indes einen Oberzauberer mit Namen Horus, Sohn des Pa-nesche, einen vortrefflich gelehrten Mann. Dieser kam zu Pharao. Er stieß einen lauten Schrei aus und sagte: ‹Mein großer Herr, das waren die Zauberer der Äthiopier. Bei dem Leben deines ..., ich will sie in dein Haus der Marter und Hinrichtung schaffen lassen›, und Pharao antwortete ihm: ‹Beeile dich für mich, und laß mich nicht noch einmal eine Nacht ins Land der Äthiopier bringen!›

Der Oberzauberer Horus, Sohn des Pa-nesche, ging schnurstracks weg und holte seine Bücher und seine Amulette zu Pharao. Er las seinen Spruch über ihn, und er band ein Amulett auf ihn, damit sich die Zauberfiguren der Äthiopier nicht mehr seiner bemächtigen könnten.

Dann ging er von Pharao weg, nahm seine Brandopfer und Trankspenden mit, bestieg ein Boot und fuhr unverzüglich nach Schmun. Er betrat den Tempel von Schmun, brachte seine Brandopfer und Trankspenden dar vor Thoth dem neunmal Großen, dem Herrn von Schmun, dem großen Gott. Er verrichtete ein Gebet vor ihm, das also lautete: ‹Wende dein Antlitz mir zu, mein Herr, o Thoth! Laß die Äthiopier die Schmach Ägyptens nicht austragen ins Land der Neger. Du bist es, der die Zaubersprüche erfunden hat.

Du bist es, der den Himmel aufgehängt hat, der die Erde gegründet hat und die Unterwelt, und der die Götter mit ihren Kapellen an ihren Platz gestellt hat. Oh, laß mich wissen, wie ich Pharao erretten kann vor den Zauberfiguren der Äthiopier!›

Darauf legte sich Horus, Sohn des Pa-nesche, in dem Tempel nieder, und in derselben Nacht träumte er einen Traum, in dem die Gestalt des großen Gottes Thoth mit ihm redete und sprach: ‹Bist du Horus, Sohn des Pa-nesche, der Oberzauberer des Pharao Mench-pa-Re, Sohn des Amun? Wenn der Morgen des folgenden Tages gekommen ist, gehe in die Bibliothek des Tempels von Schmun. Dort wirst du einen verschlossenen und versiegelten Schrein finden. Öffne ihn! In dem nämlichen Schrein wirst du einen Kasten finden, und in ihm eine Papyrusrolle, die ich mit meiner eigenen Hand beschrieben habe. Bringe sie herauf, mach eine Abschrift davon, und bringe sie dann wieder an ihren Platz zurück. Ihr Name ist ‹Das Buch der Zauberkunst›. Es hat mich geschützt vor den Gottlosen und wird auch Pharao schützen und ihn erretten vor den Zauberfiguren der Äthiopier.›

Horus, Sohn des Pa-nesche, erwachte aus dem Traum, als er solches gesehen hatte, und er erkannte, daß das, was sich ereignet hatte, von Gott gesandt war. Er handelte getreu jedem Wort, das ihm im Traume gesagt war. Er ging unverzüglich zu Pharao, und er schützte ihn gegen Zauberformeln.

Dann kam der zweite Tag. Die Zauberfiguren des Horus, des Sohnes der Negerin, kamen in der Nacht wieder nach Ägypten herab zu Pharao. Aber dann kehrten sie wieder zu dem Häuptling zurück in der nämlichen Stunde. Denn sie konnten sich Pharaos nicht bemächtigen wegen der Schutzamulette und der Zauber, die der Oberzauberer Horus, Sohn des Pa-nesche, auf ihn gebunden hatte.

Dann kam der Morgen des folgenden Tages. Pharao erzählte dem Oberzauberer Horus, Sohn des Pa-nesche, alles, was er bei Nacht gesehen hatte und auch, wie die Zauberfiguren der Äthiopier hatten umkehren müssen, weil sie sich seiner nicht bemächtigen konnten.

Horus, Sohn des Pa-nesche, ließ sich nun viel reines Wachs bringen, und er machte eine Trage mit vier Trägern daraus, sprach eine Formel über sie, hauchte ihnen Odem ein und machte sie lebendig. Dann befahl er ihnen folgendes: ‹Ihr sollt in dieser Nacht ins Land der Neger gehen, sollt den Häuptling herab nach Ägypten bringen, dahin, wo Pharao ist, und er soll fünfhundert Peitschenhiebe bekommen, ganz öffentlich vor Pharao; dann sollt ihr ihn wieder ins Land der Neger zurückbringen, alles in sechs Stunden!› Sie sagten: ‹Hei, großartig, wir werden nichts auslassen.›

Die Zauberfiguren des Horus, Sohnes des Pa-nesche, segelten unter den Wolken des Himmels dahin, und sie begaben sich bei Nacht unverzüglich ins Land der Neger. Sie wurden Herr über den Häuptling, und sie brachten ihn herab nach Ägypten. Er wurde mit fünfhundert Peitschenhieben geschlagen, ganz öffentlich vor Pharao. Dann brachten sie ihn ins Land der Neger zurück, genau in sechs Stunden.»

Dies sind die Geschichten, die Si-Osire öffentlich vor Pharao und seinen Fürsten erzählte, während das Volk von Ägypten seiner Stimme lauschte. Dann sagte er: «Der Zorn des Amun, deines Gottes, treffe dich, du Elender aus Äthiopien. Die Worte, die ich gesprochen habe, sind es dieselben, die in diesem Brief geschrieben stehen?» Da sagte der Äthiopier mit zu Boden gesenktem Kopf: «Lies weiter, wie du gelesen hast. Jedes Wort, das du gesprochen hast, steht in diesem Brief geschrieben.»

Da sagte Si-Osire: ‹Als dies alles geschehen war und sie den Häuptling genau in sechs Stunden ins Land der Neger zurückgebracht hatten, legten sie ihn an seinen Platz, und er lag da. Am Morgen erhob er sich, tüchtig zerschlagen durch Hiebe, die er unten in Ägypten bekommen hatte. (Dann sagte er zu den Edlen seines Stammes:) ‹Jemand hat mich geschlagen mit fünfhundert Peitschenhieben, ganz öffentlich vor Pharao von Ägypten, und brachte mich ins Land der Neger zurück.› Darauf drehte er den Edlen seinen Rükken zu, und sie öffneten ihren Mund zu lauten Klagerufen.

Der Häuptling schickte nach Horus, dem Sohne der Negerin, und ließ ihm sagen: ‹Amun, der Stier von Meroë, mein Gott, möge dich verfluchen! Du sollst zu diesen Ägyptern gehen! Sieh zu, wie du mich aus der Hand des Horus, Sohnes des Pa-nesche, errettest!›

Er machte seine Zauberfiguren und band sie auf den Häuptling, um ihn vor den Zauberfiguren des Horus, Sohnes des Pa-nesche, zu schützen.

Dann kam die Nacht des zweiten Tages. Die Zauberfiguren des Horus, Sohnes des Pa-nesche, segelten zum Lande der Neger, und sie brachten den Häuptling (wiederum) herab nach Ägypten. Er wurde mit fünfhundert Peitschenhieben geschlagen, ganz öffentlich vor Pharao, und wurde ins Land der Neger zurückgebracht, alles in sechs Stunden.

So erging es dem Häuptling drei Tage lang, ohne daß die Zauberfiguren der Äthiopier den Häuptling aus der Hand der Horus, Sohnes des Pa-nesche, erretten konnten. Der Häuptling war ganz verzweifelt. Er ließ Horus, den Sohn der Negerin, zu sich holen, und er sagte zu ihm: ‹Wehe, du Elender von Äthiopien, du hast mich gedemütigt durch die Hand der Ägypter, und du hast mich nicht aus ihrer Hand erretten können. Bei dem Leben des Amun, des Stieres von Meroë, bei meinem Gotte, wenn es geschehen sollte, daß du mich nicht erretten kannst vor den Himmelsschiffen der Ägypter, so will ich dich einen grauenhaften Tod erleiden lassen.›

Da antwortete er: ‹Mein Herr, mein Häuptling, laß mich hinab nach Ägypten, damit ich den sehe, der dort die Zauberei ausübt, damit ich gegen ihn kämpfe und damit ich ihn den Spott kosten lasse, der in meinem Herzen ist gegen seine Hand.›

Horus, Sohn der Negerin, wurde von dem Häuptling ausgeschickt, und er kam zunächst zu der Negerin, seiner Mutter.

(Er berichtete seiner Mutter alles, was sich zugetragen hatte, und fragte sie um Rat. Darauf sagte ihm seine Mutter folgendes:) ‹Wenn du hinab nach Ägypten kommst, um dort zu zaubern, so sei auf der Hut vor den Ägyptern, denn du vermagst nicht, es mit ihnen aufzunehmen. Gib acht, daß du nicht in ihre Hände fällst, denn du würdest niemals wieder ins Land der Neger zurückkehren.›

Er sagte: ‹Es ist nichts daran an dem, was du da sagst. Ich kann ja nicht vermeiden, nach Ägypten hinabzugehen, wenn ich meine Zauberfiguren hineinwerfen will.›

Da sagte die Negerin, seine Mutter, zu ihm: ‹Wenn du schon nach Ägypten hinabgehst, richte (wenigstens) irgendwelche Zeichen zwischen dir und mir ein. Wenn es sein sollte, daß du unterliegst, so will ich zu dir kommen und sehen, daß ich dich retten kann.›

Er sagte zu ihr: ‹Wenn es sein sollte, daß ich unterliege, so soll, wenn du trinkst oder issest, das Wasser die Farbe von Blut vor dir annehmen und das Brot vor dir die Farbe von Fleisch, und (auch) der Himmel soll vor dir die Farbe von Blut annehmen.›

Horus, Sohn der Negerin, richtete Zeichen ein zwischen sich und seiner Mutter.

Dann begab er sich hinab nach Ägypten, vollgepfropft mit Zaubern.

Er reiste von dem Lande, das Amun geschaffen hat, bis nach Memphis, dem Ort, an dem Pharao war, und spürte dem nach, der in Ägypten die Zauberformeln anwandte.

Er kam in den Hof vor Pharao, und er sagte mit lauter Stimme: ‹Wehe dir, du, der du die Zauberei gegen mich in dem Hofe ausübst, wo Pharao ist, unter den Blicken des Volkes von Ägypten! Und ihr beiden Schreiber des Lebenshauses und insbesondere du Schreiber des Lebenshauses, der du den Zauber gegen den Häuptling ausübst und ihn mir zum Trotze hinab nach Ägypten gebracht hast!›

Als er diese Worte gesprochen hatte, stand Horus, Sohn des Pa-nesche, im Hof vor Pharao auf und sagte: ‹Wehe dir, du Elender aus Äthiopien, bist du nicht Horus, Sohn der Negerin, den ich gerettet habe in dem Garten des Re, ebenso wie deinen Kameraden aus Äthiopien, der bei dir war (damals), als ihr im Wasser untergegangen wart, nachdem ihr von dem Hügel im Osten von Heliopolis hinabgestürzt wart? Bereust du nicht, daß du Pharao, dein Oberhaupt, hast entführen und seinen Rücken hast zerschlagen lassen, dort wo der Häuptling war? Du, der du nach Ägypten herabgekommen bist und sagst: ‚Ist hier nicht der, der gegen mich zaubert?' Beim Leben des Atum, des Herrn von Heliopolis, die Götter Ägyptens haben dich (hierher) zurückgebracht, um es dir in ihrem Lande heimzuzahlen. Faß dir ein Herz, denn jetzt komme ich zu dir!›

Sobald Horus, Sohn des Pa-nesche, dies gesprochen hatte, antwortete ihm Horus, der Sohn der Negerin, folgendes: ‹Ist es nicht der, den ich in der Sprache der Wölfe unterrichtet habe, der jetzt gegen mich zaubert?›

Der Fürst von Äthiopien wendete nun eine Zauberformel an: Er ließ Feuer in den Hof fahren. Pharao und die Fürsten Ägyptens stießen einen heftigen Schrei aus und sagten: ‹Komm schnell zu uns, du Oberzauberer Horus, Sohn des Pa-nesche!›

Horus, Sohn des Pa-nesche, sprach einen Machtspruch, ließ den Himmel einen tropischen Regen auf das Feuer herabstürzen, und es wurde augenblicklich ausgelöscht.

Der Äthiopier wendete wiederum eine Zauberformel an, ließ eine dichte Wolkendecke den Hof überziehen, so daß kein Mensch seinen Bruder oder seinen Gefährten sehen konnte. Horus, Sohn des Pa-nesche, sprach eine Formel zum Himmel und ließ sie verschwinden, indem sie still ward von dem bösen Winde, in dem sie war.

Horus, der Sohn der Negerin, brachte wiederum eine Zauberformel zur Wirkung und ließ ein großes Gewölbe aus Stein entstehen, zweihundert Ellen lang und fünfzig breit, über Pharao und seinen Fürsten, so daß Ägypten abgesondert war vom König und die Erde des Oberhauptes beraubt.

Pharao blickte zum Himmel, aber er sah ein Gewölbe aus Stein über sich. Er öffnete seinen Mund in einem heftigen Schrei und mit ihm das ganze Volk, das im Hofe war.

Horus, Sohn des Pa-nesche, ließ daraufhin einen Machtspruch erschallen und ein Himmelsschiff aus Papyrus entstehen, und er ließ es mit dem Steingewölbe abfahren. Es fuhr mit ihm zu dem mächtigen See, dem großen Gewässer von Ägypten.

Da erkannte der Fürst von Äthiopien, daß er es nicht mit dem Ägypter aufnehmen konnte. Deshalb brachte er einen Zauberspruch zur Wirkung, der verhindern sollte, daß er im Hofe gesehen werde, in der Absicht, ins Land der Neger nach Hause zu entfliehen.

Horus, Sohn des Pa-nesche, sprach aber eine Formel gegen ihn und enthüllte die Zaubereien des Nubiers; er bewirkte, daß Pharao ihn sah und mit ihm das Volk von Ägypten, das im Hofe stand. Er hatte die Gestalt eines wilden Gänserichs angenommen und war gerade dabei, sich davonzumachen. Aber Horus, Sohn des Pa-nesche, sprach eine Formel gegen ihn und machte, daß er sich auf den Rücken drehte und ein Vogelsteller über ihm stand, mit seinem Schlachtmesser in der Hand und im Begriff, ihm ein Leid zuzufügen.

Als all dies geschah, trafen die Zeichen, die Horus, der Sohn der Negerin, zwischen sich und seiner Mutter eingerichtet hatte, vor ihr sämtlich ein. Sie begab sich unverzüglich hinab nach Ägypten in der Gestalt einer Wildgans, blieb stehen über dem Palast Pharaos und kreischte mit ihrer Stimme ihrem Sohne zu, der noch die Gestalt eines wilden Gänserichs hatte, während der Vogelsteller über ihm stand.

Horus, Sohn des Pa-nesche, blickte zum Himmel empor

und sah die Negerin in der Verwandlung, in der sie war, aber er erkannte (dennoch), daß sie die äthiopische Negerin war. Er sprach eine Formel gegen sie und machte, daß sie sich auch auf den Rücken drehte und ein Vogelsteller über ihr stand, während sein Messer im Begriffe war, ihr den Tod zu geben. Sie wechselte die Gestalt, in der sie war, und verwandelte sich in eine äthiopische Frau und betete also: ‹Mach kein Ende mit uns, Horus, Sohn des Pa-nesche, sondern vergib uns diese Freveltat. Wenn du uns ein Himmelsschiff geben möchtest, würden wir nie wieder nach Ägypten zurückkehren.›

Da schwor Horus, Sohn des Pa-nesche, bei Pharao und bei den Göttern Ägyptens folgenden Eid: ‹Ich will meinen Zauberspruch nicht unwirksam machen, bis ihr mir einen Eid schwört, niemals wieder zu irgendeinem Zweck herab nach Ägypten zurückzukehren.›

Die Negerin erhob ihre Hand (zum Schwur), bis in Ewigkeit nie wieder nach Ägypten herabzukommen. Und Horus, der Sohn der Negerin, schwor einen Eid und sprach also: ‹Ich will in eintausendfünfhundert Jahren nicht wieder herab nach Ägypten kommen.›

Horus, Sohn des Pa-nesche, zog seine Hand von seiner Zauberformel zurück und gab Horus, dem Sohne der Negerin, und der Negerin, seiner Mutter, ein Himmelsschiff, und sie fuhren nach Hause ins Land der Neger.»

Dies war die Geschichte, die Si-Osire vor Pharao berichtet hat, während das Volk von Ägypten seiner Stimme lauschte und sein Vater Setom alles mit ansah und der Fürst von Äthiopien am Boden lag. Darauf sagte er (Si-Osire): «Bei deinem Antlitz, mein großer Herr, dieser Mann hier vor dir ist Horus, der Sohn der Negerin, dessen Fall ich berichtet habe und der nichts bereut hat von dem, was er früher getan hat. Denn er ist jetzt nach Ablauf der eintausendfünfhundert Jahre nach Ägypten herabgekommen, um hier (von neuem) zu zaubern. Bei Osiris, dem großen Gott, dem Herrn des

Totenreichs, bei dem ich meine Ruhestätte habe, ich bin Horus, Sohn des Pa-nesche, ich, der jetzt vor Pharao steht. Als ich im Totenreich erkannte, daß der äthiopische Feind seine Zaubereien wieder nach Ägypten schleudern wollte, ohne daß ein guter Schreiber oder ein gelehrter Mann zur Zeit in Ägypten es mit ihm aufzunehmen vermöchte, bat ich vor Osiris im Totenreich, er möchte mich wieder hinaus auf die Erde gehen lassen, um zu verhindern, daß er die Schmach Ägyptens ins Land der Neger austrage. Vor Osiris wurde Befehl gegeben, mich auf die Erde zu bringen.

Ich wachte auf, und ich flog in die Höhe, um Setom, den Sohn Pharaos, auf dem Wüstengebirge von Heliopolis oder auf dem Wüstengebirge von Memphis ausfindig zu machen. Ich wuchs auf als jene Melonenrebe, um in den Körper eines Menschen zurückzukehren, damit ich wieder auf der Erde geboren würde, um die Zauberkraft gegen diesen Feind aus Äthiopien auszuüben, der (hier) im Hofe steht.»

Dann wandte Horus, Sohn des Pa-nesche, in der Gestalt des Si-Osire eine Zauberformel an gegen den Fürsten aus Äthiopien. Er umgab ihn ringsum mit Feuer, und es verzehrte ihn in der Mitte des Hofes, während Pharao mit seinen Fürsten und dem Volke von Ägypten zuschaute.

Danach verschwand Si-Osire als Schatten, fort von Pharao und Setom, seinem Vater, und sie sahen ihn nicht mehr. Pharao und seine Großen staunten gar sehr über das, was sie auf dem Hofe gesehen hatten, und sie sagten: «Nun gibt es keinen so vollkommenen Schreiber und gelehrten Mann mehr wie Horus, Sohn des Pa-nesche! Nach ihm wird es niemals wieder seinesgleichen geben, niemals!»

Aber Setom öffnete seinen Mund in einem großen Schrei, weil Si-Osire als Schatten verschwunden war und er ihn nicht mehr sehen konnte.

Pharao erhob sich im Hofe, in starker Erregung des Herzens über das, was er gesehen hatte. Pharao befahl, Anstalten für Setom zu treffen, damit er anstelle seines Sohnes Si-Osire (einen Knaben) erhalten könne, um sein Herz zu erfreuen. Am Abend ging Setom in seine Zimmer, mit überaus traurigem Herzen. Meh-usechet legte sich ihm zur Seite, und sie empfing von ihm in der nämlichen Nacht. Nach gegebener Zeit gebar sie einen Knaben, Usi-Month-Hor genannt.

Setom aber versäumte nicht, unentwegt Brandopfer und Trankspenden vor dem Geiste des Horus, Sohnes des Panesche, bei jeder Gelegenheit darzubringen.

Nachschrift des Abschreibers: Dies ist das Ende des Buches, das geschrieben hat... (unausgefüllt).

Erklärungen S. 363ff.

37

Die Jugendgeschichte des Si-Osire

In einer Brieferzählung ist der Anfang einer Lebensgeschichte erhalten, die trotz empfindlicher Lücken aufgrund des Namens seiner Mutter Meh-usechet vielleicht Si-Osire zugeschrieben werden kann. Gegebenenfalls würde man, anders als aus dem Londoner Papyrus (Nr. 36), von der Geburt des großen Zauberers und seiner ersten Schulzeit erfahren.

Nes-ba-met, Sohn des NN, schreibt an seinen Vorgesetzten, indem er grüßt: Möge Re ihm seine Lebenszeit verlängern! Eine schöne Geschichte (soll dich erfreuen), mein Vater! Sie soll heute (vom Leben des Si-Osire berichten, und zwar in) dieser Schrift, die Chons(-em heb geschrieben hat). (Es begab sich, daß) meine Mutter in den Himmel ging (als sie noch) sehr jung war, und mein Vater sich eine (andere) Frau nahm. (Sie war Priesterin) der Göttin (Isis), und sie war überaus schön. Ihr Name war Meh-usechet.

Als ihre Zeit der Reinigung kam, (blieb die Reinigung aus, und sie freute sich sehr, daß sie) ein Kind gebären würde.

(Als die Zeit) ihrer Niederkunft kam, gebar sie einen Knaben von sehr feiner Art. (Man gab ihm den Namen Si-Osire.) Man nährte ihn, und man wiegte ihn. Er wurde stark.

Als er in das Schulalter kam, brachte man ihn zum Unterricht mit (anderen Knaben zusammen ins Schulheim). Eines Tages besuchte ihn dort seine Mutter Meh-usechet, und sie fand, daß er überaus schön war. Sie suchte seinen Schulmeister auf und fragte ihn: «Ist mein Sohn dumm?»

(Der Schulmeister antwortete ihr: «Als ich noch ein Knabe war, hat mein Lehrer mir das Schreiben erst beigebracht), nachdem er meine Glieder mit Peitschenhieben geschlagen hatte. Ja, dann schrieb ich, und ich ließ das Schreibpapier nicht weiß. Wir haben nicht... (Aber dein Sohn schreibt ohne Hiebe heute schon besser als ich.) *Hier endet die Abschrift.*

Erklärungen S. 365f.

38

Hi-Hor der Zauberer
Aufzeichnung von Hi-Hor, dem Zauberer des Königshauses

Ein Höfling sprach vor Pharao: «Mein gnädiger Herr! Wenn es mir gestattet ist, so übergebe ich hiermit die Geschichte von Sen-ta-nub und seinen Vögeln und allem, was ihm mit Pharao begegnet ist. Hi-Hor, der Zauberer, der Vorsteher der königlichen Schreiber, hat diese Geschichte von Sen-ta-nub und seinen Vögeln und allem, was ihm mit Pharao begegnet ist, aufgeschrieben.»

Es ist nämlich geschehen, daß Hi-Hor, der Zauberer, im königlichen Gefängnis auf Elephantine (im ersten Katarakt) gefangengesetzt wurde. Es kam dann die Jahreszeit, da die Vögel des Himmels nach Ägypten hinaufzogen, und auch zwei Wildgänse, Hahn mit Henne, zogen nach Ägypten hinauf. Sie suchten nach den Spuren des Hi-Hor, des Zauberers, und sie erfuhren, daß er im königlichen Gefängnis auf Elephantine gefangen sei.

So zogen sie (weiter) hinauf nach Elephantine an der Südspitze (Ägyptens), und sie setzten sich auf die Schwelle des königlichen Gefängnisses auf Elephantine. (Von da) riefen sie hinein: «Hi-Hor, du Zauberer! Wir beiden Wildgänse, denen du das Leben gerettet hast, wir bitten dich um etwas: Wenn es beliebt, so schreibe doch deine Geschichte auf zwei Papyrusblätter auf; dann wollen wir sie forttragen und sie in die Halle vor Pharao fallen lassen.»

Dann gab man ihm (Hi-Hor) Schreibzeug, und er schrieb seine Geschichte auf zwei Papyrusblätter auf. Das eine davon gab er dem Wildganshahn, das andere der Henne, und sie nahmen noch ein drittes mit sich. Sie ließen sie in die Halle vor Pharao fallen... *Hier bricht der Krugtext ab.*

Erklärungen S. 365 f.

GESCHICHTEN AUS CHRISTLICHER ZEIT

39
Die Höllenfahrt des Paulus

Der Anfang der Erzählung fehlt. Darin wird erzählt, daß der Apostel Paulus mit dem Schiffer Apollonios aufs Meer hinausgefahren war und sich in die Tiefe gestürzt hatte. Zuvor aber hatte er dem Schiffer seinen Mantel gegeben mit dem Auftrag, ihn ans Land zurückzubringen und ihn dem Apostel Andreas zu übergeben. Apollonios, der Schiffer, fuhr ans Land zurück. – Hier setzt der folgende Text ein.

Gleich darauf landete der Schiffer, blickte auf und sah Andreas, wie ihn viel Volk umgab, so wie Paulus es ihm gesagt hatte. Dann brachte er den Mantel ans Ufer, um ihn ihm (Andreas) zu übergeben.

Die Mutter des Schiffers sah ihren Sohn ans Ufer kommen und ging ihm entgegen, um ihn zu begrüßen. Da fiel ihr der Mantel des Paulus ins Auge; sie blickte auf und lobte Gott wegen dessen, was geschehen war. Andreas aber ging dem Schiffer entgegen und sprach zu ihm: «Wo ist der Mann, der mit dir ins Schiff gestiegen ist?» Da antwortete der Schiffer: «Er ist von uns weg ins Wasser gesprungen und sagte dabei: ‹Ich will gehen und den Ort des Totenreichs besuchen, wohin unser Herr gegangen ist, und will sehen, was er aus ihm gemacht hat.› Folgendes läßt er dir sagen: ‹Ich bitte dich, vergiß mich nicht, und komme mir entgegen, damit die Unterweltlichen des Totenreichs mich nicht behalten.›» Da nahm

Andreas dem Schiffer den Mantel des Paulus ab und sprach zu ihm: «Geh du nach Hause! Ich aber streite noch eine kurze Zeit mit den Juden und gehe dann an den Ort, wo er (Paulus) ist.» Da machte sich der Schiffer auf und ging nach Hause, indem er Gott pries, und gab den Männern ihre (Schiffs-)Geräte zurück.

Andreas aber ging zu dem Eingang des Stadttores, wobei ihm und den Juden eine unübersehbare Menge folgte. Da rief ihn ein Mann an: «Du Apostel Gottes, habe Mitleid mit meinem übermenschlichen Unglück: Ich habe weder Vater noch Mutter, und der einzige Sohn, den ich habe und der fast zwölf Jahre alt ist, hat sich eines Tages gelegt und ist krank geworden; er hat weder gegessen noch getrunken, so daß wir sein Begräbnis vorbereitet haben, da wir dachten: Er ist schon tot. Jetzt, du Apostel Gottes, habe Mitleid mit meiner unseligen Lage; bemüh dich doch und komm in mein Haus; berühre ihn, und er wird gesund sein. Ich habe ja von den großen Wundern gehört, die du getan hast, bevor du in diese Stadt gekommen bist, und habe dann gesehen, wie du Dämonen ausgetrieben hast.»

Da sprach Andreas zu dem Mann: «Komm, wir wollen in die Stadt (Alexandrien) gehen, und Jesus wird dich und deinen Sohn heilen.»

Da machten sie sich auf, um in die Stadt zu gehen, aber die Juden hinderten sie mit den Worten: «Wir werden dich nicht in unsere Stadt hineingehen lassen, weil du den Namen Jesus predigst. Wenn du aber ein paar kleine Heilungen tun willst, so tu sie außerhalb der Stadt; zwei Tage lang, und dann geh. Aber hineinlassen in die Stadt können wir dich nicht; denn wir können dir nicht erlauben, unser ganzes Volk mit der Lehre jenes Verführers Jesus zu verführen.»

Da sprach Andreas zu ihnen: «In unserer Lehre ist keine Verführung, vielmehr seid ihr es selbst, die ihr euch verführt. Aber wenn ihr uns nicht in die Stadt hineingehen laßt, dann gehen wir eben nicht hinein. Doch wenn es der Wille des

Herrn ist, uns in die Stadt hineinzuführen, dann wird er uns hineinführen; dann habt ihr keine Macht darüber.» Als er das gesagt hatte, wandte er sich, zu gehen.

Aber der Vater des Kindes weinte zu ihm: «Du Apostel, habe Mitleid mit meiner Not!» Da sprach Andreas zu ihm: «Geh nur hinein in die Stadt, dein Kind ist inzwischen schon gestorben; aber begrabe es nicht, bis es morgen hell wird, dann kommen wir hinein und erwecken es dir auf. Denn das ist ein Werk des Herrn. Dann werden wir uns dir und der Stadt zuwenden.» Als er das gesagt hatte, ging er durch die Menge davon.

Sie wandten sich zur Stadt zurück und fanden den kleinen Knaben gestorben, wie es ihnen der Apostel gesagt hatte. Sie setzten sich nieder und beweinten ihn nach dem Brauche ihrer Stadt.

Andreas aber ging hinaus ans Meer und sprach zu dem Schiffer: «Zeige mir den Ort, wo sich Paulus ins Wasser gestürzt hat!» Dann stiegen sie in das Schiff und fuhren hinaus, bis sie den Ort erreichten. Da sagte der Schiffer zu ihm: «Hier ist es.» Da füllte Andreas einen Becher mit Süßwasser und betete über ihm folgendermaßen: «Mein Herr Jesus, der du das Licht geschieden hast aus der Finsternis, der du die Erde (statt: die Gewässer) geschieden hast, bis das Trockene erschien, in deinem Name gieße ich diesen Becher Süßwasser in das Meer, das voll ist von Salzwasser, auf daß es zurückweiche und das Trockene erscheine und die Erde des Totenreichs sich spalte und mein Bruder Paulus heraufkomme.»

Als er dies gesagt hatte, goß er den Becher Süßwasser ins Meer und sprach: «Weiche zurück, du salziges und bitteres Wasser, vor dem süßen!» Als er dies gesprochen hatte, erschien das Trockene, das Totenreich spaltete sich, und Paulus sprang herauf aus dem Wasser mit einem kleinen Holzscheit in der Hand. Dann sprang er hinein zu Andreas (in das Schiff) und begrüßte ihn.

Da sprach Andreas zu ihm: «Wo kommst du her, mein

Bruder, oder wo warst du?» Da sprach Paulus zu ihm: «Verzeih mir, mein Bruder, ich bin gegangen und habe die Orte des Totenreichs aufgesucht, zu denen unser Herr gegangen ist, und habe gesehen, wie sie aussehen.» Da sprach Andreas zu ihm: «Du hast zuviel gewagt. Uns, die großen Apostel, die wir mit dem Heiland gewandelt sind, seit er auftrat, die er über jedes belehrt hat, uns hat er zu den Herren über jede Kraft gemacht; aber selbst keiner von uns hat zu tun gewagt, was du getan hast.» Da sprach Paulus zu ihm: «Ich habe es fertiggebracht, mein Bruder, verzeih mir. Aber höre, ich will dir berichten.

Als ich in das Totenreich hinunterkam, sah ich die Aufenthaltsorte aller Seelen, und ich sah auch den Apostel Judas, der mit unserem Herrn wandelte, wie er in einer schweren, schmerzhaften Strafe steckte. Ich sprach zu ihm: Was machst du in dieser Strafe? Hat denn der Herr dich nicht hinaufgebracht mit all den anderen Seelen zusammen, die er hinaufgebracht hat?

Da sprach Judas zu mir: Wehe mit einem doppelten Wehe; über mich und über das, was ich dem Herrn angetan habe! Denn ich habe gesündigt gegen ihn, weil ich ihn den Juden verraten habe gegen Verderben bringende Silberlinge. Denn ich wußte, daß er mein Herr war und der Herr der ganzen Erde. Aber ich ging hin und nahm meine Silberlinge; gab sie dann aber den Hohenpriestern zurück, und ich bat ihn: Vergib mir, mein Herr. Du wirst mich doch nicht verlassen, nur wegen einer einzigen Tat, die ich getan habe, daß ich dich nämlich verraten habe? Verlaß mich nicht. Kannst du mit ansehen, wie ich ins Verderben komme? Denke doch daran, mein Herr, daß ich gehört habe, wie du mit dem Apostel Petrus gesprochen hast, als er dich fragte: Wenn mein Bruder gegen mich sündigt, wie oft soll ich ihm vergeben? Ist's genug siebenmal? Da antwortest du ihm: Nicht siebenmal, sondern siebzigmal siebenmal. Wo ich aber doch nur ein einziges Mal gegen dich gesündigt habe, kannst du da mit ansehen, wie ich ins Verderben komme? O nein, mein Herr! Wer wäre wohl der Mann, der mit ansehen könnte, wie sein Kind ertrinkt, und es nicht rettet? Wenn ich es nun gewagt habe, dich zu verraten, kannst du dann mit ansehen, wie ich ins Verderben komme? O nein, mein Herr.

Da schickte er mich in die Wüste, indem er zu mir sprach: Du sollst niemanden fürchten als Gott allein. Wenn du den Teufel kommen siehst, so fürchte ihn nicht; und auch sonst nichts außer Gott allein.

Ich ging also in die Wüste, um zu fasten, damit Gott mir vergebe. Da kam der Fürst des Verderbens zu mir. Er erhob sein Haupt über mich mit offenem Rachen, der mich verschlingen wollte. Da fürchtete ich mich und betete ihn an: Du bist mein Herr. Und sofort ließ er von mir ab. Ich aber weinte, weil ich keine Vergebung erlangen würde. Dann aber überlegte ich mir, was ich tun sollte. Wenn der Herr hier gewesen wäre, wäre ich hingegangen und hätte ihn angefleht. Er war aber abgeführt worden in den Gerichtssaal, damit er verurteilt würde. Da sagte ich mir: Ich will hingehen und mich aufhängen.

So kam ich noch vor ihm in die Unterwelt. Danach kam er hier herunter, und er brachte alle Seelen fort; und er zerstörte die Unterwelt bis auf meine Seele allein.

Die Pförtner der Unterwelt aber weinten zum Teufel und sprachen: Was tust du, indem du dich rühmst mit den Worten: Ich bin der König, und es gibt keinen anderen außer mir! Jetzt aber haben wir erfahren, daß du nicht der König bist. Denn es ist der gekommen, der dein Herr ist, und hat sie alle von dir genommen! Da sprach der Teufel in Gegenwart seiner Mächte: O ihr alle meine Mächte, glaubt ihr, es gäbe einen, der stärker wäre als wir? Nein. Sondern, als er hierhergekommen ist, da gab es doch eine Seele hier, die er nicht fortnehmen konnte. Da rief Jesus den Michael, den er mit sich hinab in die Unterwelt genommen hatte, und sprach zu ihm: Bringe die Seele des Judas hinauf, damit der Teufel keine Ausrede gegen mich hat. Da kam Michael und nahm mich hinauf. Danach rief Michael (zum Teufel): Schäm dich, du schwächlicher Feind! Danach sprach der Herr zu Michael: Bring die Seele wieder hinab in die tiefste Finsternis der Unterwelt.

Da weinte Judas[1] und sprach: Kannst du fortgehen und mich in dieser Strafe zurücklassen? Ich habe meine Seele selbst aus dem Leibe getrennt – denn ich wußte, daß du in die Unterwelt kommen würdest und alle diese Seelen mitnehmen –, damit du auch meine eigene mitnähmest. Da antwortete Jesus und sprach zu Judas: Du Unseliger, was hast du getan, als du dich niederwarfst und den Teufel anbetetest? Judas sprach zu ihm: O Herr, er kam über mich in der Gestalt eines Drachen mit offenem Rachen, der mich verschlingen wollte; da bekam ich Furcht und betete ihn an. Da sprach Jesus zu ihm: Du Unseliger, wenn du damals, als er zu dir kam, mich angerufen hättest: Jesus, rette mich, dann wärst du gerettet worden. Aber du hast diesen anderen Dienst getan und hast danach etwas getan, was Gott haßt, indem du dich selbst getötet hast. Deswegen wirst du in der untersten Finsternis bleiben bis zum Tage des Gerichts, da Gott dich richten wird. So bin ich (Judas) jetzt hier seit jenem Tage.

Als ich, Paulus, solches von Judas hörte, wurde ich sehr betrübt in meinem Herzen wegen der Qualen, in denen ich Judas sah. Höre weiter, und ich will dir noch berichten (wie es ferner in der Hölle aussah).

Ich sah Straßen in der Unterwelt – die ganz leer waren und auf denen niemand ging – mit allen Pforten, die der Herr zertrümmert und zu ganz kleinen Splittern gemacht hatte. Sieh her, mein Bruder Andreas, dies kleine Holzscheit in meiner Hand, das ich mit mir heraufgebracht habe, das ist eine Schwelle von den Pforten der Unterwelt, die der Herr zerstört hat.

Ich sah auch noch einen großen Ort an der Seite der Unterwelt, der wunderschön war, und ich fragte: Was ist das? Da sagte er: Das ist der Ort der Seele Abrahams, Isaaks und Jakobs wie aller Propheten. Dann hörte ich eine Menge, die schrie und wehklagte an anderen Orten, aber ich sah sie nicht. Da fragte ich: Was sind das für Orte? Und man belehrte mich: Das sind Orte, die der Herr nicht besucht hat, als er in die Unterwelt herabkam, nämlich: der Ort des Heulens und Zähneklapperns, wo die Mörder sind und die Giftmischer und die, die kleine Kinder ins Wasser geworfen haben.»

Als er (Paulus) dies berichtet hatte, landete das Schiff am Ufer. Da sagte Andreas: «Soweit die Erzählung. Aber nun wollen wir das Schiff anbinden, da, wo du es gefunden hast, und schnell in die Stadt gehen. Denn es steht uns ein großer Kampf bevor, und der Name Jesu wird in dieser Stadt Ruhm empfangen. Denn die Juden haben einen großen Streit mit uns vorbereitet.»

Als sie das Schiff am Ufer festgemacht hatten, machten sich Andreas und Paulus und Apollonios, der Schiffer, auf und liefen zum Stadttor und wollten hineingehen. Aber die Juden hatten das Stadttor fest verschlossen, damit die Apostel nicht in die Stadt hineingehen könnten. Andreas aber lief und rief in die Stadt hinein und sprach zu ihnen (den Juden): «Öffnet uns, auf daß wir den Toten besuchen. Denn wir haben seinem Vater versprochen: Wir werden kommen und ihn dir auferwecken.» Da antworteten die Juden: «O Andreas, du willst doch nicht schuld sein, daß deinetwegen unser Blut in dieser Stadt vergossen wird? Geht doch fort zu den Heiden, und verführt sie, und bleibt unter ihnen! Denn wir werden nicht zulassen, daß ihr diese Stadt bekehrt, damit ihr nicht kluge Leute verführt.»

Während sie so sprachen, blickte Andreas auf und bemerkte einen Vogel, der Aufrecht[2] heißt und der am Fuß einer Mauer scharrte.

Da sagte ihm Andreas: «Ich sage dir, du aufrechter Vogel: Auf, geh hinein in die Stadt, in das Haus, in dem der tote Knabe liegt. Du wirst eine Menge Volks bei ihm versammelt finden. Sage zu ihnen: Das lassen Andreas und Paulus, die Diener Gottes, bestellen: Geht hinaus und öffnet uns das Stadttor, dann kommen wir hinein und erwecken den Toten auf. Denn sie haben das Stadttor geschlossen und lassen uns nicht hinein.»

Da machte sich der Vogel auf und kam mitten in die Menge, und er wiederholte die Worte, die Andreas gesagt hatte. Als die Menge dies von dem Vogel vernahm, standen sie eilends auf und nahmen Steine mit, um sie auf die Juden zu werfen. Da begegneten sie dem Statthalter, wie er in sein Amt ging, und er fragte: «Was ist geschehen?» Sie aber antworteten: «Da sind Männer am Eingang des Stadttores, die eine große Macht ausüben durch einen Namen: Jesus, so daß die Blinden sehen und die Lahmen gehen, und welche die Dämonen austreiben. Sie haben uns gesagt: Die Juden sperren das Stadttor und lassen uns nicht hinein, damit wir den Toten auferwecken. Da sind wir aufgestanden und sind ausgezogen, um sie zu steinigen und zu töten und die Männer hereinzuholen.» Als der Statthalter dies hörte, sprach er zu der Menge: «Es soll keinen Aufruhr geben! Ich selbst werde sie hereinholen.»

Da kehrte der Statthalter mit seinem Gefolge und der Menge zum Stadttor um, und sie sahen die Juden am Stadttor stehen. Da sagte er zu ihnen: «Weshalb verschließt ihr das Tor und laßt niemanden in die Stadt herein?» Sie aber antworteten: «Der König des Statthalters möge ewig leben! Wir haben das Tor nicht aus böser Absicht geschlossen. Aber es sind da zwei Zauberer, die hereinkommen wollen und die Ordnung unserer Stadt umstürzen. Weil sie aber in jeder Stadt, in die sie gegangen sind, das Herz der Einwohner mit ihrer Zauberei aufwiegeln, deshalb lassen wir sie nicht hinein. Wenn sie schon sagen: Wir sind die Jünger eines lebendigen Gottes, weshalb öffnet ihnen dann ihr Gott nicht das Tor?» Da rief der Statthalter sie (die Apostel) an und sprach zu ihnen: «Wenn ihr einen lebendigen Gott habt, so öffnet euch doch selbst!» Darauf sprach Andreas zu Paulus: «Was willst du, daß wir jetzt tun sollen, damit sich uns das Stadttor öffne?» Da ward Paulus voll des Heiligen Geistes und sprach zu Andreas: «Mein Vater, befiehl mir, und ich werde die Wunderkraft anwenden, die auf mich gekommen ist.» Da sprach Andreas. «Was du willst, das tue.»

Da erhob Paulus das Holzscheit in seiner Hand, das er aus der Unterwelt heraufgebracht hatte, lief auf das Tor zu und legte es um mit dem Holzscheit, indem er sprach: «In der Kraft meines Herrn Jesus Christus, der die Tore der Unterwelt hat zersplittern lassen: Du sollst dieses Stadttor zertrümmern, damit die Juden wissen, daß nichts unmöglich ist vor dir.» Als er dies gesprochen hatte, schlug er dreimal gegen das Stadttor, und das Stadttor fiel zu Boden. Und die Erde verschluckte es, und man konnte nicht sehen, wo es hingegangen war. Da kam das Volk, warf sich den Aposteln zu Füßen und bat sie: «Kommt doch herein in die Stadt!» Da machten die Apostel ... *Hier bricht die Handschrift ab.*

Erklärungen S. 367f.

40

Der Zauberring und die Wundersäule

Anfang und Ende des Gedichtes fehlen. Die Königin von Saba ist zu König Salomon nach Palästina gekommen. Ihre Heimat, das alttestamentliche Saba, ist das südwestliche Arabien. Den Namen des Landes hat der koptische Erzähler für den Eigennamen der Königin gehalten.

Salomon, dem König von Israel und Juda, schreibt die Bibel Weisheitssprüche zu, die teilweise aus altägyptischen Lebenslehren übersetzt sind.

Er, der vor dem Auge des Erzählers nicht anders steht als die großen demotischen Zauberer (vgl. Nr. 35, 36, 38), versucht, die Königin mit Hilfe seines Zauberrings in seine Macht zu bekommen. Und wenn sie sich auch allein seiner Überlegenheit beugen will, so hat sie sich ihm ohnedies nicht entziehen können.

Denn schließlich empfängt sie, wie abessinischer Herkunftsstolz behauptet, von Salomon einen Sohn, der später König von Abessinien wurde.

In unserem Märchen bietet sie ihm, falls er sie herschaffen kann, eine Säule zum Geschenk, auf der alle Weisheit der Welt aufgeschrieben ist.

Salomon schickt den schnellsten seiner Geister, sie aus dem Wunderlande der klugen Königin zu holen. Der Text beginnt nach der verlorenen Einleitung folgendermaßen:

Denn er nahm einen Becher Wein und gab ihn ihr.
Und hatte seinen Siegelring unten hineingelegt.
Doch Saba, die Königin, sprach zu ihm:
«Trinke ich einen Becher Wein aus deiner Hand,
so beuge ich mich vor dir.

Ich will mich aber erheben und mich dir stellen und also mit dir sprechen,
Salomon, du Herr der Könige:
Überwindest du nicht eine Königin, so beugst du sie nicht vor dir.
Nicht beugt sie sich durch diesen Becher Wein aus deiner Hand.
Überwinde mich, dann beuge ich mich vor dir!

In meinem Lande steht eine Säule,
Salomon, du Herr der Könige.
Wenn du hinschickst und sie hierherbringst,
so wird sie in deinem Palast von Nutzen sein.» –
«Versammelt euch zu mir, all ihr Götter, die ihr mir untertan seid,
und sagt mir, wie schnell ihr die Säule herbeibringt.»

Der erste eilte heran und sagte: «Ich schaffe sie her bis zum Abend.»
Der zweite sagte: «Ich schaffe sie her noch in dieser Stunde.»

Da eilte der Flügelgeist zu Salomon, und er sagte:
«Vom Einatmen bis zum Ausatmen
werde ich dir die Säule bringen.»
Da – noch war der der Befehl in Salomons Mund –

Siehe, da kam zurück schon der Flügelgeist,
und die Säule lag auf seinen Schwingen
und schwankte hin und her
wie die Wogen des Wassers.

Alles Wissen, das auf der Welt ist,
steht auf der Säule geschrieben;
auch das (Geheimnis) von Sonne und Mond stehet auf ihr.
Es ist ein gar großes Wunder, sie anzuschauen... *Hier bricht der Text ab.*

Erklärungen S. 368

41

Rätsel der Königin von Saba an König Salomon

Es wächst ein Baum in meinem Lande,
o König Salomon,
er ist gar herrlich und schön.

Am Abend wird er gefällt,
am Morgen sprießt er hervor.
So schön, wie er ist, sah ich nichts sonst auf Erden.

Zu seiner Rechten liegt ein Gefilde,
mit Edelsteinen besät,
wohin ein jeder begehrt.

Ein Bote kommet alljährlich,
mit guten Gaben beladen,
die er allen Bewohnern schenkt.

Dann kehrt er zurück in sein Haus. –
Mögest, Salomon, dies Rätsel mir lösen,
so will deinen Ruhm ich verkünden. –

Der da wächst, der Baum, in deinem Lande,
o Saba, Königin der Äthiopen,
er ist ein Gleichnis der Sonne.

Allabendlich gehet sie unter,
allmorgendlich leuchtet sie auf.
So schön, wie sie ist, sah ich nichts sonst auf Erden.

Das Gefilde neben dem Baume,
es ist ein Gleichnis des Himmels;
die Edelsteine sind Sterne,

die funkeln zur Abendzeit.
Doch sie dunkeln, sobald die Sonne aufgeht,
wegen des Lichts, das die Sonne umsteht.

Der Bote, der in dein Land kommt,
ist das Wasser des Stroms von Ägypten,
der alljährlich die Erde durchtränkt.

Erklärungen S. 369

42

Theodosios und Dionysios

Zur Zeit unseres heiligen Vaters,
des Erzbischofs Apa Kyros,
Vaters über Konstantinopel,
dem die Könige huldigten,

versammelten sich die Großen der Stadt
und die Mächtigen des Königshofs;
sie gingen zu unsrem Vater Apa Kyros,
redeten mit ihm und sprachen:

«Versammle die Priesterschaft und bete zu Gott.
Denn wir fanden keinen König, der uns weide;
Wir sind wie Schafe ohne Hirte.»

Unser Vater Apa Kyros sprach dann zu ihnen:
«Morgen früh am Sonntag
wollen wir uns alle in der Kirche versammeln
und zu Gott in dieser Sache beten.»

Nun waren zwei arme Arbeiter,
fremd aus dem Lande Ägypten,
von denen der eine Theodosios,
der andere Dionysios hieß.

Theodosios sah einen Traum
Und sagte zu seinem Freund Dionysios:

«Wer mir diesen Traum auslegt,
für den will ich eine Woche lang Arbeiter sein;
ohne Lohn will ich für ihn schaffen
in der Arbeit des Ziegelmachens.

Ich sah mich in einem Traumgesicht
auf einer weiten Flur,

auf der eine Menge Schafe waren
und wilde Tiere und Rinder.

Und ich sah, wie die Leute jenes Ortes
und die wilden und zahmen Tiere
allesamt zu mir kamen.
Sie warfen sich nieder und verehrten mich.

Ich sah auch ein Lamm, das noch Muttermilch trank,
wie es mich salbte mit heiligem Öl,
ein Ehrenkleid mir anlegte
und eine Stola von goldener Farbe.

Man gab mir einen Stab in die Linke
und eine Hoheitskugel in die Rechte,
setzte mich auf einen Thron,
und alle Leute erwiesen mir Ehre.

Da kam ein strahlender Mann zu mir
und gab mir eine Menge Schlüssel.
Ich konnte sie aber nicht fassen
und übergab sie deinen Händen, Dionysios.»

«Nach dem Traumgesicht, das du gesehen,
will Gott dich wohl zum König machen,
und du sollst mir die Schlüssel dann
zu deinen Schatzkammern geben.»

Dann sprach Theodosios zu ihm:
«Auf, laß an die Arbeit uns gehen,
denn wir feiern sehr über die Maßen!»
Aber Dionysios sprach zu ihm:

«Auf, laß in die Kirche uns gehen,
damit wir den König sehen, den man über uns setzt,
auf daß alle Leute ihn ehren!»
Sie standen auf und gingen zur Kirche.

Sie stellten sich hinter die Menge
wegen der Ärmlichkeit, in der sie waren.
Als die Zeit des «Dreimalheilig» kam,
siehe, da flog ein Adler vom Himmel herab.

Eine Krone mit edlen Steinen
und ein Szepter von Gold aus dem Lande Ophas,
auf dem das Zeichen des Kreuzes war,
hielt dieser Adler,

und leuchtete heller dabei als die Sonne.
Man nennt ihn Raphael,
den mit der Jubelposaune,
den verehrungswürdigen Erzengel.

Und er entführte Theodosios
und setzte ihn auf den Thron.
Und das ganze Volk jauchzte:
«Kyrie eleison! Theodosios ist König geworden!»

Als nun Theodosios König war,
vergaß er Dionysios.
Er dachte nie mehr an ihn
wegen der Ärmlichkeit, die um ihn war.

Als zwei Jahre um waren,
da nahm Dionysios die Werkzeuge,
mit denen sie die Ziegeleiarbeit verrichtet,
und schlug sie in ein Tuch.

Er lud sie auf seinen Nacken,
ging hin zum Tor des Palastes
und rief einem Eunuchen des Königs zu:
«Trag dies zum König Theodosios,

denn es ist ein Geheimnis der Könige von alters her!»
Der trug sie hinein zum König.
Er löste das Tuch, und er fand die Arbeitsgeräte,
darauf dessen Namen und den seinen.

Es erhob sich vom Throne der König,
kam zu seinem Freunde und sprach:
«Verzeih mir, mein heiliger Vater!»
Und führte ihn in seinen Palast,

und sie frühstückten miteinander.
Da versammelten sich alle Priester,
gingen zum König Theodosios,
und sie riefen aus und sprachen:

«Verschaff uns einen Bischof,
unser Vater Apa Kyros ist gestorben.»
Da faßte er Dionysios bei den Händen
und setzte ihn zum Erzbischof ein.

So ward er ein Vater seiner Kirche.

Erklärungen S. 369

ANHANG

Quellenhinweise und Erklärungen

1 Quelle: Die einzige Handschrift zum «Schiffbrüchigen» ist der Papyrus 1115 der Eremitage von Leningrad in hieratischer Schrift der 12. Dyn. (um 2000 v. Chr.). Veröffentlicht von W. Golénischeff, Les papyrus hiératiques Nos. 1115, 1116 A et 1116 B de l'Eremitage impérial à St.-Pétersbourg, 1913. Hieroglyphische Umschrift von A. M. Blackman, The Story of the Shipwrecked Sailor, in: Bibliotheca Aegyptiaca II (Middle-Egyptian Stories), Brüssel 1932, S. 41–48; zuletzt übersetzt von M. Lichtheim, Ancient Egyptian Literature I, S. 211–215; metrisierte Übersetzung von J. Foster, in: Studien zur altäg. Kultur 15, 1988, S. 69–109. Zur Interpretation s. D. Kurth in derselben Zeitschrift 14, 1987, S. 167–179.

Erklärungen: Der Fürst, der aus Nubien zurückkehrt, spricht nur am Ende der Erzählung, der einleitende Rahmen könnte fehlen. Vielleicht enthielt der Text mehrere Märchen innerhalb des Rahmens.

Die Insel Bigge liegt im Gebiet des ersten Kataraktes, südlich von Assuan.

Die Erzeugnisse der Schlangeninsel sind die des ägyptischen «Punt», das etwa dem heutigen Somali entspricht. Das Märchen ist nicht ein abenteuerliches Seefahrermärchen, wie sie aus späteren Kulturen bekannt sind, sondern hat eschatologischen Hintergrund und zeugt von einer vergeistigten Gottesauffassung, wie sie der Zeit um 2000 v. Chr. eigen ist.

In die Geschichte des Gefolgsmannes eingeschachtelt ist ein weiteres Märchen: das Erlebnis des Schlangengottes. Erst am Ende der gesamten Erzählung schließt der Fürst – mit einer abwinkenden Geste – durch ein Sprichwort den äußersten Rahmen, so daß sich das Erzählschema ergibt: (Fürst) – Gefolgsmann – Schlangengott – Gefolgsmann – Fürst.

Die Geschichte des Schiffbrüchigen ist in einer auch sonst im Alten Orient, insbesondere durch das Alte Testament bekannten Form gedichtet worden: in der Weise der parallelen Glieder (des Parallelismus membrorum), auch «Gedankenpaare» (thought coplets) genannt, die in der graphischen Gestaltung des hieratischen Textes allerdings nicht gekennzeichnet und darum erst relativ spät entdeckt worden ist. In diesem Buch ist sie auch graphisch zum Ausdruck gebracht.

Die drei Schicksalsträger, die ihr jeweiliges Erlebnis ineinandergeschachtelt erzählen: der Fürst, der Gefolgsmann und der Schlangengott, wurden von dem mündlichen (Märchen-)Erzähler stimmlich voneinander abgehoben, so daß die verschiedenen «Er»s für den Hörer keine Schwierigkeit bedeutet haben. Die erste Rede des Fürsten ist vermutlich verlorengegangen oder wurde von dem Schreiber nicht abgeschrieben.

Das Märchen ist als eine «kleine Odyssee» vordergründig ein Stück Unterhaltungsliteratur, aber wie jede gute Literatur – und die Erzählung ist trotz ihrer einfachen Sprache anspruchsvoll – mehrbödig. Jene, die Ohren hatten, hörten auch Sätze aus den altägyptischen Lebenslehren heraus, ja, ihnen klang in der Resignation des Fürsten die Skepsis jener Zeit gegen allgemeines Gottvertrauen auf. Auch könnten sie aus der Geschichte des Schlangengottes eine Beziehung zu dem Mythos vom Sonnengott Re-Atum, der allabendlich «zur Neige geht» und mit seinen 75 Namen in der Unterwelt verschwindet, herausgehört haben.

Daß die Insel, die er bewohnt, auf Dauer verschwindet, ist allerdings damit nicht erklärt. Dies Motiv dürfte der Keim sein oder zumindest eine Analogie zu den späteren «Atlantis-/Vineta-Sagen», wie sie auch die germanische Mythologie in Muspilli kennt. Es ist ein echter Märchenzug, wenn eine Insel dann existiert, wenn sie von einem Gestrandeten gebraucht wird.

Ägyptisch ist der «Weltuntergang» in einem Gespräch des Atum mit Osiris enthalten. Das tagesrhythmische Verschwinden der Sonne und der Untergang der Welt am Ende der Zeiten ist in diesem Märchen des Schlangengottes ineinandergeschoben, und die Insel ist wie Atlantis eine paradiesische Vorwelt in nuce. Das Raum-Zeit-Verständnis der Alten vorausgesetzt, ist das, was unser Denken kritisieren könnte: daß die Schlangeninsel nur einen Teil der Welt darstellt und daß der Gefolgsmann als möglicherweise wiederkommend vorgestellt wird, kein Einwand gegen diese Interpretation.

[1] «Verjüngen» bedeutet, nach dem Tode für das Jenseits wiedergeboren werden.

2 Quelle: Die Handschrift, Berliner Papyrus 3024 aus der frühen 12. Dynastie (um 2000 v. Chr.), ist nur ein kleines Bruchstück von 25 Zeilen aus einer märchenhaften Erzählung. Sowohl Anfang wie Ende sind abgewaschen. Veröffentlicht von A. H. Gardiner, Die Erzählung des Sinuhe und die Hirtengeschichte, in: Literarische Texte des Mittleren Reiches II, Leipig 1909; letztmals übersetzt von G. Lefebvre, Romans, S. 26 ff, und S. Schott, Altägyptische Liebeslieder, S. 169. Weiterer Versuch von H. Goedicke, in: Chron. d'Égypte 45, 1970, S. 244 ff.

Erklärungen: Die Übersetzungsschwierigkeiten dieses Textes sind um so größer, als das Erhaltene keine sichere Ergänzung und damit keine verläßliche Deutung zuläßt. Soviel indes ist geklärt: Ein Hirt hütet sein Vieh, vielleicht in den Marschen des Deltas, wahrscheinlich aber im Faijûm, das bis heute als unheimlich gilt und von Geistern bewohnt.

Auf dem Weg zum Sumpf, der Überleitungszone zwischen trokkenem Land und Gewässer, erscheint dem Hirten eine übernatürliche Frau (ob Wassernixe?), die ihn zu verführen sucht. Der Hirt beschließt, am nächsten Tag mit seiner Herde abzuziehen, und gibt seinen Leuten die nötige Anweisung. Was er ihnen anordnet, entspricht den Darstellungen in den Gräbern: Das Kleinvieh wird in das Boot verladen, das Großvieh zieht hinter dem Boot her. Die Hirten sprechen dabei einen traditionellen Zauberspruch gegen Krokodile (die zweite Hälfte des hier zu rezitierenden Spruches findet sich auch in den Sargtexten, Spruch 866), der nichts mit der gegebenen speziellen Situation zu tun hat.

Am nächsten Morgen versucht die Göttin ihre Verführungskünste noch deutlicher. Wenn das Märchen den allgemeinen Spielregeln folgt, wird sie nach dem dritten Anlauf Erfolg haben. Doch diese Vermutung könnte erst verifiziert werden, wenn sich – unwahrscheinlicherweise – ein weiteres Textstück fände oder es gelänge, die abgewaschenen Blätter des Berliner Papyrus wieder lesbar zu machen.

[1] Noch heute wird in Ägypten die Braut vor der Hochzeit epiliert.

[2] «Ausstrahlung» ist die hoheitliche Wirkung, die von Göttern und Hochgeborenen ausgeht und in Scheu bis Furcht versetzt. So hier bei der göttlichen Erscheinung und im Märchen vom Verwunschenen Prinzen (Nr. 4) bei dem Königssohn, der durch seine ausstrahlende Erscheinung den Fürsten von Naharina auf der Stelle von seiner Majestas überzeugt hat.

[3] Hier steht das Wort für «Stiere», ist aber im Sinne von «Kerle» gebraucht, wie heute ähnlich und in häßlicher Weise «Bullen» für kräftige, zupackende Männer verwendet wird.

[4] Mit Haar und Perücke der Frau verbinden sich erotische Anspielungen. So auch bei des Anubis Frau im Brüdermärchen (Nr. 5).

3 Quelle: Der Pap. Westcar, Papyrus 3033 von Berlin (veröffentlicht von A. Erman, Die Märchen des Papyrus Westcar, Berlin 1890; zuletzt übersetzt in: The Literature of Ancient Egypt, S. 15–30 und (unvollständig) von M. Lichtheim, Ancient Egyptian Literature I, S. 215–222) ist die einzige Handschrift des Textes und ist etwa im 17. vorchristlichen Jahrhundert in hieratischer Schrift geschrieben (frühe Hyksoszeit). Er geht auf eine Vorlage aus der 12. Dyn. zurück (um 2000 v. Chr.) und dürfte die Aufzeichnung der viel älteren volkstümlichen Erzählung eines fahrenden Sängers darstellen, die die Ereignisse um den Wechsel von der 4. zur 5. Dyn. märchenhaft umschreibt. Teile des vielleicht kompilierten Textes mögen jünger sein.

Erklärungen: Anfang und Ende des Textes fehlen, doch kann der Inhalt erschlossen werden. Wenn es zutrifft, daß Cheops neun Söhne hatte, so dürfen wir fünf weitere Wundererzählungen am Anfang der Rahmenerzählung verloren glauben. Die Wunderereignisse durchlaufen die Vergangenheit, wenn auch der Verfasser die Reihenfolge der Könige nicht mehr genau kannte. Prinz Djedefhor, der den noch lebenden Zauberer an den Hof des Königs Cheops geholt hat, galt selbst als Weiser und wird noch ein Jahrtausend später hoch gerühmt. Mit der letzten Wundererzählung leitet das Märchen in die damalige Gegenwart über und vom Vergnügen zum Ernst.

Zielpunkt der langen und kunstvoll gestalteten Erzählung ist die übernatürliche Geburt der drei Königskinder. Der bedeutende historische Einschnitt zwischen den Pyramidenerbauern der 4. Dynastie und den Sonnenverehrern der 5. Dynastie, deren Heiligtümer bei Abusir, südlich Gise liegen, ist durch die wunderbare Geburt der Drillinge als freiheitlicher Akt Gottes dargestellt.

[1] Zu jedem vornehmen ägyptischen Haus gehörte ein Garten mit einem Teich und einer pavillonartigen Laube.

[2] Die Führerin «verstummte» heißt: sie unterbrach ihr Lied. Es

war so selbstverständlich, daß die Ruderinnen sangen, daß das nicht eigens gesagt worden ist. Noch heute erlebt man in Ägypten gleichermaßen «Arbeit und Rhythmus». Das Verstummen ist eine verständliche Reaktion auf den Verlust des Fischanhängers, wenn man weiß, daß er für die unverheiratete Frau als ein Regenerationssymbol mit der Göttin Hathor in Beziehung steht und daß die Ruderfahrt zu Ehren dieser Göttin mit den als Hathor-Dienerinnen fungierenden Mädchen unternommen wurde. Der Fischanhänger ist demnach ein wesentliches Element der ganzen Ruderfahrt-Geschichte und nicht etwa nur ein Auslöser für die Zaubereien des Djadja-em-anch.

[3] Der gute Appetit des alten Meisters soll dessen Jugendkraft vor Augen führen. Das «schöne Alter von 110 Jahren» war das ideale Lebensalter der Ägypter. Es wurde erreicht auch von Jakob in Ägypten (vgl. Genesis 50,26).

[4] «So begrüßt man...» ist beidemal wohl keine Anmerkung des Erzählers (der damit eine dritte Dimension in die Sageweise brächte), sondern gehört zur Rede.

[5] «Die Stätte, die die Müden verhüllt», ist das Totenreich.

[6] Daß Djedi sich weigert, mit einem Menschen zu experimentieren, selbst wenn er bereits zum Tode verurteilt wird, zeugt von seiner hohen ethischen Gesinnung und wird zum geeigneten Gegenbild von des Königs Grausamkeit. – Die «Herde Gottes» ist das Komplement des «guten Hirten», als welcher der Herrscher bezeichnet wird.

[7] Menit und Sistrum sind Kultinstrumente, das Menit eine Halskette, das Sistrum eine Rassel. Durch ihren Gebrauch werden Götter besänftigt. Wenn sie die Gottheiten hier vor Rawoser anwenden, mag darin auch eine Huldigung vor dem Nährvater liegen.

[8] Die Beschwörungsworte der Isis stellen jedesmal ein Wortspiel mit dem Namen der Kinder dar (zum Namen vgl. Nr. 16). Diese Art der Namensgebung (Paronomasie) ist in Ägypten geläufig, aber auch z. B. im Alten Testament (vgl. Genesis 35,18). – Zu den Göttern, die bei der Geburt wirksam sind, vgl. Nr. 11.

[9] Die Kinder werden beschrieben wie Götterstatuen. Das «Namensschild» enthält einen der fünf Königsnamen, wie er den Statuen auf Oberarm, Brustschild oder Gürtel geschrieben wird.

[10] An dieser Stelle hat der Schreiber zwei Sätze vertauscht (hier verbessert); den hier S. 53 ergänzten Abschnitt über den bezauberten Löwen hat er ausgelassen.

[11] Zur Reinigung der Frau vgl. Leviticus 12,2 und 12,5.

[12] Die Nachstellung des Cheops erinnert an den bethlehemitischen Kindermord des Herodes. Zur Beziehung der Geburtsgeschichte zu unserem Weihnachtsevangelium vgl. bei Nr. 11, zu den Nachstellungen des feindlichen Königs Fr. v. d. Leyen, Die Welt der Märchen (Diederichs Verlag) 1953, Band I, S. 151.

4 Quelle: Der Verwunschene Prinz steht auf der Rückseite des Papyrus Harris 500 (Britisches Museum 10060) und ist kaum später als unter Sethos I. in hieratischer Schrift aufgeschrieben (um 1290 v. Chr.). Veröffentlicht als Faksimile: E. A. Budge, Facsimiles of Egyptian Hier. Papyri in the Brit. Mus., Second Series, London 1923, Taf. 48–52; Umschrift von A. H. Gardiner, The Tale of the doomed Prince, in: Bibliotheca Aegyptiaca I (Late-Egyptian Stories), Brüssel 1932, S. 1–9; zuletzt übersetzt von M. Lichtheim, Ancient Egyptian Literature II, S. 200–203. – Zur kulturell-historischen Einbettung des Textes s. W. Helck, Politische Gegensätze im alten Ägypten, Hildesheim 1986, S. 60f.

Erklärungen: Der Begriff des Schicksals ist nicht im Sinne der griechischen Religion zu verstehen, sondern bedeutet mit dem hier verwendeten ägyptischen Ausdruck etwa soviel wie «Lebenszeit». Dieses Schicksal ist nicht ausweglos, kann vielmehr durch die Tugend seines Trägers nach dem Willen der Gottheit abgewendet werden. Der Gott vermag die Lebenszeit über die Bestimmung der Hathoren hinaus zu verlängern. Aus dem Munde der Frau hören wir, daß der Prinz sogar einen persönlichen Gott hat, ganz abgesehen davon, daß er durch eine Gebetserhörung ins Leben kam (vgl. Nr. 36).

Die Handschrift ist zwar unvollständig, aber es unterliegt keinem Zweifel, daß der Prinz seine Geschicke überwindet. Der Prinz ist – die zweite Gefahr bestehend – vor dem Hund in den See geflohen, aber damit in die Macht des Krokodils geraten. Statt ihm zum Verhängnis zu werden, fordert das Krokodil ihn jedoch auf, ihm selbst im Kampfe gegen den Geist beizustehen. Wie der Prinz sich durch eigene Leistung die Frau erwarb, die ihn vor der Schlange bewahrte, so vermag er auch durch seine Tapferkeit gegen den Geist die Bedrohung durch das Krokodil abzuwehren. Damit erfüllt sich die Zuversicht seiner Frau, mit ihrer positiven Rolle in literarischen Texten eine nahezu singuläre Frauengestalt.

Möglicherweise wird auch die Herkunft des Prinzen noch aufgedeckt, wenn nicht das hartnäckige Verbergen auf einer Kombination ursprünglich nicht zusammengehöriger Motive beruht. Oder sollte der Prinz sich vor dem Schicksal haben verschleiern wollen? Es darf sogar erwartet werden, daß der Prinz am Ende den Königsthron besteigt. Die Überwindung des dem Königssohn bei seiner Geburt von den Hathoren bestimmten Geschickes scheint das eigentliche Thema des Märchens zu sein. Auf alle Fälle kommt die Welt des Prinzen nach bestandenen Gefahren wieder in Ordnung.

Das Motiv der Errettung vor dem Hunde durch das Krokodil überliefert uns auch eine Sage bei Diodor (I, 89). Dort heißt es: Ein alter König, Menes geheißen (der Begründer der ägyptischen Geschichte um 3000 v. Chr.), habe sich, als er von seinen eigenen Hunden verfolgt war, in den Möris-See (im Faijum) geflüchtet und sei wunderbarerweise von einem Krokodil aufgenommen und auf das andere Ufer getragen worden. Um sich nun diesem Tiere dankbar zu erweisen, habe er in der Nähe eine Stadt gebaut und sie Krokodilstadt (Krokodilopolis, heute Medînet el-Faijum) genannt. – Auch Osiris wird nach einer Version der Sage auf dem Rücken eines Krokodils schwimmend ans Ufer getragen.

Das Märchen ist nicht nur sprachlich außerordentlich schön, es ist auch eines der märchenhaftesten Märchen Ägyptens, voller Motive, und schon so wunderbar eingestimmt durch den ganz anonymen Charakter der Einleitung. Die Verwandtschaft zu Dornröschen, das wie der Königssohn unter der Prophezeiung des Urteils steht und das ebenso in einem Turm eingeschlossen lebt, klingt durch. Aber nicht hier allein: Dornröschen ist dem Ritter versprochen, der den Dornwall um das Schloß durchbricht, wie in unserem Märchen die Prinzessin dem gehört, der zu ihrem Fenster hochzuspringen vermag. In einem anderen Märchen, dem Goldener, muß der Prinz den Glasberg hinaufreiten, wenn er sich die Prinzessin erwerben will. Zahllose ähnliche Märchen gehen durch die Welt. Das Turmmotiv kennen wir auch aus dem griechischen Märchen von Perseus und Danae und vielen, vielen anderen (Rapunzel), besonders der Primitivvölker; aber meist ist es die Jungfrau, die dort behütet (oder auch wegen der von ihr ausgehenden Gefahr gefangengehalten) wird; daß der Königssohn in einen Turm gesperrt wird, scheinen nur die Balkanvölker zu kennen (vgl. von der Leyen, Die Welt der Märchen I, S. 144). Von der Erlösung durch die Liebe sei erst gar nicht gesprochen, so vertraut ist sie uns, wie uns das ganze Märchen geradezu anheimelt. Zu Motivgeschichte und Ausbreitung E. Brunner-Traut, Prinzenmärchen, in: Lexikon der Ägyptologie (hrsg. von E. Otto, W. Helck und W. Westendorf) IV, 1982, Sp. 1107–1112.

5 Quelle: Der hieratische Text des Papyrus d'Orbiney im Britischen Museum stammt aus dem Ende der 19. Dyn. (um 1200 v. Chr.) von der Hand des auch sonst in Ägypten wohlbekannten Schreibers Enene. Text veröffentlicht von A. H. Gardiner, The Tale of the Two Brothers, in: Bibliotheca Aegyptiaca I (Late-Egyptian Stories), Brüssel 1932, S. 9–29. Zuletzt übersetzt von M. Lichtheim, Ancient Egyptian Literature II, S. 203–211. Zur Interpretation vgl. auch H. Jacobsohn, Die dogmatische Stellung des Königs in der Theologie der Alten Ägypter, 1939. Der Text ist vollständig erhalten, seine Sprache leicht. Zu Interpretation, Märchenmotiven und Ausbreitung vgl. E. Brunner-Traut, Pap. d'Orbiney, in: Lexikon der Ägyptologie, a. a. O. IV, Sp. 697–704. – Der Text aus dem 17. oberägyptischen Gau ist veröffentlicht von J. Vandier, Le Papyrus Jumilhac, 1962, III, 13–25.

Erklärungen: Das Brüdermärchen ist das reichste und anfänglichste Märchen Ägyptens und ist auch sein berühmtestes geworden. Sein Gehalt kann nicht ausgeschöpft und hier nur eben angedeutet werden.

Die Brüder, die getrennt werden und doch unverlierbar zusammengehören, die Rolle der verräterischen Frau, die Verwandlung von Mensch in Tier und Baum, die zeugende Kraft des Blutes, Schwängerung durch den Mund, die Macht der Haarlocke oder auch die Warnzeichen der Lebensgefahr (vgl. Nr. 36) – dies und mehr sind urhafte Märchenmotive, die in altem Glauben wurzeln und in aller Welt ähnlich auftauchen.

Bata ersteht in seinem Sohn, aber er bleibt Bata, und seine Frau bleibt dessen Frau, ohne daß ein Bewußtsein für zeitlichen Ablauf daraus einen Generationsabstand gefolgert hätte, wie dies Märchen überhaupt bar jeden Zeitdenkens in einfacher Aufreihung die Geschehnisse hinträumt. Hinträumt in eine überhöhte Welt, die durch die geographischen Kulissen nur ausgemalt wird, aber doch so unwirklich bleibt, daß die Kühe darin sprechen, Götter einhergehen und der jüngere Bruder das Schicksal seines von ihm getrennten Herzens erleidet und vom Tode wieder auferstehen kann. Das

Grimmsche Märchen von den beiden Brüdern, eins der ältesten und wohl auch das reichste dieser Sammlung, ist unverkennbar mit dem unseren verwandt (Aa TH 318, num. 13). Im übrigen weisen die Parallelen nach Ungarn, Rußland bis Melanesien, im Norden bis Schweden, im Süden bis Abessinien. (Zur russischen Version s. Vycichl, in: Bull. de la Soc. d'Égyptol., Genève No. 1, 1979, S. 13–15.)

Die Verfolgung des nach seinem Tode in verschiedenen Gestalten immer neu Erstehenden erfahren wir auch in Zigeunermärchen (vgl. W. Aichele u. M. Block, Zigeunermärchen, Märchen d. Weltliteratur, 1962, Nr. 44 bzw. Nr. 12), und selbst die Conceptio der muslimischen Heiligen in Ägypten, der Schêcha Ma'dûra, durch ein verzehrtes Baumblatt erinnert an Batas Frau, die durch den verschluckten Baumsplitter schwanger wird. Zu den aus blutgetränkter Erde aufwachsenden Bäumen vgl. auch K. Wessel, Christentum am Nil, Recklinghausen 1964, S. 120 f. Zum Weiterleben im arabischen Ägypten s. H. Dulac, Quatre Contes en Dialecte Cairote, in: Mém. Miss. I, 1889, S. 97.

Wie Joseph, so bringt Bata seinem Herrn Wohlstand ein, und wie Potiphars Frau den Joseph, so will die des Anubis den Bata zum Ehebruch verführen und beschwört dann sein schweres Schicksal herauf durch verleumderische Anzeige (vgl. auch die Bellerophontes- und die Peleussage, sowie Phaidra des Euripides oder Kybele im phrygischen Attismythos). Und die Frau des Bata liefert – wie eine neue Verkörperung von Batas Schwägerin – ihren Mann ans Messer durch Verrat seines Geheimnisses, ganz so wie Dalila den Simson. Daß Pharao nach dem schönen Weib gelüstet, ist ebenso selbstverständlich, wie daß David Bathseba begehrt. «Es ist nicht gut, daß Bata allein sei... form ihm ein Weib, damit er nicht allein wohne», erinnert an I. Mos. 2, 18. Zur Rolle des Meeres vgl. Nr. 10 und Nr. 19. Die Weisen, die den Ort der fernen Frau Batas ausfindig machen, sind keine anderen als die Zauberer am Hofe des Cheops (Nr. 3).

Bata ist ein Göttersohn ebenso wie Anubis, und auch die Frau des Bata wird auf göttlichen Befehl durch den Schöpfergeist geschaffen. Die beiden Brüder sind Gestalten eines Mythos, und wie die Forschung erhoben hat, eines Mythos aus dem 17. oberägyptischen Gau mit der (Zwillings)-Hauptstadt (Henu-)Saka.

In einem der Mythen dieses Gaues wird Bata (in ptolemäischer Zeit) Seth genannt; aber statt über diesen Mythos zu sprechen, sei er selbst hier in kurzer Fassung mitgeteilt:

Später einmal näherte sich Seth (Bata) zur Zeit der Abenddämmerung, denn er wußte, daß Anubis ausgegangen war. Er hatte sich in Anubis verwandelt, damit die Türhüter ihn nicht erkennen sollten. Er trat hinein und stahl die Abwehramulette vom Körper des Gottes. Er floh über den Fluß mit ihnen und wandte sich nach Westen. Aber siehe, Anubis merkte es sogleich, verfolgte ihn mit seinen Begleitgöttern und holte ihn ein.

Aber Seth manifestierte sich in der Erscheinung eines Stieres. Anubis indes band ihn an Armen und Beinen und schnitt ihm die Zeugungsorgane ab. Er legte die Dinge, die Seth weggetragen hatte, auf seinen Rücken. Dann setzte Anubis ihn im Schlachtraum des Tempels gefangen und brachte die Dinge, die Seth gestohlen hatte, an ihren Platz zurück.

Man nennt ihn deswegen Bata in «Saka» (der Rücken des Stieres), denn Saka nennt man den Ort, wo er gefangengesetzt war, und dies ist so bis zum heutigen Tage. Und deswegen gab es auch in diesem Gauland einen Stall für Rinder.

Jeder Leser erkennt Zusammenhang wie Unterschied. Das Brüdermärchen hat als volkstümliche Erzählung den zugrundeliegenden Mythos verändert und ihn offensichtlich kombiniert mit Motiven anderer Göttergeschichten. Andererseits ist das Märchen rund 1000 Jahre früher aufgeschrieben als der Mythos, der dem ptolemäischen Schreiber hauptsächlich als Wort- und Sacherklärung von Belang war.

Unser spannungs- und motivreiches Märchen hat zum Hauptgegenstand den Mythos vom sterbenden und wieder auferstehenden Gott der Fruchtbarkeit, der sich immer neu inkarniert; der Mensch, Tier und Pflanze mit seiner göttlichen Zeugungskraft durchwaltet. Kein Opfertod kann diese Kraft zerstören, sie bleibt bestehen durch alle Metamorphosen hindurch, und auch über die Generationen hinweg. Bata vereinigt sich mit seiner Gattin-Mutter, ist kraftspendender Gott des Landes und sein eigener Sohn. Anubis, der ältere Bruder, der ihm wie ein Vater war, wird Batas Nachfolger als König des Landes. Die Zeiten sind aufgehoben, Bata ist ewiger Gott, auch wenn er im Märchen das Schicksal eines schuldlos ins Unglück Geratenen erfährt, gerächt wird und, nachdem das Glück sich wiederhergestellt hat, den Tod erleidet.

[1] Die Alten Ägypter hatten nur drei Jahreszeiten: Überschwemmung, Saat und Ernte; die Zeit der Saat fällt in die Monate Oktober bis Januar, entspricht also jahreszeitlich nicht unserem Frühjahr.

[2] Gemeint ist ein Tal an der Küste des Libanon.

[3] Die Frucht der Pinie hat Farbe, Gestalt und Größe eines menschlichen Herzens; deshalb hat Anubis das Herz seines Bruders bei seiner Suche auch so lange nicht gefunden, denn er sah in ihm nichts als eine Frucht. Die Form der Frucht hat andererseits den Gedanken eingegeben, das Herz sozusagen an die Stelle der Frucht zu legen.

[4] Der Raub der Locke durch das Meer scheint ein Motiv eines Mythos der Göttin Hathor zu sein, mit der die Kunstfrau auch sonst Züge gemeinsam hat.

[5] Der Stier ist in der ägyptischen Religion das Bild der Zeugungskraft. Das göttliche Tier ist ausgewiesen durch besondere Farben und Musterung.

[6] Wir wissen nicht, warum die Dame die Leber wünscht, denken dabei aber an Schneewittchen.

[7] Das «Erscheinungsfenster» ist eine Art Loggia des Palastgebäudes, in welcher der König offiziell erscheint, um sich aus verschiedenen Anlässen zu zeigen, sei es, um Turnieren beizuwohnen, Tribute zu empfangen oder Lobpreise zu verteilen.

[8] Die Gebärde, das Kind auf den Schoß zu nehmen, gehört zum Akt der Anerkennung, dem die offizielle Ernennung zum König folgt. Vgl. Nr. 11 und 37.

[9] Bata führt seine Frau den Richtern vor, diese richten, und er bestätigt nur das Urteil.

6 Quelle: Der Streit zwischen Wahrheit und Lüge findet sich im hieratischen Papyrus Chester Beatty Nr. 11 (Brit. Mus. 10682), veröffentlicht von A. H. Gardiner, Hieratic Papyri in the British Museum, Third Series, London 1935, S. 2–6, pls. 1–4; zuletzt übersetzt von M. Lichtheim, Ancient Egyptian Literature II, S. 211–214.

Zwar ist sein Anfang verloren, und auch die folgenden Seiten sind oft durch Lücken unterbrochen, doch lassen sich die fehlenden Textstücke dem Sinne nach ergänzen. Die Handschrift stammt aus der 19. Dyn. (13./12. Jh. v. Chr.).

Erklärungen: Wieder einmal ist in diesem Märchen der Gedanke vom Siege des Rechts gegen das Unrecht gestaltet, und auch hier als eine volkstümliche Umdichtung des großen mythischen Musters, des Osirismythos. Aber in dieses Märchen von Wahrheit und Lüge bzw. Recht und Unrecht hat sich bereits ein belehrender Zug eingeschlichen, wenn auch von der Umbenennung der streitenden Brüder Osiris und Seth in die Begriffswörter Wahrheit und Lüge der Schritt zu den allegorischen Gestalten nachägyptischer Literatur noch weit ist. Wahrheit kommt durch Lüge zu Schaden, aber in ihrem Sohn ersteht ihr ein Rächer. Die Lüge fängt sich in ihrer eigenen Schlinge.

Die Beziehungen zum Osirismythos sind so eng, daß sie der Leser (er vergleiche Nr. 13 und 12) selbst leicht finden wird, wenn es auch kaum gelingen dürfte, die Tiefe und vielfältige Weisheit dieses Märchens auszuschöpfen. Reden und Schilderung machen das Bild farbig und die Zeichnung deutlich.

Besonderer Wert kommt diesem Märchen zu durch seine weltweite Verbreitung. In Hunderten von Fassungen lebt es über die Erde gestreut weiter, indes verdunstet zu sittlicher Belehrung oder gar dahinschwebend nur als Wolke der Phantasie, was die Urfassung Ägyptens als religiösen Glauben offenbart.

Die Entdeckung von «Wahrheit und Lüge» überraschte die Märchenforscher aufs glücklichste, denn seitdem gewinnen unzählige spätere Märchen nicht nur ihren historischen Hintergrund, sondern gewinnen auch an Deutung. Die Prahlereien von dem Schwert und dem Rind sind Ursprung geworden für so viele Scherz- und Lügenmärchen, an denen sich insbesondere das späte Altertum und durch Vermittlung koptischer Mönche die Iren, aber auch die Juden und ebenso der islamische Orient bis heute belustigen. Das Märchen lebt in Tausendundeiner Nacht wie in den Erzählungen der Inder weiter. Auch im Altdeutschen kennen wir einen Wunschbock mit etwa den gleichen Eigenschaften, die der Jüngling dem Rind zuschreibt. Wiederholt aufgezeichent ist es auch als Predigtmärlein. (Vgl. auch Plutarch, Leben des Lykurg 15, 10).

Doch in den späten Märchen erscheint, was hier Recht selbst und Unrecht selbst miteinander austragen, als die Geschichte zweier beliebigen Streitenden, die mehr oder weniger phantastisch ausgesponnen ist.

Auch «der kluge Jüngling», der seinen Vater nicht kennt, ist eine beliebte Märchenfigur geworden. Wenn von den Leyen in seiner «Welt der Märchen» (Band I, 1953, S. 132) fragt, ob dieser Knabe, dessen Eigenschaften auf eine übernatürliche Geburt und einen Anteil am Göttlichen hinweisen, auf eine mythische Vorstufe zurückgeht, so kann man bestätigen, daß er auch hier das Rechte gespürt hat. Denn der Jüngling dieser volkstümlichen Erzählung ist kein anderer als das Horuskind, das gegen Seth für das Recht seines Vaters Osiris kämpft.

Das Schwert mit seiner übermäßigen Größe wie das Rind mit seinen übernatürlichen Eigenschaften dürften nicht – wie in den späten Abwandlungen – Gegenstände lügenhafter Prahlerei sein, sondern auf die göttlichen Abzeichen der beiden feindlichen Brüder zurückgehen: die Lanze auf die Waffe des Seth, mit der er den Drachen ersticht (vgl. Nr. 13), und das Rind auf das Vieh des Osiris des Gottes mit dem Hirtenstab als Insigne, des Osiris, den man in diesem Mythos durch das Wortspiel mit iâut (= Vieh und Amt) in besonderer Weise mit dem Vieh verbunden sieht (vgl. Nr. 13). Auch des Tartaros Sohn Typhon, der «an Größe und Kraft alle Wesen übertraf, die Gea geboren hatte... überragte die Berge, und sein Kopf berührte die Sterne. Von seinen Händen reichte die eine bis zum Abend, die andere bis zum Aufgang» (Apollodor 1,6,3). – Also fällt auch auf die «Prahlmärchen» vom Mythos her neues Licht.

Wenn wir in den vielen nachägyptischen Märchen von Wahrheit und Lüge hören, daß beide sich streiten um die Herrschaft über die Welt, so spiegeln sie nicht nur schlechthin die allgemeine Lebenserfahrung, sondern sie führen sich deutlich auf diesen Rechtsstreit der beiden Götter vor der ägyptischen Neunheit zurück. Bei nur wenigen Märchen ist die Herleitung aus dem altägyptischen Mythos so wahrscheinlich bis sicher; nahezu täglich erhebt die Forschung für diesen Beweis neue Belege. Die Neunheit tritt später ein in die Gestalt von Dämonen oder von sprechenden Tieren.

[1] Jal liegt im äußersten Norden des Deltas. Mit den Angaben über das Schwert liegt der Ton indes nicht auf der geographischen Lage der genannten Orte, vielmehr auf deren Qualität. Der Berg von Jal dient als Erz für die Klinge; das Holz des Waldes von Koptos für den Schaft (in Ägypten gab es kaum Baumbestände, so daß dieser Hain rühmenswert war); mit dem Gottesgrab als Scheide ist der Stollen der Felsgräber gemeint, wie er im thebanischen Königsgräbertal bis zu über 200 m Tiefe erreicht; für das Riemenzeug bedarf es der Häute aller Herden des nubischen Kal, der Gegend mit den größten Viehbeständen.

[2] Die Insel des Amun liegt im nördlichsten Delta, noch heute in seinem Wortbestand als el-Bal-Amun erhalten. Mit den Angaben über das Rind ist seine übermäßige Größe bezeichnet: Sein Leib hat die Länge des ganzen ägyptischen Nilstromes (die Quaste steht für

das verzweigte Flußsystem des Deltas), sein Gehörn lädt so mächtig aus, daß es beiderseits des ägyptischen Fruchtlandes auf den Bergen der Wüste in Ost und West aufliegt; also blickt das Rind nach Süden.

7 Quelle: Zur wissenschaftlichen Bearbeitung des Themas vgl. E. Brunner-Traut, Altägypt. Tiergeschichte und Fabel, Gestalt und Strahlkraft; Darmstadt, 7. Auflage 1984 (mit Corrigenda et Addenda) und 1988. Dies. in: Laographia XXII, 1965, S. 58–71; dies. in: Zeitschr. f. äg. Spr. 80, 1955, S. 12–32 sowie in: Lexikon der Ägyptologie II, Sp. 68–74; außerdem R. Würfel, Die ägypt. Fabel in Bildkunst u. Literatur; in. Wiss. Zeitschr. d. Univ. Leipzig 1952/53, S. 63 ff.

Zu den Bildscherben: E. Brunner-Traut, Die altäg. Scherbenbilder, 1956, und J. Vandier-d'Abbadie, Catalogue des Ostraca figurés de Deir el-Médineh, 1937/39 u. 1946.

Quellen zu den Abbildungen: S. 86: Die Zeichnung befindet sich auf einem Ostrakon in Turin (Suppl. 6333) und ist veröffentlicht von E. Brunner-Traut in: Zeitschr. f. äg. Spr. 80, 1955, Taf. II, 3 und S. 24, Nr. 24 u. ö.; vgl. auch dies., Altäg. Tiergeschichte[7], S. 9, Nr. 4, mit Abb. 14 u. S. 18. Siehe an beiden genannten Stellen auch zu den anderen kultisch handelnden Tieren. Außerdem S. Curto, La Satira, fig. 4.

S. 87: Die Tierkapelle befindet sich im Märchen-Papyrus Turin und wurde veröffentlicht und bearbeitet von E. Brunner-Traut in: Zeitschr. f. äg. Spr. 80, 1955, Taf. III und S. 21 f. u. ö.; vgl. auch dies., Altäg. Tiergeschichte[7], S. 9, Nr. 5 mit Abb. 4, u. ö.; ebenda auch Hinweise und Bearbeitung der zahlreichen übrigen Beispiele. Zuletzt veröff. von J. A. Omlin, Der Papyrus 55001, Turin 1974.

S. 88: Die Zeichnung findet sich auf dem Märchen-Papyrus in London, veröff. von: R. Lepsius, Auswahl. Taf. 23. Letzte Veröff.: S. Curto, La Satira, fig. 12. S. außerdem E. Brunner-Traut. Altäg. Tiergeschichte[7], S. 11, Nr. 6, mit Abb. 6. Die beiden Tiere sind nicht etwa astrologisch zu deuten, da die entsprechenden Sternbilder damals in Ägypten noch nicht nach ihnen benannt waren. – Die erwähnte Kalksteinfigur der Affengruppe im Brit. Mus. 11888, veröffentlicht von E. Brunner-Traut in: Zeitschr. f. äg. Spr. 80, 1955, Taf. I, Abb. 3; der vom Skorpion geschlagene Affe bei J. Vandier-d'Abbadie, Catalogue des Ostraca figurés de Deir el-Médineh 2285; beides behandelt von E. Brunner-Traut a. a. O.

S. 89: Die Szene auf dem Märchen-Papyrus London, veröffentlicht von: R. Lepsius, Auswahl, Taf. 23, hat bildliche Parallelen, so daß ein sprachlich formuliertes Tiermärchen zugrunde gelegen haben muß. Literatur s. E. Brunner-Traut, Altäg. Tiergeschichte[7], S. 12, Nr. 7d, mit Abb. 30, sowie S. Curto, La Satira, fig. 12.

S. 90: Ostrakon Dêr el-Medîne 2264, veröffentlicht von J. Vandier-d'Abbadie, Catalogue des Ostraca figurés de Deir el-Médineh, Taf. 37. Literatur s. E. Brunner-Traut, Altäg. Tiergeschichte[7], S. 12, Nr. 7a, mit Abb. 7.

S. 91: Ostrakon aus Dêr el-Medîne (Theben), jetzt Louvre E. 14368, veröffentlicht von J. Vandier-d'Abbadie, Catalogue des Ostraca figurés de Deir el-Médineh 2294. Die Fabel, auf die der erklärende Text anspielt, ist die von Äsop 134 Halm (= Binder 94). Zur Literatur s. E. Brunner-Traut, Altäg. Tiergeschichte[7], S. 9f., Nr. 5, mit Abb. 5.

S. 92: Märchen-Papyrus Turin, veröffentlicht von E. Brunner-Traut, Altäg. Tiergeschichte[7], S. 13f., Nr. 11, mit Abb. 8; außerdem J. A. Omlin, Der Papyrus 55001. Vgl. Grimms Märchen, Nr. 159. Zum Zyklus der Verkehrten Welt, zu dem auch der Katz-Mäuse-Krieg (Nr. 8) zu rechnen ist, vgl. AaTh 1935.

S. 93: Die Zeichnung steht auf dem Märchen-Papyrus des Brit. Museums in London und wurde für diesen Band erstmals rekonstruiert dank der freundlichen Erlaubnis von Mr. Edwards. Vgl. E. Brunner-Traut, Altäg. Tiergeschichte[7], S. 12, Nr. 8, mit Abb. 21, außerdem S. Curto, La Satira, fig. 12.

S. 94: Ostrakon University of Chicago. E. Brunner-Traut, Altäg. Tiergeschichte[7], S. 14, Nr. 12a, mit Abb. 9. Siehe an beiden Stellen weitere Beispiele und ausführliche Behandlung. Außerdem Propyläen-Kunstgeschichte 15, 1975, Abb. 335a.

8 Quelle: Zum Katz-Mäuse-Krieg s. E. Brunner-Traut in: Zeitschr. d. D. Morgenländ. Ges. 104, 1954, S. 347–351; dies. in: Zeitschr. f. äg. Spr. 80, 1955, S. 20, Nr. 1 und 2, und Dies., Altäg. Tiergeschichte[7], S. 7, und dies. in: Laographia XXII, 1965, S. 29–33.

Obeid Zakani, Katze und Maus, aus dem Persischen übertragen von H. W. Duda, Salzburg 1947, S. 62: Mit der Dickhaut ist der Elefant gemeint, auf dem der Mäusekönig reitet.

Quellen zu den Abbildungen: S. 99: Terrakottarelief griechisch-römischer Zeit in Kopenhagen in: M. Mogensen, La Glytothèque Ny Carlsberg, La collection égypt., Taf. 52, Nr. A 388. Vgl. E. Brunner-Traut, Altäg. Tiergeschichte[7], S. 7, Nr. 1 b, mit Abb. 23.

S. 100/101: Die Szene ist dem Turiner Märchen-Papyrus entnommen; veröffentlicht von E. Brunner-Traut in: Zeitschr. f. äg. Spr. 80, 1955, Taf. III; vgl. dies., Altäg. Tiergeschichte[7], S. 7, Nr. 1 a und S. 29 ff., mit Abb. 1; außerdem J. A. Omlin, Der Papyrus 55001.

Das Zitat stammt aus dem Epilog des Flöhhaz (1573): J. Fischart, Der Flöhhaz, Abdruck der 1. Ausgabe von C. Wendeler (1877), S. 67. Nach der 2. Ausg. von 1577 in Fischarts Werken ed. Hauffen 1, 128 (1895).

S. 102: Die koptische Wandmalerei, heute im Koptischen Museum Kairo, stammt aus dem Kloster von Bauît, 7./8. Jh. Vgl. dazu Al. Badawi, L'art copte, 1949, S. 61 f. u. Maspero-Drioton, Fouilles exécutées à Baouît, MIFAO 59, 1931, Taf. 53; außerdem E. Brunner-Traut, Altäg. Tiergeschichte[7], S. 7, Nr. 1 d, mit Abb. 34.

Das Zitat stammt aus dem persischen Gedicht, das hier S. 192 ff. auszugsweise wiedergegeben ist.

S. 103: Das Bild ist farbig gemalt auf einer Kalksteinscherbe in München; veröffentlicht von E. Brunner-Traut, in: Altägypt. Scherbenbilder, Nr. 95; dies., Altäg. Tiergeschichte[7], S. 7 f., Nr. 2, mit Abb. 32.

Das Zitat stammt aus: Akhbâr Ar-Râdî billâh wa'l-Muttaqwî billâh, von M. ben Yahyâ As-Sûlî, übersetzt von M. Canard (Algier 1946), S. 56. Die in ein neuarabisches Gedicht übertragene Geschichte endet nach ähnlichem Hin und Her wie in dem persischen Epos mit der Flucht der Mäuse.

S. 104: Die Malerei befindet sich auf einem Papyrus in Kairo. Vgl. E. Brunner-Traut, Altäg. Tiergeschichte[7], S. 7 f., Nr. 2, mit Abb. 2.

Das Zitat stammt aus der amharischen Katz-Maus-Geschichte: Guidi, Proverbi, strofe e racconti abissini (Rom 1894), S. 65 ff. u. S. 68 ff.

Erklärungen: Der Katz-Mäuse-Krieg ist im ganzen Vorderen Orient altbeliebt, Kalifen lasen ihn ebenso entzückt, wie persische Dichter mit Lust darüber fabulierten. «Weiber und Eunuchen» ergötzen sich an dieser Fehde, sie wandert den Nil hinauf bis Äthiopien, wird im

Lande des Gada erzählt und ist in die hebräische Märchensammlung eingegangen. Die Geschichte wandelt sich dabei bald zum mohammedanischen Heiligenlied, bald in eine Tenzone, doch immer bleibt als Kern die Erklärung der Feindschaft zwischen den beiden Tierarten. Im Alten Ägypten dürfte die Geschichte eine Tierhumoreske gewesen sein in der Form eines kleinen Epos, deren griechisches Seitenstück uns mit der Batrachomyomachia, dem Frosch-Mäuse-Krieg, gegenübertritt, einer auf Märchenmotiven aufgebauten Parodie der Ilias. Nicht nur bis Indien ist die reizvolle Tiergeschichte gewandert, auch bis Moskau oder Pürgg (Steiermark) oder Augsburg, und sie hat über Äsop, den Vater der Fabel, über andere griechische Dichter und mittelalterlich-französische sowie spanische Fassungen bis in unsere Märchenbücher von heute gefunden. Zum Nachleben im gegenwärtigen Äypten vgl. H. Hickmann, Musikgeschichte in Bildern, Bd. II, Lief. 1, Leipzig 1961, S. 156. T. Hussên, Der blinde Knabe, in: H. Ziock, Der Tod, S. 165. – Wen der Vergleich interessiert, der sei verwiesen auf H. Ahlborn, Der Froschmäusekrieg, Der Katzenmäusekrieg, [3] Darmstadt 1984.

9 Quelle und Erklärugnen: Im «Buch von der Himmelskuh» (veröffentlicht von Ch. Maystre in: Bull. Inst. Franç. d'Archéol. Orient, 40, 1941, S. 53 ff.; zuletzt metrisch übersetzt von E. Hornung, Der ägyptische Mythos von der Himmelskuh, Orbis Bibl. et. Or. 46, Freiburg / Schweiz und Göttingen 1982) ist der Mythos gestaltet, dem die Bibel mit der Sintflutsage Wort verleiht: Die Menschen haben sich gegen Gott erhoben, haben sich empört gegen die Weltordnung Gottes. Der Weltenrichter und Sonnengott Re, der ihr böses Herz durchschaut, beschließt, das Geschlecht der Menschen zu vernichten; indes, er bewahrt einen Rest, zieht sich aber von der Weltregierung zurück in die Ferne, schafft als Wohnsitz der Götter den Himmel und setzt eine neue Weltordnung ein.

Die Weltvernichtung ist eine in mythischer Vergangenheit überstandene Strafe, die als Realisierung erstmals in der Zeit des Zusammenbruchs zwischen dem Alten und dem Mittleren Reiche erfahren (2200–2000 v. Chr.) und deren Aufzeichnung in thebanischen Königsgräbern in den Dienst des Toten gestellt wurde.

Zum Auszug der Göttin vgl. hier Nr. 17.

Die Mittel, deren sich Gott bedient, sind der ägyptischen Erfahrungswelt entnommen: Des Gottes Auge (vgl. unser «Augapfel»), seine Tochter Hathor, die Rauschgöttin, sie tilgt in ihrer Furchtgestalt als Löwin die Menschen, wird aber dann durch eine List an ihrem Treiben gehindert: Re, den das Mitleid überkam, läßt aus Bier und roter Farbe einen berauschenden Trank herstellen, der für sie Blut vortäuscht. Die Göttin trinkt und wird trunken.

Der Vorstellung, daß die Menschen «aus dem Auge des Re» entstanden sind, liegt das Wortspiel zugrunde, daß «Träne» und «Mensch» ähnlich lauten. So sind die Menschen Tränen Gottes.

Wenn das Auge des Re sich gegen die Menschen wendet, so als Sonnenglut, als sengende Hitze.

Daß Hathor ihre Sache «macht» durch das Auge, beruht auf der Wortgleichheit zwischen «Auge» und «machen». Sie «macht» es für den «Macher, Erzeuger», welches Wortspiel hier im «Allmächtigen» aufzufangen versucht ist.

Bei der Konzeption in einer Zeit schwerster innerer wie äußerer Krise mag die Frage nach Gottes Gerechtigkeit den Anstoß gegeben haben wie ähnlich in dem «Vorwurf an Gott». Die Menschen sind schlecht, sie haben sich aufgelehnt gegen Gottes heilige Ordnung; aber wie konnte es kommen, daß Gott den Frevel zuließ? Darauf antwortet der Text, daß Re alt geworden war und der Menschen nicht mehr Herr wurde. Zunächst hatte er gehofft, mit einer verringerten Zahl fertig zu werden, aber dann distanziert er sich.

Erstanden ist Re aus dem Nun, «dem ältesten Gott», dem gestaltlosen Urelement, dem Urozean, der die Welt umschließt; aber er, der Sonnengott, der sich – zunächst nur «schlaff» treibend – selbst geschaffen hat, ist mächtiger als sein Vater. Er hat die Göttergenerationen ins Leben «gerufen» und auch die Menschen; er gab die Gesetze und hütet sie. Sein Ausspruch, sein Wort hat die weiteren kosmischen Gestalten und auch deren Kult hervor«gerufen». Dabei beruhen die neu geschaffenen Erscheinungen auf Wortspielen, indem die Aussprüche des Re gleich klingen (homonym sind) mit den Phänomenen.

Es ist wohl kaum nötig, auf die schöpferische Kraft des Wortes ausdrücklich hinzuweisen. Erst mit seiner Benennung wird ein Wesen existent, so in Ägypten auch eine Statue erst durch den Namen aus der Materie geboren zum individuellen Geschöpf (vgl. auch Nr. 16). – Zum Nachleben in griechisch-römischer Zeit vgl. Edfu III 253, 2–8, D. Kurth, in: L'Égyptologie en 1979 I, S. 129 f.

10 Quelle: Der hieratisch geschriebene Mythos vom unersättlichen Meer ist veröffentlicht von A. H. Gardiner, The Legend of Astarte, in: Bibliotheca Aegyptiaca I (Late-Egyptian Stories), Brüssel 1932, S. 76–81; letztmals übersetzt in: The Literature of Ancient Egypt, S. 133–136. Er stammt aus der Wende von der 18./19. Dyn. (um 1300 v. Chr.), aber das Gedankengut geht bis in die Erste Zwischenzeit zurück. Von seinen mehreren zwanzig Seiten ist nur ein Zehntel erhalten, und nur die beiden ersten Seiten bieten zusammenhängende Wendungen. Alles andere ist ergänzt und durchaus nicht unanfechtbar. Ägyptische Zaubersprüche, ugaritische Texte von Ras Schamra und der hethitische Kumarbi-Mythos helfen aber, die ägyptische Göttergeschichte im großen und ganzen nachzuzeichnen (zur Fluktuierung des Stoffes zwischen diesen Ländern vgl. O. Kaiser, Die mythische Bedeutung des Meeres in Ägypten, Ugarit und Israel, Berlin 1959, 2. Aufl. 1962). Im Heldenlied von Perseus und Andromeda lebt die orientalische Göttergeschichte humanisiert weiter.

Erklärungen: Dem Mythos liegt die Erfahrung von der wilden Gewalt des Meeres zugrunde, das Seefahrer und Schiffer und auch die Küstenbewohner unberechenbar bedroht. Es spielt dieselbe Rolle im Brüdermärchen (Nr. 5) wie in der Fabel von der Schwalbe und dem Meer (Nr. 19). Auch in dem Wasser, in das der Verwunschene Prinz (Nr. 4) geflüchtet ist, haust ein böser Geist, und der See der Hirtengeschichte (Nr. 2) wird von einer Wassergöttin bewohnt.

Doch die Göttin des Binnensees ist liebreizend, wenn auch tückisch, sie lockt und verführt, aber sie begehrt nur mit Mitteln der süßen Gewalt. Im Meere dagegen wohnt ein Gott – er ist männlichen Geschlechtes –, roh und sittenlos. Er begehrt nicht, er ist gierig, er raubt; er ist nicht verführerisch, er ist brutal. Die Macht des Binnensees ist gesteigert ins Großartig-Schreckliche. Was über der Hirtengeschichte schwebt an zwiespältiger Beunruhigung, dramatisiert der Meergott-Mythos ins Erhaben-Furchtbare kosmischen Ausmaßes.

Es bleibt höchst bedauernswert, daß dieser schöne Text so grausam zerstört ist, denn bei seiner Ausdehnung hielte er noch viele Einzelanekdoten bereit und hätte er noch manches ausgesagt über menschliche Urerfahrung mit den Mächten.

11 Quelle: Der Bilderzyklus von 15 Szenen mit seinem Text ist veröffentlicht von E. Naville, The Temple of Deir el Bahari II, Taf. 46–55; unsere Auswahl befindet sich auf den Tafeln 47–52. Zur Literatur vgl. E. Brunner-Traut, Pharao und Jesus als Söhne Gottes, in: Antaios II, 1960, S. 266–284, = dies., Gelebte Mythen, Darmstadt[3] 1988, S. 31–59, und dies., Die Geburtslegende der Evangelien im Lichte ägyptologischer Forschungen, in: Zeitschr. f. Religions- und Geistesgeschichte 12, 1960, S. 97–111. – Außerdem Fr. Daumas, Les Mammisis des temples égyptiens, 1958. – Die wissenschaftl. Bearbeitung von H. Brunner, Die Geburt des Gottkönigs, Wiesbaden, 2. Aufl. 1986. – J. Assmann, Die Zeugung des Sohnes, in: Orbis Biblicus et Orientalis 48, Fribourg u. Göttingen 1982.

Erklärungen: Der Text begleitet die in unseren Abbildungen auszugsweise wiedergegebenen Bilder und stellt insofern eine Abweichung vom Schema dar, als er sich auf eine Königin bezieht, nicht einen König; daher rühren die mehrfachen Fehler im Gebrauch der Pronomen und Artikel, auch steht gelegentlich «Sohn» statt «Tochter», und auch im Bild ist ein Junge dargestellt. Hatschepsut, die 1490–1470 v. Chr. den Thron innehatte, ist die Tochter Thuthmosis' I. und regierte nach dem Tode ihres Halbbruders und Gemahls Thuthmosis II. anstelle des noch minderjährigen Thuthmosis III. In ihrem zweiten Regierungsjahr ließ sie sich zum König ausrufen und sich als rechtmäßige Throninhaberin dreifach legitimieren, darunter durch den Mythos von ihrer göttlichen Abstammung, der in ihrem Terrassentempel bei Der el-bahri aufgeschrieben ist. In anderen Tempeln aus der Zeit des 14.–11. Jhs. stehen Paralleltexte, die darauf schließen lassen, daß das mythische Formular für Zeugung und Geburt eines jeden Pharao dieser Zeit galt.

Die mitgeteilte Geburtsgeschichte ist die mythische Umschreibung für die göttliche Natur Pharaos und seine Gottessohnschaft. Der ägyptische Königsmythos nennt Pharao Sohn Gottes und der Königin. Ins Leben gebracht wird der neue Herrscher durch den Wind- und Geistgott Amun und die von ihm erwählte Königinmutter.

Seit dem 3. vorchristlichen Jahrtausend hat diese Vorstellung in einem fest tradierten Text- und Bildzyklus Ausdruck gefunden. Der Geistgott Amun, der in allen Dingen ist und dennoch unsichtbar, das Pneuma, ruft das Seelisch-Geistige in allen Lebewesen hervor.

«Kein Ding ist leer, er, Amun, vielmehr ist darin» ist die klassische Umschreibung für seine Allgegenwart; «Man hört seinen Laut, ohne ihn zu sehen» die Formel für seine Unsichtbarkeit.

Dieser Geistgott naht sich der Königin, wie es in manchen Texten heißt, in der Gestalt des regierenden Königs. Die Verwandlung geht er ein, damit er unbehindert durch die Palastwachen schreiten kann. Dann aber gibt er sich der Königin als Gott zu erkennen.

Von dem regierenden König, dem irdischen Gemahl der Königin, wird ausgesagt, daß er noch im Kindesalter stehe, also noch nicht mannbar sei, ein Bild dafür, daß die Königin den Sohn nur von dem Gotte empfangen haben kann.

Nicht nur mehrere Tempel haben einen eigenen Raum, auf dessen Wänden die königliche Geburt ausführlich dargestellt und beschrieben wird, auch Hymnen gestalten das für jeden König höchst wichtige Thema. Denn durch diesen Mythos ist Pharao als rechtmäßiger Herrscher ausgewiesen. Die wunderbare Geburt der königlichen Drillinge (Nr. 3) ist eine Geschichte zur Legitimation des Dynastiewechsels, der als eine Erwählung Gottes außer der Regel dargestellt wird.

Jeder neue Pharao ist Gottes «einziger Sohn», er ist die sichtbare Gestalt des ewigen Horus. Seine Erwählung durch den Himmel wird erst offenbar mit seiner Thronbesteigung.

Im ersten vorchristlichen Jahrtausend, der ägyptischen Spätzeit, werden die vielen ägyptischen Götter mit Vorliebe zu Familien zusammengeschlossen: Vater, Mutter und Kind. Die Geburt des göttlichen Kindes tritt nun so stark in die Mitte, daß ihr ein eigener Tempel neben den großen Göttertempeln geweiht wird, das sogenannte Geburtshaus (Mammisi), in dem wahrscheinlich das Geburtsfest alljährlich schauspielerisch begangen wurde. Dort kommt das Gotteskind zur Welt.

Die mythische Vorstellung von der Geburt des Gottes als eines Herrschers dieser Welt ist bis in die römische Kaiserzeit lebendig und findet bis dahin kultischen Ausdruck. Daneben wird sie profaniert und entartet, wie in der Komödie «Amphitryon» oder im «Trug des Nektanebos» (Nr. 31), zur Burleske.

Theologische Linien laufen bis zum Weihnachtsbericht im Lukasevangelium.

[1] Daß der König als «Kind» bezeichnet wird, ist eine Weise, die Unschuld der Königin zu formulieren.

[2] Wenn der Text sagt, daß der Gott die Gestalt des Königs ange-

nommen habe, so gilt das nur, bis er vor der Königin stand; ihr selbst gab er sich – wie im Bild – «in seiner Gottesgestalt» zu erkennen. S. dazu auch unten!

[3] Punt ist das halbmythische Land im Süden (etwa Somalia-Südarabien), aus dem die Ägypter Weihrauch und Myrrhen bezogen (vgl. Nr. 1).

[4] Der Name des Kindes wird gebildet aus Elementen der ersten Worte der Mutter nach der Empfängnis.

[5] «Die deinen Schoß öffnet» ist eine Bezeichnung für die Erstgeburt.

12 Quelle und Erklärungen: Der Text ist überliefert in: Plutarch (46–120 n. Chr.), De Iside et Osiride, Kap. 12–20; zuletzt übersetzt von J. G. Griffiths, Plutarch's De Iside et Osiride (Univ. of Wales Press) 1970, S. 135 ff. – Die Verbrennung des Kindes ist griechische Erweiterung (vgl. die Peleussage seit Pindar: auch Thetis verläßt Peleus, da er sie bei dem Versuch, ihren Sohn Achilleus unverwundbar zu machen, gestört hat); auch sonst sind die Züge des Gottes und seiner Geschichte abgewandelt. Was wir aus ägyptischen Quellen wissen, ergibt kurz folgendes Bild:

Osiris ist einmal chthonischer Fruchtbarkeitsgott, als welcher er lebt, stirbt und wieder aufersteht wie das Korn, und also die Unsterblichkeit der pflanzlichen Natur repräsentiert. Sein zyklushaftes Werden und Vergehen, seine Wiedererstehung in seinem Sohne Horus ist sogleich zum Bilde der Herrscherfolge geworden. Nach des Osiris Tode beginnt der Kampf ums Erbe, sein Sohn Horus aber behält den Sieg gegen den unrechtmäßigen Prätendenten (und Mörder des Osiris) Seth und folgt auf dem Thron. Der tote Osiris indes regiert als Herr in der Unterwelt und führt beim Totengericht den Vorsitz.

In den Mythos sind weitere Personen eingegangen. Die Gottesgemahlin Isis beweint den Verstorbenen und besorgt seine Leiche, postum empfängt sie den Knaben Horus und zieht ihn unter großer Bedrängnis auf. Nephthys ist ihre Klageschwester. Ein ganzer Kranz von Einzelmythen schlingt sich um die Schicksalsfolge, deren Mysterienspiele in später Fassung von hellenistischen Kultgemeinden aufgenommen und erweitert wurden.

Obwohl Osiris eine der mächtigsten Gottesgestalten ägyptischer Religion war, so daß sein Kult den des gesamten Mittelmeerbeckens beeinflußt hat, ist uns aus Ägypten selbst kein zusammenhängender Mythos von ihm überliefert; wir sind vielmehr angewiesen auf zerstreute, wenngleich zahlreiche Anspielungen und vereinzelte Motive bzw. volkstümlich-märchenhafte Abwandlungen (vgl. Nr. 13–15). Erst von Plutarch ist der Mythos in geschlossener Erzählung erhalten. Jedoch hat er ihn kennengelernt, als er bereits recht aufgelöst und mit griechischem Gedankengut durchsetzt umging.

Nach der Griechen Art hat Plutarch die ägyptischen Götter in der Regel mit den Namen griechischer Gottheiten genannt, die den betreffenden ägyptischen wesensverwandt waren. So nannte er Re Helios, Geb Kronos, Nut Rhea, den Botengott Thoth Hermes; Seth setzte er Typhon gleich, und Hathor gab er den Namen Aphrodite. In unserer Übersetzung sind allerdings die rein griechischen Zutaten sowie auch die etymologischen und ätiologischen Teile ausgelassen, der Text wurde in direkte Aussage umgesetzt.

13 Quelle: Der ausgezeichnet erhaltene Text stammt aus der Regierungszeit Ramses' V. (etwa 1160 v. Chr., 20. Dyn.) und ist in hieratischer Schrift geschrieben. Er steht im Pap. Chester Beatty Nr. 1, der sich jetzt im Museum Beatty in Dublin befindet, und ist ediert von A. H. Gardiner, The Library of A. Chester Beatty, Description of a Hieratic Papyrus with a mythological Story, The Chester Beatty Papyri, No. I, London 1931, pl. 1–16. Zuletzt übersetzt von M. Lichtheim, Ancient Egyptian Literature II, S. 214–223.

Zumindest Teile der Geschichte sind bis ums Jahr 2000 v. Chr. zurückzuverfolgen, Gerichtsszene und Krönung des Horus sind noch demotisch erhalten: H. S. Smith, in: BSFE No. 70/71, 1974, S. 26f., Einflüsse gehen bis Japan. Zum Streit der beiden vgl. 2. Samuel 12,1–7.

Mit iâut – «Amt» – ist ein köstliches Wortspiel in die Erzählung gestreut: iâut heißt auch «Viehherde», und wenn Isis dem Seth berichtet, daß Horus hinter der iâut her ist, so lockt sie ihn auf den falschen Gedanken, er hüte das Vieh. – Mit dem als «Steinschiff» getarnten Holzschiff überlistet Horus seinen Gegner und macht den Seth somit zum Narren. – Viele Anspielungen offenbart der Text nur im Original, aber es bleibt genug an Witz und List, an Spott und Humor, das den Leser belustigen wird. Dabei ist alles, was an Weisheit in dem Mythos ausgesprochen wird, in die simpelste Redeweise gekleidet, unreflektiert als allzu Menschliches mit ein paar Redegebärden, aber breit hingestellt. Die Dichotomie zwischen religiösem Ernst und derbem Humor ist signifikant für die Ramessidenzeit. Die Episode, nach der Isis die beiden in Nilpferde verwandelten Rivalen harpunierte, ist in den ägyptischen Loskalender eingegangen.

Der volkstümlich-märchenhaft erzählte Mythos ist eine Göttergeschichte vom Sieg des Rechtes gegen das Unrecht, thematisch vergleichbar mit der Erzählung von Wahrheit und Lüge (Nr. 6). Mit menschlichen Schwächen und Launen erscheinen die Götter – leicht ironisiert durch die Erfahrungen der Welt –, die aber bei allem Widerspiel und parteiischem Hin und Her die Ordnung erhalten, indem sie sich schließlich entscheiden für das Recht. Dabei ist der höchste der Götter, der Sonnengott Re-Herachte, in größtem Gewissenskonflikt. Als Schöpfer und Hüter der Wahrheit – noch heute bringt es die Sonne an den Tag! – ist er Anwalt des Rechts, aber das Recht bedarf der Macht, um sich durchzusetzen. So kommt Re-Herachte (= Atum von Heliopolis und der Allherr) in die Versuchung, die Macht zu begünstigen, zumal er sie braucht (s. Ende).

Ganz abgesehen von dem, was der Mythos an Historie in sich aufgenommen haben mag – das tut ein lebendiger Mythos immer –, stellt sich die Göttergeschichte, die auch die Überschrift tragen könnte «Recht geht vor Macht», als kosmisches Ereignis ebenso dar wie als Modell irdischer Thronfolge. Der Sonnengott ist für seine glänzende Laufbahn auf einen klaren Himmel angewiesen und braucht deshalb einen starken Burschen, der ihm die feindlichen Wolken bezwingt. Dieser Kraftheld ist Seth, ein rothaariger Wüstling – ja, er ist ein Wüst-ling und bezieht aus seiner Heimat die Trokkenheit, die die Wolken vertreibt –, strotzend an potentieller Kraft, aber unschöpferisch, weil ihm der Geist fehlt. Als lüsterner Tölpel vergafft er sich in ein schönes junges Mädchen, aber erkennt in seiner geistigen Blindheit nicht, daß sich hinter der Person seiner Begierde sein Widersacher verbirgt: Isis, die personifizierte Schlauheit. Nur der Schlauheit gelingt es, das Recht in der Person ihres schwachen Kindes Horus durch alle Fährnisse zu retten.

Horus, die umfassendste Gestalt des Mythos, ist der nachgeborene Sohn des Osiris, des Gottes, der ermordet wurde und nun als Totenrichter die Unterwelt beherrscht. Dort thront er, unselig getötet, selig wiedererstanden in seinem Sohne. Obgleich schwer getroffen, bleibt er höchste Instanz, indem er den letzten Spruch fällt über Recht und Unrecht und die Böcke von den Schafen scheidet.

Achtzig Jahre bereits stehen die beiden Gegner vor Gericht, als unsere Novelle einsetzt. Horus, der legitime Erbe seines Vaters und seines Reiches auf Erden, gelangt nicht zur Herrschaft, da Seth ihm das Amt streitig macht. Durch brutale Gewalt versucht Seth bis zur Lächerlichkeit und über die Grenzen des Anstands hinaus, seinen Vorrang zu beweisen, und schickt sich erst, als er bereits in Handschellen vor den Gerichtshof geführt wird.

Aber in die Fesseln kommt der Widersetzliche auf Grund des Rechtes, das allein mit Horus ist und diesem auch von Anfang an zugesprochen war. In den verschiedenen Abenteuern, die die beiden miteinander kämpfend bestehen, zeigt sich Horus immer überlegen durch Geist, und wo er selbst aus Schwachheit nicht zu obsiegen vermag, da hilft ihm seine Mutter durch Schläue und Liebe. Das Recht, sosehr es immer wieder bedroht wird und verletzt, es ist nicht umzubringen. Selbst als es geblendet wird – Horus werden beide Augen ausgerissen –, da ersteht es sieghaft wieder als das ewige Licht der Welt.

Viel hat Horus zu dulden, aber am Ende trägt er die Weiße Krone auf dem Haupt.

Empfindlich ist das Recht, empfindlich auch gegen falsche Gefühle. Als Mutter Isis in einem Anfall von Mitleid ihrem Bruder Seth zu Hilfe kommt, schlägt Horus ihr rasch entschlossen den Kopf ab. Am Recht darf kein Tüttelchen geändert werden.

Ein weiteres kosmisches Geschehen ist durch vorliegenden Mythos eingefangen: das Vergehen und Werden der Natur. Osiris, Korn-Osiris, ist zugleich Vegetationsgott und wird wie das Saatkorn in die Erde gelegt, um als neue Frucht, d. i. in seinem Reis Horus, wieder aufzuerstehen. Der zarte Keim bedarf der Obhut, wie sie Isis, die Muttergöttin schlechthin und Vorbild unserer Madonna, liebend gewährt. Seth, Herr des Gewitters, vermag den Sprößling nicht zu vernichten.

Da Pharao mit Horus identifiziert wird, wiederholt sich im Kommen und Gehen der gekrönten Häupter das kreislaufhafte Erstehen und Sterben naturhafter Ordnung, der Kampf um das Erbe, wenn einer unrechtmäßig als Thronanwärter auftritt.

Die mitspielenden Götter sind in ihrem Wesen trefflich gezeichnet: Neith, die Ferne, hoch an Rat, verwandten Geistes mit Athena; Ba, der Bock von Mendes, vorsichtig und bedacht; Thoth, Herr der Schreibkunst und gewandter Bote (vgl. Nr. 11 und 17), oder Baba, der Ungesittete, der Re aufs schwerste kränkt. Die Götterneunheit, die den Gerichtshof bildet, zwar durchaus auf seiten des Rechts von Anfang an, ist als Masse stets geneigt, sich zu verschanzen und dem jeweils letzten Redner zuzustimmen mit ihrem «Sehr richtig» oder «Recht hat er».

Re, der Herr dieser Erde und des Rechts, weiß, daß er ohne Macht nicht auskommt, und so nimmt er nach der Erhebung des Horus in den Stand des obersten Herrn den Seth in seine Barke, nimmt ihn als Sohn und gewährt ihm, seine Kraft auszutoben als Donnerer im Himmel; er teilt ihm die Aufgabe zu, den Wolkendrachen, die Apophisschlange, auf seinem Wege täglich zu töten, wenn er am Himmel entlang seine Bahn zieht.

Erklärungen:

[1] L. H. G. steht als Ehrfurchtsausdruck hinter Götter- und Königsnamen und bedeutet: Leben, Heil, Gesundheit; er ist hier der Leserlichkeit halber meist weggelassen.

[2] Die verschiedenen Titel beziehen sich auf denselben Gott Re-Atum.

[3] Horus ist in seinen Augen ein Kind, das noch Milch trinkt und deshalb einen üblen Mundgeruch hat.

[4] Die Schmähung spielt darauf an, daß die Kapelle des Re kein Kultbild hat. Sein Altar steht vielmehr unter freiem Himmel, damit die Sonne, die durch Re verkörpert wird, mit ihren Strahlen unmittelbar vom Himmel herunter die Spenden ergreifen kann.

[5] Zur Geste der Hathor vgl. Clemens Alexandrinus, Protreptikos II, 20–21.

[6] Seth wehrt am Bug der Sonnenbarke täglich das Ungeheuer ab, das Re den Weg versperrt, und ist als Drachentöter mit der Lanze das Vorbild des hl. Georg. Als Naturvorgang bedeutet seine Tat das Vertreiben der Wolken auf der Bahn der Sonne.

[7] Der zweifachen Verwandtschaftsbeziehung des Seth zu Horus (Bruder und Onkel) liegen verschiedene Mythenstoffe zugrunde.

[8] Hier hat der Abschreiber des Textes ein Stück ausgelassen; es ist dem Sinne nach von der Übersetzerin ergänzt.

[9] Zu dem Wortspiel Vieh-Amt vgl. unten S. 329.

[10] Zur Anekdote der Isis mit dem Fährmann Nemti vgl. z. B. die Erzählung von Aphrodite und Phaon (in Aelian und Servius) oder von Hera und Jason (in Apollonios von Rhodos).

[11] Gemeint ist eine der ephemeren Laubhütten, in denen auch die Vornehmen rasten bei der Aufsicht der Arbeiten auf dem Felde.

[12] Vgl. dazu das gleiche Verfahren in der Nathanparabel, 2. Samuelis 12.

[13] Die Verstümmelung des Nemti deutet sein altertümliches Kultbild, wie die Verbannung des Goldes dem entspricht, daß in dem Gau des Gottes, und zwar noch in griechischer Zeit, Gold verpönt war.

[14] Das kopflose Bild dient der Erklärung eines entsprechend geformten Wüstenberges.

[15] Mit der kraftprotzenden Forderung will Seth den Rivalen übertölpeln.

[16] Auch der Nilpferdgestalt der beiden liegt ein Mythenmotiv zugrunde.

[17] Mit der folgenden Titulatur sind die fünf obligaten Königsnamen bezeichnet.

[18] Daß die Gerechtigkeit in die Unterwelt versunken sei, bedeutet sowohl einen Vorwurf an den Allherrn wie einen Hinweis darauf, daß Osiris, der Gerechte, in der Unterwelt leben muß.

14 Quelle: Die Metternichstele, heute im Metropolitan Museum zu New York, wurde in der 30. Dyn. (378–341 v. Chr.) aufgestellt. Veröffentlicht von W. Golenischeff, Die Metternichstele, Leipzig 1877; mit photographischen Reproduktionen von N. E. Scott in: The Metropolitan Museum of Art Bulletin, April 1951, S. 201ff.; zuletzt übersetzt von J. F. Borghouts, Ancient Egyptian Magical Texts, Leiden 1978, Nr. 90. Von Varianten vgl. besonders A. Klasens, A magical Statue Base, Leiden 1952, S. 52ff.

Erklärungen: Der Text der «Metternichstele» ist eine Sammlung von Zaubersprüchen, in die uralte Mythen, Hymnen und Gebete verarbeitet sind. Hier fast abergläubisch erstarrt und kaum mehr verstanden, sind sie erwachsen aus lebensvoller Geschichte von Göttern und Mächten, die vielleicht sogar schauspielerisch dargestellt worden sind. Eine solche Geschichte ist mit vorliegendem Textausschnitt herausgelöst (vgl. auch Nr. 15).

Bei diesem Zauberspruch (Nr. 6) gegen den Stich eines Skorpions ist der mythische Präzedenzfall dem Osirismythos entnommen. Isis ist schwanger (?) und auf der Flucht aus dem Arbeitshaus der Spinnerei, in das sie Seth nach seinem Mord an Osiris gesteckt hat. Isis erwartet ihren Knaben Horus und sucht ihm eine Herberge. Der

Weisheitsgott Thoth gibt ihr den Rat, sich in den Deltasümpfen zu verstecken und dort den Jungen großzuziehen, bis er die Herrschaft ergreifen könne. So zieht Isis nach Buto, begleitet und beschützt von sieben Skorpionen als ihren Leibwächtern.

Eine reiche Dame schließt vor Isis die Tür ihres Hauses und wehrt ihr den Zutritt. Die Schutzskorpione der Göttin erzürnen darüber und stechen aus Rache das Kind der Dame, während ein geringes Mädchen, das im sumpfigen Randbezirk des Ortes wohnt, ihr aufmacht und sie einläßt.

In das Ereignis greift der Himmel ein: Das Haus der Reichen brennt, aber der Regen löscht die Flammen (vgl. Nr. 36). In besinnungsloser Angst jagt die Dame durch die Stadt und bangt um ihr Kind. Isis, von den Leiden des unschuldigen Kindes gerührt, bringt das Knäblein durch ihren Zauber zum Leben zurück. Zugleich ermahnt sie ihre Skorpiongarde, zukünftig nicht eigenmächtig einzugreifen.

Das Kind ist genesen, der Himmel beruhigt sich, die Dame kehrt heim, und sie belohnt die Göttin durch all ihre Habe, nachdem sie auch das arme Mädchen reich beschenkt hat.

Von den Zauberformeln befreit, gibt sich die hier mitgeteilte eigentliche Legende zu erkennen. In der Flucht der Isis, die mit ihrem Knäblein von der Dame nicht eingelassen wird, aber Herberge findet bei einem armen Mädchen, tritt ein mythisches Urbild heraus, das nicht nur in der Herbergssuche zu Bethlehem auftaucht, sondern einer großen Zahl späterer Legenden und Sagen bis hin zu B. Brechts «Gutem Menschen von Sezuan» als Schema dient.

Formal schimmert die frühere Versifizierung des Parallelismus membrorum noch durch, ist aber bereits derart überdeckt, daß hier eine Wiedergabe in Prosa vorgezogen wurde.

[1] Zu «Kennet nicht und grüßet nicht» vgl. 2. Kg. 4,29 und Luk. 10,4.

[2] Mit den Schwarzen und den Roten sind wohl die Ägypter bzw. Ausländer gemeint, d. h. die der schwarzen und der roten Erde.

[3] Das «Hinterste» des Hauses bezeichnet den Teil, wo die Frauen wohnen, bzw. den privatesten Teil. Auch in Nr. 11 findet der Gott die Königin im Palast«innern». Dieser Flügel war nur durch die offiziellen Räume hindurch betretbar (vgl. auch Nr. 31).

15 Quelle und Erklärungen: Der Zaubertext stammt wie Nr. 14 von der hieroglyphisch geschriebenen Metternichstele (Literatur s. dort; Borghouts a. a. O., Nr. 91). – Die meisten Zaubersprüche sind mehrfach überliefert; sie dienen der Beschwörung von Bissen böser oder giftiger Tiere, vor allem von Skorpionen und Schlangen. Unser Text stellt den 14. Spruch dar.

Auch hier ist der mythische Präzedenzfall (wie meist) aus dem Osiris-Isis-Horus-Kreis entnommen, und die Beschwörung wirkt durch Analogie-Zauber. So erklärt sich das Doppelspiel von mythischer (All-)Gegenwart und der Gegenwart des Zauber-Falles.

Zum Osirismythos s. Nr. 12 und 13.

Nephthys ist eine Klageschwester der Isis, Selkis die Skorpiongöttin. Wenn Seth einmal Bruder der Isis, dann Bruder des Horus genannt wird, so geht diese Doppelrolle auf zwei Varianten des Mythos zurück. Thoth, der Weise, ist wie in Nr. 14 der Helfer der verzweifelten Horusmutter.

Daß die Sonne auf Gebetsruf hin einen Tag stillsteht, hat sein Gegenstück in Josua 10,12–14.

Anders als bei Nr. 14 wurde hier eine Übersetzung nach dem formalen Muster des Parallelismus membrorum (Gedanken-Reimpaar) gewagt, obwohl der Text nicht mehr durchgängig dem klassischen Formprinzip entspricht.

16 Quelle: Der Mythos ist, dank seines Gebrauchs im Zauber, zweimal, auf einem hieratisch beschriebenen Papyrus von Turin und auf einem des Britischen Museums aus der 19. Dyn. erhalten, und zwar als Zauberformel zum Schutz gegen giftige Bisse. Veröffentlicht von W. Pleyte et F. Rossi, Les papyrus de Turin (Leiden 1869 bis 1876), pl. 31, 77, 131–138, und Papyrus Chester Beatty XI (Brit. Mus. 10691), veröffentlicht von A. H. Gardiner, Hieratic Papyri in the British Museum, Third Series, London 1935, S. 116–118, pls. 64–65; zuletzt übersetzt von J. A. Wilson bei: J. B. Pritchard, Ancient Near Eastern Texts, S. 12ff. – Außerdem haben zwei Ostraka die Rekonstruktion des in den Papyri verlorenen Anfangs ermöglicht: J. F. Bourghouts, in: Chronique d'Égypte 51, 1976, S. 95; ders., Ancient Egyptian Magical Texts, Leiden 1978, Nr. 85.

Erklärungen: Der Mythos versetzt uns in das Ende der Herrschaft des Re. Der Götterkönig ist gealtert, und Isis, die Listige, Zauberreiche, weiß sich seine Gebrechen zunutze zu machen: Sie begehrt das Geheimste, das Wesentlichste des Erhabenen, seinen verborgenen Namen. In unzähligen Märchen wird die Verborgenheit des Namens zum Motiv, ist doch der Name ursprünglich geradezu identisch mit seinem Träger, so daß einer, der den Namen kennt – man denke an Rumpelstilzchen – Macht über dessen Träger bekommt. So will es auch die ägyptische Magie (zur Bedeutung des Wortes bzw. Namens in der Hochreligion s. bei Nr. 9).

Wenn Re sich seines Namens entäußert, so gibt er Isis Macht über sich. Obwohl nun der Mythos von Res Namensentäußerung spricht, gibt er den geheimen Namen des Re nicht preis, so daß er dem Hörer weiterhin verborgen bleibt. Zur Tabuisierung des Namens vgl. das jüdische Verbot, den Gottesnamen auszusprechen. – Wie Re der Unbotmäßigkeit seiner Untertanen begegnet, nachdem er alt und schwach geworden, lesen wir im Buche von der Himmelskuh (Nr. 9); dort auch von seiner Erschaffung des Himmels, auf die hier angespielt ist. – Der weite Raum in der Sonnenbarke ist Ausdruck für den Ehrfurchtsabstand.

Die ganze märchenhafte Geschichte dieser Zauberformel ist in Strophen gefaßt, wie sie hier (unter Berücksichtigung der Fehler des Abschreibers) gegliedert sind, und von dem Zauberer über einem von einem Skorpion gebissenen Menschen litaneiartig rezitiert wurden. Das Heilmittel «ist eine wirkliche und dauernde Zerstörung des Giftes», wie die Anweisung zum Gebrauch des Zaubers versichert.

Der Text, der rd. 900 Jahre vor dem der Metternichstele (Nr. 14 und 15) entstanden ist, wurde deutlich in der literarischen Form des Gedanken-Reimpaares (Parallelismus membrorum) verfaßt und entsprechend hier metrisiert.

17 Quelle: Die mythische Novelle (veröffentlicht von W. Spiegelberg, Der ägyptische Mythos vom Sonnenauge nach dem Leidener demotischen Papyrus I, 384, 1917) geht nach dem Zeugnis der Bildscherbe mindestens in die Zeit der Ramessiden (14. Jh. v. Chr.) zurück, in hellenistischer Zeit wurde sie redigiert und im 2. nachchristlichen Jh. in demotischer Schrift aufgezeichnet; wie es heißt, als Kompilation mehrerer Textvarianten. Diese Fassung aus römischer Zeit liegt im Leidener Papyrus I, 384 vor und bietet mit dem «Mythos vom Sonnenauge» die Rahmenerzählung vieler Tiermärchen, von denen die besterhaltenen in diesem Buche wiedergegeben sind (Nr. 20, 21, 22). Zur griech. Übers. s. St. West in: JEA 55, 1969, S. 161. – Vgl. auch E. Brunner-Traut, Altäg. Tiergeschichte [7], S. 39.

Erklärungen: Die Zeit zwischen der «kleinen» und der «großen Sonne» spielt noch im heutigen koptischen Kalender, der auch für die islamischen Fellachen gilt, eine bedeutende Rolle. Der vorliegende Text der ursprünglichen (religiösen) Göttersage diente als Unterhaltungsliteratur; Bemerkungen zu Vortragsweise und Stimmeinsatz lassen vermuten, daß die Geschichte zum Vorlesen bestimmt war, vielleicht sogar durch kostümierte Schauspieler dramatisch dargestellt wurde. – Für die deutsche Literatur vgl. die Fabel vom «Kater, der die Sonne freien will».

Quelle zur Abbildung S. 166: Die Bildscherbe aus Theben (Kalkstein, Berliner Museum 21443) wurde als verworfene Malerskizze gefunden und dürfte als Entwurf für einen Märchenpapyrus oder aber einem Märchenerzähler als Illustrierung gedient haben. Das gleiche Motiv ist auf einem Relief im Tempel des nubischen Dakke dargestellt. Das Ostrakon ist veröffentlicht von E. Brunner-Traut, Die altägyptischen Scherbenbilder, 2. Aufl. 1956, S. 91, Nr. 92, mit Titelbild. Außerdem Propyläen-Kunstgeschichte 15, 1975, Abb. 334.

18 Quelle: Diese Fabel vom Streit zwischen den Körperteilen ist durch die fehlerhafte und unvollständig erhaltene hieratische Abschrift eines Schülers auf einer Schreibtafel in Turin erhalten (22. Dyn., 950–730 v. Chr.). Der Text ist 1984 veröffentlicht von J. López, Ostraca Hieratici, Tabelle lignee, Catalogo del Museo egizio di Torino III, 4. Mailand 1984, Taf. 184, Nr. 58004. Vgl. E. Brunner-Traut, Altäg. Tiergeschichte [7], S. 40f. und S. 56.

Erklärungen: Mit der Rangstreitdichtung liegt in Ägypten der bis jetzt älteste literarische Beleg einer Fabel vor, und auch von ihr ist ein ungewöhnlich starker Antrieb ausgegangen. Wieder einmal stehen die Parteien vor Gericht, dem Rat der Dreißig Götter (vgl. Nr. 6, 13 u. 20), damit diese den Streit um das Vorrecht zwischen Kopf und Leib entscheiden. Da der überlieferte Text eine Schülerübung darstellt, darf sein Ursprung als älter gelten. Genügend Zeugnisse aus dem ältesten Ägypten beweisen die selbständige Behandlung der einzelnen Glieder, so in der Liebeslyrik, in der Zauberliteratur oder in kultischen Beschreibungshymnen. (Im späteren Verlauf der ägyptischen Geschichte wurden die Körperteile, listenartig zusammengestellt, schließlich auf zwölf beschränkt und den Zeichen des Tierkreises beigegeben.) Die Verselbständigung gehört zu den konstitutiven Merkmalen ägyptischer Kultur. Vgl. dazu E. Brunner-Traut, Frühformen des Erkennens, Darmstadt 1989.

Es darf für mehr als wahrscheinlich gelten, daß die in nicht mehr übersehbarer Zahl von Fassungen über die Erde laufenden Rangstreitdichtungen unseres Themas sich von Ägypten herleiten. Sie haben sich in alle Winde und bis in unsere Tage ausgebreitet und bieten als «Agrippalegende» (Livius II, 32) einen bekannten Lesestoff der Lateinschützen. Aber nicht erst Menenius Agrippa erzählt die Fabel, um zwischen Patriziern und Plebejern zu vermitteln, auch seinem literarischen Ahn Äsop ist sie zugeschrieben in der Kurzfassung eines «Streites zwischen dem Magen und den Füßen» (Fabel Nr. 132 Hrs.; AaTh 293, num. 18):

Magen und Füße lagen im Streit wegen ihrer Stärke. Wenn die Füße bei jeder Gelegenheit sagten, sie seien so viel stärker, daß sie selbst den Magen noch trügen, antwortete dieser: «Wenn ich keine Nahrung zu mir nehmen, könnt ihr auch nicht tragen!» So ist es auch im Feld: Die große Masse bedeutet nichts, wenn die Soldaten nicht den rechten Geist haben.

Romolus ermahnt in der Schlußsentenz die Diener zur Treue, weil sie nur dadurch stark seien und Bestand hätten.

Wie sie auch eingekleidet sind und welche Moral man ihnen immer anhängt, all diese Fabeln tendieren darauf, daß die einzelnen Glieder voneinander abhängig seien. Aber in der ägyptischen Dichtung ist nicht die Abhängigkeit der Glieder voneinander und deren Hinordnung auf ein gemeinsames Zentrum erkannt, vielmehr setzt der Rangstreit eine hierarchische Ordnung voraus. Genauer bei E. Brunner-Traut, a. a. O., Kapitel «Der menschliche Körper».

Zur Verbreitung der Fabel vgl. H. Gombel, Die Fabel «Vom Magen und den Gliedern» in der Weltliteratur, 1934.

Zur Verpflichtung von 1. Kor. 12.12 (vgl. auch Kol. 1,18 und Eph. 1,22) an die antike Tradition s. R. Bultmann, Glauben und Verstehen I, 1954, S. 166. – Vgl. auch Plutarch, Vita Coriolani 6; außerdem Äsop, Nr. 132 Hsr.

[1] Kopf wird – abweichend vom üblichen Genus – hier weiblich konstruiert, so daß man, wörtlich genommen, «Schwester» übersetzen müßte.

[2] Das Herz ist Sitz sowohl von Gemüt (froh) wie von Verstand (klug).

[3] Die ägyptische Vokabel für «Kopf» bezeichnet zugleich «Oberhaupt»; vgl. bei uns «capo».

19 Quelle: Die Fabel steht auf dem gleichen Krug wie Nr. 37; zur Quellenangabe vgl. dort. Die indische Fabel im Pantschatantra I, 12 ist übersetzt von Th. Benfey, Pantschatantra II, S. 87. Zu den Parallelen und Vergleichen in anderen Kulturen sowie zur Literatur s. E. Brunner-Traut, Altäg. Tiergeschichte[7], S. 39f. und S. 55f.

Erklärungen: Die Fabel von der Schwalbe und dem Meer ist insofern von besonderer Bedeutung, als sie in der indischen Fabelsammlung Pantschatantra aus dem 2. vorchristlichen Jh. ein Vergleichsstück hat: Der Strandläufer und das Meer (der Ozean).

Zwar ist die indische Fabel älter, aber Ägypten kennt nicht allein aus dem Mythos vom Sonnenauge das Thema, daß zwei Tiere, die einander versprochen hatten, des anderen Jungen zu hüten, wortbrüchig werden (Nr. 20), es kennt auch die Übertreibung (vgl. Nr. 6). Schließlich darf des Pharao gedacht werden, der nach Plutarchs Gastmahl der sieben Weisen das Meer austrinken soll. Die Begegnung mit dem Meer ist zwar den Alten Ägyptern zum starken Erlebnis erst geworden seit der Ptolemäerzeit, da die Hafenstadt Alexandrien gegründet war, aber die vernichtende Macht des Meeres hat schließlich schon die Schöpfungssagen aufbauen helfen. Seine «Gier» erscheint als Bild in der Lehre für Merikare um 2000 v. Chr., längst bevor der Mythos vom unersättlichen Meer (Nr. 10) aufgezeichnet wurde. Vgl. auch die Damm bauenden Schwalben Ägyptens bei Thrasyllus aus Mendes, Ps. – Plutarch, De fluv. 16,2 und Plinius X, 33 (94).

Was die Einkleidung angeht, die bisher als Brief verstanden wurde, so sehe ich zu dieser Auffassung keinen Anhalt. Mir scheint die Geschichte vielmehr von einem arabischen Großen als Abschluß eines Gesprächs mit Pharao erzählt zu werden und also politischen Anlaß zu haben. Der Araber will Pharao bedeuten, daß auch die Kleinen einem Mächtigen etwas anzuhaben vermögen (vgl. dazu Nr. 22), wenn sie nur beharrlich und fest entschlossen sind. In dem Gleichklang: «Da kehrte sie frohen Herzens nach dem Lande Arabien zurück» am Ende der Fabel und dem: «Ich kehre jetzt nach dem

Lande Arabien zurück» in der Einleitung des Gesprächs liegt wohl ein Hinweis, daß er, der arabische Verhandlungspartner, mit dieser Geschichte im Hinterhalt, ebenso frohen Herzens heimkehren könne, auch wenn Pharao von seiner Macht Gebrauch machen und etwa nicht freundlich entgegenkommen wolle. Macht hatte Arabien insofern immer über Ägypten, und zwar gerade durch Nadelstichelei, als seine «Sandbewohner», die Beduinen, ständig in kleinen Horden in das reiche Nilland einfielen zu Raub und Plünderei.

20 Quelle und Erklärungen: Die schöne Tierfabel ist in den Mythos «Die Sonnenkatze wird heimgeholt» eingestreut (Literatur s. dort Nr. 17. Bei E. Brunner-Traut, Altäg. Tiergeschichte[7], S. 35f., ist der Zusammenhang der Geschichte noch nicht voll erfaßt; vgl. dort auch S. 53).

Die beiden Raubtiere fürchten voneinander, das andere würde über die eigenen Jungen herfallen, während die Tiermutter auf Futtersuche ist, und schwören vor dem Richtergott Re, des andern Jungen zu schonen. Ein Geierjunges, das aus dem Nest gefallen ist, holt sich arglos ein Futterstückchen, das die Katze für ihre Jungen bereitgelegt hat, und die Katze verletzt das Vögelchen tödlich, als sie es ihm entreißen will. Die Geiermutter sieht darin einen Vertragsbruch und rächt sich, indem sie die Katzenbrut vernichtet. Die Katzenmutter klagt gegen den meineidigen Vogel vor Re, dieser schickt die Vergeltung und lenkt sie so, daß der Geier durch eigene Unachtsamkeit seine Jungen verdirbt.

Die beiden Tiere sind als Vertreter der Mutterschaft mit Bedacht gewählt, spielen sie doch in der ägyptischen Vorstellung die Rolle des Muttertieres kat' exochen.

Das Ganze ist ein Hoheslied auf die Vergeltung, auf die, der Situation des umrahmenden Mythos entsprechend, alle Tiergeschichten abzielen. Durch diese ihre moralische Verflechtung werden die Tiermärchen (Nr. 20–22) zur Fabel. Vgl. die Parallelgeschichte zwischen Adler und Schlange im Etana-Mythos A-2, in: ANET, S. 114f.

21 Quelle und Erklärungen: Das philosophische Zwiegespräch der beiden Geier (das bei Hesiod ähnlich von Nachtigall und Falke berichtet wird) ist wie Nr. 20 eingestreut in den Mythos von der Heimholung der Sonnenkatze (Nr. 17; siehe dort zur Literatur u. E. Brunner-Traut, Altäg. Tiergeschichte[7], S. 37 und S. 53; zuletzt übersetzt von

W. J. Tait, in: Acta Orientalia 37, 1976, S. 27–44); die zugrundeliegende Handschrift veröff. von dems., Papyri from Tebtunis, 1977, Nr. 8. Nachdem Seh-Vogel und Hör-Vogel (zu ihrer literarischen und religiösen Herleitung aus dem MR vgl. E. Brunner-Traut in Gedenkschrift E. Otto, 1977) sich ihrer übernatürlichen Sinnesfähigkeiten gerühmt und voneinander festgestellt haben, daß sie zusammen die geheimsten Gründe des Himmels und der Erde zu erfahren vermögen – diese Einleitung mag ursprünglich eine selbständige Geschichte vom Wettstreit der Tiere gewesen sein –, unterhalten sie sich über die Macht der Vergeltung und wandeln damit das Grundthema von Thoths Wechselrede mit Tefnut ab. Jeder, der tötet oder den Tod befiehlt, wird wieder getötet – so will es Res Ordnung und Gerechtigkeit.

[1] Mit «Silber»haus liegt ein Wortspiel vor, da das ägyptische Wort für Silber zugleich «hell, licht» bedeutet.

[2] Die Hundsfliege ist eine Bremsenart.

[3] Der Waran ist eine große Eidechse (Skinkes), die von kleinen Eidechsen, Fröschen und Mäusen lebt.

22 Quelle: Der Text stellt eine der Tiergeschichten dar, mit denen der Botenaffe Thoth die Sonnenkatze auf ihrer Wanderung unterhält und mahnt (Nr. 17). Zu Literatur und Einzelheiten s. dort u. bei Nr. 21.

Erklärungen: Diese Geschichte, wonach der Löwe den Menschen sucht, um an ihm Vergeltung zu üben, endet mit der Fabel von dem Löwen und der Maus, durch die der König der Tiere eines Besseren belehrt wird und von seinem Vorhaben abläßt. Nach dem Zusammenhang, in dem der Affenbote Thoth sie der Löwengöttin Tefnut erzählt, wohnt ihr die Sentenz inne, daß auch der Schwächste dem Stärksten zu helfen vermag, wenn das Schicksal es will.

Sowohl der erste Teil dieser Fabel von der List und Verschlagenheit des Menschen, mit denen er über die Tiere triumphiert, wie der zweite vom Löwen und der Maus leben nachägyptisch selbständig weiter. Die erste Fabel insbesondere in deutschen und französischen Fassungen, die zweite bei Äsop (Halm 256 = Hsr. 155; s. auch Babrius 107) und seinen Gefolgsleuten (Zum Motiv «Hilfe des Schwachen» s. Aa Th, num. 22). Was aber bei Äsop zu einer Fabel im nüchternen Sinne wurde, das ist im Ägyptischen noch eingebunden in mythischen Zusammenhang.

Daß die griechische durchaus nicht immer verständlich ist und wie ein Vergleich der ägyptischen mit der griechischen im einzelnen aussieht, das wolle man nachlesen bei: E. Brunner-Traut, Altäg. Tiergeschichte[7], S. 53 ff., wo auch weiteres Material geboten ist. In welcher Form das Märchen heute noch im oberen Niltal weiterlebt, entnehme man dem «König der Löwen» (Nr. 23). Eine Parallelgeschichte wird im Pantschatantra (II, 1) von Elefanten und Mäusen erzählt (Th. Benfey, Pantschatantra II, S. 208).

23 Quelle: Das Märchen ist dem Bande von L. Frobenius, Märchen aus Kordofan, Diederichs 1923, S. 91 ff, entnommen und dem Herausgeber in diesem Jahrhundert erzählt worden. Vgl. Weiteres bei E. Brunner-Traut, Altäg. Tiergeschichte[7], S. 55.

Erklärungen: Das Märchen stammt nicht unmittelbar aus dem Alten Ägypten, sondern wird heute im Einflußgebiet des Pharaonenlandes erzählt: in Kordofan (westlich des oberen Nils, südlich von Chartum). Es ist aber auf Grund sehr bestimmter Züge kaum anders denkbar, als daß in diesem Märchen etwas von dem altägyptischen Nr. 22 weiterlebt, wenn nicht gar das Märchen aus Kordofan die – ehemals vom Lande Kusch-Meroë nach Ägypten getragene – Urfassung der ägyptischen und griechischen Erzählung vorstellt. Bei aller Selbständigkeit im Gesamtverlauf stimmen entscheidende Wesenszüge so sehr überein, daß die Fassungen nicht unabhängig voneinander entstanden sein können. Von dem anderen Kulturmilieu ist dabei ebenso abzusehen wie von dem anderen Geisteszustand, der sich besonders in einer dem Pharaonenvolk fremden Grausamkeit ausdrückt.

Im Kordofan-Märchen wird der Löwe sowohl durch den Strick angebunden wie in der griechischen Fabel als auch in der Grube gefangen, wie es das ägyptische Märchen erzählt. Beide Arten, sich des Löwen zu bemächtigen, werden hier sinnvoll fortgeführt. Daß der Löwe darauf aus ist, den Menschen kennenzulernen, verbindet das Kordofan-Märchen mit der demotischen Fabel, und das zerrissene Fell, das der Löwe hier beim Panther beklagt, wird in Kordofan zweimal als die Folge menschlicher Mißhandlung herausgestellt.

Was aber das Kordofan-Märchen mit dem Alten Ägypten mehr als irgendein anderes Motiv verbindet, ist die Vorstellung vom Löwen als Wach- und Begleittier des Pharao. Symbol der Herrschaftswürde zu sein genügt nicht, aber daß Löwen den König begleiten, ihn schützen, ihm beistehen im Krieg, für den König gegen die Feinde ziehen und zwei- bis vierfach seinen Thron umstehen, das ist pharaonischer Brauch – und von dort ausgehend kuschitisch-meroitischer.

Erst jüngste zoologische Forschungen haben ergeben, daß diese ägyptischen Thronlöwen einer anderen Rasse zugehört haben als die heute bekannten, woraus sich leicht erklärt, daß die altägyptischen Löwen zähmbar waren. Wenn demnach der König der Löwen in Kordofan von seinen vier Löwen begleitet wird, so hat ihm kein anderer Pate gestanden als der altägyptische Pharao. Ja es wäre geradezu denkbar, daß die von Ägypten abhängige Spätkultur Meroës (Strahlgebiet für Kordofan), als ihr das Bild des von Löwen begleiteten Pharao zu Gesicht kam, den Schluß des Märchens als eine Erklärung des sonderbaren Verhältnisses erfunden hätte.

24 Quelle: Die Geschichte um König Neferkarê ist auf drei Fragmenten erhalten, deren inhaltliche Zusammengehörigkeit nur erschlossen ist: Holztafel Nr. 13 539 des Oriental Institut der Universität Chicago aus der 18./19. Dyn.; Papyrus E 25 351 des Louvre, wohl aus Dêr el-Medîne Nr. 1214 aus der 20. Dyn., alle drei hieratisch beschrieben. Veröffentlicht von G. Posener, Le conte de Neferkarê et du général Sisené, in: Revue d'Égyptologie, Bd. 11, 1957, S. 119–137.

Erklärungen: Diese Geschichte spielt am Ende der 6. Dynastie (um 2300 v. Chr.) und ist ein Beispiel dafür, daß Herodots Anekdoten um die altägyptischen Pharaonen auch ihre schriftlichen Traditionen hatten und daß sie in Ägypten sogar von den Gottkönigen des Alten Reichs umliefen; wenn nicht zu deren Regierungszeit selbst, so aber noch ein- und zweitausend Jahre später in der Phantasie des Volkes, die den Untergang der glanzvollen Hoch-Zeit mit einer Verderbtheit des Königshauses zusammenbringen wollte.

Neferkarê-Pepi II., nach dem das Reich erstmals zusammengebrochen ist, wird durch unsere Geschichte ungünstig beleumundet: Sein Gericht ist nicht in Ordnung, und seine nächtlichen Spaziergänge sind es auch nicht. Zumindest zur Zeit der Niederschrift hat das Volk recht verächtlich auf den alten König herabgeschaut. Ein solcher Ton ist im Konzert altägyptischer Literatur neu (vgl. Nr. 27

und 29 und aus dem Alten Reich Nr. 3). Allerdings ist der Ausgang der Geschichte unbekannt, und wir haben allen Grund anzunehmen, daß er moralisch war. Den offiziellen Texten (Lehre für Merikarê oder Dienstordnung der Wesire) schlägt unsere Erzählung glatt ins Gesicht.

Der Anfang der weitläufig angelegten Geschichte ist zwar erhalten, bricht aber unmittelbar nach Einführung von vier Personen ab. König Teti regierte gut hundert Jahre vor dem erstgenannten Pharao Pepi II. Wie lang die Lücke bis zum Text auf der nächsten Urkunde ist, wissen wir nicht, aber es liegt viel Handlung dazwischen. Sie sich auszudenken, reicht wohl die Phantasie, aber es bleibt zu viel Spielraum, als daß sie auch nur einigermaßen gesichert wäre. Ein paar Andeutungen zum Verlauf sind bei der Übersetzung an die Hand gegeben. Nachdem der Text erst einmal aufgegriffen ist und er mehrfach vorhanden war, steht zu erwarten, daß sich weitere Bruchstücke dazufinden und er eines Tages ganz wiederhergestellt werden kann.

25 Quelle: Die leider recht lückenhafte Handschrift stellt eine fehlerhafte Schülerübung aus der 19. Dyn. dar und befindet sich im Papyrus Sallier I im Britischen Museum; veröffentlicht von A. H. Gardiner, The Quarrel of Apophis and Seknenrê, in: Bibliotheca Aegyptiaca I (Late-Egyptian Stories), Brüssel 1932, S. 85–88; zuletzt übersetzt in: The Literature of Ancient Egypt, S. 77–80.

Erklärungen: Der erhaltene Teil kann höchstens als Einleitung der ganzen Geschichte bezeichnet werden, und wir haben uns den weiteren Inhalt und Schluß zu ergänzen. Was den Gang in großen Zügen könnte nachzeichnen helfen, ist die historische Geschichte. Um 1700 v. Chr. fielen die «Hyksos» in Ägypten ein als die letzten Ausläufer einer Völkerverschiebung von Nordosten her über Vorderasien, verschiedene Beduinengruppen unter der Führung von Wanderhäuptlingen. Sie beherrschten Ägypten vorübergehend, bauten Auaris im östlichen Delta zu ihrer Hauptstadt aus und verehrten den Gott Sutech-Seth. Sie brachten den Ägyptern mancherlei Verbesserung an Werkzeugen, besonders an Waffen, vor allem aber Pferd und Wagen.

Ihnen treten die Herrscher von Theben, der späteren Hauptstadt in Oberägypten, als einheimische Könige gegenüber, ohne die

Herrschaft der Hyksos zunächst brechen zu können. Sekenenrê, dessen Mumie sich im Ägyptischen Museum in Kairo befindet, dürfte einer ihrer kühnsten Gegner gewesen sein. Die Leiche dieses flüchtig und in Eile mumifizierten Kriegers beweist, daß der Tod gewaltsam erfolgt ist, sicher auf dem Streitwagen. Infolge einer schweren Wunde hinterm Ohr durch eine syrische Streitaxt scheint der König gefallen zu sein, weitere vier Wunden erhielt er liegend, wahrscheinlich durch mehrere Feinde. Unter Kamose, dem letzten König der 17. Dyn., geht der Kampf gegen die Hyksos weiter, seinem Nachfolger Ahmose gelingt es, die Hauptstadt der Hyksos zu erobern (um 1560 v. Chr.).

Daß Sekenenrê der gefeierte Held unserer Geschichte war, steht außer Zweifel. Eine Schülerübung kann keine andere Tendenz zum Inhalt haben, und ägyptisches Geschichtsdenken kann keine andere Wahrheit preisen, als daß ein Ägypter die Feinde überwunden hat. Daß der historische Held tatsächlich gefallen ist, steht der Sage nicht im Wege, denn sie verherrlicht in diesem zweifellos berühmten und sagenumwobenen König, dem Anführer des Aufstandes gegen die Hyksos, den Sieg der Thebaner, den Sieg Ägyptens über die verhaßte Fremdherrschaft. Der Kampf der Machthaber ist zugleich ein Kampf zwischen Seth und Amun. Die Nilpferde sind sethische Tiere, so daß Apophis sie heilig hält. In Theben, der Stadt des Amun, werden sie vom König rituell gejagt, und ihr Gebrüll läßt Apophis nicht zur Ruhe kommen.

Ist aber die Erzählung nicht als Heldensage fortgeführt worden, sondern als Märchen, so können wir damit rechnen, daß der Streit auf eine Scharfsinnsprobe hinauslief, wie sie ein großer Teil gerade der orientalischen Märchen zum Gegenstand hat. – Doch kommen wir für den Ausgang unserer Erzählung nicht über Vermutungen hinaus.

26 Quelle: «Die Einnahme von Joppe» steht in dem hieratischen Papyrus Harris 500 (Britisches Museum 10060) und wurde z. Zt. Sethos' I. / Ramses' II. (13. vorchristliches Jh.) niedergeschrieben. Veröffentlicht von A. H. Gardiner, The Taking of Joppa, in: Bibliotheca Aegyptica I (Late-Egyptian Stories), Brüssel 1932, S. 82–85; zuletzt übersetzt in: The Literature of Ancient Egypt, S. 81–84.

Erklärungen: General Djehuti ist eine geschichtliche Persönlichkeit und machte sich bereits zu seinen Lebzeiten einen Namen als Feldherr. Thuthmosis III. (1490–1439) belohnte seine Verdienste mit einem Dolch (heute in Darmstadt) und einer wunderbaren Goldschale (heute im Louvre in Paris). Es gehen mehrere Legenden von den glänzenden Unternehmen des Pharao um, die besterhaltene erzählt von der List des Djehuti bei der Einnahme von Joppe.

Seine «Habersackmethode» kennen die Märchen aller Welt, aber hier wird sie zum erstenmal ausgesprochen. Später begegnen wir ihr bei der Königin von Ägypten Kleopatra, bei Herodot 3,153, beim Trojanischen Pferd und – am ähnlichsten – in Tausendundeiner Nacht bei Ali Baba, der seine Leute in Ölschläuchen einschmuggelt. Damit seien nur die bekanntesten Vergleichsgeschichten genannt, die wenigstens zum Teil von Ägypten angeregt sein dürften.

Die Keule des Königs, deren Name nur unvollständig erhalten ist, galt in den Augen der Feinde als mit so viel Kraft geladen, daß sie sie abergläubisch fürchteten; sie einmal zu sehen war daher höchstes Begehren der Fürsten von Joppe.

Dieser Fürst hat – wie ähnlich in anderen ägyptischen Texten – die Bezeichnung des, der eigentlich schon gefallen, ein «toter Mann» ist, nicht bloß im gesellschaftlich-verächtlichen, sondern geradezu im magischen Sinne. Der Ausdruck wird auch für Verbrecher oder den Ketzerkönig Echnaton verwendet. Unser Fluch- und Scheltwort «verdammen» hat den eigentlichen Sinn von «gerichtlich verurteilen», wäre also adäquat. Da es aber vorzugsweise kirchlich gebraucht wird, habe ich es nur an der einen Stelle der direkten Rede angewendet; aber im ägyptischen Text wird es überall da gebraucht, wo hier «der Fürst» steht.

27 Quelle und Erklärungen: «Das Schatzhaus des Rhampsinit» ist durch den griechischen Geschichtsschreiber Herodot (5. Jh. v. Chr.) überliefert (II, 121). Zur Verbreitung des Märchens bis in buddhistische Bücher oder in Alta Sylvas lateinische Predigtmärlein vgl. E. Brunner-Traut, Altäg. Tiergeschichte[7], S. 64, und Fr. v. d. Leyen, Die Welt der Märchen (Diederichs Verlag) 1953, Band I, S. 144f.

Der Name Rhampsinit heißt «Ramses-sa-Neith» (Ramses, Sohn der unterägyptischen Göttin Neith) und bezieht sich auf Ramses II.

oder Ramses III. Vgl. dazu Lexikon der Ägyptologie V, Wiesbaden 1984, Sp. 249f.

Die Weinschläuche sind, wie noch heute in Ägypten die Wassersäcke, Tierbälge, die an Hals und Pfoten abgebunden sind.

Das Märchen, das ein Ägyptologe im letzten Jahrhundert durch seine Erzählung in Ägypten wiederbelebt hat, läuft heute folgendermaßen abgewandelt dort um (AaTh 950, num. 27):

Der Meisterdieb

In einer Stadt war ein Mann. Jeden Abend gab er seinem Sohne Kaffee zu trinken; in dem Kaffee war aber bendj, Bilsenkraut. Und jedesmal schlief der Sohn tief ein. Dann ging der Vater fort. Der Sohn merkte es, daß er von dem Kaffee immer sogleich in Schlaf fiel. Da schüttete er das nächste Mal den Kaffee mit dem bendj in seinen Busen und tat, als ob er einschliefe. Er sah, wie der Vater ein Diebeskleid anzog und fortging. Der Sohn sprang auf, zog auch ein Diebeskleid an, nahm ein Schwert und schlich hinter dem Vater her.

Der Vater brach in den Palast des Königs ein; er stahl ein Roß. Nur der König hatte Pferde. Das Roß stand schon draußen, der Vater stieg gerade zum Fenster heraus, da faßten ihn von hinten der König und die Königin und der Wesir. Sie wollten ihn zurückhalten und töten. Der Sohn sah es und schlug dem Vater das Haupt ab. Er nahm den Kopf und das Roß und floh nach Hause. Der König zog den Mann vom Fenster zurück, da war es ein Mensch ohne Kopf.

Der König ließ den Leichnam an der großen Straße ausstellen, Soldaten mußten ihn bewachen. Der Sohn war sehr traurig. Er fürchtete auch, daß jemand den Leichnam des Vaters erkennen würde. Als es Abend wurde, zog er sich wie eine Straßendirne an. Er nahm viel Brot mit sich. In das Brot hatte er bendj gebacken.

Er ging zu den Soldaten und lachte mit ihnen. Sie dachten, es sei eine Dirne. Alle kauften von dem Brot. Da sanken sie einer nach dem anderen in tiefen Schlaf. Da nahm er den Leichnam seines Vaters und begrub ihn. Den Soldaten stahl er ihre Waffen und alles, was sie hatten. Dem König meldete man: «Der Leichnam ist fort, die Soldaten sind betäubt und beraubt worden.» Er sagte: «Das ist ein sehr geschickter Dieb.» Die Königin sagte: «Ein Weib muß helfen.»

Sie schickte ein altes Weib aus, damit sie herausbringe, wer der Dieb sei. Sie ging durch die Gassen und sagte: «Mein Sohn ist sehr krank, er muß sterben, wenn mir nicht jemand etwas Pferdefett gibt. Ich werde viel Gold dafür bezahlen.» Die Mutter des Diebes hörte es, das Roß war im Hause. Sie tötete das Pferd und gab der Alten von dem Pferdefett und bekam viel Geld. Der Sohn kam nach Hause. Er schalt seine Mutter: «Es ist eine List des Königs.»

Der Sohn sprang hinter der Alten her, er tötete sie und machte an der Straße, wo der Leichnam seines Vaters ausgestellt gewesen war, ein Loch. Er zog der Alten die Kleider aus und grub sie aufrecht mit dem Kopf zuunterst in die Erde. Den Pferdeschweif pflanzte er zwischen ihre Beine. Der König und die Königin waren sehr zornig, als sie es hörten.

Der König hatte noch ein anderes Roß. Es war mit goldenen Hufeisen beschlagen. Der Dieb stahl eines von diesen Hufeisen. Der König sagte zum Goldschmied: «Mache ein neues!» Der Dieb zog sich wie ein Soldat des Königs an. Er ging zu dem Goldschmied und sprach: «Ich bin der Soldat des Königs. Gib mir das Hufeisen, das du gemacht hast. Damit du siehst, daß ich auf des Königs Befehl komme, sieh hier ein anderes Hufeisen von dem Roß.» Er zeigte das gestohlene Hufeisen. Der Goldschmied gab ihm das neue. Der König wurde wieder sehr zornig. Aber er dachte: «Dieser Dieb ist so geschickt, es ist besser, er ist mein Freund.»

Der König ließ in allen Gassen ausrufen: «Der Dieb wird nicht bestraft werden, er darf sich wünschen, was er will, ich werde es ihm erfüllen.» Da ging der Dieb in das Schloß des Königs und sagte: «Ich bin es. Gib mir deine Tochter.» Der König wollte sie ihm zuerst nicht geben. Aber die Tochter sagte: «Gib mich ihm, er ist geschickt.» Der König gab sie ihm.

Da schrieb der König des Nachbarlandes einen Brief. Er schmähte. Er schrieb: «Warum hat du deine Tochter einem so gemeinen Menschen gegeben, er ist ein Dieb.» Da wurde der König sehr ärgerlich. Er sprach kein Wort und machte ein böses Gesicht. Da fragte ihn seine Tochter: «Warum bist du ärgerlich, mein Vater?» Er sagte: «Wegen deines Mannes. Der König des Nachbarlandes beleidigt mich deshalb.» Die Tochter sagte es ihrem Gatten. Der sagte: «Das ist nichts. Sag deinem Vater, er solle mir eine Barke und eine große Kiste geben.» Der König gab es ihm.

Der Meisterdieb fuhr mit der Barke bis zum Schloß des Königs im Nachbarlande. Er nahm bendj und gab es den Wachen. Alle schliefen ein. Er machte sich ein Kleid, an dem waren viele bunte Kerzen, die zündete er an. Er ging in das Zimmer, in dem der König schlief. Der König erschrak. Er sagte: «Wer bist du?» Der Dieb antwortete: «Ich bin der Engel des kleinen Todes, hinter mir kommt der Engel des großen Todes. Komm mit mir.» Der König zitterte vor Angst. Er ging hinter dem Engel des kleinen Todes her. Er ging auf das Schiff. Der Dieb sagte: «Lege dich in diese Kiste!» Er legte sich hinein. Der Dieb schloß die Kiste zu. Er fuhr zurück.

Zu Hause gab er die Kiste dem König, dem Vater seiner Frau. Der hörte, wie in der Kiste jemand klagte. Er ließ sie aufmachen. Da stieg der gefangene König heraus. Da gab auch er seine Tochter dem Meisterdieb zur Frau.

28 Quelle: Der Text ist erhalten in einem demotischen Papyrus des Britischen Museums (Nr. 10508) und stammt aus ptolemäischer Zeit, 3.–1. Jh. v. Chr. Veröffentlicht von S. R. K. Glanville, Catalogue of Demotic Papyri in the Brit. Mus., Vol. II, The Instructions of ‹Onchsheshonqy›, London 1955; zuletzt übersetzt von Hellmut Brunner, Altägyptische Weisheit, Lehren für das Leben, Zürich und München 1988, Nr. 15; teilweise auch bei Emma Brunner-Traut, Lebensweisheit der Alten Ägypter, Freiburg 1985, Nr. 20.

Erklärungen:

[1] Die Filiationsangabe findet sich im ägyptischen Text regelmäßig, wird aber in dieser Übersetzung öfter ausgelassen.

[2] Daphne liegt im Ost-Delta.

[3] Gottesvater ist ein Priestertitel niederen Ranges.

[4] Tatsächlich aber wird in allen Staaten der Welt die Unterlassung einer Anzeige von Hochverrat schwer, früher mit dem Tode, bestraft.

[5] Obwohl der Text nicht zur literarischen Gattung der Schwänke zählt, wurde er hier seines höfischen Inhaltes wegen aufgenommen, der ihn mit anderen Texten dieser Gruppe verbindet.

29 Quelle: Der Text steht auf der Rückseite des demotischen Papyrus 215 der Bibliothèque Nationale Paris, stammt aus dem Anfang der ptolemäischen Zeit (3. vorchristliches Jh.), ist veröffentlicht von W. Spiegelberg, Die sogenannte demotische Chronik, Leipzig 1914, S. 26ff., und zuletzt übersetzt von G. Roeder, Altägyptische

Märchen (Diederichs 1927), S. 298ff. König Amasis lebte in der 26. Dyn. (570–526), die zitierte Anekdote steht bei Herodot II, S. 172ff., der genannte Fürstenspiegel bei Diodor I, 70. Bei Herodot sind weitere Geschichten über Amasis nachzulesen, auch Plutarch berichtet über ihn, aber unter deutlich griechischem Einfluß.

Erklärungen: «Kolobi», ein aramäisches Lehnwort, bezeichnet ein Maß von etwa 12 Litern, ist in Ägypten offensichtlich zugleich gebraucht für eine bestimmte Weinqualität, ähnlich wie der fränkische «Bocksbeutel» oder das bayrische «Maß».

Der Ausflug auf den See führt wohl über einen Landsteg zum Lusthaus, nicht wird wie im Märchen des Pap. Westcar (Nr. 3) eine Bootsfahrt unternommen. Der Name des Pharao der Binnenerzählung ist nicht zu lesen.

Daß Horus und Pete-Isis – an der nicht ganz klaren Textstelle um den Namen – ein und derselbe sind, wird bereits durch die Namen wahrscheinlich: Horus, Sohn des Osiris und der Isis, ist ein «Geschenk der Isis» (= Pete-Isis).

Amasis, der feuchtfröhliche Pharao, der den ergeben und besorgt fragenden Höflingen ganz unbekümmert seinen Katzenjammer eingesteht, läßt sich einen Erzähler kommen, damit er ihn durch eine Geschichte unterhalte. Ein wohl erst jung verheirateter Schiffer wird plötzlich auf eine Reise geschickt und muß sich von seiner Frau trennen. Er ist höchst unmutig und voller Kummer, und die junge Frau bangt sich. Sie spricht einen Wunsch über ihn, der ihn vor den Gefahren des Stromes schützen möge. Offenbar verläuft aber die Reise dennoch nicht glatt, und der Schiffer kehrt nicht, wie befohlen, am nächsten Tag zurück.

Was mag ihm alles zustoßen? Zustoßen auch daheim mit seiner Frau? Der überraschende Auftrag läßt ihn Banges ahnen. Räumt Pharao ihn aus dem Weg, weil er einen Blick auf die Frau geworfen hat? Zieht sich das Unheil über deren Haupt zusammen? Hat Pharao die Rolle des David gespielt und sie als Bathseba zu sich geholt? – Wir wissen es nicht, und die Einrahmung läßt schließen, daß die Geschichte sich lang hingesponnen hat. Wir müssen ihren weiteren Verlauf und ihr Ende wieder einmal unserer eigenen Phantasie überlassen, dürfen aber vermuten, daß zur Belehrung des frivolen Königs, der am Ende der langen Ahnenreihe eines glänzenden Geschlechts von Gottkönigen entartet steht, eine Geschichte gefolgt ist, wie sie ähnlich Vorbild wurde zu der «Geschichte von dem König und der Frau seines Wesirs» aus der 578. Nacht von Tausendundeiner Nacht. Dort hören wir folgendes:

Unter den großen Königen lebte einmal einer, der sich ganz der Liebe zu den Frauen hingab. Eines Tages fiel sein Auge auf die Frau seines Wesirs, und er entbrannte in Liebe zu ihr. So befahl er dem Wesir, in eine ferne Provinz des Reiches zu reisen und dann heimzukehren. Unterdessen drang der König durch eine List in das Haus des Wesirs ein. Die Frau erkannte ihn bewillkommnete ihn und fragte nach seinem Begehr. Als er ihr seine Liebe gestanden hatte und schließlich nach ihr greifen wollte, sprach sie: «Das wird uns nicht davonlaufen. Gedulde dich, o König, und bleib heute den ganzen Tag bei mir, auf daß ich dir ein Mahl bereiten kann!» (Worte, die wir etwa auch aus dem Munde Tabubus hören werden, vgl. Nr. 35). Für die Zeit seines Wartens gab sie ihm ein Buch der Ermahnungen und der guten Sitten in die Hand, in dem er die Gebote gegen Ehebruch fand. Er erschrak über sein Begehren und wollte die Sünde nicht auf sich laden, wurde aber vollends erst zur Einsicht gebracht durch die Ermahnung der Frau.

Denn die neunzig Gerichte, die sie kunstvoll zubereitet hatte und die von sehr verschiedener Art waren, schmeckten alle gleich. Auf sein Erstaunen lehrte ihn die Frau: «Siehe, in deinem Schlosse sind neunzig Odalisken, alle von verschiedener Art; aber ihr Geschmack ist der gleiche.» Beschämt verließ der König ihr Haus, vergaß jedoch seinen Siegelring.

Als der heimgekehrte Wesir ihn fand, versteckte er ihn in seinem Busen und enthielt sich seiner Frau ein volles Jahr lang und sprach auch nicht mit ihr. Danach schickte die Frau, es ihrem Vater zu melden, und der erhob Klage gegen ihn. Der Wesir gestand, und der König begriff. Am Ende eines bildreichen Gesprächs versichert er ihm, daß er seiner Frau nichts zuleide getan habe. Danach lebte der Wesir mit seiner Gattin in Frieden – und der König war um ein Stück belehrt.

Die Geschichte von 1001 Nacht ist übersetzt von E. Littmann, Die Erzählungen aus den Tausendundein Nächten, Band IV, 1953, S. 262 ff. (Insel-Verlag).

30 Quelle und Erklärung: Der Text steht bei Strabo, 17. Buch, I, 33. Die Pyramide ist in Wirklichkeit das Grabmal des Königs Mykerinos; die Zuweisung an Rhodopis ist ionische Erfindung. Rhodopis wird andernorts von den Griechen mit der ägyptischen Nitokris gleichgesetzt. – Das Motiv des Liebe bewirkenden Schuhes ist weit verbreitet und alt. Der Adler wirft ihn hier einem König in den Schoß, ähnlich wie im Tristan zwei Schwalben eine Flechte vor dem König fallen lassen. Dieses Motiv wiederum stellt geradezu die Verbindung her zu der verführerischen Locke, die im Brüdermärchen (Nr. 5) vom Meer an den Wäscheplatz für Pharao angespült wird (vgl. auch Nr. 38).

31 Quelle: Kein Mann der antiken Welt hat im Mittelalter bei nahezu allen Kulturvölkern so viel Interesse erfahren wie Alexander d. Gr., aber nicht der Alexander der Geschichte, sondern der eines alexandrinischen Volksbuches, des sog. Alexanderromans, den man nach einigen Handschriften irrtümlich dem Kallisthenes zuschreibt; der «Trug des Nektanebos» leitet diese Lebensgeschichte Alexanders ein.

Aus der Unzahl der Handschriften und ihrer Rezensionen in allen Sprachen hat die philologische Wissenschaft versucht, einen alten Erzählkern herauszuschälen. Unsere Übersetzung legt den wesentlichen Inhalt der Texte und Bearbeitungen von α zugrunde. Gelegentlich greift sie auf die syrische Übersetzung über, und ganz selten zieht sie auch noch andere Handschriften heran, alles mit dem Ziele, den von Ägypten kommenden Vorstellungen möglichst nahe zu bleiben. Die Quellen sind hier im einzelnen unbezeichnet. Der Text wurde letztmals übersetzt und bearbeitet von H. van Thiel, Leben und Taten Alexanders von Makedonien, 2. Aufl. 1983, S. 2–19; dazu R. Merkelbach, in: Fs F. K. Dörner, 1978, II, S. 602–618. Zum Weiterleben des antiken Stoffes vgl. O. Weinreich, Der Trug des Nektanebos, 1911, aus dessen geistvoller Arbeit der Titel unserer Geschichte beibehalten ist.

Erklärungen: Der «Trug des Nektanebos» in der Erzählung des Pseudo-Kallisthenes von der Abstammung Alexanders des Großen ist ägyptisch-hellenistische Pervertierung des altägyptischen Königsmythos (Nr. 11). Als König über Ägypten ist Alexander Sohn des Amun. Aber nicht naht sich Amun in Gestalt des Königs, vielmehr der letzte einheimische Pharao Nektanebos selbst in der Gestalt des Amun vereint sich mit Olympias. Nektanebos begeht zwar einen Ehebruch und täuscht die arglose Olympias mit Hilfe seiner Zauberkunst, aber hinter dem ganzen Satyrspiel steckt mehr an altem Glauben, als gemeinhin angenommen wird.

Alexander als Sohn Ägyptens, als Sohn des ägyptischen Amun zu erklären war höchstes Bestreben des ägyptischen Volkes, und nach ägyptischem Mythos war Amun es selbst, der das Kind erzeugte. Sein irdischer Vater konnte kein anderer sein als der letzte Pharao, Nektanebos. Aber hellenischer Zweifel hat mythisches Wissen rationalisiert zu profanem Geschehen und die überirdische Geburt als Betrug verunglimpft. In solch entheiligter Form lebt der altägyptische Königsmythos als Novellenstoff in vielfacher Wandlung über Boccaccio bis in die Gegenwart weiter.

Bei der Entstehung der Geschichte war soviel immerhin noch lebendig: Der neue Horus wird postum gezeugt, d. h. Nektanebos wohnt Olympias bei, erst nachdem er bereits den Thron verlassen hat, aber er fühlt sich noch als König.

Er erscheint Olympias als Gott, und zwar als Amun, der goldhaarige Gott mit Widderhörnern, und aus beider Vereinigung entsteht der Thronfolger. Auch Olympias' Unschuld wird ausdrücklich bewiesen.

Nach der Empfängnis wird dem zu erwartenden Sohn der Spruch gesprochen: Er wird als Rächer bestimmt. Diese hier sinnlos anmutende Verheißung bezieht ihre Deutung vom Osiris-Horus-Mythos (vgl. Nr. 12) allein und ist – außer in der Verkündigungsformel S. 218 – vom Rächer des Vaters auf die Mutter umgebogen, weil dem Schreiber der mythische Hintergrund verlorengegangen ist. Zugleich wird dem Kinde das Herrschaftsamt verheißen, wie schon den Drillingen im Märchen des Pap. Westcar (Nr. 3).

Ganz ägyptisch ist das Bild des Traumes, wenn auch verunreint. Der Falke überschwebt Pharao grundsätzlich auf allen Bildern, er ist seine himmlische Vergegenwärtigung. Er ist es, der «zwischen seinen Klauen oder mit seinen Schwingen die Sonne hält». Allerdings ist diese «Sonne» mißverstanden aus dem Ewigkeitsring der alten Vorstellung. Der Löwe steht für den Herrscher, die Geißel ist sein Würdeabzeichen, beides von alters her.

Auch das Zeichen, das Philipp erfährt, steckt voll ägyptischer Bilder. Das Ei als Sinnbild der «ganzen Welt» ist die Vorstellung vom Urei, aus dem Atum die Welt geschaffen hat. Die Schlange, «das Zeichen des Königtums», finden wir an jeder Pharaonenstirn in der Gestalt des Uräus. Der äthiopische König Tanut-Amun erzählt in einer langen Inschrift, er habe im Traum zwei Schlangen zu seiner Rechten und Linken gesehen. Die Traumdeuter erklären dies Zeichen als eine Verheißung des ägyptischen Königtums, worauf Tanut-Amun nilabwärts zieht und Ägypten erobert.

Daß die Geburt schwer ist, entspricht der mythischen Vorstellung, ebenso daß die göttliche Herkunft des Kindes unmittelbar deutlich wird. Die Technik der Zauberei, der Vogel als Bote entsprechen gut ägyptischer Vorstellung, aber streckenweise leuchtet sogar die altägyptische Fassung durch alle hellenistische Überfremdung noch im Wortlaut durch (so «der männliche Knabe» wie in Nr. 36 und oft).

32 Quelle und Erklärungen: Der Text der «Bentreschstele» (veröffentl. von K. A. Kitchen, Ramesside Inscr. II, S. 284ff. [Nr. 70]; Abb. in: Zeitschr. f. äg. Sprache 74, 1938, Taf. 5; zuletzt übersetzt von M. Lichtheim, Ancient Egyptian Literature III, 1980, S. 90–94) findet sich als hieroglyphische Inschrift auf einer Sandsteinstele, die aus einem kleinen Chonstempel in Karnak stammt (Louvre C 284) und wurde wohl im 5. Jh v. Chr. verfaßt, aber einem alten König zugeschrieben, dessen Name Bestandteile des von Thuthmosis IV. und Ramses II. enthält. Auch durch die Nennung von Mitanni und den Stil der Orakelbitten sind ältere Zeiten durcheinandergemischt. Mit der königlichen Gemahlin Nofru-Re ist auf die Gemahlin Ramses' II. Maatnofru-Hor-Re hingedeutet, die er als Tochter des Hethiterkönigs Chattuschil heimgeführt hat. Hinter der Einkleidung in ein offizielles Dokument steht eine volkstümliche Legende, die die Heimat der Prinzessin nach Bachtan (Baktrien als Substitut für Hethiterland?), 17 Reisemonate entfernt, verlegt. Daß Gott durch den Traum selbst eingegriffen hat, um die Rückgabe der Statue zu bewirken, mag auf den Raub von 1800 ägyptischen Kultstatuen durch die Perser anspielen, so daß Bachtan auch auf die persische Residenz Ekbaktana hinweisen könnte.

Daß ihre Schwester Bentresch durch ein Götterbild geheilt wird, lehnt sich an ägyptische Praktiken an; dazu wurde der «kleine Chons», der auf die Reise geschickt wird, durch den «großen Chons», der im Tempel verbleibt, mit magischer Kraft ausgestattet. Das Traummotiv gehört vornehmlich der Spätzeit an.

Es scheint, daß Elemente der Erzählung auf historische Ereignisse zurückgehen, jedenfalls war z. Zt. Ramses' II. die ägyptische Heilkunst am Hethiterhof hoch angesehen.

Im eigentlichen Wortsinn liegt mit der Bentreschstele kein Märchen vor, sondern eine Legende von der Heilkraft eines Götterbildes. Der Stil der Erzählung ist bewußt altertümelnd und verkrampft.

[1] Der Text nennt zwar das Jahr 15 für den Bittgang des Boten aus Bachtan, doch dürfte eine Verschreibung für das Jahr 23 vorliegen (beide Zahlen sind im Ägyptischen nur geringfügig voneinander verschieden), wie der weitere Zeitverlauf der Handlung nahelegt.

33 Quelle: Die Gespenstergeschichte ist überliefert auf Ostraka in Turin, Wien, Kairo, Paris, Florenz und Sammlung Gardiner (veröffentlicht von A. H. Gardiner; Khensemhab and the Spirit, in: Bibliotheca Aegyptiaca I [Late-Egyptian Stories], Brüssel 1932, S. 89–94, bzw. von J. Černý and A. H. Gardiner, Hieratic Ostraca I, Taf. 41, 4 und G. Posener, Catalogue des ostraca hiératiques II, 1951–1972, 1251 f.; zuletzt übersetzt in: The Literature of Ancient Egypt, S. 137–141).

Erklärungen: Die Menge der Dokumente läßt zwar auf die Beliebtheit des Textes schließen, steht aber im umgekehrten Verhältnis zu seinem Erhaltungszustand und Verständnis. Nicht nur fehlen Anfang und Ende der Geschichte, sie ist auch fehlerhaft aufgeschrieben und wegen großer, oft nicht einmal meßbarer Lücken schwer verständlich. Immerhin dürfte hier der Gang im ganzen herausgeholt sein, wenn auch im einzelnen manche Fragezeichen still gesetzt sind. Auch das Schlüsselwort, das das Verhältnis des Geistes zu Chonsemheb herstellt, ist verloren; daß statt des «Vaters» des «Großvaters» Name genannt ist, darf einem Schreibfehler zur Last gelegt werden. Die Hoffnung, durch neue Funde den Text zu vervollständigen und zu klären, grenzt an Gewißheit.

Das Thema, daß ein Totengeist sich über sein verfallenes Grab zu beklagen kommt, ist für das Neue Reich, wo der Text aufgezeichnet wurde, durchaus verständlich, da bereits viele ursprüngliche prächtige Anlagen aufgegeben, teilweise sogar ausgeplündert waren. Das Gespenst, das dem Hohenpriester Chonsemheb erscheint, ist der Totengeist des Nut-bu-semech, der unter Menthuhotep (11. Dynastie, 21. Jh. v. Chr.), also rund 800 Jahre vor der Niederschrift, gelebt hat. Wenn er unter Rahotep schon im Amte gewesen sein will, so liegt hier im Gedächtnis des Gespenstes ein historischer Irrtum vor.

Chonsemheb dürfte in der thebanischen Wüstennekropole eine Begegnung mit dem Gespenst gehabt haben, er beschwört es auf dem Dache seines Hauses noch einmal zu sich, befragt es nach Namen und Begehr und beginnt auf die Lamentation des Totengeistes hinzuweisen. Denn er ermißt, was es dem Toten bedeutet, wenn er nicht ordnungsgemäß bestattet ist, stellt doch nach altägyptischem Glauben die richtige Beisetzung eine Vorbedingung für das Heil der Seele dar. Nicht essen zu können, von Licht und Luft abgesperrt zu sein und was weiter an Nöten genannt ist, gehört ohnedies schon zu den ständigen Klagen der Toten.

Um seinem Wunsche Nachdruck zu verleihen, stellt sich der Geist in seinem früheren Range vor, dem er sogar einen Alabastersarg durch Pharao selbst verdankt, und hält dieser seiner Stellung die Verkommenheit seiner Grabstätte entgegen. Chonsemheb verspricht ihm reichliche Opfer (diese Stelle ist sprachlich am wenigsten gesichert), möchte allerdings ein Versprechen dagegen einhandeln. Doch der Geist wünscht keine Opfer, sondern zuvörderst eine Wiederherstellung seiner Grabanlage.

Nach einer Lücke von unbekannter Größe lesen wir auf einem anderen Steinsplitter, daß Chonsemheb drei Leute ausschickt, um «das Grab wieder in Ordnung zu bringen», es liegt bei der Grabanlage des Königs Menthuhotep in Dêr el-bahri (neben dem Terrassentempel der Königin Hatschepsut) und ist richtig von den Arbeitern aufgefunden worden; doch besteht nicht etwa im Ausfindigmachen die eigentliche Leistung. Die Grabarbeiter haben ihr Werk beschlossen und gesichert durch Schutzgebete, die sie von der Ruhestätte den Weg hinunter bis zum Wüsten(= Nekropolen)rand sprachen.

Nachdem sie ausgiebig mit Chonsemheb gefeiert haben, ist das Werk auch auf weltliche Weise besiegelt. Bis zu seinem Ende dürfte dem Text nur noch wenig fehlen, wenn nicht etwa der Dank des Geistes in irgendeiner Form zum Ausdruck kommt. Aber wie die Bitte des Hohenpriesters nur ganz allgemein formuliert ist: Der Geist möge ihm Gutes im Jenseits erwirken, so ist der Dank sicherlich ebensowenig konkretisiert gewesen.

Historisch sind die Personen nicht faßbar geworden, man darf sich die Gespenstergeschichten als reine Literatur vorstellen. Daß die Toten in dieser Weise mit den Lebenden verkehren, findet man in unseren Texten erst wieder mit der demotischen Erzählung des Seton-Romans (Nr. 35). Die Geschichte, in einem erstaunlich ernsten Ton erzählt, dürfte Keimzelle sein für viele der unzähligen Märchen vom dankbaren Toten. Als vielleicht bekannteste sei an die Tobiasgeschichte erinnert.

Menthuhotep wird im Text nur einmal unter diesem seinem Geburtsnamen genannt, sonst mit dem wichtigsten seiner Krönungsnamen, der der Vereinfachung halber hier nicht eingeführt wurde.

[1] Zu «verjüngen» s. Anm. 1 zu Nr. 1.

34 Quelle: Georges Posener, Le Papyrus Vandier. Ouvrage Publié avec le concours du Collège de France. Cairo, Publications de l'Institut Français d'Archéologie Orientale, 1985 = Bibliothèque Générale, T. VII. – Der Papyrus, der nach dem Ägyptologen J. Vandier benannt ist, befindet sich heute im Besitz der Universität Lille III und stammt aus dem 6. / 5. Jh. v. Chr. (wohl 26. Dyn.). Sein Fundort ist nicht bekannt, er tauchte 1973 im Handel in Paris auf. Die erste Hälfte ist gut erhalten (aus 65 Fragmenten zusammengesetzt), die zweite nur in sporadischen Fetzen. – Die Geschichte spielt im späten Neuen Reich (etwa 1100–1000), die Entstehungszeit liegt etwa bei 1000–900, die vorliegende Sprachfassung bei 700–600, die Niederschrift um 600–500 v. Chr.

Erklärungen:

[1] Ein König dieses Namens ist aus der ägyptischen Geschichte nicht bekannt.

[2] Als «Schreiber» wurde ein Mann mit Schriftkenntnissen bezeichnet, dahinter steht ein breitgefächertes Arsenal an gehobenen (Beamten-)Berufen der Verwaltung, Priesterschaft, des Militärs, der Wissenschaft und Kunst. Merirê war Magier, d. i. sowohl Zauberer wie Medizinmann, eine Art Tausendkünstler, und wurde offensichtlich im Laufe der Erzählung zum General befördert. – Der König hatte einen Stab von «Magiern» um sich, die eine Art Kabinett bildeten und bei schwierigen Fragen zur Beratung zusammentraten.

[3] Die beschriebenen Symptome sprechen dafür, daß der König vergiftet worden ist. Ob hier der Giftmord an König Ramses III. in der Erinnerung nachlebt?

[4] Die Magier nennen einen Präzedenzfall, der sich an Mykerinos, einem König der 4. Dynastie, ereignet habe; geschichtlich ist davon nichts bekannt. Vgl. aber Herodot II, 133. Im Alten Orient ver-

suchte man, Gesetzmäßigkeiten der Welt dadurch zu gewinnen, daß man Buch führte über «normale» wie besondere Vorkommnisse und deren Folgen, so daß man bei entsprechenden Ereignissen analoge Schlüsse ziehen konnte. Wie Diodor berichtet, haben die Annalen der Könige auch deren Körpergröße festgehalten; ähnlich mag es Aufzeichnungen über Tod und Krankheit, jedenfalls über die Lebenszeit der Könige gegeben haben.

[5] Der Papyrus, auf den ägyptischen Texte geschrieben waren, wurde gerollt aufbewahrt; zum Lesen mußte er aufgerollt werden.

[6] Es ist ein echter Märchenzug, daß die Auflösung des Unbekannten durch gezielte Fragestellung sogleich enthüllt wird. Man vgl. Nr. 5, S. 70: «Aber... zum Tal der Schirmpinie... laß viele Leute ziehen...»

[7] Hier liegt das sog. Alkestis-Motiv vor, das der Substitution, wonach einer durch seinen Opfertod den Tod eines anderen hinausschieben kann (Stith Thompson, Motiv-Index of Folk Literture, FFC Nr. 117, Helsinki 1936, D. 1855.2).

[8] Heliopolis, die Stadt des Sonnengottes Re, ist nahe der damaligen Hauptstadt Memphis – wo die Geschichte spielt – gelegen und die bedeutendste Tempelstadt des Landes.

[9] Man läßt den Namen des Mannes, d. h. den Mann selbst, weiterleben, indem man im Bestfall Statuen von ihm im Tempel aufstellt, so daß er an den Opfergaben für die Götter teilhaben kann; auf alle Fälle soll Merirê in die Fürbitte-Rituale der Tempel aufgenommen werden.

[10] Der Balsamierer, der die Toten für die Bestattung durch Mumifizierung zubereitete, wird nur zu diesem Zweck gerufen, ohne daß man sich vorher um ihn gekümmert hätte.

[11] Ptah ist der Hauptgott von Memphis.

[12] Re ist der Gott der Gerechtigkeit, hier auch manchmal sinnbezogen nuanciert Re-Harachte genannt.

[13] Merirê läßt sich ebenso herrichten wie Joseph in Gen. 41,14.

[14] Moeris-See ist der Faijûm-See, er liegt rd. 100 km von Heliopolis entfernt; in diesem weiten Bereich soll für Merirê geopfert werden.

[15] Offensichtlich streut man einen Blumenteppich aus für Merirê, so daß seine Sohlen nicht den Boden betreten mußten.

[16] Unter dem Großen lebendigen Gott ist Osiris zu verstehen, der göttliche Herr der Unterwelt, der gestorben ist, aber wieder auferstanden und darum «lebendig» genannt wird.

[17] Diese Stelle ist nicht sicher, aber die Deutung naheliegend, nachdem hier plötzlich der neue Titel auftaucht und weiterhin generell gebraucht wird. Die Beförderung ist ein weiteres Gegengeschenk Pharaos für Merirês Selbstopferung.

[18] Diese Erscheinungsform der Hathor ist in ägyptischen Texten der jüngeren Zeit mehrfach erwähnt als eine Lokalform der Göttin in der Nähe von Heliopolis, aber ohne genauer beschrieben zu sein.

[19] Hathor, eine facettenreiche Göttin, ist als Göttin des Westens jene, die den Toten bei seinem Eintritt in die Unterwelt empfängt und geleitet.

[20] Ob hier eine sozialkritische Passage eingeschoben sein soll? Es bleibt auf jeden Fall bemerkenswert, daß sich der Gott der Unterwelt als eine Art Prüfherr nach den sozialen Verhältnissen droben erkundigt; die Witwen stehen stellvertretend für alle «Randgruppen». Ohne staatliche Versorgung waren sie großer Not anheimgegeben, nachdem es keinerlei Sozialversicherung und allgemeine Sozialhilfe gab.

[21] Das Senut-Fest wird am 6. Tage jeden Monats begangen, und Hathor scheint an diesem Tage regelmäßig auf die Erde gekommen zu sein, wie man einzig aus dieser Quelle erfährt.

[22] Diese Stelle ist für den Fachmann mit die aufregendste, denn hier erscheint erstmals in der Geschichte der Literatur ein «Golem», ein aus Erde geformter Mensch, der stellvertretend für seinen Hersteller nach dessen Weisungen handelt. Bisher galt der jüdische «Golem» des Mittelalters als erster Beleg für diese magische Vorstellung. – Mit den ägyptischen Uschebti, den Figürchen, die dem Toten im Jenseits beistehen und für ihn arbeiten sollten, wurde diese Praxis im ganzen ägyptischen Volk geübt; s. genauer bei E. Brunner-Traut, in: Studien zur altäg. Kultur 16 (1989) und vgl. hier Nr. 16 «Die List der Isis», die aus Erde und mit Hilfe des Gottesspeichels eine Zauberschlange knetet. Mundöffnung ist ein Belebungsritus, der an Statuen und anderen Bildwerken (Pygmalion-Motiv), auch an Uschebti und besonders an Mumien vollzogen wurde (vgl. auch Nr. 3, 31, 34, 35 und 36). – In diesem Abschnitt dürfte eine Textpassage ausgefallen sein.

[23] Diese Erscheinungsform der Mut ist sonst nicht bekannt, auch nichts von einem Bruder der Mut.

[24] Der Feuertod ist für einen Ägypter der schrecklichste, weil danach sein (vernichteter) Leib nicht mehr auferstehen kann.

[25] Ein Pharao dieses Namens ist unbekannt; es könnte Merenptah, der Nachfolger Ramses' II., gemeint sein. Aber ob das Gespräch auf Erden oder etwa im Jenseits stattfindet, ist nicht auszumachen.

[26] Wie Adam, dessen Erschaffung dem jüdischen Golem zum Muster diente, wurden auch die Alten Ägypter aus Erde geformt. Vgl. dazu hier Nr. 11, S. 122.

[27] Neben den großen Gottheiten war eine entscheidend helfende Gestalt der hier erstmals in Ägypten mit solcher Deutlichkeit auftretende Erdmann, will sagen: ein Golem. Dessen frühestes Erscheinen schreibt die Literaturgeschichte dem jüdischen Mittelalter zu, mithin einem anderen Kulturkeis und einer rund zweieinhalbtausend Jahre späteren Zeit.

35 Quelle: Die demotische Erzählung in bester demotischer Schrift ist erhalten auf dem Papyrus Kairo 30646, der in einem christlichen Grabe in Theben gefunden wurde. Nach langer Benützung war er dort zusammen mit hieratischen und koptischen Handschriften niedergelegt; veröffentlicht von F. Ll. Griffith, Stories of the High Priests of Memphis I, 1900. Ein Teil des verlorenen Anfangs ist erhalten in Papyrus Kairo 30692, veröffentlicht von W. Spiegelberg, Die demotischen Papyrus (Catalogue Général du Musée du Caire), Straßburg 1908, 112; zuletzt übersetzt von M. Lichtheim, Ancient Egyptian Literature III, S. 127–138. Die Nachschrift des Abschreibers enthält den Titel der Erzählung, wie er hier benützt worden ist. Es ist dies ein ganz seltener Fall, wo einem Werk der Titel beigeschrieben ist (vgl. Nr. 38). – Leider ist das Datum am Schlusse nicht vollständig erhalten, so daß man nicht genau weiß, wann der Märchenroman aufgeschrieben wurde, doch gilt das letzte vorchristliche Jahrhundert als wahrscheinlich. Neuerdings wurden in Tebtynis umfangreiche Fragmente des Textes gefunden.

Erklärungen: Die Erlebnisse des Seton Chaemwêse sind so echt ägyptisch, daß man sie sich nirgends anders entstanden denken kann als zur Zeit der Pharaonen. Denn in ihnen feiert das vielleicht größte Verdienst altägyptischer Kultur, die Beherrschung der Schrift, Triumphe: Schrift und Gelehrsamkeit sind der Schlüssel zu übermächtiger Zauberkunst, aber dem Menschen ist es geboten, in die Geheimnise des Wissens nur bis zu der ihm gesetzten Grenze einzudringen, anders verderben ihn die Götter. Aber der Mensch trachtet immer wieder danach, sich der Schriftweisheit als eines Zaubers zu bedienen, eines Zaubers, durch den er vermag, zu verwandeln und zu beleben, die Kreatur zu verstehen und die Elemente zu beherrschen. Er gewinnt Einsicht in die verborgenen Dinge des Himmels und der Erde.

Die tiefsten Geheimnisse des Wissens sind im Zauberbuche aufbewahrt. Es gehört dem Gott der Schreibkunst und der Weisheit, dem ibisköpfigen Thoth. Um ein Zauberbuch ringen die höchsten Geister, aber sein Besitz bringt fortzeugenden Fluch. Nur wenn sich der Mensch, sobald er die Gefahr vorenthaltenen Wissens erkennt, freiwillig zurückbegibt in die ihm gewiesenen Schranken, nur dann kann er errettet werden. So kannte auch der Alte Ägypter auf seine Weise den Baum der Erkenntnis und das Verbot, von seinen Früchten zu essen.

Der Kampf um ein solches Zauberbuch steht im Mittelpunkt der Geschichte von Seton Chaemwêse. Er versucht, es einem Verstorbenen zu entreißen, und kämpft mit ihm auf listige und abenteuerliche Weise, obwohl er von der Gattin des Besitzers erfahren hat, daß der Besitz des Buches Unheil bringt. Er bringt Unheil wie im Norden der Ring der Nibelungen.

Der erste Besitzder, Ni-noferka-Ptah, hat es dem Gotte entwendet. Er hat die Bannmeile voll grausiger Ungeheuer durchschritten und den sechsmal ummantelten Goldkasten gehoben, in dem das Buch verschlossen lag, mitten auf einem Eiland im «Wasser» (Nil) von Koptos. Kein Versteck ist vor dem Menschen sicher, kein Drache vermag ihn abzuhalten von dem Frevel, das Heilig-Ausgegrenzte zu betreten. Aber Ni-noferka-Ptah wurde dafür mit dem Tode bestraft, nicht nur seiner selbst, er verlor zuvor seinen Sohn und seine Frau. Seton Chaemwêse, der dann das Buch von dem Toten raubt, wird durch den Beistand des Gottes Ptah zwar vor dem Tode bewahrt, aber durch eine verführerische Frau im Wahne bis an dessen Schwelle geführt; der Zustand höchster Selbstvergessenheit ist die Pforte zu seiner Selbstbesinnung. Er erkennt sich, erkennt sich als Frevler und vollzieht die innere Umkehr, er bringt das Buch zurück. Aber er ist auch bereit zur Buße: Er holt Ahwêre und Merib, Gattin und Sohn des Ni-noferka-Ptah, die bei Koptos ertrunken sind, nach Memphis, um sie mit Ni-noferka-Ptah gemeinsam zu bestatten, wie der Glaube es will. Das ist die schlichte Fabel vom verlorenen Paradies, vom Tod als der Sünde Sold. Und ihr Gewand?

Der Kreis von Märchen hängt sich an den Prinzen Seton Chaemwêse, den bedeutendsten Sohn König Ramses' II. (1290–1224 v. Chr.), der in der Geschichte die Rolle des Weisen spielt, vergleichbar der von Salomo in der Literatur der Juden. Er verstand die alten religiösen Schriften zu lesen, und durch seine hervorragenden Kenntnisse gewann er den Ruf, über magische Kräfte zu verfügen. So spielte er im Volksbewußtsein eine ähnliche Rolle wie der Doktor Faustus. Sein Andenken wurde jahrhundertelang geehrt als des Entdeckers alter Sprüche. Als solcher wird er auch im Totenbuch, Spruch 167, genannt.

Wenn dieser Schriftkundige und Gelehrte von hohem Rang im Gang des Märchens den Reizen der Verführerin Tabubu erliegt, so zeichnet ihn die Erzählung ähnlich doppelgesichtig wie die mittelalterliche Sage den arabischen Philosophen Avicenna oder Aristoteles.

Das Märchen zählt zu den längsten, die Ägypten überhaupt überliefert hat, einfach in seiner Fassung, aber spannend und gewandt. Es ist voller Märchenmotive, und echt märchenhaft dient als Mittel, hier zur Selbstbesinnung, die Verzauberung. Gleich einem Traum schickt Gott sie als Botschaft und erwartet, daß sie geachtet werde.

Als Seton mit Ni-noferka-Ptah um das Zauberbuch kämpft, vergleichen sich beide im Brettspiel. Diese Art, durch geistige Überlegenheit dem Gegner beizukommen, dient im Alten Ägypten dem Toten in der Unterwelt beim Kampf gegen böse Geister, und Thoth selbst hat sich des Brettspiels bedient, um dem Mond fünf Tage zur Geburt der Epagomenengötter abzugewinnen (vgl. Nr. 12).

[1] Seton ist ursprünglich der Amtstitel des Prinzen als Hoherpriester des Gottes Ptah in Memphis, den er neben dem anderen: «Größter der Leiter der Kunst» führte. Setom (hieroglyphisch śtm oder śm), bald Seton gesprochen, umschrieben auch als Setni oder Setna, wurde bald wie ein Name verwendet, wie ähnlich die Bibel Pharao als Eigenname versteht. Deshalb heißt der Seton Chaemwêse auch kurzweg Seton (ohne Artikel).

[2] Geschwisterehe innerhalb der königlichen Familie ist durchaus legitim.

[3] Sprachlich genau sind die Kästen in umgekehrter Reihenfolge angegeben.

[4] Diese Ewigkeitsschlange, unten als den 6. Mantel des goldenen Kastens gezählt, ist eine Schlange, die sich in den Schwanz beißt

(Ouroboros), und als Symbol häufig wiederkehrt, besonders auch als Umringler von Särgen.

[5] Harpokrates ist Horus als Sohn der Isis und bezeichnet die Kindgestalt dieses Horus.

[6] Der Kampf gegen die Schlange erinnert an die Sage von Herakles, der den Geryones ebenso dreimal töten muß. Vgl. die Tötung der Schlange in Nr. 4.

[7] Es ist nicht sicher, welcher Pharao damit gemeint ist, aber er soll den Leser in alte Zeiten zurückführen, vielleicht in die erste Hälfte des 3. Jhs.

[8] Gegabelter Stock und Feuerbecken auf dem Kopfe sind Zeichen der Buße, derselbe Ritus, der biblisch mit den «feurigen Kohlen auf dem Haupt» gemeint ist (Römerbrief 12,20 und Proverbien 25,22). Reuig und beschämt soll der Seton, der des Vaters Weisung in den Wind geschlagen hat, als Büßer zurückkehren. Er hat sich das Zauberbuch widerrechtlich angeeignet und ist nach ägyptischem Glauben dadurch ebensosehr Tor wie Dieb. Um die verletzte Ordnung wiederherzustellen, muß er rituell büßen (vgl. den Trauerritus, sich mit Sand zu bestreuen oder mit Lehm zu beschmieren, in Nr. 5), Zur entsprechenden Strafpraxis vgl. E. S. Meltzer, in: Newsletter of the Society for the Study of Egyptian Antiquities 7, No. 1 (Dez. 1976), S. 10f.

[9] Tabubu wird auch im folgenden nicht enthüllt; man könnte sich denken, daß in ihr Ahwêre erscheint. Daß Ni-noferka-Ptah ihm diese Erscheinung geschickt hat, wird nicht nur von Seton gegen Pharao selbst ausgesprochen, sondern geheim zusammengehängt durch das 52er-Brettspiel und die 52 Gefolgsleute der Tabubu.

[10] Bastet ist die katzenköpfige Liebesgöttin der Ägypter, Per-Bastet (das Haus der Bastet) der Tempelbezirk der Bastet.

36 Quelle: Der Papyrus 604 des Britischen Museums in demotischer Schrift stammt aus der zweiten Hälfte des 1. Jhs. n. Chr. und ist veröffentlicht von F. Ll. Griffith, Stories of the High Priests of Memphis, Oxford 1900; zuletzt übersetzt von M. Lichtheim, Ancient Egyptian Literature III, S. 138–151. Wieviel am Anfang des Papyrus fehlt, läßt sich nicht sagen, aber was für das Verständnis der Geschichte vorausgesetzt werden muß, rekonstruieren. Chaemwêse heißt hier der Setom, nicht wie in Nr. 33 Seton. Zu seiner Person s. S. 362, Anm. 1, und S. 360ff., zur etwaigen Jugendgeschichte seines Sohnes Si-Osire Nr. 37. Der Titel der Geschichte ist in seiner Ausführlichkeit dem Originaltitel von Nr. 35 angeglichen.

Erklärungen: Der Text zerfällt in zwei Teile, die durch die Personen des Chaemwêse und seinen Sohn Si-Osire (= Sohn des Osiris) zusammengehalten werden. Im ersten Teil führt Si-Osire seinen Vater in die Unterwelt, im zweiten befreit er durch seinen Sieg im Wettstreit mit dem äthiopischen Zauberer den ägyptischen Pharao aus seinen Plagen. Zu diesem Zwecke ist er eigens aus der Unterwelt mit Einverständnis des Totengottes Osiris zum zweitenmal auf die Welt der Lebenden gekommen. Erst am Ende der Geschichte erzählt er von seiner wunderbaren Wiedergeburt. (Vgl. die Seelenwanderungslehre bei Empedokles und Platon.) Er ist ein Kind Gottes und hat als der Segen einer Gebetserhörung nicht nur in Ägypten seine geistigen Brüder (vgl. Samuel).

Der Einschnitt zwischen beiden Geschichten liegt beim 12. Lebensjahr des Knaben, wie er ebenso wiederkehrt in dem (nicht mehr in unserer Sammlung wiedergegebenen) Teil des Alexanderromans (Nr. 31) und bei Jesus (Lukas 2,42). Vom Wunderkinde Jesus hören wir im Thomasevangelium ähnliches wie von dem Wunderknaben Si-Osire.

Die Bezeichnungen zur Bibel sind reich, zum Alten wie zum Neuen Testament. Die Geschichte vom reichen Mann und armen Mann gelangte über die rabbinische Literatur als Gleichnis Jesu vom reichen Mann und armen Lazarus in Lukas 16,19–31; in ihr findet der Gedanke Ausdruck, daß der Mensch im jenseitigen Gericht ohne Ansehen von Person und Stand gewogen wird, allein nach seinen Taten, und ein entsprechendes Geschick nach dem Tode erfährt.

Zu der Geschichte vom reichen und armen Mann vgl. H. Greßmann in: Abhandlungen d. Akad. d. Wiss. Berlin, 1918, phil.-hist. Klasse Nr. 7, sowie H. Brunner in: Saeculum XII, S. 336ff.

Um den Vater von der Lebensart nach dem Tode zu überzeugen, führt ihn Si-Osire in die sieben Hallen der Unterwelt hinab (entspricht Tempeln dieser Zeit) ähnlich wie Vergil den Dante. Diese Unterwelt hatte hier ihren Eingang bei Memphis und ist in älteren Texten geschildert und dargestellt (vgl. auch Nr. 34, S. 234). Wir treffen hier auf die Qualen des Tantalus und das Schicksal des Oknos als die Bilder unstillbaren Hungers und vergeblicher Arbeit; auf die Straffreien in der sechsten Halle und endlich die Verklärten, die im siebten Himmel bei Osiris wohnen. Die Strafen werden begründet wie ähnlich noch in mittelalterlichen Legenden; die Scheidung der Geister erinnert an die gnostischen Kreise in der Pistis Sophia. Das Totengericht, das über den zweiten, den jenseitigen Tod des Menschen entscheidet, findet vor Osiris statt, Thoth fungiert als Protokollschreiber, Anubis als Wägemeister, das Herz des Toten wird gewogen gegen die Wahrheit wie nachlebend im Buche Daniel und in der abendländischen Malerei, wo in der Regel der Erzengel Michael die Rolle des Wägemeisters übernimmt. Vgl. auch R. M. Rilkes Gedicht «Tränen, Tränen...», 1913.

Im zweiten Teil klingen die Drohungen der äthiopischen Zauberer an die Plagen der Ägypter und Pharaos durch Moses an. Wie im Okzident die Vorstellung von dem «ex oriente lux», so lebt im Orient die des «ex meridie tenebrae»: Im südlichen Äthiopien hausen die machtvollen Zauberer, die schon im Neuen Reich in Ägypten gefürchtet waren. Sie entführen Pharao und zerbleuen ihm den Rücken wie die Beschützer des Aladin in 1001 Nacht oder die Beschützer des standhaften Zinnsoldaten in Andersens Märchen «Das blaue Licht». Zum Zauber über Wachsfiguren, denen der Kundige Lebensodem einhaucht, vgl. Nr. 3, 31, 34, 35 und 36.

Mench-pa-Re ist die etymologisch verballhornte Schreibung eines Namens von Thutmosis III. aus der 18. Dyn. Die durch Zauber bewirkten Alarmzeichen entsprechen denen von Märchen Nr. 5. – Der Erzähler enthüllt den Sohn der Negerin vorzeitig als den Fürsten von Äthiopien.

Auch dieser «Setom-Roman» ist eine weittragende, wundersame Geschichte, deren Fruchtbarkeit noch kaum erkannt ist.

37 Quelle: Der Text steht in demotischer Schrift als Schülerübung auf einem Krug (heute in der Straßburger Bibliothek) und stammt aus dem 1. bis 2. Jahrhundert n. Chr., wahrscheinlich aus der Gegend um Memphis. Er ist veröffentlicht von W. Spiegelberg, Demotische Texte auf Krügen, Leipzig 1912, 11; 19; 52; zuletzt übersetzt von G. Roeder, Altägyptische Märchen (Diederichs 1927), S. 180.

38 Quelle: Die Geschichte steht in demotischer Schrift auf einem Tonkrug, der von einem Schüler als billiges Schreibmaterial benützt worden ist. Sie dürfte im 1. bis 2. Jh. n. Chr. in Memphis geschrieben worden sein. Der Krug befand sich in Berlin (Nr. 12845), der Text ist veröffentlicht von W. Spiegelberg, Demotische Texte auf Krügen, Leipzig 1912, S. 14; zuletzt übersetzt von G. Roeder, Altägyptische Märchen (Diederichs 1927), S. 312f. Den Text als Brief zu deuten, wie dies bisher geschehen ist, sehe ich keinen Anlaß. Der Titel ist echt (vgl. Nr. 35), und es wäre denkbar, daß das vollständige Buch eine Sammlung von Hi-Hors Zaubergeschichten enthalten hat.

Das zweimalige em sa in den Eingangszeilen dürfte von dem Schüler als Teil des Diktats verstanden worden sein, indes der Lehrer mit seinem «dann» nur auf den nächsten Abschnitt hingewiesen haben wird.

Erklärungen: Die Geschichte beginnt kunstvoll dort, wo sich Vorgeschichte und Ausgang verknoten: In die königliche Halle fallen die Papyrusblätter, die Hi-Hor, der große königliche Zauberer, im Gefängnis auf Elephantine aufgeschrieben hat. Diese Geschichte enthüllt alles, was sich mit Sen-ta-nub, den Vögeln und Pharao zugetragen hat.

Man darf kaum bezweifeln, daß Sen-ta-nub – vielleicht ein anderer großer Zauberer – einen bösen Anschlag gegen Pharao geplant hatte, Hi-Hor ihn aber abgewiesen hat. Die zwei Vögel verbinden die beiden Männergestalten. Hi-Hor hat den Tieren das Leben gerettet. Dafür erzeigen sich die Vögel dankbar und bringen vor Pharao die Botschaft über die wirklichen Vorkommnisse. Denn offensichtlich sitzt Hi-Hor unrechtmäßig im Kerker. Als Pharao «die Geschichte von Sen-ta-nub und seinen Vögeln und allem, was ihm mit Pharao begegnet ist», durch die Feder Hi-Hors erfahren hat, wird der unrechtmäßig Verurteilte freigesetzt.

Es ist bedauerlich, daß diese so schön begonnene Geschichte allzu früh abbricht, denn sie enthält eine Fülle vielversprechender Motive. Wir können auch nicht ahnen, wie lang sie ausgesponnen war. Man vergleiche etwa die Geschichte der beiden Zauberer in der Geschichte von Si-Osire (Nr. 36). Die beiden Zugvögel (Wildgänse wie in Nr. 36) könnten geradezu «Kraniche des Ibykus» gewesen sein, zumindest insofern, als sie die Rolle von Zeugen spielen; sie lassen die Botschaft an Pharao hinabfallen wie in Nr. 30 (vgl. auch Nr. 40). Es darf auch daran gedacht werden, daß Hi-Hor das Herz Seiner Majestät insbesondere durch seine Wortgewandtheit gewonnen hat. Ehe nicht ein neues Textstück aufgefunden wird, bleibt der Fortgang der Erzählung der Phantasie ihrer Leser überlassen.

39 Quelle: Der Text in koptisch-sahidischer Sprache ist erstmals bei G. Zoëga abgedruckt in seinem Catalogus codicum Copticorum, S. 230–235, und ist trotz seiner religonsgeschichtlichen Bedeutung bisher kaum gewürdigt worden (vgl. S. Morenz in: Theol. Literaturzeitung 1947, Nr. 5, Sp. 295 ff.).

Erklärungen: Die Legende, heidnischen Ursprungs, verrät ihre Herkunft aus der ägyptischen Zauberwelt nur allzu offen, ja stellt im Grunde einen spätägyptischen Zaubertext dar in christlicher Verbrämung. Im Herzstück ist die Höllenfahrt (descensus ad inferos) des Paulus geschildert sowie seine Auffahrt (ascensus) zur Oberwelt mit Hilfe des mächtigeren und höherrangigen Zwölfapostels Andreas.

Andreas wendet dabei die Zauberpraxis an, das salzige Meerwasser durch das süße Nilwasser zu bezwingen, eine Praxis, die durch das Mündungsgebiet vor Alexandria angeregt wurde, wo beides Wasser vermischt und doch gesondert nebeneinander strömt. Die Vorstellung von der ungleichen Macht der beiden Wasser, d. h. zugleich der überlegenen, ja ungeheuren Macht des Süßwassers, scheint nur in Ägypten in die Zauberpraxis eingegangen zu sein und hat dem ägyptischen Hauptgott der ptolemäischen Zeit: Sarapis zu seinem bedeutendsten Wunder verholfen. Sarapis wird zum Süßwasserspender. Wir lesen bei Aelius Aristides, daß «er mitten auf dem Meere Trinkwasser heraufzubefördern» vermochte. Andreas tritt hier also auf als ein ägyptischer Magier, wie er im Buche steht. Die Handlung des Andreas: Epiklese und Praktik wird in einem koptischen Zauber auch von Jesus vollzogen. Nach der Lektüre des Seton-Romans (Nr. 36) brauchte kaum mehr gesagt zu werden, wie echt ägyptisch die Vorstellung von der Unterwelt ist als eines Reiches mit vielen Toren und Kammern, ganz so, wie wir es dem ägyptischen «Pfortenbuch» oder dem «Amaduatbuch» entnehmen (vgl. S. 364). Ja, ganz ebenso sehen die altägyptischen Königsgräber aus, deren durch Türen immer wieder gegeneinander verriegelte unterirdische Räume stollenartig in die Felsberge eingetrieben sind. Wir lesen im Seton-Roman auch, wie der Zauberer einen Toten aus dem Grunde des Wassers herauszuführen vermag; schließlich darf daran erinnert werden, daß der Zauberer im Märchen des Pap. Westcar (Nr. 3) einen See in seiner Mitte umklappen konnte, damit der Grund frei wurde – wenn beide Beispiele sich auch nach Mittel bzw. Wirkung von dem Apostelzauber absetzen.

Daß ein Vogel als Botschafter verwendet wird, ist dem Leser bereits im Astarte-Pap. begegnet (Nr. 10), ebenso im «Schuh der Rhodopis» (Nr. 30) wie in der Geschichte des Hi-Hor (Nr. 38); Vögel als Wegführer S. 242; das Motiv lebt u. a. in den Thomasakten weiter und ist auch im Alten Testament bekannt (O. Keel, Vögel als Boten, Orbis Bibl. et Or. 14, Freiburg/Schweiz und Göttingen, 1977); daß Paulus mit seinem Spruch und seinem Holzscheit die Tore verschwinden lassen konnte, nimmt uns nach allem, was wir von ägyptischer Zauberkunst wissen, nicht wunder.

Die Legende sei ein Beispiel dafür, wie altägyptische Zaubergeschichten in ihren Ausläufern, unter christlichem Einfluß, sich ausnehmen. Es gibt deren eine Unmenge.

[1] Hier wechselt der Bericht des Paulus in die dritte Person.

[2] Der Vogel des Wortspiels ist ein Reiher, der koptisch gleichlautet mit Gerechtigkeit.

40 Quelle und Erklärungen: Die koptische Handschrift Berlin P. 8774 auf gewöhnlichem Papier stammt aus dem 10. Jahrhundert n. Chr. und stellt ein Stück naiver Volksliteratur dar; veröffentlicht von H. Junker, Kopt. Poesie des 10. Jahrhunderts, in: Oriens Christianus 7, S. 152ff.; letztmals übersetzt von G. Roeder in: Altägyptische Märchen (Diederichs 1927), S. 327f. Im Alten Testament vgl. 1. Kg. 10, 1–10.

Das Märchen ist in der Form eines Gedichtes geschrieben, bei dem die einzelnen Verse nach dem koptischen Alphabet angeordnet sind (Akrostichon).

Der «Flügelgeist» heißt «Geisterhälfte» und dürfte ein Mischwesen darstellen in der Art eines Greifen, der sich zusammensetzt aus Löwenleib mit Flügeln und Vogelkopf.

Über das Geheimnis von Sonne und Mond Kunde zu bekommen gilt auch in der demotischen Zaubergeschichte Nr. 35 als besonders erstrebenswert.

Der Ring des Salomon ist ein beliebtes Thema mittelalterlicher Erzählungen, besonders auch der arabischen. Die Königin versucht dort den König mit Rätseln und Scharfsinnsproben. Auch Wandteppiche des fünfzehnten und sechzehnten Jahrhunderts wissen häufig davon zu erzählen. Ein solches Rätsel in koptischer Sprache bietet das nächste Stück (Nr. 41).

41 Quelle und Erklärungen: Das koptische Gedicht findet sich bei H. Junker, Koptische Poesie des 10. Jahrhunderts (Oriens Christianus 7), S. 148 ff. Es ist eins der vielen Rätsel, die den beiden gekrönten Häuptern nachgerühmt werden, und steht auf dem Papyrus Berlin 9287, der «Berliner Liederhandschrift». Sie war als eine systematische metrische Bearbeitung der Sprüche Salomonis, des Predigers und des Hohenliedes geplant, doch ist der Text weder vollständig noch richtig geordnet; entstellt auch durch Einschiebungen und Irrtümer. Das 10. Jahrhundert war die Blütezeit der koptischen Dichtkunst, einer wahrhaft volkstümlichen Poesie. Die Melodie dieses Liedes ist nach den Anfangsworten einer Volksweise angegeben. – Zum Vokativ «o Saba» vgl. Crum, Coptic Dictionary, Nachträge S. XVII a zu 74 b.

42 Quelle und Erklärungen: Die koptische Handschrift gehört zur selben Sammlung wie Nr. 40 und stellt ebenso ein Stück einfacher Volkspoesie dar. Veröffentlicht von H. Junker, Koptische Poesie des 10. Jhs. (Oriens Christianus 7), S. 174 ff.; s. dort auch zur Liedform. Letztmals übersetzt von G. Roeder in: Altägyptische Märchen (Diederichs 1927), S. 324 ff.

Mit Kaiser Theodosios ist Theodosios III. (716–717) gemeint, der Patriarch Kyros war von 705–712 im Amt.

Das Land Ophas ist ein Goldland ähnlich Ophir, ohne daß man seine Lage kennt.

Wenn Theodosios seinen Freund mit «Heiliger Vater» anredet, nimmt er seine Einsetzung voraus.

Die märchenhafte Erzählung führt den Leser nach Konstantinopel, der Hauptstadt des Oströmischen Reiches, zu dem Ägypten in christlicher Zeit gehörte. Sie ist in der Form eines Briefes abgefaßt, dessen Rahmen hier weggelassen wurde, und bietet ein Beispiel religiöser Lieder, wie sie bei Festen von Berufssängern öffentlich vorgetragen wurden.

Daß den Herrschern ihr Amt im Traum verheißen wird, ist gut ägyptische Überlieferung (Thuthmosis IV., Schabaka), hier aber dient das Traummärchen dazu, die beiden Landesherren nachträglich als Söhne Ägyptens auszuweiesen, wie es anders Nr. 31 für Alexander versucht.

Literatur

zu altägyptischen Märchen und Mythen

A. Aarne, Verzeichnis der Märchentypen, FF Communications No. 3 (= AaTh). Helsinki 1910. Neue, wesentlich erweiterte Ausgabe: Stith Thompson, Motif-Index of Folk-Literature, 6. Bde., FF Communications No. 106, 107, 108, 109, 116, 117. Helsinki 1932–1936

Jan Assmann, Die Zeugung des Sohnes. Bild, Spiel, Erzählung und das Problem des ägyptischen Mythos, in: Jan Assmann / Walter Burkert / Fritz Stolz, Funktionen und Leistungen des Mythos. Orbis Biblicus et Orientalis 48, Freiburg / Schweiz und Göttingen 1982

J. Assmann, E. Feucht und R. Grieshammer, Fragen an die altägyptische Literatur, Studien zum Gedenken an Eberhard Otto, Wiesbaden 1977

H. Brunner, Ägypt. Texte, in: Religionsgeschichtl. Textbuch zum Alten Testament, hrsg. v. W. Beyerlin, 2. Aufl., Göttingen 1985, S. 29–93

H. Brunner, Grundzüge einer Geschichte der altägyptischen Literatur, 4. Aufl., Darmstadt 1986

E. Brunner-Traut, Ägypten, in: Enzyklopädie des Märchens, Bd. I, 1975, Sp. 175–214

E. Brunner-Traut, Altägyptische Tiergeschichte und Fabel, Gestalt und Strahlkraft, 7. Aufl., Darmstadt 1988

E. Brunner-Traut, Altägyptische Literatur, in: Handbuch d. Literaturwissenschaft, Wiesbaden 1978

E. Brunner-Traut, in: Lexikon der Ägyptologie III, 1979, s. v. «Märchenmotive» u. a.

E. Brunner-Traut, Gelebte Mythen, 3. Aufl., Darmstadt 1988

E. Brunner-Traut, in: Kindlers Literaturlexikon, unter den Stichwörtern der Märchentitel

J. Gwyn Griffiths, Allegory in Greece and Egypt, in: Journal of Egyptian Archaeology 53, 1967, S. 79–102

Handbuch der Orientalistik I, 1. Bd., 2. Abschnitt, 2. Aufl., Leiden 1970

M. Lichtheim, Ancient Egyptian Literature, Bd. I–III, Berkeley 1973–1980

The Literature of Ancient Egypt, ed. W. K. Simpson, New Haven and London 1972

Arbeiten zu den einzelnen Texten sind bei den Nummern unter «Quellenhinweisen und Erklärungen» genannt.

Zeittafel

Vorgeschichte (Neolithikum 5000–3000)
Altes Reich (3000–2155)

1. und 2. Dynastie;	u. a. Nebka; Zeit der staatlichen und kulturellen Festigung; Erfindung der Schrift
3. Dyn. (2635–2570);	Djoser, erster Pyramidenbau
4. Dyn. (2570–2450);	Snofru, Cheops, Chephren; große Pyramiden bei Gise
5. Dyn. (2450–2290);	Userkaf, Sahurê, Neferirkarê-Keku; Sonnenverehrer
6. Dyn. (2290–2155);	Teti, Pepi; Erlahmen der Kraft

1. Zwischenzeit (2155–2040)

7.–10. Dyn.;	Zusammenbruch des Reiches; Blüte der Literatur

Mittleres Reich (2134–1650)

11. Dyn. (2134–1991);	Antef, Menthuhotep, wieder Gesamtherrschaft über Ägypten; Pyramide in Dêr el-bahri
12. Dyn. (1991–1785);	Amenemhêt, Sesostris; Ausbau des Faijums
13. und 14. Dyn. (1785–1650);	Zerfall

2. Zwischen- oder Hyksoszeit (1650–1555)

15.–17. Dyn.;	Einbruch der Hyksos-Fremdherrscher; Ende der 17. Dyn. Kampf des Sekenenrê und seiner Nachfolger um die Errichtung der einheimischen Macht

Neues Reich (1555–1088)

18. Dyn. (1555–1305);	Amenophis, Thuthmosis, Echnaton, Tutanchamun; Eroberung eines Weltreichs
19. Dyn. (1305–1196);	Ramses, Sethos, bedeutende Königsgräber
20. Dyn. (1196–1080);	Ramessiden; Abwehr fremder Eindringlinge

Spätzeit (1880–332)

21. Dyn. (1088–946);	Erlahmen der Macht
22.–30. Dyn. (949–332);	Libyer, Äthiopier, Assyrer und Perser ergreifen als Fremdherrscher nacheinander die Macht, gelegentlich unterbrochen von Ägyptern
332	Eroberung Ägyptens durch Alexander d. Gr., Errichtung des Ptolemäerreiches
30 v. Chr.	Ägypten römische Provinz, um 200 n. Chr. Vordringen des Christentums
395	Ägypten fällt an Ostrom
640/41	Eroberung durch Araber; seitdem islamische Religion, arabische Sprache und starke rassische Untermischung. Kopten heute 1/10 der Bevölkerung

Inhalt

Fabeln

Schwänke

Zauber- und Wundergeschichten

Geschichten aus christlicher Zeit

Unterhaltung

Rosamunde Pilcher
Karussell des Lebens *Roman*
(rororo 12972)
Statt sich um einen vielversprechenden Heiratskandidaten zu kümmern, fährt Prue Shackleton, jung, schön und eigenwillig, zu ihrer Tante ans Meer, um an einsamen Buchten Ruhe und Abstand zu gewinnen. Doch damit ist es vorbei, als sie Daniel begegnet.

Diane Pearson
Der Sommer der Barschinskys
Roman
(rororo 12540)
Die Erfolgsautorin von «Csárdás» hat mit ihrem neuen Roman wieder eines jener seltenen Bücher geschrieben, die eigentlich keine letzte Seite haben dürften.

Barbara Chase-Riboud
Die Frau aus Virginia *Roman*
(rororo 5574)
Die mitreißende Liebesgeschichte des amerikanischen Präsidenten Thomas Jefferson und der schönen Mulattin Sally Hemings.

Irène Frain
Die Paradiesvögel *Roman*
(rororo 12247)
Im Pariser Paradies der Tangobars vor dem Ersten Weltkrieg, der exquisiten Seidenroben und kubistischer Malerei feiern Küntler, Adlige und zwei blutjunge Frauen ein ewigwährendes Fest der Schönheit.

Marga Berck
Sommer in Lesmona
(rororo 1818)
Diese Briefe der Jahrhundertwende, geschrieben von

3287/1

rowohlts rotations romane

einem jungen Mädchen aus reichem Hanseatenhaus, fügen sich zu einem meisterhaften Roman zum unerschöpflichen Thema erste Liebe.

Jorge Amado
Gabriela wie Zimt und Nelken
Roman
(rororo 838)
Die bezaubernde Romanze der Mulattin Gabriela, das der Barbesitzer Nacib in sein Haus nimmt und schließlich heiratet. Liebe und Treulosigkeit, lodernde Leidenschaften und brutale Gewalttaten bestimmen das dramatische Geschehen dieses üppig fabulierten Romans des berühmtesten Erzählers Brasiliens.